W0215863

AMY REICHERT

Kommt Kuchen, kommt Liebe

AMY REICHERT

Kommt Kuchen, kommt Liebe

Roman

Ins Deutsche übertragen von
Melike Karamustafa

LYX
EGMONT

Die Originalausgabe erschien 2015 unter dem Titel
The Coincidence of Coconut Cake bei Gallery Books,
an Imprint of Simon & Schuster, Inc., New York.

Deutschsprachige Erstausgabe Januar 2016 bei LYX
verlegt durch EGMONT Verlagsgesellschaften mbH,
Gertrudenstraße 30–36, 50667 Köln
Copyright © 2015 by Amy Reichert
Published in agreement with the author, c/o
BAROR INTERNATIONAL, INC., Armonk, New York, U.S.A.
Copyright © der deutschsprachigen Ausgabe 2016
bei EGMONT Verlagsgesellschaften mbH
Alle Rechte vorbehalten

1. Auflage
Redaktion: Ralf Schmitz
Umschlaggestaltung & -illustration: www.bürosüd.de
Satz: Greiner & Reichel, Köln
Printed in Germany (670421)
ISBN 978-3-8025-9905-7

www.egmont-lyx.de

MIX
Papier
FSC® C083411

Die EGMONT Verlagsgesellschaften gehören als Teil der EGMONT-Gruppe zur **EGMONT Foundation** – einer gemeinnützigen Stiftung, deren Ziel es ist, die sozialen, kulturellen und gesundheitlichen Lebensumstände von Kindern und Jugendlichen zu verbessern. Weitere ausführliche Informationen zur EGMONT Foundation unter:
www.egmont.com

Für meine Großmutter Luella,
die mir die Bedeutung von mit Liebe gekochtem
Essen nahegebracht und meine Leidenschaft
für Kokosnuss geweckt hat.

Für meinen Ehemann.
Auf dass unsere Magnetsammlung weiterwächst.

Ich bin der festen Überzeugung, dass Kochen Liebe ist. Denken Sie nicht auch? Wenn man etwas ganz und gar Wunderbares für jemanden zubereitet, der einem nahesteht, dann ist das der schönste Valentinsgruß, den man verschenken kann.

Julia Child

1

Lou hob ihr Kleid über die Knöchel und stieß eine Reihe wimmernder Schmerzensschreie aus, als sie über den Parkplatz stöckelte. Die glitzernden Zehn-Zentimeter-High-Heels hatten im Karton so hübsch ausgesehen. Jetzt fühlte es sich mehr danach an, als würden die Knochen in ihren Füßen bei jedem Schritt mit Hammer und Meißel bearbeitet. Sie vermisste ihre grünen Crocs. Sie zupfte an dem engen, elastischen Stoff, der sie wie eine zweite Haut umspannte. Ein Geschenk ihres Verlobten Devlin, dem sie – mit fünf Schritten Abstand – hinterhertrippelte. »Überfüllte Trüffel an Gänseleberpasteten-Würstchen«, murmelte sie.

Devlin runzelte verwirrt die Stirn. »Wie bitte?«

»Ein neues Gericht, inspiriert von dem Gefühl, in diesen Klamotten zu stecken. Dazu vielleicht Butter-Dumplings …« Lou neigte den Kopf in dem Versuch, das neue Gericht vor ihrem geistigen Auge erstehen zu lassen.

Devlin warf ihr einen missbilligenden Blick zu und seufzte.

Lou schrumpfte angesichts seiner nur allzu vertrauten Reaktion in sich zusammen. »Entschuldige. Es hilft mir einfach dabei mich abzulenken.«

Seine Gesichtszüge entspannten sich, als er sie ansah. »Der Abend wird super laufen. Du siehst umwerfend aus.«

Lou schenkte ihm ein klägliches Lächeln, während sie durch den Eingang des *Milwaukee Country Clubs* traten. Warmes gelbes Licht und dezent gemusterte Teppiche, die so weich waren, dass sie bei jedem Schritt zu federn schienen, empfingen sie. Schwarz-Weiß-Fotografien, die die Geschichte des schrecklich vornehmen Clubs erzählten, zierten die eierschalenfarbenen Wände. Auf den meisten waren ehrgeizige junge Männer ganz in Weiß zu sehen, die hinter wohlhabenden Gentlemen in lustigen Hosen standen. In den Augen der jungen Männer war der Hunger nach mehr zu lesen. Lou verstand sie nur zu gut. Sie drehte sich zu Devlin um und hakte sich bei ihm ein. »Du hättest mich wirklich nicht den ganzen Tag in den Schönheitssalon schicken müssen, und so viel Geld für ein Kleid auszugeben wäre schon gar nicht nötig gewesen.« Sie strich mit den Händen über den Stoff. Das eng anliegende Unterkleid passte hervorragend zu ihrer angespannten Stimmung. Sie trug einen bodenlangen schwarzen Schlauch aus Jersey mit dazu passenden Handschuhen, die bis zu den Ellbogen hinaufreichten – schlicht, elegant und viel zu teuer.

»Das ist mein Geschenk an dich. Du gönnst dir selbst ja nie etwas«, meinte er und zuckte mit den Schultern. »Gewöhn dich schon mal daran. Die zukünftige Frau eines Staranwalts sollte es genießen, wenn sie verwöhnt wird.«

»Und wie soll ich all das zu deinem Geburtstag toppen?«

»Erstens wirst du den fantastischen Kokosnusskuchen deiner Großmutter backen. Alles andere erzähle ich dir später …« Er zwinkerte vielsagend.

Als Devlin auf sie herablächelte, stockte Lou für eine Sekunde der Atem. Er sah einfach umwerfend aus in seinem Smoking. Der klassische Schnitt betonte seine athletische Figur und verlieh ihm eine latente Aura von Macht und Männlichkeit. Ein schwacher Nelkenduft ging von ihm aus. Sein dickes schwarzes Haar bildete den Kontrast zu seinen kristallklaren blauen Augen – ihr ganz persönlicher Disney-Märchenprinz. Er streichelte ihr mit teurem Schmuck behangenes Handgelenk und führte sie weiter durch die Menge. Lou klammerte sich verzweifelt an seinen in feinste italienische Wolle gekleideten Arm wie an einen Rettungsanker, als sie sich einen Weg durch den Pulk zu stark parfümierter und gestylter Anwälte und ihrer Ehefrauen bahnten, die zu der jährlichen Firmengala geladen waren. Ein Club herausgeputzter Frauen und mächtiger Männer. Schwärme von Kellnern in weißen Smokingjacken wuselten durch die Menge, um zwanzig Jahre alten Whisky und kühlen Weißwein unter die durstigen Gäste zu tragen. Andere balancierten Tabletts mit Appetithäppchen – die obligatorischen Maronen im Speckmantel und Shrimps-Cocktails. Beim Anblick der einfallslosen Kreationen entfuhr Lou ein Seufzer, als sie sich vorstellte, was sie mit dem Budget dieses Abends alles hätte zaubern können.

Devlin führte sie zu einer Gruppe von älteren Herren, allesamt mit elegant gekleideten Ehefrauen an ihrer Seite. »Wie geht's dir, Bill?«, brachte Devlin sich in das Gespräch ein und streckte dem größten Mann in der Runde die Hand entgegen. »Du erinnerst dich sicherlich an meine wunderbare Verlobte, Elizabeth.«

Aller Blicke richteten sich auf sie. Lou knirschte bei seinen Worten mit den Zähnen.

Bill richtete sich an Lou und Devlin. »Wir haben gerade über den neuen Restaurantkritiker gesprochen, A. W. Wodyski. Haben Sie schon eine seiner Rezensionen gelesen?«

Devlin schüttelte den Kopf. »Ich habe schon von ihm gehört, hatte aber noch keine Zeit, etwas von ihm zu lesen. Der Churman-Fall nimmt mehr Zeit in Anspruch, als ich vermutet hätte. Gibt er ein paar gute Empfehlungen?«

»Eher im Gegenteil. Er hat mit seinen Besprechungen bisher noch jedes Restaurant vernichtet. Aber wenigstens tut er es auf eine höchst unterhaltsame Weise. Der Dennis Miller der Restaurantkritiker sozusagen.«

»Wirklich?« Lou täuschte Gleichgültigkeit vor, um sich den beißenden Kommentar zu verkneifen, der ihr angesichts der arroganten Äußerung auf der Zunge lag.

»Ja, er hat nicht eine einzige positive Kritik geschrieben. Wie man hört, mussten einige Restaurants sogar schließen.«

»Das glaube ich nicht«, sagte Devlin. »Keine Besprechung der Welt könnte ein Restaurant ruinieren, das wirklich gut ist.«

»Das könnte sie schon, wenn der Laden vorher schon Probleme hatte«, erwiderte Lou leise und mit gerunzelter Stirn. Sie öffnete den Mund, um noch etwas hinzuzufügen, aber Devlin verpasste ihr unauffällig einen Ellbogenstoß in die Rippen. Sie nickte und schwieg, während sich die Unterhaltung wieder den üblichen Diskussionen über Mandanten und abrechnungsfähige Stunden zuwandte. Lou öffnete ihre mit Strass besetzte Clutch und fuhr über das Display ihres Handys. Keine neuen Nachrichten. Sie klappte die Handtasche wieder zu.

Ein Kellner erschien und bot ihnen Getränke an. Lou warf einen Blick auf sein Namensschild, dann sah sie ihm in die Augen. »Danke, Tyler.« Der Mann wirkte für einen Moment irritiert, dann nickte er kurz. Lou lächelte ihn an. Der Rest der Gruppe war noch immer in ein Gespräch über anstehende Gerichtsverhandlungen und die Schwierigkeiten, ein gutes Kindermädchen zu finden, vertieft. Lou beobachtete, wie der Kellner durch die Menge in Richtung Bar huschte, rechts und links leere Gläser einsammelte und mit leichtem Kopfnicken neue Getränkebestellungen entgegennahm. Er arbeitete effizient, ohne Gespräche zu unterbrechen, zügig, aber nicht hektisch. Als Lou sich umdrehte, um ihm zu folgen, spürte sie, wie sich eine Hand auf ihren Arm legte. Als sie aufsah, stand Bills Ehefrau viel zu nah vor ihr, Wolken von Moschusduft gingen von ihr aus. »Wie haben Sie sich kennengelernt?«

Bevor Lou antworten konnte, drehte sich Devlin zu ihnen um. »Elizabeth hat damals bei *Giuseppe's* gearbeitet.«

»Dort gab es eine offene Küche, wo man frische Nudelgerichte bestellen und dem Koch bei der Arbeit zusehen konnte«, fügte Lou lächelnd hinzu.

»Ich war zu einem geschäftlichen Mittagessen verabredet, aber der Termin wurde kurzfristig abgesagt. Also saß ich ganz alleine am Tresen – direkt vor dieser wunderschönen Köchin.« Devlin legte ihr einen Arm um die Schulter. »In der Woche bin ich jeden Tag zu *Giuseppe's* gegangen.« Er sah sie liebevoll an und lächelte.

»Am Freitag ließ er neben dem Trinkgeld eine rote Rose und seine Visitenkarte liegen.«

»Am nächsten Tag rief sie mich an – und bald wird sie meine zauberhafte Braut sein.«

»Wunderschön! Und auch noch eine Köchin«, rief Bill bewundernd. »Kein Wunder, dass du das ›Geschäft‹ so schnell unter Dach und Fach gebracht hast.«

»Ich bringe *jedes* Geschäft schnell unter Dach und Fach.« Devlin ergriff ihren Arm. »Bitte entschuldigen Sie uns. Ich habe gerade Susan entdeckt. Ich muss sie unbedingt noch etwas fragen, zu einer Aussage, die sie für mich gemacht hat.« Er führte Lou durch die Menge in Richtung der französischen Flügeltüren.

»Ich muss noch mal kurz auf die Toilette, bevor das Essen anfängt. Treffen wir uns am Tisch?« Bevor Devlin antworten konnte, drehte sich Lou um und ging in Richtung der Waschräume. Nachdem die schwere holzgetäfelte Tür hinter ihr ins Schloss gefallen war, spürte sie augenblicklich, wie die Stille, die sie plötzlich umgab, etwas von ihrer inneren Anspannung löste.

In der winzigen Kabine, die eher die Bezeichnung Toiletten-Schuhkarton verdient hätte, kämpfte Lou damit, ihr Unterkleid wieder in seine ursprüngliche Position zu raffen, während sie gleichzeitig versuchte, ihre Gefühle unter Kontrolle zu bringen. Devlin hatte noch nie verstanden, wie viel ihr das Restaurant bedeutete. Er schien zu glauben, dass er sie vor einem Leben voller Mühsal und harter Arbeit bewahrte – ein Leben, wie seine Mutter es hatte erdulden müssen, als sie sich an zwei Kellnerinnen-Jobs aufrieb, um ihren akademisch begabten Sohn zu ernähren und einzukleiden. Sie berührte ihren Ring, ein makelloses Rechteck, klar wie ein Eiswürfel, der jeden Moment schmelzen mochte. Sie versuchte Trost in Devlins Art zu finden, ihr seine Liebe zu zeigen. Sie wackelte mit den Hüften, um ihr Kleid wieder an seinen ordnungsgemäßen Platz zu befördern, nahm ihre Handtasche und verließ das heilige Örtchen. Während sie sich die Hände wusch, trat eine schlanke Blondine aus einem der anderen »Schuhkartons« und stellte sich neben sie ans Waschbecken.

Lou lächelte sie im Spiegel an. »Finden Sie es nicht auch schrecklich, in diesen Outfits auf die Toilette gehen zu müssen? Ich fühle mich jedes Mal wie Hulk im Catwoman-Kostüm.«

Die junge Frau sah sie erschrocken an und legte ein wenig den Kopf schräg. Wahrscheinlich eine der Praktikantinnen: eifrig, ehrgeizig und idealistisch. Sie trug ein kleines Schwarzes, dazu eine schlichte Perlenkette und passende Ohrringe. Die Uniform der Jungen, Ambitionierten und Adretten. Auf der Party gab es Dutzende von ihnen, alle mit kinnlangen Haaren, minimalem Make-up und einer Handtasche voller Lipgloss und zu vielen Visitenkarten. Wahrscheinlich also eher kein Superhelden-Fan.

»Sind Sie Mr Pontelliers Verlobte?« Die junge Frau kniff

die Augen zusammen, um ihrer Frage das nötige Gewicht zu verleihen.

»Ja, das bin ich. Lou.« Sie streckte dem hübschen Ding die Hand entgegen.

»Oh, ich dachte, Sie heißen Elizabeth.«

»Das stimmt, aber meine Freunde nennen mich Lou. Nur Devlin mag Elizabeth lieber.« Lou grinste schief und zuckte mit den Schultern.

»Ich bin Megan.« Sie schüttelte Lous Hand, aber anstatt sie nach einer angemessenen Anzahl von Aufs und Abs loszulassen, zog sie sie näher zu sich heran, um sie zu mustern.

Lou blickte auf die glänzenden Narben, die die blasse Haut ihrer Hände und Unterarme bedeckten. Es sah aus, als hätte ein Visagist versucht, das perfekte Rosarot für ihre Lippen darauf zu testen. »Berufsrisiko.« Lou zog ihre Hand zurück.

»Was machen Sie?« Megan sah sie neugierig an.

Als Lou über ihre Narben strich, konnte sie die weichen Erhebungen darunter deutlich spüren.

»Ich bin Köchin. Mein Dessertkoch sagt immer: Je mehr Kampfnarben, desto besser das Essen.«

»Dann müssen Sie die beste Köchin der Stadt sein. Es muss nett sein, zu Galaabenden wie diesem eingeladen zu werden, um sich auch mal selbst bedienen zu lassen.«

»Das denkt man vielleicht …« Lous Lächeln drohte an den Rändern einzubrechen. Bei dem übermäßigen Gebrauch an diesem Abend erschlafften ihre krampfhaft angespannten Muskeln so langsam. Als ihre Handtasche vibrierte, hätte sie vor Erleichterung beinahe laut aufgestöhnt. »Entschuldigen Sie mich.«

Lou stürzte aus der Toilette, während sie das Telefon aus der Tasche angelte. Devlin wartete mit einem Weinglas in der

Hand im Flur auf sie. Sie gab ihm ein Zeichen, als sie den Anruf entgegennahm.

»Was gibt's?«, fragte sie.

»Musst du gerettet werden?«, hörte sie die selbstbewusste Stimme von Sue, ihrer Souschefin und besten Freundin.

Lou blickte auf und erschrak, als sie Devlins abwartende Pose bemerkte. Ungeduldig tippte er mit der Schuhspitze auf den Boden und zog fragend die Augenbrauen hoch.

»Noch nicht. Gibt's irgendein Problem?«

»Nein, alles in Ordnung. Nur ein Kontrollanruf. Ich weiß doch, wie sehr du diese Art Veranstaltungen liebst. Ich dachte mir, dass wir eine unglaubliche Katastrophe erfinden könnten, falls du da raus willst.«

»Ich werde es überleben. Immerhin ist die Gesellschaft nett.«

»Die Anwälte und ihre Gattinnen bezeichnest du als *nette Gesellschaft?* Wie viel hast du schon intus?«

»Nicht die – ich meinte Devlin.« Lou lächelte ihn an, als er mit dem Daumen in Richtung des Saals deutete.

»Wirklich?«

Lou seufzte. »Ich muss auflegen. Schreib mir später, wie der Abend gelaufen ist.« Sie ließ das Handy in ihre Handtasche gleiten und drehte sich zu Devlin um. »Entschuldige. Und danke für den Wein.« Sie nahm ihm das Glas aus der Hand.

»Kannst du heute Abend ausnahmsweise mal keine Köchin sein?«

»Ich kann's versuchen.«

»Du solltest einen Küchenchef einstellen. Dann hättest du mehr Zeit für mich.«

»Das kann ich mir nicht leisten. Außerdem macht das Kochen am meisten Spaß.«

»Ich dachte, du würdest einen freien Abend genießen.«

»Das tue ich auch. Allerdings umfasst meine Vorstellung von einem freien Abend weder High Heels noch ellbogenlange Handschuhe. Zumindest nicht in Kombination mit einem Abendkleid.« Lou schenkte ihm ein Lächeln und stieß ihn mit der Hüfte an. »Die Nacht ist noch jung.«

Er hielt ihr mit einem versöhnlichen Lächeln die Tür auf und folgte ihr in den Saal. »Bald wirst du sowieso nicht mehr arbeiten müssen, und ich kann dich von morgens bis abends verwöhnen.«

Lou drehte sich zu ihm um, ihre Augen schienen ihn förmlich anzuflehen, ihr zuzuhören. »Das Restaurant entwickelt sich sehr gut. Und ich liebe meinen Job. Warum müssen wir das immer wieder diskutieren?«

»Elizabeth, du arbeitest zu viel. Und wenn wir erst einmal ein Haus und Kinder haben, brauchst du mehr Zeit. Du wirst immer noch Gelegenheit haben, fantastisches Essen zu kochen, aber du musst dich dann nicht mehr mit Personalplanung, Miete und Rechnungen herumschlagen. Das wäre doch perfekt für dich.« Devlin gab ihr einen Kuss und tätschelte fürsorglich ihre Hand, leider war er mit seiner kleinen Ansprache mal wieder vollkommen ungebremst durch alle ihre Pläne gewalzt.

Lou hatte angesichts seiner Vorstellungen von ihrer Zukunft plötzlich Mühe, Luft zu bekommen.

Nach dem Essen flüchtete sich Lou in die ungewöhnlich warme Aprilnacht hinaus. Sie zog die Handschuhe aus und stieg aus den unbequemen Schuhen. Als sie das kühle Gras unter den Füßen spürte, stieß sie einen Seufzer der Erleichterung aus. Dann nahm sie das Handy, um Sue eine SMS zu schicken.

Ruhige Nacht?

Lou blickte in den Sternenhimmel, während sie auf die Antwort wartete.

Wir haben einen neuen Rekord aufgestellt. 102 Teller. Brauchen einen weiteren Kellner.

Lou pfiff anerkennend durch die Zähne.

Hinter sich hörte sie Stimmen, die von der anderen Seite des Rasens kamen. Lou sah sich um und entdeckte eine Handvoll weiß livrierter Kellner, die eine Pause einlegten, um eine Zigarette zu rauchen. Unter ihnen war auch Tyler, der ihr schon im Saal aufgefallen war.

Ich arbeite dran.

Ohne die Augen von den jungen Männern zu lösen, ließ sie ihr Telefon in die Tasche gleiten, nahm die Schuhe in die Hand und ging auf die Gruppe zu.

»Äh, Entschuldigung. Tyler?« Drei aufgerissene Augenpaare starrten ihr erschrocken entgegen. »Entschuldigung, ich wollte Ihre Pause nicht stören. Aber haben Sie vielleicht einen Moment Zeit?«

»Lou?« Devlins Stimme schnitt durch die Dunkelheit hinter ihr.

»Mist«, murmelte Lou ärgerlich, während sie eine Karte aus ihrer Tasche angelte. »Mir gehört ein Restaurant, das *Luella's*. Wenn Sie auf der Suche nach einem regelmäßigen Job mit guten Trinkgeldern sind, dann rufen Sie mich an.« Sie drückte Tyler das steife Stück Papier in die Hand. Als sie sich umdrehte, stand Devlin direkt hinter ihr und starrte die Kellner an. Sie hörte, wie die sich entfernten.

Devlin zog die Augenbrauen hoch, als er sagte: »Ich habe mich gefragt, wohin du verschwunden bist. Gehen wir?«

Lou atmete aus. Sie hatte gar nicht bemerkt, dass sie in Erwartung von Devlins Vorwürfen die Luft angehalten hatte. »Ja, bitte. Meine Füße bringen mich um.«

Devlin warf einen Blick auf die High Heels, die an ihren Fingern baumelten. »Das sieht man. Warum gehen wir nicht ums

Haus herum, damit du sie nicht wieder anziehen musst?« Als er sie anlächelte, entspannte sie sich allmählich wieder. Devlin nahm ihren Arm und führte sie vor das Haus, wo sein Jaguar bereits vorgefahren worden war. Nachdem er sie auf den Beifahrersitz bugsiert hatte, zog er eine Geschenkschachtel von der Rückbank, auf der in geschwungenen Buchstaben *La Perla* stand.

Nachdem Devlin auf der Fahrerseite eingestiegen war, zog Lou vielsagend eine Augenbraue hoch. »Ist das Teil zwei *deines* Geburtstagsgeschenks?«

Devlin zwinkerte ihr zu und startete das Auto.

»Du weißt aber schon, dass es normalerweise so ist, dass man *dir* etwas zum Geburtstag schenkt.«

»Betrachte es als Verpackung für das Geschenk, das ich mir wirklich wünsche.« Devlin lenkte den Wagen vom Parkplatz auf die Straße in Richtung seines Apartments.

Lou verdrehte die Augen und öffnete die Box. Eingebettet in ein Nest aus blütenzartem weißen Papier lag ein geschmackvolles Negligé aus blauer Seide und cremefarbener Spitze. Als sie das verführerische Stück aus der Box hob, blieb das zarte Material an den rauen Kuppen ihrer Finger hängen. Sie versteifte sich nervös. Hoffentlich hatte sie den transparenten Stoff nicht beschädigt. Schnell ließ sie den Hauch eines Nachthemds wieder in die Box gleiten und schluckte. »Soll ich es später bei dir anprobieren?«

Devlin deutete mit dem Kinn auf den Geschenkkarton. »Sieh dir mal den Deckel von innen an.«

Lou hob fragend die Augenbrauen, drehte den Deckel des Kartons aber folgsam um und entdeckte einen festgeklebten Schlüssel. »Ein Schlüssel? Wofür?«

»Für meine Wohnung.«

»Aber ich habe doch schon einen.«

Devlin stieß einen frustrierten Seufzer aus. »Ich weiß, dass du schon einen hast«, sagte er. »Das war mein Versuch dich zu fragen, ob du bei mir einziehen willst, aber offensichtlich habe ich den Job gründlich vermasselt. Ich will nicht warten, bis wir verheiratet sind.«

Lou schluckte noch einmal und schob den Deckel zurück auf die Box. »Vielleicht sollten wir uns das Negligé aufsparen, bis ich eingezogen bin. Wir könnten es so lange bei dir im Schrank aufbewahren.«

Devlin lächelte. Er war sich sicher, einmal mehr den Sieg davongetragen zu haben.

Lou fuhr sich mit der Zunge über die Lippen, die plötzlich vollkommen ausgetrocknet an ihren Zähnen zu kleben schienen.

Lou kniff die Augen zusammen, als sie Harley, ihren Dessertkoch, zwischen den glänzenden Regalen hindurch beobachtete, die seinen Bereich vom Rest der Küche abtrennten. Er schien sie nicht zu bemerken. Sie konnte die bernsteinfarbene Flasche mit der Vanille sehen, die ein paar Meter entfernt auf einem Bord auf seiner Seite stand. Ohne ihn dabei aus den Augen zu lassen, machte sie einen weiteren Schritt in Harleys Richtung. Das grelle Deckenlicht, das sich auf den Edelstahloberflächen der Küche brach, blendete sie. Nur das plötzlich einsetzende surrende Geräusch des Mixers, der den Brotteig durchknetete, durchbrach die Stille. Noch ein Schritt. Und noch einer. Sie streckte vorsichtig die Hand nach der Vanille aus. *Surr, surr.* Nur noch ein paar Zentimeter. Fast. Nur noch ein Zentimeter.

Harley fuhr herum, als Lous T-Shirt zu klingeln begann. Mit einem Blick erfasste er ihre verfängliche Pose und schüttelte abwehrend den Kopf.

Lou fischte seufzend das Handy aus ihrem BH und lächelte. »Herzlichen Glückwunsch, mein Schatz! Du bist aber früh wach.« Sie wandte Harley den Rücken zu.

»Du auch«, sagte Devlin. »Ich dachte, du schläfst bestimmt noch, und wollte dir nur eine Nachricht hinterlassen.«

»Ich habe heute Morgen einige Lieferantentermine«, log sie.

»Okay. Aber du hast immer noch vor, heute Abend früher zu gehen, oder?«

»Wenn es nicht zu voll wird, müsste ich gegen zehn hier rauskommen. Ist das in Ordnung?«

»Erst um zehn? Ein bisschen länger wollte ich schon mit dir feiern. Kannst du nicht früher gehen?«

Lou hatte das Gefühl, seinen weit aufgerissenen Hundewelpen-Blick sogar durch das Telefon sehen zu können. Sie dachte kurz darüber nach, ihm von ihrem geplanten Besuch zu erzählen. Aber die Vorfreude auf seinen überraschten Gesichtsausdruck, wenn sie später mit dem Kuchen vor seiner Tür stehen würde, ließ sie den Drang, ihn jetzt zu beruhigen, niederkämpfen. Nichts konnte Kuchen zum Frühstück übertreffen – und erst recht keinen Geburtstagskuchen.

»Klar.«

»Toll. Könntest du dann auch gleich meine Wäsche aus der Reinigung abholen?«

Lou seufzte. »Ich weiß nicht, ob ich das schaffe.«

»Bitte! Als Geburtstagsgeschenk?«

»Oh, Mann, na gut.«

»Du bist die Beste.«

»Ich liebe dich auch.«

Lou stopfte das Handy unter ihr T-Shirt und konzentrierte sich wieder auf ihre Mission. Das war ihre Chance. Harley war gerade darauf konzentriert, hauchdünne Lagen Filouteig zu einem Strudel aufzuschichten. Trotz seiner Größe von über einen Meter achtzig, den unzähligen Tätowierungen, knuddelbärbraunen Augen und der polternden Stimme hatte er weitaus mehr Ähnlichkeit mit einem Kuschel-Rocker als einem Hells-Angels-Mitglied, aber seine Vanille verteidigte er mit der Leidenschaft einer überfürsorglichen Bärenmutter. Lou schlich sich auf Zehenspitzen an das Regal heran – ein Auge auf ihn, das andere fest auf ihr Ziel gerichtet. Dieser Kuchen musste spektakulär werden, und dafür brauchte sie die beste Vanille: Harleys Vanille. Er kannte irgendeinen Typen in Mexiko, der irgendeinen Typen kannte, der das Zeug in kleinen Tütchen verkaufte. Es war die beste Vanille, die sie jemals probiert hatte. Sie hatte Harley schon dabei beobachtet, wie er den Rand der Flasche mit einem Stift markierte, um festzustellen, ob sich jemand daran bedient hatte. Solange er nur mit dem Rücken zu ihr …

»Nein!«, sagte Harley, ohne sich zu ihr umzudrehen.

»Komm schon.« Lou zog die Hand zurück und ließ verzweifelt die Schultern sinken. Sie musste an diese Flasche ran. »Bitte, Harley. Ich brauche deine Super-Vanille für meinen Kuchen.«

»Er verdient sie nicht.« Harley drehte sich zu ihr um und schüttelte entschlossen den Kopf. »Und ich kann einfach nicht fassen, dass du bei ihm einziehst.«

Lou knetete ihre Schürze zwischen den Händen. »Ich habe noch nicht Ja gesagt. Darum muss der Kuchen auch unbedingt perfekt werden.«

»So eine Feinheit wird er ohnehin nicht bemerken. Er will, dass du einziehst, also wird es zwangsläufig auch dazu kommen.«

»Ich weiß nicht. Ein Ring ist eine Sache. Aber zusammenziehen … fühlt sich so endgültig an.« Sie streckte noch einmal die Hand nach der Flasche aus.

Harley beobachtete sie, wartete ab, was sie als Nächstes tun würde. Sein ordentlich getrimmter blonder Bart ließ ihn aussehen wie Kenny Rogers um 1985. Dafür verbarg das ewig präsente schwarze Bandana jedes Haar auf seinem Kopf. Sein voller Name war Harley Rhodes. Ob aus Vorbestimmung oder dummem Zufall, aber der Name passte zu ihm.

»Verdammt, Harley! Als Dessertchef achte ich dich mit vollem Respekt, und als meinen Freund schätze ich dich über alles. Aber jetzt gerade gehst du mir wahnsinnig auf die Nerven. Ich bezahle den ganzen Kram, also benutze ich ihn auch, wann immer ich will.« Lou schnappte sich die Flasche und drehte sich aufgebracht zu ihrem Mixer um. Sie konnte förmlich spüren, wie Harley hinter ihr lächelte. Sie holte tief Luft und ließ den Atem langsam entweichen, dann suchte sie die restlichen Zutaten aus den Regalen zusammen. Sie hätte sich blind bewegen können, ohne auch nur einmal danebenzugreifen, so vertraut waren ihr sämtliche Handgriffe. Sie stellte eine große Schüssel vor sich hin und füllte eine Tasse Mehl nach der anderen hinein. Mit jeder weiteren Portion stob ihr eine weiße Wolke entgegen.

»Du solltest die Waage benutzen«, kommentierte Harley, der plötzlich hinter ihr stand.

Lou fuhr mit einem spitzen Schrei herum. »Meine Großmutter hat die Zutaten auch nicht abgewogen.«

»Du bist aber besser als deine Großmutter.«

Ha, wenn das nur stimmen würde. Luella war Lous Lieblingsoma gewesen. Viele Großmütter nahmen ihre Enkel mit in den Park oder kauften ihnen Bücher und Puppen oder erzählten ihnen die besten Geschichten. Lous Großmutter hatte ihr ihre alten Rezepte verraten. Sie hatte Lou beigebracht, wie man prüfte, ob der Truthahn gar war, wie man Gemüse zerkleinerte, ohne sich dabei die Finger abzuschneiden, und wie man einen Kokosnusskuchen backte, bei dessen Genuss ausgewachsenen Männern schwindelig wurde. Stets hatte ein kontinuierlicher Strom tröstlicher Gerüche ihre Küche gefüllt – ein Ausdruck ihrer Liebe, die so stark war, dass man sie förmlich schmecken konnte. Durch sie war Lou bereits als Kind mit dem kulinarischen Virus infiziert worden. Es freute sie, nach ihrer Großmutter benannt worden zu sein, aber Lou zweifelte trotz allem daran, jemals so gut kochen zu können wie sie. Jetzt verdrehte sie angesichts Harleys übertriebener Komplimente die Augen. »Ich versuche es so zu machen wie sie.« Sie starrte ihn so lange an, bis er sich wieder in seinen Küchenbereich verzog.

Zurück zum Kuchen. Lou gab Backpulver und Salz zum Mehl und verrührte alles. In einer kleineren Schüssel verquirlte sie Kokosnusscreme und Milch. Sie konnte nicht widerstehen, kurz daran zu schnuppern, um den berauschenden Duft zu genießen. Dann benutzte sie ihren Standmixer, um die Butter so lange zu schlagen, bis sie weiche Flöckchen bildete. Sie fügte Zucker hinzu und schlug die Masse so lange, bis sie hellgelb und schaumig war. Um ein bestimmtes Ergebnis zu erzielen, wurden Backzutaten in einer bestimmten Reihenfolge gemischt. Lou hatte plötzlich das Gefühl, dass es bei Beziehungen gar nicht so anders war. Wenn sich Leute nicht gut mischen ließen, war das Ergebnis am Ende oft nicht zufriedenstellend. Als Nächstes gab sie Kokosnussextrakt und Vanille hinzu. Bevor sie das kostbare Fläschchen sorgfältig verschloss, tupfte sie sich noch ein ganz klein wenig davon hinters Ohr, als handle es sich nicht um ein Pflanzenextrakt, sondern Chanel N° 5. Dann nahm sie Mehl und Kokosnussmilch und rührte sie abwechselnd unter die Buttermischung. Der Trick, wenn man einen lockeren Kuchen wollte, bestand darin, nicht zu viel zu rühren. Schlug man den Teig zu lange oder zu stark, geriet er schnell zu schwer und fest. Wenn man zu viel auf einmal wollte, konnte es einem passieren, dass man etwas damit kaputt machte. Sie würde Devlin gerne dazu bringen, ihr Restaurant genauso zu lieben wie sie, aber jeder Versuch, ihn mehr zu involvieren, hatte bisher in Streit und anschließendem Schweigen geendet. *Vielleicht zu viel gerührt*, dachte Lou. Sie warf einen Blick in die Schüssel. Der perfekte Mix. Immerhin bekam sie *das* richtig hin. Sie verteilte den Teig auf zwei Backformen und trug sie zum Ofen.

Harley hörte sie kommen. »Raus aus meinem Bereich.«

»Harley, ich muss die hier backen.«

»Es ist schon schlimm genug, dass du meine Vanille als Parfum missbrauchst. Du kannst jetzt nicht auch noch meine Backöfen in Beschlag nehmen.«

»Genau genommen sind es *meine* Backöfen.«

Harley baute sich mit verschränkten Armen vor ihr auf. »Ich probiere gerade verschiedene Brote aus.«

»Wie du meinst.« Lou stapfte wütend zurück zum Hauptkochbereich und schob die Backformen in den kleinen Ofen mit der gelben Tür hinter dem Grill. Sie benutzte ihn normalerweise für Gerichte, die geschmort werden mussten. Er war nicht so gut zu regulieren wie die anderen, aber er würde seinen Zweck erfüllen. Ihre Großmutter hatte schließlich auch keinen teuren Ofen gebraucht. Sie trug die schmutzige Schüssel zur Spüle, während sie mit einem Finger am Rand entlangfuhr und ihn anschließend in den Mund steckte. Genüsslich schloss sie die Augen, als sich die Aromen auf ihrer Zunge entfalteten – nicht zu süß, genug Kokosnuss, aber nicht so viel, dass man die Vanille nicht mehr herausschmeckte. Perfekt. Ihre Großmutter wäre stolz auf sie. »Willst du probieren?« Lou hielt Harley die Schüssel hin.

Er kam zu ihr herüber, steckte einen Finger in die Schüssel und leckte ihn ab.

»Und?« Lou sah ihn gespannt an.

»Du hättest die Waage benutzen sollen.« Aber Lou bemerkte das verschmitzte Lächeln, das sich unter seinem Bart in den Mundwinkeln andeutete. Als er seine Hand noch einmal nach der Schüssel ausstreckte, zog Lou sie zurück.

»Dann gibt's für dich auch nichts mehr.« Sie stellte die Schüssel neben der Spüle ab. Als sie sich abwandte, konnte sie aus den Augenwinkeln sehen, wie Harley sie sich heimlich schnappte, um sie auf seine Seite mitzunehmen.

Während die beiden Tortenböden im Ofen backten, bereitete Lou für sich und Harley Frühstück zu. Sie legte ein paar Scheiben Speck auf den vorgewärmten Rost. Als sie zu brutzeln begannen, vermischte sich der verführerische Geruch des salzigen Specks mit dem süßen Duft des Kokosnusskuchens. »Himmlisch.« Sie bestrich ein trockenes Baguette mit Butter, um es anschließend zu toasten, und zerschlug in einer Pfanne Eier für die Frühstückssandwiches. »Und jetzt noch Käse. Brie? Oder Emmentaler? Mhm, nein, lieber geräucherten Zwiebelcheddar.«

Während die klappernden Kochgeräusche in dem leeren Restaurant von den Wänden widerhallten wie umherspringende Gummibälle, wurde ihr wieder bewusst, wo sie sich befand und warum sie hier war. Sie konnte immer noch nicht richtig glauben, dass das *Luella's* wirklich ihr gehörte. Dass sie den Mut aufgebracht hatte, das Restaurant zu eröffnen. Wenn Sue und Harley ihr nicht versprochen hätten, hier zu arbeiten, dann hätte sie es nicht gemacht. So etwas allein durchzuziehen wäre keine Option gewesen. Jeden Monat, wenn sie ihre Abrechnung machte, überlief sie eine kleine wohlige Welle, wenn die Zahl am Ende schwarz war. Der Gewinn war winzig, aber es war ein Gewinn. Nach einem Jahr harter Arbeit sah es inzwischen so aus, als ob es das *Luella's* tatsächlich schaffen würde.

Lou spülte das Frühstück, das sie im Stehen an der Spüle aßen, mit zwei Tassen Kaffee hinunter, die genug Zucker und Sahne enthielten, um als Dessert durchzugehen. In dem Moment, als Lou ihren leeren Teller wegräumte, hörte sie das *Pling!* der Küchenuhr. Als sie die Backofentür öffnete, schlug ihr heiße Luft entgegen. Der süße Geruch von Kokosnuss durchdrang ihre Sinne. Die beiden Tortenböden erstrahlten in nahezu goldener Perfektion und hatten genau die richtige Konsistenz. Perfekt. Sie hatte vorsichtshalber zwei gebacken, falls einer beim Herausnehmen aus der Form zerbrechen sollte. Abgesehen davon würden sich ihre Angestellten, wenn sie mit den Vorbereitungen für den Abend begannen, mit Begeisterung über die Reserve hermachen. Während die Kuchen abkühlten, bereitete Lou das Frosting vor. Mehr ungesalzene weiche Butter, Kokosnussmilch – exakt so viel, wie es brauchte, damit sich die Glasur gut verstreichen ließ –, Puderzucker und noch mehr von der wunderbaren Vanille. Lou konnte nicht widerstehen und tauchte einen Finger in die dekadente cremige Masse, um sich einen Klacks von Tischtennisballgröße in den Mund zu stecken. Nachdem sie die Kuchen mit der Glasur bestrichen und geröstete Kokosnussraspeln darübergestreut hatte, warf Lou einen Blick auf die Uhr. Der kleine Zeiger stand fast auf der Sieben. »Verdammt!« Lou schob die frische Köstlichkeit in eine Transportbox aus Karton und faltete sie über dem Kuchen zusammen. Sie knotete eine Schnur darum, schnappte sich ihre Schlüssel, winkte Harley im Vorbeirennen zu und stürzte genau in dem Moment durch die Tür, als Sue die Küche betrat. Lou bemerkte, wie Harley innehielt und sie anstarrte.

»Morgen, Lou. Hey, Harley. Gibt's schon Kaffee?«, fragte Sue in seine Richtung, vermied aber, ihm in die Augen zu sehen. Als sie die Box in Lous Hand entdeckte und den Vanille-

Kokosnussgeruch in der Küche wahrnahm, hörte sie auf der Stelle auf, ihre langen roten Haare zu flechten. Beim Kochen trug sie immer zwei Zöpfe. Und wenn es wirklich hektisch wurde, band sie sie auf dem Kopf zusammen, sodass sie aussah wie eine durchgeknallte erwachsene Pippi Langstrumpf.

Lou musste angesichts Sues knapper Begrüßung lächeln – es war eben doch noch ziemlich früh am Morgen. »Ja«, antwortete sie. »Aber ich muss los. Ich muss noch Besorgungen machen, bevor ich Devlin mit dem Kuchen überrasche. Eigentlich rechnet er erst heute Abend mit mir, aber ich habe mir gedacht, dass eine kleine Feier vor der Arbeit eine nette Geste wäre. Ich komme später wieder. Der Reserve-Kuchen steht neben der Kaffeekanne – lasst es euch schmecken.« Dann lehnte sie sich näher zu Sue und flüsterte: »Erzähl mir nachher, was Harley davon gehalten hat.«

»Na klar.« Sue ging zur Kaffeemaschine. Mit einem Mundvoll Kuchen fügte sie hinzu: »Er verdient dich nicht, Lou.«

Aber Lou war schon halb aus der Tür – den Kuchen in der einen und die Handtasche in der anderen Hand und mit dem festen Vorsatz, ihren Verlobten zu überraschen.

2

Irritiert stand Al Waters – eine weiße Notizkarte in der Hand und den viel zu kalten Frühlingswind im Rücken – an der Ecke St. Paul und Milwaukee Street. Das schneeweiße Papier wurde von zwei Dingen durchbrochen: den blaugrauen Initialen *DP* in der rechten oberen Ecke und der kurzen Notiz in der rechten unteren Ecke:

Mr Wodyski, denken Sie über einen Besuch im Luella's *nach. 320 St. Paul Street.*

Nachdem er die knappe Nachricht erhalten hatte, hatte Al alle Vorkehrungen getroffen, damit A. W. Wodyski heute Abend im *Luella's* inkognito essen konnte. Jetzt musste er den verdammten Laden nur noch finden: »Drei-null-sechs, drei-null-zwölf, drei-zwei-null … Da ist es ja.« Er kritzelte schnell ein paar Notizen auf die Rückseite der Karte:

– Öffnungszeiten
– *Sonntag – Donnerstag: 17–22 Uhr*
– *Samstag + Freitag: 17–24 Uhr*

Al spähte neugierig zum Eingang hinüber. Er liebte es, vor dem Abendessen neue Lokale auszukundschaften, ohne die Ablenkung durch das Gewusel anderer Restaurantbesucher. Durch die großen Glasfenster konnte er eine Frau mit roten Zöpfen erkennen, die in der Nähe der Küchentür stand. Wahrscheinlich die Köchin. *Luella's* – was für ein einfallsloser Name –, wahrscheinlich der Name der Großmutter, dachte Al. Er warf einen Blick auf die Speisekarte, die hinter Glas in einem bronzefarbenen Rahmen neben der Eingangstür hing. Er musste ein Gähnen unterdrücken, als er die lange Liste der üblichen französischen Gerichte überflog. Diese Kritik würde sich wie von selbst schreiben.

Al schauderte und machte sich zurück auf den Weg Richtung Milwaukee Street. Angesichts des schneidenden Windes, der im Kontrast zum knallblauen Himmel hoch über ihm kalt zwischen den Hochhäusern wehte, blickte er finster drein. Er meinte sich an einen Starbucks ein paar Blocks entfernt zu erinnern; er konnte wirklich einen heißen Tee gebrauchen, selbst wenn er nur von dort kam. Als er den überfüllten Coffeeshop betrat, schlug ihm eine heiße Welle koffeingeschwängerter Luft entgegen. Kaffee kannte einfach keine Raffinesse. Im besten Fall schmeckte er bitter, im schlechtesten wie ein Haufen Schlamm von der nächsten Müllhalde. Mit einem Mokka oder Latte kam er noch einigermaßen klar, aber die zählten nicht wirklich als Kaffee. Al drängte sich zur Kasse durch und bestellte einen Earl Grey mit einem Schuss Milch. Die Kette bot eine absurd große Auswahl an Teesorten an – doch Darjeeling und Earl Grey waren die einzigen zumutbaren Optionen. Die anderen enthielten entweder Beeren oder Kräuter – kein einigermaßen vernünftig denkender Engländer würde so etwas je bestellen. Während er am Abholtresen auf seine Bestellung wartete, tippte er ungeduldig mit der Fußspitze auf den Boden. Nachdem er seinen Tee endlich bekommen hatte, bahnte er sich – stets höflich lächelnd – seinen Weg durch die koffeinverpestete Luft zurück zur Tür. Warum in Gottes Namen waren all diese Menschen um sieben Uhr morgens schon so verdammt fröhlich? Al trat aus dem Coffeeshop und überquerte die Straße in Richtung des *Milwaukee Public Market*, dem einzigen, wenn auch kleinen, Lichtblick der kulinarischer Szene dieser Stadt. Er hatte mal von einem Bauernmarkt gehört, der angeblich immer im Sommer stattfinden sollte. Nach vier Monaten in dieser gottverdammten, eiskalten Stadt hatte Al allerdings eher den Eindruck, dass man Neuankömmlingen das Märchen vom Sommer erzählte, um sie auf den Arm zu nehmen. Der heutige Tag war als erster warmer Frühlingstag angekündigt worden, weshalb er seinen Wintermantel zu Hause gelassen hatte. Selbst schuld.

Der *Milwaukee Public Market* bestand aus einem einzigen, lang gezogenen Gebäude, das sich über die Länge eines Blocks erstreckte. Im Erdgeschoss reihten sich Stände aneinander, die von Kaffee über Fleisch bis hin zu Gewürzen alles Mögliche verkauften. Die Qualität war überall akzeptabel und die Auswahl für einen solch kleinen Markt durchaus anständig; kein Vergleich natürlich mit den niemals endenden, verschlungenen Märkten in London, Paris oder sogar auf Vancouvers Granville Island. Auf der Empore der ersten Etage gab es einen Sitzbereich, von wo man das Treiben unten beobachten und die zuvor erstandenen Lebensmittel probieren konnte. Manche Stände boten kleine Mittagssnacks an, was von den Geschäftsleuten, die ihren Großraumbüros im Austausch gegen ein wenig frische Luft und Sonne für eine halbe Stunde entkommen wollten, dankbar angenommen wurde. Zu den seltenen Gelegenheiten, wenn Al nicht berufsbedingt auswärts zu Mittag aß, kam er auf den Markt, um die frischesten Zutaten für das Abendessen zu besorgen. An diesem Morgen suchte er jedoch nur eine Möglichkeit, dem kalten Wind zu entkommen. Die Schlange an dem Stand, an dem er für gewöhnlich seine Zeitung kaufte, war lang, aber Al hatte Zeit. Da er normalerweise am Nachmittag und bis in den späten Abend hinein arbeitete, musste er nicht vor zwölf im Büro sein. Während er geduldig wartete, wippte er auf den Füßen vor und zurück und nippte dabei an seinem heißen Tee. Er schloss die Augen und atmete tief ein, um den vertrauten warmen und tröstlichen Geschmack zu genießen. Es schmeckte fast ein bisschen nach zu Hause: duftig und frisch, nach einem Hauch von Milch. Al nahm noch einen tiefen Atemzug, als sich Kokosnuss, Vanille und Speckgeruch unter seinen Earl-grey-Duft mischten. Neugierig blickte er sich nach der Quelle der verführerischen Gerüche um, wobei er fast mit der braunhaarigen Frau zusammengestoßen wäre, die direkt hinter ihm stand. Ein paar Tropfen Tee spritzten auf die makellos weiße Geschenkbox in ihren Händen.

»Oh, das tut mir leid«, platzte Al heraus, während er den Becher abzufangen versuchte, damit sich nicht auch noch der Rest des Inhalts über die Frau ergoss.

Sie verzog das Gesicht zu einem umwerfenden Lächeln, das ihre blendend weißen Zähne offenbarte, die bis auf einen, der auf charmante Weise ein wenig krumm stand, schon fast unheimlich ebenmäßig waren. Ihre Nase kräuselte sich, als das Lächeln auch die äußersten Mundwinkel erreichte und die zarten Sommersprossen in ihrem Gesicht tanzen ließ. »Nichts Schlimmes passiert«, sagte die Frau.

Al lächelte zurück. Sie hatte die Art von Gesicht, das einen sofort entwaffnete. Ihre Haare waren am Hinterkopf zu einem lockeren Pferdeschwanz zusammengebunden und sie trug kein Make-up – bemerkenswerter war jedoch, dass sie gar keins brauchte. Sie trug Jeans, die weder zu eng noch zu weit waren, und eine gesteppte braune Weste über einem braunen langärmeligen T-Shirt. Ihr Anblick ließ alles andere um sie herum in den Hintergrund treten. Er konnte einfach nicht aufhören sie anzustarren, auch wenn er das dumpfe Gefühl hatte, dass es höchste Zeit dafür war, aber er wollte ihren Anblick in seine Erinnerung einbrennen. Ein Schauer durchfuhr ihn.

»Kalt?«, fragte die Frau.

»Eiskalt. Laut Wetterbericht sollten es heute über zwanzig Grad werden. Aber das können nicht mehr als zehn sein.«

Die Frau nickte. »Das kommt durch den See.« Al runzelte die Stirn. »Sie wissen schon, in der Nähe des Sees ist es kälter.«

»Was?«

»In der Nähe des Sees ist es kälter. Ich bin mir sicher, dass sie das im Wetterbericht auch gesagt haben«, erklärte sie.

»Ja, vielleicht. Aber wir sind nicht am See.«

»Aber nahe genug dran. Das Ufer ist gerade mal zehn Blocks entfernt.« Die Frau deutete über seine Schulter. »Aber damit kann auch einige Kilometer weiter entfernt gemeint sein. Der Lake Michigan ist so riesig, dass er mit unserem Wetter alle möglichen verrückten Dinge anstellt. Warten Sie ab, bis wir erst den vom See beeinflussten Schnee bekommen.« Das Lächeln der Frau war noch breiter geworden, und eine kleine Andeutung von Spott hatte sich hineingeschlichen. »Ich empfehle Lagenlook.«

Lou versuchte sich zurückzuhalten und den armen Kerl nicht laut auszulachen. Er sah halb erfroren aus in seiner ordentlich gebügelten hellbraunen Stoffhose und dem blauen Anzughemd. Als er die Arme vor der Brust verschränkte, um sich warm zu halten, spannten sich unter dem dünnen Stoff die Muskeln an seinen breiten Schultern und Armen. Er war nicht besonders groß, sodass sie ihm in die auffallend blauen Augen schauen konnte. Es war diese Art von Augenfarbe, die sich der Stimmung anpasste. Gerade jetzt hatten sie die Farbe eines tiefblauen Winterhimmels: kristallklar, aber kalt. Sein blasses Gesicht verriet, dass er sich zu viel drinnen aufhielt, und seine gerade Haltung erinnerte sie an die von Privatschülern aus Filmen wie *Der Club der toten Dichter.* Seine braunen Haare waren an den Seiten kurz geschnitten, in der Mitte jedoch länger und teilweise sogar ein wenig zottelig. Haare, in die man bei einem langen, leidenschaftlichen Kuss seine Finger wühlen konnte. Der Schatten eines Barts verriet, dass er sich seit ein paar Tagen nicht rasiert hatte und wahrscheinlich beim Küssen kratzen würde. Vielleicht sollte sie ihm anbieten, ihn zu wärmen … Lou schüttelte den Kopf, um sich auf seine Frage zu konzentrieren.

»Darf ich fragen, was in dem Paket ist? Kokosnuss?«

»Kokosnusskuchen.« Sie verlagerte das Gewicht der Wäsche, die sie aus der Reinigung geholt hatte, und des Kaffeebechers, den sie in der anderen Hand hielt, um den Karton besser festhalten zu können. Er wäre ihr fast heruntergefallen, als sich der Mann so plötzlich zu ihr umgedreht hatte.

»Wo haben Sie ihn gekauft?« Er lehnte sich ein wenig vor und schnupperte.

»Ich habe ihn selbst gemacht.«

Er riss erstaunt die Augen auf. »Wirklich? Da kann sich aber jemand sehr glücklich schätzen.« Mit diesen Worten drückte er dem Verkäufer das Geld für die Zeitung in die Hand und eilte davon. Erst an der nächsten Ecke blieb er noch einmal kurz stehen, um einen Blick zurückzuwerfen.

Lou kaufte mit einem leisen Seufzen die Kaugummis, die Devlin so gerne mochte, und eine Zeitung, um einen Blick auf die Kritiken dieses A. W. Wodyski zu werfen. Ihr Handy vibrierte. Eine SMS von Sue.

Harley hat ein Stück in der Größe eines Vorstadt-Waschbären verdrückt. Ich würde mal behaupten, dass es ihm geschmeckt hat.

Lou freute sich schon darauf, ihn später damit aufzuziehen.

Mit einem Schmunzeln schob sie sich die Zeitung unter den Arm, steckte die Kaugummis in die Westentasche, packte die Wäsche so, dass sie nicht aus der glatten Plastikhülle rutschen konnte, nippte an Devlins Soja-Latte und nahm die Kuchenbox von der Theke des Verkaufsstands, wo sie sie zum Bezahlen abgestellt hatte. Mit einem Blick auf die Uhr hinter dem Zeitungsstand stellte sie fest, dass sie noch dreißig Minuten hatte, bevor Devlin sein Apartment verlassen würde, um in die Kanzlei zu gehen. Sie raffte ihre Sachen an sich und ging schnellen Schrittes die wenigen Blocks bis zu seiner Wohnung. Als sie vor dem Apartmenthaus ankam, war der Kaffee noch heiß – so heiß, dass sie für ihre von der Küchenarbeit schwieligen Hände dankbar war. Sie hatte Devlin bisher noch keine Antwort auf seine La-Perla-Frage gegeben (sie hatte aus irgendeinem Grund an diesem Ausdruck Gefallen gefunden), weswegen das Negligé noch immer ungetragen in seinem Schrank hing. Zusammenzuziehen kam ihr sehr viel endgültiger vor, als sich zu verloben. Da sie nicht einmal über ein Datum für die Hochzeit gesprochen hatten, fühlte sich Lou bisher nicht sehr viel anders, bis auf die Tatsache, dass sie nun stolze Besitzerin eines ziemlich teuren und funkelnden Schmuckstücks war. Sonst war eigentlich alles wie vorher. Die Vorstellung, sein Leben mit jemandem zu teilen, immer ein Date zum Valentinstag zu haben oder Weihnachten gemeinsam Geschenke auszupacken, gefiel ihr, aber mit jemandem zusammenzuziehen bedeutete Veränderung. Aus ihrem Apartment ausziehen, ihr Leben mit dem von Devlin zusammenzuwerfen – Bücher, Musik, Kleider. Auch wenn sie nicht oft zu Hause war, mochte sie den Gedanken, dass *ihr* Apartment mit *ihren* Bildern, *ihren* Kochbüchern und *ihrem* Bett am Abend auf sie wartete. Sie fand Devlins Wohnung nicht schlecht, aber er besaß einfach zu viele schöne Dinge. Jedes Mal wies er sie darauf hin, dass sie aufpassen, nicht irgendeine Statue umstoßen und keinen Wein auf dem Sofa trinken sollte. Zu oft hatte sie sich wie eine Schauspielerin in einem Theaterstück gefühlt, die brav nur das tat und sagte, was im Skript stand. Sie brauchte ihr eigenes Apartment, wo auch mal etwas auf dem Boden landen durfte und Dinge zu Bruch gingen; wo sie laut und sie selbst sein konnte. Auf der anderen Seite freute sie sich darauf, mit Devlin bei einer guten Flasche Wein zusammenzusitzen, seine nächsten Karriereschritte zu planen und gemeinsam über die absurden Grimassen der Pflichtverteidiger zu lachen. Doch, die Vorteile überwogen ihre Bedenken. Sie würden ihren Streit über das Restaurant beilegen – vielleicht könnte sie ihn sogar überzeugen, Mandanten zu privaten Abendessen dorthin einzuladen. Die Menschen liebten es, in einem Restaurant hofiert zu werden. Lou musste lächeln, als sich die Last auf ihren Schultern bei dem Gedanken ein wenig verringerte.

Leise schob sie den Schlüssel in das Schloss zu Devlins Apartment, während sie die Schnur um die Kuchenbox mit den Zähnen festhielt, damit sie ihr nicht herunterfiel. Als die Tür einen Spaltbreit offen stand, nahm sie den Karton wieder in die Hand und stieß die Tür mit einem Hüftschwung weiter auf. »Überraschung!« Lou sah sich nach Devlin um, doch die einzige Person, die sie sah, war Megan, die blonde Praktikantin von der Gala, die in Lous blauem La-Perla-Negligé in Devlins Wohnzimmer stand. Als Devlin, in Boxershorts und mit einem Haufen Kleidung auf den Armen, aus dem Schlafzimmer kam, stand Lous Mund noch immer offen – ihr Körper schien eingefroren.

Devlin starrte erst Lou, dann Megan an. »Es ist nicht so wie du denkst«, sagte er und ließ die Klamotten auf den Boden fallen, um die Hände vor sich auszustrecken, als wolle er in letzter Sekunde einen Autounfall verhindern.

Ein Unterwäscheensemble aus schwarzer Spitze thronte zuoberst auf dem Kleiderhaufen zu seinen Füßen. Lou hatte größte Mühe, die augenblickliche Situation mit dem in Einklang zu bringen, was sie noch vor Sekunden vorzufinden geglaubt hatte. Doch mit einem Mal traf es sie wie der frostige Blitz, der einen nach zu viel Eis durchzuckte: Ihr wurde wahnsinnig kalt, und sie hatte das Gefühl, nicht mehr richtig sehen zu können. Kaffee spritzte über den teuren Holzfußboden, der Plastiksack aus der Reinigung rutschte von ihrem Arm, die Kuchenbox fiel auseinander, als sie auf den Boden traf, saugte den Kaffee auf und überzog die frische Wäsche mit brauner Butterglasur. Der heiße Kaffee verwandelte ihren wunderschönen Kokosnusskuchen innerhalb von Sekunden in Matsch. Und ihr Herz musste sich ebenfalls irgendwo da unten inmitten dieser Schweinerei befinden. An seiner Stelle klaffte ein großes Loch in Lous Brust. Aus Angst sich übergeben zu müssen, schloss sie vorsichtshalber den Mund. Dann machte sie vorsichtig ein paar Schritte rückwärts durch die noch immer offen stehende Tür in den Flur, wobei sie Devlin nicht aus den Augen ließ. Schließlich drehte sie sich abrupt herum, stürmte die Treppe hinunter, aus dem Gebäude und auf die Straße – und prallte im nächsten Moment gegen einen Passanten. »Sorry«, murmelte sie und hetzte weiter den Bürgersteig entlang.

Al taumelte zurück, als ihn ein braunhaariges Etwas fast umrannte. Die Frau vom Zeitungsstand. Al sah Miss Kokosnusskuchen hinterher, wie sie den Gehweg hinunterlief, wo sie weiße Flecken von dem Frosting hinterließ, das an ihren Schuhen klebte. Er verspürte den Drang, ihr hinterherzurennen, damit sie ihn noch einmal so anlächelte wie eben am Zeitungsstand. Der kalte Frühlingswind, der durch die Straße wehte, schien ihn geradezu in ihre Richtung zu pusten. Er folgte den Glasur-Spuren auf dem Bürgersteig, doch als er die nächste Ecke erreichte, verlor sich die Spur der kuchenlosen Miss Kokosnusskuchen im Gewimmel der Menschen, die zur Arbeit hasteten. Al zuckte mit den Schultern, auch wenn er ein wenig enttäuscht war. *Wahrscheinlich ist es besser so.* Er hatte ohnehin nicht vor, noch viel länger in Milwaukee zu bleiben.

3

»Hey, Harley, hat Lou angerufen?«, fragte Sue. »Ich dachte, sie wollte längst zurück sein, um den Laden aufzumachen.« Es war inzwischen nach zwölf, und Harley hatte angefangen Brot zu backen und die Desserts für den Abend zuzubereiten, während Sue mit den Vorbereitungen für die Hauptgerichte beschäftigt war.

»Nö.«

»Ich rufe auf ihrem Handy an; sie kommt sonst nie zu spät. Und dabei ist mir scheißegal, was sie diesem Arsch gerade zum Geburtstag schenkt.«

»Okay.«

»Ich erzähle ihr, dass du den halben Kuchen gegessen hast.«

»Okay, ich mache mir Sorgen. Bist du jetzt glücklich?«

Harley und Sue blickten auf, als sie hörten, wie die Hintertür zufiel. Lous Haare sahen aus, als hätte sie mit einem Sturm gerungen, dabei war es nicht einmal sonderlich windig. Ihre Weste war ihr über die Schulter gerutscht, und ihr Gesicht so kreidebleich wie die Kochschürze, nach der sie im Vorbeigehen angelte. Sie musste viermal danach greifen, bevor sie sie endlich vom Haken bekam.

»Was hat er getan?« Sue stürzte hinter der Anrichte hervor auf sie zu. Lou hob zwar den Kopf, fixierte jedoch die Küche hinter ihr.

»Ich habe den Kuchen fallen lassen«, sagte Lou.

»Oh, Mist. War er sehr wütend? Harley hilft dir sicher, einen neuen zu backen. Nicht wahr, Harley?«

Harley murmelte zustimmend.

»Es wird keinen neuen Kuchen geben.«

»Was hat dieser Mistkerl zu dir gesagt?«, fragte Sue.

Lou schüttelte den Kopf, konnte den leeren Ausdruck in ihren Augen damit jedoch nicht vertreiben. »Es ist aus. Ich will nicht darüber reden. Wie weit sind wir mit den Vorbereitungen?«

Ohne ein Wort zu sagen, ging Harley um die Dessert-Station herum und schlang seine breiten, tätowierten Arme um Lou. Kaum dass sie die tröstliche Umarmung der mit Zucker bestäubten Python-Arme spürte, konnte Lou sich nicht mehr zurückhalten und schluchzte haltlos in Harleys T-Shirt.

»Ich bringe sie in die Höhle. Heute Abend müssen wir allein klarkommen«, sagte Harley, während er Lou in Richtung des Büros am Ende der Küche bugsierte.

Drinnen war jede freie Wandfläche mit Rezepten, Fotos und Speisekarten-Entwürfen bedeckt; Berge von Papier stapelten sich auf dem Schreibtisch, und unzählige Kochbücher, Aktenordner und Vorratsschachteln ließen kaum ein Fleckchen Boden frei. In einer Ecke stand eine schmale Liege, und eine Tür führte in das kleine Badezimmer mit Dusche. Nachdem das Restaurant eröffnet worden war, hatte Lou Stunden allein hier verbracht und war jedes Mal mit glänzenden Augen und einer neuen Idee für das Restaurant herausgekommen. Sue hatte Lou deswegen immer ein böses Genie genannt, das in seiner Höhle Pläne schmiedete. Seitdem hieß das Büro nur noch »die Höhle«.

Als sie den Raum betraten, klingelte das Telefon. Sue schob einen Stapel Papier zur Seite, um nachzusehen, wer anrief. Als sie die Anruferkennung las, warf sie Harley einen kurzen Blick zu und nahm dann ab. »Wenn du sie noch ein einziges Mal belästigst, schneide ich dich in Scheiben und serviere dich als Tagesgericht.« Sie knallte den Hörer auf.

»Das war noch viel zu nett«, brummte Harley.

Lou nahm einen tiefen, zittrigen Atemzug und befreite sich aus Harleys Armen. Beim Anblick des Chaos um sie herum schüttelte sie den Kopf. »Vielen Dank, aber ich kann unmöglich hierbleiben. Ich muss arbeiten. Wenn ich mich hinsetze, denke ich zu viel nach.« Sie zerrte sich den Verlobungsklunker vom Finger und schleuderte ihn auf den Schreibtisch, dann marschierte sie an Harley und Sue vorbei in die Küche, ohne den besorgten Blick zu bemerken, den die beiden tauschten.

Al kam um elf im Büro an, hastete eiligen Schrittes zwischen den Schreibtischen hindurch, hinter denen er zwar einige Gesichter erkannte, deren Namen zu behalten er sich aber nie die Mühe gemacht hatte. Als er seinen Arbeitsplatz erreichte, saß sein Kollege bereits am benachbarten Schreibtisch. »Was hat es mit diesem In-der-Nähe-des-Sees-ist-es-kälter-Quatsch auf sich?«, fragte Al, ohne sich die Mühe einer ordentlichen Begrüßung zu machen.

»Wohl ein bisschen ausgekühlt heute Morgen, was?«, fragte John zurück. John war für das Moderessort der Zeitung zuständig, auch wenn sein Äußeres Als Ansicht nach einiges zu wünschen übrig ließ. Johns braunes Kiffer-trifft-auf-Bergsteiger-Haar und der zottelige Bart verdeckten den Großteil seines Gesichtes und sahen aus, als hätten sie seit mindestens einem Monat kein Wasser mehr gesehen. John hatte einmal erwähnt, dass er eine Frau zu finden hoffte, die Gesichtsbehaarung sexy fand – weil so ein Mädchen vielleicht auch ein wenig auf abgefahrene Dinge stand. Dann hatte er noch irgendwas von einer speziellen Webseite gemurmelt. Heute trug er ein bis zur Unkenntlichkeit verknittertes Hemd, in dessen Brusttasche zwei Stifte steckten (grün und lila), eine nicht minder verknitterte Stoffhose und rote Converse All Stars. Al bemerkte einige Brusthaare, die aus seinem Kragen lugten.

»Verdammte Kälte. Was soll das mit den Haaren?« Al gestikulierte in Richtung von Johns Brust.

»Ich habe aufgehört, sie zu trimmen.«

»Dann trag doch wenigstens halsnahe T-Shirts, Mann!«

»Die Ladys lieben Brustbehaarung. Es gibt ganze Webseiten, die sich dieser Leidenschaft widmen.«

»Hast du irgendeines dieser Themen schon mal ernsthaft gegoogelt, oder denkst du dir das alles nur aus?«

»Nicht an meinem Arbeitscomputer.«

In den vier Monaten, die Al für die Zeitung arbeitete, hatte er es nicht geschafft, die äußere Erscheinung seines Kollegen mit der seines Schreibtisches unter einen Hut zu bringen. Auf einem Regalbrett stand, ordentlich abgeheftet, etikettiert und in alphabetischer Reihenfolge, eine Reihe von Modemagazinen. Seine Pinnwand war in gleich große Quadrate unterteilt, die unterschiedlichen Themenbereichen wie Stoffproben, Modebildern und Streetstyle-Fotos zugeordnet waren. Eine schicke Lampe aus Kupfer mit grünem Seidenschirm stand auf seinem Tisch, und über dem Bürostuhl hing ein schokoladenbrauner Kaschmirschal. Unter seinem Schreibtisch befanden sich ordentlich aufgestapelte Kartons mit Schuhen und Kleidern verschiedener Modelables.

Al drehte sich auf seinem Stuhl um und schaltete den Computer ein. Während der surrend zum Leben erwachte, zog er die weiße Karte mit der Adresse und den Öffnungszeiten vom *Luella's* heraus. Sein Schreibtisch sah grau und langweilig aus. Den einzigen Hinweis auf seinen temporären Besitzer lieferten die Bücher über Essen und Kritiken auf dem Regalbrett darüber. Al versuchte möglichst wenig aufzufallen, um seine geheime Identität zu schützen. Ein leer wirkender Schreibtisch hielt die Kollegen davon ab, ihn mit überflüssigen Gesprächen zu belästigen, auch wenn die Abschreckungsmethode seinen Tischnachbarn wenig zu beeindrucken schien.

»Lust, nach der Arbeit was trinken zu gehen?«, fragte John.

»Habe schon eine Restaurantreservierung für eine neue Kritik gemacht, sorry.«

»Welches?«

»Luella's.«

»Kann ich mitkommen?«

»Nein.«

»Warum nicht?«

»Weil du deine Klappe nicht halten kannst.«

»Manche Frauen mögen das.«

Al verdrehte die Augen und blickte wieder auf seinen Computer.

John lächelte.

Der PC hatte endlich alle Desktop-Funktionen hergestellt, und das laute Belüftungsgeräusch beim Hochfahren war einem leiseren Surren gewichen, sodass Al ein neues Dokument öffnen konnte. Er begann mit den Vorbereitungen für die Restaurantbesprechung des heutigen Abends, wobei er in seiner gewohnt bissigen Wortwahl schwelgte. Er würde die Details später ergänzen, wenn er ein paarmal dort gegessen und die verschiedenen Gerichte und Kellner kennengelernt hatte.

»Guten Morgen, Al.«

Die melodische Stimme seiner Chefredakteurin Hannah erklang über ihm. Sie war Mitte dreißig, blond und gefährlich gerissen. Auf ihrer Nase saß eine rahmenlose Brille, und ihre Haare waren im Nacken zu einem Knoten geschlungen, in dem in wahlloser Anordnung mehrere Bleistifte steckten. Sie war ein Risiko eingegangen, als sie Al als einen bis dahin unerfahrenen Restaurantkritiker eingestellt hatte – und hatte sich damit als einer von sehr wenigen Menschen Als Respekt verdient. Beim *London Journal* hatte er vor allem über die Royals geschrieben, mit denen er zu einem großen Teil sogar in Eton die Schulbank gedrückt hatte. Und obwohl er das Ressort gehasst hatte, hatten die Themen doch erheblich dazu beigetragen, seinen zynischen Schreibstil zu entwickeln. Nach ein paar Jahren, in denen er über fade Sprösslinge reicher Familien und ihre Eltern geschrieben hatte, wollte er weg. Mit dem Ziel, so viele Kilometer wie möglich zwischen sich und die Adelsfamilien zu bringen – und natürlich auch, um seiner Leidenschaft zu folgen –, hatte er sich in den Staaten auf so ziemlich jeden Job als Restaurantkritiker beworben. Und Hannah war die Erste gewesen, die auf ihn aufmerksam geworden war. Sie erkannte Talent, wenn sie es vor der Nase hatte.

»Wir haben einige Rückmeldungen auf Ihre letzten Restaurantbesprechungen bekommen.«

»Und?«

»Ich zitiere.«, Hannah räusperte sich und hielt die ausgedruckte E-Mail hoch. »›Ich hatte noch nie so viel Spaß daran, eine Kolumne zum Thema Essen zu lesen. Ich liebe Wodyskis geistreiche Kommentare. Jetzt muss ich meine Zeit nicht mehr damit vergeuden, schlechte Restaurants auszuprobieren.‹«

»Zumindest wissen die Menschen meine Hilfe zu schätzen.«

»Ich habe noch ein paar mehr. Einige finden Sie ein bisschen zu gemein, aber man kann eben nicht jeden glücklich machen. Dafür gibt es viel mehr, die Sie lieben. Weiter so, Waters – Sie haben Fans.«

Nachdem Hannah in dem Labyrinth aus Schreibtischen verschwunden war, drehte sich John zu Al um. »Warum Wodyski?«

Das Gesicht noch immer dem Computer zugewandt, verdrehte Al die Augen. »Ich kann wohl kaum meinen richtigen Namen verwenden, oder?«

»Das habe ich schon kapiert. Aber warum ausgerechnet dieser Name?«

»Weil er polnisch klingt.«

»Und?«

»Das hört sich so an, als wäre ich von hier – bei den vielen polnischen Einwanderern, die es hier gibt. Die Leute sind schneller bereit, einem zu vertrauen.«

»Und du glaubst im Ernst, wir Milwaukees sind so naiv?«

»Bisher hat es auf jeden Fall funktioniert«, sagte Al und gestikulierte in die Richtung, in die Hannah verschwunden war, dann machte er sich wieder an die Arbeit.

Als er sich an Miss Kokosnusskuchen erinnerte, blieb Al vor dem *Luella's* kurz stehen. Er konnte einfach nicht aufhören, an ihr ansteckendes Lächeln, die Sommersprossen auf ihrer Nase und die traurige Frosting-Spur zu denken, die sie hinter sich hergezogen hatte. Eine kalte Windböe ließ ihn schaudern und scheuchte ihn ins Restaurant. Das *Luella's* hatte seit zwei Stunden geöffnet. Bar und Speisesaal waren gut besucht – und die Empfangsdame offensichtlich abgelenkt. *Unprofessionell*, notierte er in Gedanken. Die kleinen Tische, über die gestärkte weiße Leinentücher gebreitet waren, erinnerten auf dem schwarz-weiß gefliesten Boden ein wenig an Schachfiguren. Schwarz-Weiß-Fotografien französischer Landschaften unterbrachen die ansonsten weiße Wand. Und das Klischee bestätigte sich mit jedem weiteren Detail – aufgereihte Baguettes hinter der Bar, unechte Traubendolden, die aus geflochtenen Körben quollen, Wachs von spitz zulaufenden Kerzen, das sich über leere Weinflaschen ergoss. Französische Restaurants wie dieses hier gab es wie Sand am Meer in jeder Stadt der Welt.

»Reservierung?« Al sah auf. Die Empfangsdame hatte ihn also endlich bemerkt.

»Ja, eine Person, auf Waters.« Er würde heute Abend allein essen. Wie so oft. Bisher hatte er keine vertrauenswürdige, diskrete Gruppe von Leuten finden können, mit denen er ein Restaurant besuchen konnte, ohne Gefahr zu laufen, enttarnt zu werden. Obwohl ihn John mindestens einmal in der Woche fragte, ob er ihn begleiten könne – wahrscheinlich war er weniger auf seine Gesellschaft als ein Abendessen auf Kosten der Zeitung scharf.

»Folgen Sie mir«, sagte die Empfangsdame und warf dabei einen Blick über die Schulter. Sie führte ihn zu einem Tisch, von dem aus er auf die Tür zur Küche sehen konnte.

Al holte sein iPad heraus und tippte *Unfreundliche Empfangsdame,* bevor er sich genauer umsah. Er konnte nicht richtig in die Küche hineinsehen, sondern immer nur einen kurzen Blick erhaschen, wenn einer der Kellner durch die Schwingtüren kam. Sie sah sauber und hell aus, aber das war kein Pluspunkt, sondern lediglich das absolute Minimum, das ein Restaurant zu bieten haben sollte. Die Empfangsdame eilte zu einer Gruppe von Kellnern, die an der Kaffeemaschine standen. Auch wenn nicht jeder Tisch besetzt war, war der Speiseraum doch gut gefüllt, und es bestand aus Als Sicht keine Veranlassung für die Kellner, dort zusammenzustehen. Er sah sich wieder um und registrierte, dass auch andere Gäste die kleine Gruppe bemerkt hatten. An einigen Tischen wären leere Teller abzuräumen gewesen, an anderen hätten die Gläser nachgefüllt werden müssen, aber das schien die Teilnehmer der Tratschrunde nicht weiter zu stören. Er tippte *Unkonzentrierte Kellner*.

Nach einer mehr als unakzeptablen Zeitspanne bequemte sich endlich ein Kellner an seinen Tisch und nahm die Bestellung auf. Al hatte jeweils das erste Gericht unter jeder Kategorie auf der Karte ausgewählt: sautierte Gänseleberpastete mit einer Bordeaux-Reduktion, Salat mit überbackenem Ziegenkäse, Sole Meunière und Limetten-Soufflé. Er schob seinen Ärmel hoch, um die Stoppuhr zu starten.

Konzentrier dich auf die Bestellungen, konzentrier dich auf die Bestellungen, wiederholte Lou das Mantra in ihrem Kopf. Sie holte tief Luft, warf einen Blick auf die Zettel vor ihr und rief laut die Bestellungen aus (zweimal Sole Meunière, dreimal beschwipstes Hühnchen, einmal Tagesgericht) und kämpfte darum, in die gewohnten Abläufe zu finden. Langsam begann die hektische Routine des Abends zu wirken. Wenn sie weiter nach vorn sah, würde sie keine Zeit haben, zurückzublicken. Sie bückte sich, um den Kühlschrank neben dem Grill zu öffnen, für den sie heute Abend zuständig war. Sue hatte sie nicht an die Sautier-Station gelassen, weil sie der Meinung war, dort könnte zu viel schiefgehen. Lou nahm drei Hühnchen und ein abgehangenes Steak für das Tagesgericht heraus und legte sie auf den Grill, wo sie Salz und Pfeffer darüberstreute. Dabei fiel ihr Blick auf einige fertig angerichtete Teller, die noch immer unter den Wärmelampen darauf warteten, endlich serviert zu werden. Sogar an einem Tag mit guter Laune brachte sie das auf die Palme. »Warum steht das Essen für Tisch drei immer noch hier rum?«, rief Lou deutlich lauter, als es sonst ihre Art war.

»Da fehlen noch die gegrillten Jakobsmuscheln.« Sue hob vielsagend eine Augenbraue.

»Der Teller kann schon raus, während ich die Jakobsmuscheln fertig mache.«

Warum können diese verdammten Kellner eigentlich nichts tun, ohne dass man ihnen genaue Anweisungen gibt? Sie müssten es eigentlich besser wissen.

Lou klingelte nach Tyler, der heute seinen ersten Tag im *Lu-*

ella's hatte. Als er seinen Kopf durch die Küchentür steckte, wedelte Lou ungeduldig mit der silbernen Grillzange in Richtung der Bestellung. »Bring das Essen raus.«

»Aber …«

»Bring. Es. Raus. Und dann komm zurück, um den Rest zu holen.«

Tyler schnappte sich die Teller und rannte aus der Küche, allerdings nicht ohne Sue im Vorbeieilen einen um Verständnis flehenden Blick zuzuwerfen.

»Du gehst ein bisschen hart mit ihm um, findest du nicht?«, fragte Sue.

»Nicht wenn da draußen Gäste auf ihr Essen warten.«

Genau in dem Moment, als Tyler wieder in die Küche kam, um den Rest der Bestellung abzuholen, hatte Lou den Teller mit den Jakobsmuscheln fertig. Sie starrte ihn so lange an, bis er damit durch die Küchentür verschwunden war. Dann wandte sie sich wieder dem Grill zu, um das Fleisch herunterzunehmen. Doch anstelle von perfekt gegartem Hühnchen und Steak stocherten deren verkohlte Überreste in dem ohnehin riesigen Loch, an dessen Stelle einmal Lous Stolz gesessen hatte. »Verdammt!« Sie riss das Fleisch mit bloßen Händen vom Grill und schleuderte es in den Abfalleimer. Beim Gedanken an die nächsten Brandmale, die sie sich damit zugezogen haben dürfte, zuckte sie zusammen.

Nach Lous plötzlichem Ausbruch arbeiteten alle in der Küche ungewohnt leise weiter – College-Abschlussprüfungs-Bibliotheks-leise. Sue und Harley tauschten einen besorgten Blick. Sogar die Spülmaschine schien zusammenzuzucken, als Lou wütend eine Pfanne hineindonnerte. Ihre Gefühle spielten verrückt. Wut, Enttäuschung und Traurigkeit schubsten sie hin und her wie Wind einen Fensterladen an einem stürmischen Abend. Jeder noch so kleine Fehler zog eine Kaskade wüster Beschimpfungen nach sich. Ihr wütender Blick sprühte Funken und vertrieb das Personal aus der Küche an die Kaffeemaschine, wo sie sich leise unterhielten. Mit jedem bösen Wort, das sie verlor, hasste Lou sich selbst ein wenig mehr. Was war nur los mit ihr? Das hier war ihre Familie, und sie behandelte sie schrecklich. Sie war eigentlich gar nicht sauer auf ihre Angestellten, sondern auf sich selbst. Weil sie Devlin vertraut hatte, weil sie daran geglaubt hatte, dass er ein Teil ihres Lebens, ihrer Familie werden wollte. Weil sie gedacht hatte, dass er nur das Beste für sie im Sinn hatte. Aber er hatte das *Luella's* nie gemocht. Inzwischen war ihr klar, dass er es immer nur toleriert hatte. Er hatte sogar noch versucht, es ihr auszureden, als sie endlich genug Geld zusammengekratzt hatte, um es zu eröffnen. Lou erinnerte sich genau an den Abend, an dem sie Devlin erzählt hatte, dass sie die richtigen Räumlichkeiten gefunden hätte. Das war vor anderthalb Jahren gewesen, an einem der wenigen Abende, an dem sie nicht arbeiten musste, und sie gemeinsam essen gegangen waren.

»Ich hab's gefunden.« Sie hatte sich nervös in die Wange gebissen und den Kopf gesenkt, sodass sie Devlin unter den Wimpern hindurch ansehen konnte.

»Meinen iPod? Super, das hatte ich gehofft.« Devlin hatte allerdings nur Augen für die Geschäftsleute am Nebentisch gehabt, weil er herausfinden wollte, worüber sie redeten. Er hatte sie nicht einmal angesehen, als sie zu sprechen begann.

»Nein, ich meine mein Restaurant.« Lous Stimme war so leise gewesen, dass sie durch den Lärm des Speisesaals kaum zu hören gewesen war.

Damit hatte sie endlich seine Aufmerksamkeit erlangt. Devlin hatte sich zu ihr herumgedreht und sie mit einem Ausdruck angestarrt, als habe sie ihm eröffnet, dass sie mithilfe ihrer Feenflügel, die sie mit Klebeband und Mullbinden unter ihrem Oberteil verbarg, fliegen könnte. »Ich dachte, du hättest die Idee längst aufgegeben. Abgesehen davon fehlt dir doch das Geld.« Und damit hatte er sich wieder dem Nebentisch zugewandt.

»Dev, du weißt, dass ich …«, hatte Lou begonnen.

Devlin hatte den Finger gehoben, um ihr zu bedeuten, still zu sein, dann hatte sich ein Lächeln auf seinem Gesicht ausgebreitet. »Sieht so aus, als müsste ich morgen ein paar Telefonanrufe machen. Da steht eine Fusion an. Äh, was hast du gerade gesagt?«

Lou hatte tief durchgeatmet und gesagt: »Ich will mein eigenes Restaurant aufmachen. Sue und Harley glauben, dass ich es schaffen kann. Ich habe genug Geld gespart und jetzt auch den perfekten Ort gefunden.«

»Warum willst du unbedingt weiter in Restaurants arbeiten? Ich habe dir doch gesagt, dass ich mich um dich kümmere. Mit deiner Unterstützung werde ich bald einer der besten und gefragtesten Anwälte in ganz Wisconsin sein. Darauf sollten unsere ganzen Bemühungen ausgerichtet sein.«

»Devlin, ich muss es versuchen. Es tut mir leid, wenn du das nicht verstehst.«

Daraufhin hatte er Lous Gesicht und ihre Haltung so konzentriert studiert, als handelte es sich bei ihr um ein neues Auto, das er sich zulegen wollte, oder ein Zeuge, dem er vielleicht eine Aussage entlocken konnte. »Okay, Elizabeth, aber ich will nicht, dass dich diese Sache von unseren gemeinsamen Plänen ablenkt.«

Ende der Diskussion. Devlin musste damals zum ersten Mal ihre Entschlossenheit gespürt haben. Aber er war derjenige gewesen, der alle *ihre* Pläne ignoriert und in der ganzen Zeit seit der Eröffnung nur dreimal im *Luella's* gegessen hatte.

»Lou, kommst du klar, wenn ich eine kurze Pause einlege?«

Lou blickte verwirrt auf und sah Sue, von deren Handgelenk Blut tropfte. »Was zum …?«

»Es ist nur ein kleiner Schnitt, aber ich muss die Blutung irgendwie stoppen.«

»Geh schon.« Lou wedelte mit der Grillzange in ihre Richtung und hörte Harley fragen, ob er Sue helfen könne. Dann widmete sie sich der nächsten Bestellung – noch mal Sole Meunière. Sie bereitete den Fisch an der Sautier-Station vor, dann ging sie wieder zum Grill.

»Chef?«, fragte eine leise Stimme vom Abholfenster.

»Ja, Tyler?«

»Könnten Sie sich mit der Seezunge für Tisch neun ein bisschen beeilen? Der Gast wartet schon eine ganze Weile.«

Lou sah rot. Sie starrte Tyler an. »Klar.«

Vier neue Bestellungen kamen rein. Lou wendete den Fisch, panierte zwei weitere Filets und hechtete anschließend zur Grillstation zurück, um alle Fleischstücke umzudrehen, bevor sie sich wieder in Kohle verwandelten. »Wo bleibt Sue, verdammt noch mal?« Sie knallte eine gusseiserne Pfanne auf den Herd und zündete die Glasflamme, um mit der Soße für den Fisch zu beginnen. Sie gab die Zutaten in die Pfanne und angelte nach dem Salz. Dabei blieb sie mit dem Ärmel an der Flasche Koch-Brandy hängen, der sich über den Gasherd ergoss. Meterhohe Flammen schossen zu den Industrie-Abzugshauben hinauf. Lou brachte sich mit einem Sprung in Sicherheit, aber ihr T-Shirt hatte bereits Feuer gefangen, und an ihren Schläfen kräuselten sich verkohlt und stinkend einzelne Haare. Zuerst das Essen. Sie zog die Pfannen mit dem brennenden Fisch und der Soße vom Herd und deckte sie ab, damit die Flammen erstickten. Als sie mit einem feuchten Küchenhandtuch ihre Ärmel löschte, war der Brandy fast komplett verbrannt und nur noch ein paar vereinzelte kleine blaue Flammen züngelten über den Herd. Noch bevor sie Gelegenheit hatte, das ganze Ausmaß der Katastrophe zu überblicken, erschien wieder Tylers Gesicht am Abholfenster.

»Chef?«

Sie ließ den geretteten Fisch aus der Pfanne auf einen Teller gleiten und kippte die Buttersoße darüber. Dann knallte sie den Teller unter die Warmhaltelampe und schrie: »Bestellung fertig.«

»Jetzt reicht's«, sagte Sue, die plötzlich hinter ihr stand, das Handgelenk ordentlich mit einer Mullbinde umwickelt. Sie fasste Lou am Arm und sah ihr fest in die Augen. »Ich sage das als deine beste Freundin. Du führst dich auf wie ein irres Miststück. Auch wenn ich mir gelegentlich ein bisschen mehr Aufmüpfigkeit von dir wünschen würde, ist das einfach nicht dein Ding. Und jetzt geh Geschirr spülen, bis du dich wieder unter Kontrolle hast. Und was hast du bitte dem Essen angetan?«

Lou riss entsetzt die Augen auf, als sie zur Sautier-Station hinübersah, wo ein viel zu lange gebratenes und noch halb rohes Filet zur Hälfte verkohlt auf dem Rost lag. »Ich habe die Teller vertauscht. Bring die Bestellung wieder zurück.« Lou spähte durch das Abholfenster in der Hoffnung, Tyler noch mit der Bestellung in der Hand auf der anderen Seite zu entdecken. Aber es war zu spät, er hatte bereits serviert.

Sue schubste Lou mit Nachdruck in die Geschirrspülecke. »Ich komme allein klar. Der größte Ansturm ist ohnehin vorbei.« Dann kehrte sie Lou den Rücken zu. Angesichts der Beschwerde, die sicherlich jede Minute eintreffen würde, war es wohl am besten, als Erstes eine neue Seezunge vorzubereiten.

Und Stopp. Al stoppte die Uhr. Dreiunddreißig Minuten, seit er seinen Salat bekommen hatte. Der Fisch sah bleich aus und war in Soße ertränkt. Die Kapern waren wahllos über den Teller verteilt. Ein trauriger Zitronenschnitz klammerte sich verzweifelt an den Rand des Tellers, als ginge es um sein Leben. Er schob den leer gegessenen Salatteller beiseite, um an die Gabel heranzukommen. Dann nahm er sein iPad und ergänzte *Anständiger Salat, Welker Fisch, Armselig angerichtet, Langsamer Service, Kein Brot*. Al schnitt in die Mitte des Filets, um einen ersten Happen zu probieren. Das Innere wirkte nur halb gar. Vielleicht war es sicherer, etwas von den Seiten zu essen. Er nahm einen Bissen und würgte. Irgendwie hatten sie es geschafft, den Fisch gleichzeitig roh zu belassen und zu verbrennen und das Ganze mit übermäßig viel Alkohol abzuschmecken. Das Soufflé würde er sich gar nicht erst antun.

»Die Rechnung, bitte.«

Lou nahm jede Spülwanne und jede dreckige Pfanne mit wütendem Ehrgeiz entgegen. Die harte, eintönige Arbeit tat ihr gut. Sie schrubbte die Töpfe so gründlich, als handelte es sich dabei um Devlins falsches Lügengesicht. Wut und Schmerz ließen sie blind werden für alles andere um sich herum. Sie schrubbte und schrubbte, als könnte sie damit ihre Enttäuschung, den Ärger und das Leid auslöschen. Harley oder Sue, sie hätte nicht sagen können, wer von beiden, stapelte noch mehr Pfannen neben der Spüle, und Lou schrubbte unermüdlich weiter. Dann nahm jemand anderes sie in Empfang, um sie wieder ins Regal zu räumen. Sie schrubbte so verbissen, als ginge es um ihr Leben, und legte nur kurze Pausen ein, um sich den Schweiß aus dem Gesicht zu wischen.

Devlin hatte sie nie unterstützt, wenn es dabei nicht auch um seine eigenen Ziele ging. All die großzügigen Geschenke, Zukunftspläne und hochfliegenden Pläne – es waren immer nur seine gewesen, nie ihre. Sie hatte sich sicher bei ihm gefühlt, oft aber auch abgeschottet. Als würde er zwischen ihr und der wirklichen Welt stehen, sie wie eine Prinzessin in einen Turm sperren, einen schönen, aber furchtbar langweiligen Turm. Aber er hatte sie genauso gebraucht. Jemanden, der ihn beschützte, sich um ihn sorgte, ihn aufbaute. Jemanden, der ihm dabei half, die bösen Dämonen zu vertreiben, die ihn quälten, seit sich seine Mutter als Kellnerin fast für ihn zu Tode geschuftet hatte. Aber dieser Morgen hatte das gesamte Bild ihrer Beziehung bis ins Mark erschüttert. Sie drängte die Tränen zurück, während sie versuchte, ihn endgültig aus ihrem Leben zu schrubben.

Am Ende des Abends war sie von Kopf bis Fuß klatschnass, jeder Muskel in ihrem Körper schmerzte, und ihr Kochgeschirr war nicht mehr so sauber gewesen, seit sie es zur Eröffnung ausgepackt hatte. Als keine dreckigen Pfannen und Töpfe mehr nachkamen, schleppte sie sich in die Höhle hinüber und schloss die Tür hinter sich.

4

Al wurde nie – *niemals* – krank. Er hatte von Shanghai bis Mexiko mehr als seltsam anmutende Mahlzeiten zu sich genommen, an hygienisch höchst fragwürdigen Essensständen und Garküchen in dreckigen Gassen. In einem kleinen indischen Dorf, eine Stunde von Mumbai entfernt, hatte er sogar Leitungswasser getrunken. Und während eines Trips durch Nordafrika hatte jeder seiner mitreisenden Freunde mehrere Tage auf seiner Hoteltoilette verbracht, während er ohne unangenehme Unterbrechung fröhlich weiter durch die Suks gezogen war, um die außergewöhnlichsten Aromen und Gerichte zu probieren. Er war sehr stolz darauf, alles essen und vertragen zu können, und das überall auf der Welt – ein Grund mehr, dass ihn sein revoltierender Magen am heutigen Morgen gegenüber dem *Luella's* besonders giftig werden ließ. Um Punkt drei Uhr sollte die Besprechung für die Freitagsausgabe auf Hannahs Schreibtisch liegen. Den größten Teil hatte er bereits in der vergangenen Nacht verfasst, als er mit Bauchkrämpfen wach gelegen hatte. Die Schmerzen hatten seinem Ton eine Schärfe verliehen, die ein Samurai-Schwert vor Neid hätte erblassen lassen. Dies war die brutalste Kritik, die er jemals geschrieben hatte. Ein kleines boshaftes Lächeln zuckte in seinen Mundwinkeln. Nach seinem Artikel würde hoffentlich niemand mehr aufgrund des unfähigen Chefkochs im *Luella's* Verdauungsstörungen ertragen müssen. Außerhalb von Sushi-Bars sollte das Servieren von rohem Fisch unter Strafe gestellt werden. Und das *Luella's* war definitiv kein japanischer Gourmet-Tempel.

»Warum bist du heute schon so früh da?«, fragte John, als er seine Umhängetasche in Camouflage, die perfekt zu seinem nachlässigen Äußeren passte, auf dem Bürostuhl abstellte.

Al las das kleine silberne Emblem auf der Verschlussschnalle. »Ist das etwa Camouflage-Prada? Wo bitte findet man so etwas in Milwaukee?«

John schaffte es, in Anbetracht von Als Kommentar gleichzeitig erfreut und schuldbewusst auszusehen. »Chicago. Aber normalerweise kaufe ich so was online.«

»Nach Chicago fahre ich, wenn ich wirklich gut essen will – und eine Beförderung.« Die letzten Worte hatte er geflüstert.

»Wir sollten irgendwann mal zusammen hinfahren. Ich zeige dir die guten Shops und du mir die besten Restaurants.«

Al starrte ihn an. »Du willst mit mir nach Chicago fahren?«

»Du kannst dich ja nicht ständig wie ein Arsch verhalten. Vielleicht würde es sogar Spaß machen.« John zuckte mit den Schultern. »Also, *warum* bist du heute schon so früh hier?«

»Hab meine Kritik vom letzten Abend abgeliefert.«

»War das nicht dein erster Besuch? Normalerweise gehst du doch ein paarmal hin, bevor du dir eine endgültige Meinung bildest.«

»Nach dem gestrigen Abend besteht dafür keine Veranlassung.« Er nahm einen bedeutungsschwangeren Schluck von seinem Tee und wandte sich wieder dem Bildschirm zu. Sein Blick blieb an einer E-Mail hängen, die er schon seit Tagen zu ignorieren versuchte. Seufzend klickte er sie an. Seine Mutter hatte sie ihm schon vor einer Woche geschickt, aber bisher hatte er nicht den Mut gehabt, sie zu lesen. Jetzt, mit dem Hoch, das die bitterböse Besprechung bei ihm ausgelöst hatte, sah er sich in der Lage, sie endlich zu öffnen. Im Anhang fand er einen eingescannten Artikel aus dem *Windsor Observer*, der Tageszeitung seiner Heimatstadt. Sein perfekter Bruder Ian hatte mehrere Millionen Pfund für den Bau einer neuen Bibliothek in Eton gespendet. Schon während ihrer Schulzeit hatte sich Ian mühelos in die Welt der elitären Familien mit ihren Privatjets, schlossgroßen Landhäusern und kostspieligen Uhren eingefügt. Er fühlte sich zwischen den steifen Kragen, Fracks und Krawatten der Privilegierten in seinem Element, während sich Al in den zu großen Schuluniformen immer eher idiotisch als umwerfend gefühlt hatte. Jeder hatte erwartet, dass er in die Fußstapfen seines großen Bruders, des goldenen Jungen, treten würde, aber er hatte sich niemals richtig in diese Gesellschaft einfinden können – und schon gar nicht sich selbst dort gefunden. Stattdessen war er der etwas merkwürdige Lehrerssohn gewesen, der sich, um möglichst wenig aufzufallen, in der letzten Bankreihe herumgedrückt hatte. Er hatte die Tage gezählt, endlich der Schule und dem langen Schatten seines Bruders zu entkommen. Und jetzt würde sich Ian also in der Geschichte von Eton unsterblich machen. Wie schön für ihn. Er hatte die Bibliothek sogar nach ihrem Vater benannt. Ein weiterer Pluspunkt für ihn auf der Wer-ist-der-beste-Sohn-Skala. Das letzte Jahr als Investmentbanker musste hervorragend für ihn gelaufen sein.

Alan sah auf die Uhr. 8:44. Er zählte die Stunden an den Fingern ab. 14:44 in London. Er wählte Ians Büronummer und lauschte dem vertrauten Freizeichen.

»Büro Mr Waters, Margie am Apparat.«

»Hallo, Margie. Ich bin's, Al Waters. Kann ich ihn einen Moment sprechen?«

»Einen Augenblick bitte.«

Die Coverversion von Muzaks *Yellow Submarine* ertönte, als die Sekretärin ihn in die Warteschleife schickte. Er nippte an seinem Tee und sah John beim Arbeiten zu. Von hinten wirkte er wie ein Höhlenmensch, der an einem Computer rumfummelte, ein Bild, das noch merkwürdiger wirkte, wenn man die ultramoderne Büroumgebung mit einschloss.

»Al! Du hast den Artikel gelesen, oder?«

Ians Stimme platzte in Als Gedanken. Er setze sich gerade hin und wandte sich wieder seinem eigenen Schreibtisch zu. »Mum hat ihn mir geschickt. Glückwunsch, Kumpel. Jetzt wird dich Eton niemals vergessen.«

»Danke. Dad ist im Moment noch ein bisschen durch den Wind. Früher oder später hätten sie sowieso ein Gebäude nach ihm benannt. Ich habe es nur zu einem Zeitpunkt möglich gemacht, zu dem er es noch selbst genießen kann.«

»Du wunderbarer Sohn«, murmelte Al.

»Sei kein Spielverderber. Also, wann soll ich dich in Milwaukee besuchen kommen? Ich habe dich ewig nicht mehr gesehen. Du könntest mir die Sehenswürdigkeiten zeigen.«

Al hörte, wie im Hintergrund Papiere hin- und hergeschoben wurden. Ians Versuch, gleichzeitig zu arbeiten und seinem kleinen Bruder gegenüber nicht unhöflich zu sein. Al dachte über seinen ersten Eindruck von Milwaukee nach. Der bleigraue See, die zugenagelten Schaufenster an der Wisconsin Avenue, der Milwaukee River, schaumig und zäh wie ein bitteres dunkles Bier. Er versuchte sich vorzustellen, wie es wäre, mit Ian an den mit Graffiti bedeckten Mauern entlang über die dunklen, schmalen Stufen zu seinem Apartment zu spazieren. Seine Wohnung ging zu einer viel befahrenen Straße hinaus, ganz im Gegensatz zu den spektakulären Aussichten, die Ian von seinen verschiedenen Häusern und Apartments aus genoss. »Hier gibt's nichts zu sehen, glaub mir. Außerdem werde ich sowieso nicht mehr lange hierbleiben. Warte lieber ab, bis ich in einer interessanteren Stadt wohne.« Al nahm einen weiteren Schluck von seinem inzwischen kalten Tee. Es kam selten vor, dass er etwas mit seinem Bruder besprechen wollte, deswegen mündeten ihre Gespräche jedes Mal schnell in schweigender Verlegenheit. »Ich muss los. Wollte nur kurz gratulieren.«

»Danke, Kumpel. Hoffentlich bis bald.«

Al legte auf und rieb sich den Nacken unter seinem plötzlich viel zu eng sitzenden Kragen.

Alles tat ihr weh – innen und außen. Ihre Rückenmuskulatur war vom Liegen auf der harten Pritsche in der Höhle völlig verspannt, ihre Hände vom vielen heißen Wasser und dem aggressiven Reinigungsmittel beim Spülen wundgescheuert und ihr Gesicht von der Anstrengung, die Tränen zurückzuhalten, zu einer Grimasse verzogen. Lou erinnerte sich dunkel daran, wie sie in der letzten Nacht mit schmerzenden Gliedern von der harten Arbeit in die Höhle gestolpert und auf die schmale Liege gefallen war. Sie wusste, dass Sue kein Problem gehabt haben sollte, den Abend auch als einzige Köchin in den Griff zu bekommen. Sue könnte jede Küche managen, aber das *Luella's* sollte nicht in ihrer Verantwortung liegen.

Lou holte tief Luft, setzte sich auf, strich sich die Haare glatt und öffnete dann langsam die Augen. Das vertraute Bürochaos war tröstlich. Der Scherbenhaufen in ihrem Innern schrumpfte ein wenig, ihr Herz begann die wichtigsten Funktionen wieder aufzunehmen. Sie redete sich ein, dass Devlin nicht länger wichtig war. Es war egal, ob sie allein war. Ihr Restaurant und – wichtiger noch – ihre Mitarbeiter brauchten sie.

In der Küche klapperte jemand mit den Töpfen. Lou warf einen Blick auf die runde Uhr an der Wand. Der kleine Zeiger stand fast auf der Zehn. Sue musste so früh reingekommen sein, da sie vermutlich davon ausging, dass Lou noch immer unbrauchbar war. Aber heute nicht mehr. Niemals wieder. Kaffeeduft drang unter der Tür hindurch in die Höhle, und Lou folgte dem verführerischen Geruch in die bereits vor Betriebsamkeit surrende Küche.

Und da war nicht nur Sue. Harleys Bandana-Kopf wippte im Takt zu einem Katy-Perry-Song, während er energisch Zwiebeln hackte. Sämtliche Küchenhilfen und Tellerwäscher waren damit beschäftigt, Boden und Wände zu schrubben. Lou packte Tylers Arm, als er mit einem Stapel frisch gewaschener Servietten an ihr vorbeilief. Erschrocken machte er einen kleinen Satz, als er ihre Hand spürte.

»Es tut mir leid wegen letzter Nacht«, sagte Lou und sah ihm in die Augen.

Tyler zuckte mit den Schultern. »Wir haben alle mal einen schlechten Tag.«

»Aber ich bin die Chefin. Ich sollte es besser wissen.«

Tyler lächelte. »Schon gut.«

Lou lächelte erleichtert zurück. »Gibt es eine Hygieneinspektion, von der ich nichts weiß?« Sie gestikulierte in Richtung der fleißigen Schar putzender Helfer.

»Nein.« Tyler schüttelte den Kopf. »Wir wollten einfach was machen, damit du dich besser fühlst. Harley hat uns verboten, deinen Verlobten aufzumischen. Und diese Aktion hier schien die nächstbeste Option.« Er verschwand in den Speiseraum, wo das gesamte Personal damit beschäftigt war, alles, von den Lampenaufhängungen bis hin zur Kaffeemaschine, zu putzen.

Lou kamen schon wieder die Tränen.

»Hilfst du uns oder willst du nur da rumstehen und den sauberen Boden vollheulen?« Sue hatte sie entdeckt und wusste genau, wie sie sie antreiben konnte.

Sentimentalitäten hatten in einer Restaurantküche nichts zu suchen. Mit der Putzaktion hatten die Angestellten ihr zu verstehen gegeben, dass sie ihr den gestrigen Zusammenbruch verziehen. Weitere Worte waren überflüssig. Zurück in den Alltag, genau das war es, was sie nach der Katastrophe brauchte. Die Küchenarbeit würde sie ablenken. Der Duft von frischem Brot und köchelnder Kalbsbrühe, das Brummen der Abzugshauben über Grill und Herd, das Schnattern der Küchenhilfen – das alles wirkte wie eine Heilsalbe, die sich kühlend auf ihre immer noch schmerzenden Wunden legte. Noch ging es ihr nicht besser, aber irgendwann würde es so weit sein.

»Hat Chris wie versprochen den Bordeaux gebracht?« Lou wusste, dass ihre Souschefin den ganzen Morgen über an ihrer Stelle mit den Lieferanten um die besten Zutaten gefeilscht hatte: das zarteste Fleisch, den schmackhaftesten Käse, das frischeste Gemüse und weiß Gott was für Leckerbissen, die die Natur hervorbrachte.

Sues Kiefer verhärtete sich, und sie kniff die Augen zu schmalen Schlitzen zusammen. »Nein«, sagte sie. »Er hat behauptet, dass er keinen in unserer Preiskategorie vorrätig hat.«

»Aber ich habe ihn schon bezahlt«, stöhnte Lou.

»Ich weiß. Deswegen habe ich ihm auch gesagt, dass er uns für die entstandenen Unannehmlichkeiten gefälligst zum selben Preis einen besseren geben soll. Billy verstaut die Flaschen gerade im Weinkeller.« Sues diabolisches Lächeln verriet, dass sie einige nicht ganz legale Drohungen eingesetzt haben musste – eine ihrer favorisierten Überzeugungsmethoden.

»Das hättest du nicht machen sollen. Jetzt denkt er, wir sind pleite. Ich muss ihm die Differenz bezahlen.«

»Es ist mir scheißegal, was er von uns denkt. Und wir sollten auch nichts extra bezahlen. Er versucht wie immer, dich übers Ohr zu hauen. Es wird langsam Zeit, dass wir einen neuen Weinlieferanten finden, der deine guten Mittlerer-Westen-Manieren nicht ausnutzt.«

»Vermutlich hast du recht.« Lou kaute nachdenklich auf ihrer Unterlippe. »Gab's denn was Gutes von den anderen Lieferanten?«

»Einige wunderschöne Seelachse, frischen Spargel und neue Kartoffeln.«

»So neu, dass sich ihre Haut von selbst abschält?«

»Ja.«

»Ich weiß, was wir heute machen!« Lou spürte, wie sie eine Welle der Begeisterung erfasste. Darum liebte sie das Kochen: Aus frischen Zutaten ließ sich jedes Mal wieder etwas Neues und Außergewöhnliches zaubern. Die klassisch französisch ausgerichtete Speisekarte des *Luella's* ließ nicht viel Raum für Experimente, weswegen das Tagesgericht Lous Spielwiese war, auf der sie nichts außer ihrer eigenen Kreativität und Laune einschränkten. »Wir machen ein einfaches Frühlingsgericht. Die Kartoffeln rösten wir in Butter, Thymian und vielleicht ein wenig Estragon. Das Lachsfilet servieren wir mit Sauce Hollondaise, und der Spargel wird angebraten.

»Keine Einwände«, sagte Sue. »Aber du weißt, dass du es nicht zwangsläufig französisch ausrichten musst. Vielleicht versuchen wir es mal mit etwas Mediterranem, oder wir spielen total verrückt und probieren es mal mit Japanisch.«

»Das wäre toll, aber so weit sind wir noch nicht. Wir haben noch nicht genug Stammgäste, vor allem nicht solche, die auf Veränderungen stehen würden. Und neue Kunden kommen, weil sie klassische französische Gerichte essen möchten. Ich will nur nichts falsch machen, bevor wir uns nicht besser etabliert und einen festen Kundenstamm haben.«

»Du kannst nicht für immer auf Nummer sicher gehen.«

»Eines Tages, meine Liebe, eines Tages …« Lou drückte Sues Arm, dann schnappte sie sich das Küchenmesser.

Während Lou den Lachs in gleich große Stücke filetierte,

konnte sie im Hintergrund hören, wie Sue und Harley miteinander diskutierten.

»Man muss raus aus der Stadt«, sagte Sue gerade, »den Leuten aus dem Weg gehen.«

»Nein, nein, nein«, widersprach Harley. »Entere ein großes Boot und bleib weg von der Küste. Du kannst dich in der nächsten großen Stadt mit genug Wasser, Vorräten und Benzin versorgen, aber die Zombies kommen nicht an dich ran. Du kannst dich bewegen, die Versorgung ist gesichert, und du hast Schutz. Außerdem kannst du immer wieder andere Häfen anlaufen.«

»Du kannst in einer großen Stadt keine Vorräte besorgen. Die Zombies werden sich immer genau dort aufhalten, wo die meisten Menschen leben. Man muss genug Wasser, Essen und Waffen mitnehmen und an einen möglichst isolierten Ort gehen. Zum Beispiel in den Norden von Kanada. In Kanada gibt's kaum Zombies.«

»Weil es dort kalt ist. Ich werde mein Boot in die Karibik steuern. Du kannst meinetwegen mit den Elchen abhängen. Mal sehen, wer länger überlebt.«

Sue starrte ihn finster an.

Langsam machte sich in der Küche wieder Normalität breit und hüllte sie ein wie eine weiche Fleecedecke. Lou musste unwillkürlich lächeln, dann richtete sie sich plötzlich kerzengerade auf. Sie hatte eine Idee. »Sue, was hältst du von einem zweiten Restaurant?«

Die Gesichtszüge ihrer Freundin hellten sich augenblicklich auf. »Endlich reden wir Klartext. Woran hast du gedacht?«

»Einen kleinen Laden, etwas Intimes, wo wir die Speisekarte den jeweiligen Jahreszeiten anpassen können. Oder vielleicht sogar noch öfter die Gerichte wechseln.«

»Ich bin entzückt!« Ein verklärter Ausdruck stahl sich in Sues Augen.

»Dafür muss ich allerdings noch einiges zusammensparen.« Lou machte eine kurze Pause, dann fuhr sie fort: »Das war eigentlich die Idee, die ich für das *Luella's* hatte.«

»Warum hast du sie nicht umgesetzt?«

»Devlin war damals der Meinung, dass ein französisches Restaurant schneller anlaufen würde. Dass die Leute es besser annehmen.« Lou zuckte mit den Schultern.

»Da sieht man mal wieder, dass er alles kaputt macht.«

»Da das der einzige Rat war, den er mir für das *Luella's* gegeben hat, dachte ich, dass er sich mehr dafür interessieren würde, wenn ich ihn befolge.«

»Gott sei Dank ist der Plan nicht aufgegangen.«

Lou musste lachen. Wieder schloss sich ein kleines Stück der klaffenden Wunde in ihrem Herzen.

5

Al vermisste es, seine frisch verfassten Artikel aus dem Drucker zu nehmen. Einfach nur »Senden« zu drücken war bei Weitem nicht so befriedigend, wie eine strahlend weiße Seite mit einem in perfekter Prosa verfassten Text in der Hand zu halten, aber es ging schneller. Er warf einen Blick auf die Uhr auf seinem Monitor. 14:55. Es wurde Zeit die Kritik an Hannah zu schicken. Er überflog sie noch einmal, dann klickte er zweimal auf dem Bildschirm. Fertig. Al sah sich um. Die meisten Köpfe waren auf die Computerbildschirme oder die Fenster gerichtet. John shoppte online. »Was Gutes dabei?«, fragte Al.

John zuckte zusammen, als die Stille so plötzlich durchbrochen wurde. Er drehte den Kopf und sagte: »Nur wenn du auf neonfarbene Riemchensandalen in Damengröße 35 stehst.«

»Ich kann mich gerade noch beherrschen«, antwortete Al lachend.

John musterte Al, der mit der Jacke in der Hand vor ihm stand. »Bist du für heute fertig?«

»Ja, habe gerade meine Besprechung abgegeben.« Al lächelte.

»Du liebst es, oder? Das Machtgefühl, meine ich.«

Al legte den Kopf ein wenig schräg und sah John aus zusammengekniffenen Augen an, um herauszufinden, was sein Kollege damit andeuten wollte. »Es geht nicht nur darum. Einer muss diesen Köchen sagen, dass ihr Essen nicht gut ist. Da geht es um Schadensbegrenzung, damit sie sich einer Sache widmen können, die sie wirklich beherrschen.«

»Also tust du ihnen nur einen Gefallen?«

»Ist das nicht genau dasselbe, wie wenn du jemandem erzählst, dass ihm sein Outfit nicht gerade schmeichelt? Vielleicht hört das niemand gerne, aber hinterher zieht sich jeder besser an, nur weil du ihm dazu geraten hast. Es gibt so viele gute Restaurants, da braucht kein Mensch die schlechten. Außerdem schulde ich den Lesern eine ehrliche Meinung. Wenn ich ihnen nicht von meinen schlechten Erfahrungen berichte, geben sie das nächste Mal wahrscheinlich viel zu viel Geld für ein grauenvolles Essen aus. Das würde meiner Glaubwürdigkeit ernsthaft schaden.« Al machte eine kurze Pause. »Ich fühle mich nicht immer gut dabei, aber ich glaube trotzdem, dass die Wahrheit wichtiger ist.«

John beobachtete Al während seiner kleinen Rede genau und versuchte, seine Worte mit dem etwas steifen, nicht allzu groß gewachsenen Briten vor sich in Einklang zu bringen. »Du musst mal wieder flachgelegt werden.«

»Wie bitte?«

John beschrieb mit der Handfläche vor Als Gesicht einen weiten Kreis. »Du musst deine ganzen negativen Energien loswerden. Dann kannst du das Leben zur Abwechslung vielleicht auch mal wieder genießen.«

»Vielen Dank, aber ich mag mein Leben eigentlich ganz gern. Ich habe nur was gegen den Ort, *an dem* ich es lebe.« Al versetzte seinem Bürostuhl einen energischen Tritt, dann rauschte er durch den Haupteingang hinaus auf die Straße und stürmte in südliche Richtung, wo der Markt lag. Er nahm weder die Leute um sich herum wahr, noch, dass die Sonne die ersten warmen Strahlen des Jahres zu ihnen hinunterschickte. Zu sehr war er damit beschäftigt, Johns Bemerkung sacken zu lassen – und zwar jedes einzelne Wort. Als er beim Zeitungsstand vorbeikam, konnte er nicht umhin, kurz in die Luft zu schnuppern, ob nicht ein Hauch von Kokosnuss, Vanille und Speck darin lag. Zusätzlich zu Johns Feststellung, dass er dringend mal wieder flachgelegt werden müsste, konnte er weder den verführerischen Duft noch die hinreißenden Sommersprossen oder den verletzten Ausdruck auf ihrem Gesicht vergessen, als sie auf dem Bürgersteig an ihm vorbeigerannt war. Eine so wunderbare Kreatur verdiente eindeutig jemanden, der ihre Talente zu schätzen wusste – vielleicht sogar jemanden wie ihn.

Es war halb fünf, und das Restaurant hatte noch nie besser ausgesehen. Durch die Unterstützung ihrer Angestellten hatte Lou Zeit gehabt, für das tägliche Personalmeeting ein besonderes Gericht zu kochen – das war ihre Art, Dankbarkeit auszudrücken. Bei dem routinemäßigen Treffen wurden üblicherweise die Tagesgerichte und neuen Weine auf der Karte vorgestellt und Reservierungen und andere Themen besprochen. Üblicherweise führte Sue durch die verschiedenen Punkte und Lou versuchte lediglich einen paar motivierende Worte und den ein oder anderen Ratschlag beizusteuern. Nach ihrem gestrigen Zusammenbruch wollte sie besonders betonen, dass sich heute Abend alle ausnahmslos auf die wichtigsten Dinge konzentrieren sollten: die Gäste und ihr Essen. Als sie in die Gesichter ihrer Mitarbeiter blickte, quoll ihr Herz vor Zuneigung beinahe über. Sogar Tyler lächelte aufrichtig. In seinen Augen ließ sich kein Funken Wut über ihr gestriges Verhalten entdecken. Billy hockte auf der Stuhlkante und pflückte, angesichts der Sauberkeitslücke beinahe aufgebracht, einen winzigen Fussel vom Rücken seines Kollegen. Die Küchenhilfen und Tellerwäscher saßen in der letzten Reihe und unterhielten sich flüsternd auf Spanisch über irgendein Fußballspiel. Alle anderen genossen einfach nur die Ruhe vor dem abendlichen Sturm.

In einem so kleinen Restaurant wie dem *Luella's* blieb nichts privat, weswegen Lou wusste, dass inzwischen jeder zumindest die Kurzversion dessen gehört hatte, was gestern Abend vorgefallen war. Angesichts der unglaublichen Loyalität ihrer Mitarbeiter füllten sich ihre Augen schon wieder mit Tränen. Sie sammelte sich kurz, dann stand sie auf und begann ihre Rede. »Das Geschäft ist in letzter Zeit sehr gut gelaufen. Mir ist klar, dass mein gestriger Zusammenbruch dafür gesorgt hat, dass die Konzentration nicht besonders hoch und die Verwirrung umso größer war. Auch wenn ich euer Mitgefühl zu schätzen weiß, haben unsere Gäste gestern sicherlich nicht die Restauranterfahrung gemacht, für die sie bezahlt haben. Wir haben inzwischen eine ordentliche Anzahl Stammgäste, die wir auf keinen Fall abschrecken dürfen. Wenn ihr jemanden von einem vorherigen Besuch wiedererkennt, dann behandelt ihn besonders aufmerksam. Versucht euch die Namen und ihre Vorlieben zu merken. Wir müssen alles tun, damit dieser Kunde gerne zurückkommt. Alison, welche Reservierungen haben wir für heute Abend?«

»Ein Zweier- und zwei Vierertische um sechs, eine Gruppe von acht Gästen um halb sieben und zwei weitere Vierertische um sieben. Die Meyers werden ebenfalls gegen sieben kommen. Donnerstags schauen normalerweise ziemlich viele Gäste ohne Reservierung vorbei, es dürfte also ein guter Abend werden«, sagte Alison, die den Empfang machte.

»Gib mir Bescheid, wenn Gertrude und Otto da sind. Ich würde sie gerne persönlich begrüßen.«

Wenn das *Luella's* eine kleine, aber loyale Fangemeinde hatte, dann waren die Meyers ihre Tamburin schwingenden Anführer. Gertrude und Otto aßen mehrmals in der Woche bei ihnen. Am liebsten saßen sie an einem Tisch mitten im Getriebe des Restaurants. Lou versuchte so oft wie möglich an ihren Tisch zu kommen. Erstens, weil sie damit zeigen wollte, wie Stammgäste im *Luella's* behandelt wurden, und zweitens, weil die Meyers die interessantesten Menschen waren, die sie jemals getroffen hatte. Lou liebte es, sich mit ihnen zu unterhalten. Beide waren kurz vor dem Zweiten Weltkrieg als Kinder von Deutschland nach Amerika emigriert. Ihre Eltern hatten gerade noch rechtzeitig die Flucht angetreten und waren in Milwaukee gelandet, weil hier eine der größten deutschen Einwanderergruppen lebte. Das Ehepaar war oft auf Reisen, häufig auch in Deutschland, wo sie Freunde und entfernte Verwandte besuchten. Lou bewunderte ihre entspannte Lebenseinstellung, dass sie sich immer dort wohlfühlten, wohin der Wind sie trug. Und Lou war besonders dankbar dafür, dass er sie mindestens zweimal in der Woche ins *Luella's* wehte.

An diesem Abend ging es im *Luella's* so emsig zu wie in einem Bienenstock. Sue schüttelte, während sie an der Grillstation stand, ihren Kopf zu der Musik der Achtzigerjahre-Bands aus dem Radio. Ihre Kochkünste hätten locker als moderner Ausdruckstanz durchgehen können.

»Glaubst du, dass wir bald eine Besprechung in der Zeitung bekommen?«, fragte Lou.

Sue stellte ihren Veitstanz ein, um der Frage ihre volle Aufmerksamkeit zu schenken. »Wenn, dann hoffe ich auf jeden Fall, dass sie nicht der polnische Idiot von der Tageszeitung schreibt«, sagte sie.

»Du meinst diesen A. W. Wodyski? Ich weiß nicht. Es würde mich schon interessieren, was dieser Mann von uns hält. Immerhin servieren wir gutes Essen«, widersprach Lou. »Und ich glaube, selbst eine mittelmäßige Kritik von ihm wäre noch gut fürs Geschäft.«

»Lou, hör mir gut zu, *den* wollen wir hier auf keinen Fall haben. Glaub mir. Wir sind besser dran, wenn wir versuchen gute Online-Rezensionen zu bekommen.«

»Wusstest du, dass die Meyers eine Rezension auf *BrewCity-Reviews* geschrieben haben? Ist das nicht unglaublich süß? Ich kann mir genau vorstellen, wie sie zusammen vor dem Computer sitzen und abwechselnd tippen. Bis jetzt ist das die einzige Besprechung, die wir bekommen haben, aber immerhin ist es eine gute.«

Sue öffnete gerade den Mund, um zu antworten, als Alyson »Sie sind hier!« durch die Küchentür rief, um gleich wieder zu ihrem Empfangstresen am Eingang zurückzukehren. Dabei sah sie sich aufmerksam um, ob einer der Gäste eventuell einen Wunsch hatte.

Das Mädchen ist wirklich gut, dachte Lou. *Ich sollte sie unbedingt befördern.*

Lou stieß die Küchentüren aus Edelstahl auf und entdeckte gleich neben Gertrudes weißer Haarpracht, unter der ihr freundliches Gesicht zu sehen war, Ottos Glatze, die den Schein der zurückhaltenden Deckenbeleuchtung reflektierte. Gertrude strahlte immer, als berge sie ein schönes Geheimnis, das sie gleich der ganzen Welt verkünden würde. Mit ihren achtzig Jahren kannte sie inzwischen vermutlich das Rezept für ein zufriedenes Leben.

»Guten Abend, Mr und Mrs Meyer. Wie immer freue ich mich sehr, sie zu sehen.« Lou setzte sich zu ihnen an den Tisch, damit sie nicht die ganze Zeit zu ihr aufsehen mussten.

»Guten Abend, Lou«, antworteten Otto und Gertrude wie aus einem Mund auf Deutsch – sie *sprachen* sogar synchron.

»Alison hat erwähnt, dass Sie gestern einen schweren Abend hatten«, sagte Gertrude vorsichtig und tätschelte dabei Lous

Arm mit ihrer winzigen, blassen Hand – eine Hand voller Falten, aber auch voller Leben.

»Ja, es ist aus mit Devlin. Ich denke die ganze Zeit, ich hätte wissen müssen, dass da was im Busch war.«

»Liebchen, wie hätten Sie das wissen sollen? Sie waren doch fast jeden Tag und jede Nacht hier. Er verdient sie nicht.«

»Stimmt. Aber wer tut das schon?« Lous Gesicht verzog sich zu einem kleinen Lächeln, als sie versuchte, ihrem eigenen Witz Glauben zu schenken.

»Irgendwann werden Sie jemanden kennenlernen, der Sie so akzeptiert wie sie sind – mit Narben und allem, was zu Ihnen gehört.« Gertrude strich über eine der vielen Brandmale auf Lous Hand.

Lou legte ihre Hände in den Schoß und lächelte sie dankbar an, trotzdem wurde sie das Gefühl nicht los, dass sich die ganze Welt gegen sie verschworen hatte. Unter dem Tisch strich sie über die größte Narbe an ihrem linken Handgelenk und spürte die gleichzeitig weiche und feste Erhebung unter der Haut. Lous Protest schmolz unter dem festen Blick aus Gertrudes wässrig blauen Augen dahin.

»Verstecken Sie nicht, wer Sie wirklich sind. Diese Hände vollbringen Wunder. Kochen ist harte, manchmal auch schmerzhafte Arbeit, aber Sie tun sie, um ihr Talent mit uns zu teilen. Ihre Kochkünste bereichern unser Leben. Schämen Sie sich niemals dafür, wer Sie sind.«

Lou zog ihre Lippen nach innen, als wollte sie hineinbeißen, Tränen stiegen ihr in die Augen. Eine lief ihr über die Wange und tropfte auf die weiße Tischdecke.

»Schätzchen, alles wird gut«, sagte Otto teilnahmsvoll, obwohl er normalerweise nicht viel mehr sagte als »Wie geht's?«. »Sie werden jemand Besonderen kennenlernen. Jemanden, der Sie verdient, mit dem Sie lachen, kochen *und* schlafen können.« Otto wackelte komisch mit den Augenbrauen, und seine blauen Augen funkelten angesichts seines frechen Kommentars.

»Sie haben recht. Es wird besser werden.« Lou richtete sich in ihrem Stuhl auf und lächelte die Meyers an. Sie hatte immer noch ein tolles Leben, mit geliebten Freunden und einer Arbeit, der sie mit Leidenschaft nachging. Und das würde ihr ganz sicher kein Mann wegnehmen.

6

Lou erlebte einen weiteren Katastrophentag. Den zweiten in einer Woche! Sie zog die verknitterte Zeitung aus ihrer hinteren Hosentasche und strich sie auf der zerfurchten Oberfläche des Bartresens glatt. Obwohl sie den Text schon fast auswendig kannte, bereitete sie sich auf eine weitere Lektüre vor, indem sie tief Luft holte und die Schultern zusammenzog.

– ESSEN AUF EIGENE GEFAHR
– von A. W. Wodyski

Ob es wohl irgendein Klischee gibt, das Köchin Elizabeth Johnson fremd ist? Ihr einfaches französisches Restaurant, *Luella's*, könnte als Museum für französische Stereotypen herhalten – bis hin zum unverschämten Personal, obwohl das wohl eher der Inkompetenz der Kellner als französischer Überheblichkeit zuzuschreiben ist. Schwarz-Weiß-Fotos vom Eiffelturm sorgen für mehr Ikea- als Bistroatmosphäre, und die Kerzen, die aus jeder verfügbaren Weinflasche zu sprießen scheinen, sehen mehr nach Chianti als nach Bordeaux aus. Viel zu lange Tischdecken ertränken winzige Tische unter ihren Stoffmassen und erhöhen die Gefahr, sein Essen nach einer unüberlegten Bewegung vom Boden zusammenkratzen zu müssen. Durch silberne Schwingtüren konnte ich den einen oder anderen Blick in die helle Küche werfen, aus der jedoch nichts als unheimliche Stille zu vernehmen war.

Ich suchte das Restaurant an einem halbwegs gut besuchten

Mittwoch zur üblichen Essenszeit auf. Der positive Eindruck des geschäftig wirkenden Speisesaals löste sich schnell in Missfallen auf, als ich bemerkte, dass er zum größten Teil von der Gruppe Kellner herrührte, die sich an der Kaffeemaschine zu einem Plausch zusammengefunden hatte, während verzweifelte Gäste dreckige Teller und leere Gläser am Rand ihrer mikroskopischen Tische stapelten. Endlich fand dann doch noch einer der Kellner den Weg zu meinem Tisch, um meine Bestellung aufzunehmen und anschließend im Schneckentempo wieder zu verschwinden. Wie immer bei meinem ersten Besuch in einem neuen Restaurant bestellte ich das erste Gericht jeder Kategorie auf der Karte. Ich gehe davon aus, dass es sich dabei jeweils um das Beste handelt, was das Restaurant zu bieten hat. Die Gerichte, die für die Kreativität und das Können des Chefkochs stehen. Meine Erwartungen blieben beim Anblick der Auswahl von sautierter Gänseleberpastete mit einer Bordeaux-Reduktion, Salat mit überbackenem Ziegenkäse, Sole Meunière und Limetten-Soufflé entsprechend bescheiden. Doch wie hätte ich ahnen können, dass das Küchenteam des *Luella's* selbst mit diesen Standardgerichten überfordert sein würde? Ich sollte an dieser Stelle erwähnen, dass sich gute französische Küche dadurch auszeichnet, dass sie die Zutaten durch raffinierte Zubereitung auf eine höhere Ebene hebt. Außergewöhnliche französische Küche überwindet Zeit und Raum, indem sie den Feinschmecker auf eine kulinarische Reise in andere Sphären mitnimmt. Sie ist in der Lage, feinste Nuancen und bislang unentdeckte Aromen aus den Zutaten herauszukitzeln, sodass das Produkt in der Summe weit über das hinausgeht, was die einzelnen Ingredienzen zu bieten haben. Leider ist die einzige Reise, die man nach einem Besuch des *Luella's* antritt, die zur nächsten Toilette.

Die ersten beiden Gänge waren passabel, wirkten jedoch so

nachlässig zubereitet, als ob die Köchin dabei mit einem Auge die Kochsendung im Fernsehen verfolgt hätte, um so noch ein paar Tipps aufzuschnappen. Die adäquate Scheibe sautierter Gänseleberpastete, mit einer ordentlichen Weinreduktion gereicht, hätte durch ein paar krosse Brotschreiben, auf die man sie hätte schmieren können, durchaus gewinnen können, aber der Brotkorb schien auf den drei Metern zwischen mir und der Küche verloren gegangen zu sein. Der Salat war eine Nachahmung dessen, was ich auch in meiner eigenen Küche zusammenstellen könnte, und im Übrigen auch oft tue. Der überbackene Ziegenkäse, in eine krosse Hülle aus Brotkrumen gehüllt und vollkommen durchgegart, thronte auf einer Ansammlung grüner Salatblätter, die man in jeder Supermarktabteilung mit Bioprodukten in Plastikbehälter verpackt finden kann. Die Vinaigrette war geschmacklich in Ordnung, aber höchstens als durchschnittlich zu bezeichnen. Nicht mehr, als ich von einer Flasche Fertigsalatsoße erwarten würde.

An diesem Punkt meines Menüs angekommen, wartete und wartete und wartete ich in Gesellschaft meines leer gegessenen Salat- und Vorspeisentellers darauf, dass mein Hauptgang serviert würde. Schließlich erreichte mich nach einer endlosen Wartezeit von dreißig Minuten das Sole Meunière, ein traditionelles, einfaches Gericht aus in Mehl gewendeter und gebratener Seezunge mit einer Limetten-Kapern-Buttersoße. Die Köchin hatte es allerdings irgendwie geschafft, den Fisch sowohl zu verbrennen als auch halb roh zu servieren. Eine Leistung, die ein talentierterer Koch wohl niemals mit Absicht zustande bringen würde. Die Kapern schwammen wie alte Tic Tacs trostlos in der dünnflüssigen Soße, die zu viel unverkochten Alkohol enthielt. Als ich endlich ein halbwegs durchgegartes Eckchen ausgemacht hatte, schmeckte der Fisch nach Selbsthass, garniert mit billigem Wein.

Nachdem ich so viel wie möglich heruntergewürgt hatte, gab es nur noch einen Weg, das Essen mit halbwegs viel Würde und annähernd intaktem Verdauungstrakt zu beenden. Ich bestellte die Rechnung und ließ das Geld auf dem Tisch liegen, nur um nicht weitere endlose Minuten darauf warten zu müssen, dass einer der Kellner einen neuen Rekord in Langsamkeit aufzustellen versuchte.

Auch wenn das *Luella's* nach einer geliebten Großmutter benannt ist (worauf bis zum Erbrechen in der Karte hingewiesen wird), beschwört es keinesfalls die Erinnerung an eine liebenswerte Oma herauf, die mit einem freundlichen Zwinkern und viel Geheimniskrämerei ihre heiligen Rezepte weitergegeben hat. Stattdessen ist alles, was mir von dem Abend geblieben ist, das Bild von einer boshaften Stiefmutter, die ihre Gerichte zu einem Familienessen mitbringt, um damit ihre wunderschöne Stieftochter um die Ecke zu bringen.

Ich habe Sie gewarnt.

Diese Kritik »vernichtend« zu nennen wäre eine Untertreibung gewesen. Lou nahm einen langen Zug aus dem fast leeren Glas. Die leicht säuerliche Flüssigkeit half ihr, die aufsteigenden Tränen herunterzuschlucken. Mit einer Hand umklammerte sie das fleckige Glas, die gewellten braunen Haare hingen ihr zottelig ins Gesicht, ein zerknittertes, fleckiges weißes T-Shirt komplettierte den zerzausten Look. Ihre Wangen glühten angesichts des Shit-Storms, den sie nun offiziell ihr Leben nennen durfte, fleckig und rot. Vielleicht lag das aber auch ein wenig am Alkohol. Verzweiflung lag wie ein kiloschweres Gewicht auf ihren Schultern. Sie hatte sich so sehr eine Besprechung gewünscht, weil sie geglaubt hatte, dass sowohl das Essen als auch der Service im *Luella's* einwandfrei seien. Es war anscheinend ihrem unsagbaren Pech der letzten Tage zu verdanken, dass sich Wodyski ausgerechnet den einen Tag für seinen Besuch auserkoren hatte, den sie inzwischen als Totalausfall abgeschrieben hatte.

Als Lou heute im Restaurant eingetroffen war, hatte ihr Sue den Artikel in die Hand gedrückt und nur gesagt: »Heute Abend übernehme ich.«

Von allen Peinlichkeiten des vergangenen Abends war es Lou am unangenehmsten, dass sie es noch nicht einmal geschafft hatte, ihren Job richtig zu machen, weswegen sie sofort energisch den Kopf geschüttelt hatte: »Nein. Ich kann arbeiten, Sue. Ich brauche kein Mitleid. Es ist schließlich nur eine schlechte Kritik.«

»Ich sage das nicht als deine Mitarbeiterin, sondern als deine beste Freundin. Du hast dir einen freien Abend verdient. Ich komme nach, sobald wir abgeschlossen haben – sofern du dann noch aufrecht stehen kannst.«

Im Laufe der Jahre hatte Lou eines gelernt: auf die guten Ratschläge von Sue zu hören. Sie hatte klein beigegeben und war in ihr Lieblingspub gegangen, wo sie nun schon seit Stunden literweise Cidre in sich hineinschüttete. Selbstverständlich nur den guten Trockenen und nicht den süßlichen Fusel, den sie hier normalerweise ausschenkten. So wie das hervorragende Zeug, das man in einem alten englischen Pub serviert bekam, wo an einer langen Bar aus dunklem glatten Eichenholz immer eine Reihe netter alter Männer in Tweedjackets saß, die einen Drink nach dem anderen leerten. Ihr viertes Glas musste dringend aufgefüllt werden. Lou spürte, wie Wut und Beschämung mit jedem Schluck ein wenig mehr zusammenschmolzen. Jerry hatte bereits Anweisungen erhalten, ihr später ein Taxi zu rufen. Vorsichtshalber hatte sie ihm auch gleich ihre Autoschlüssel in die Hand gedrückt. Es bestand absolut keine Veranlassung, den rauchenden Schrotthaufen, zu dem ihr Leben in den letzten Tagen verkommen war, auch noch mit einem Strafzettel und anschließendem Idiotentest zu garnieren. Nein, ihr einziges Ziel heute Abend war, den Schmerz mit einer ordentlichen Dosis Cidre-Anästhetikum zu betäuben.

Al versetzte den Schwingtüren einen ordentlichen Stoß und betrat den Pub mit der Selbstsicherheit eines Weltmeisters, der nach dem Sieg in seine Heimatstadt zurückkehrte. Er war bereit für seinen Gewinner-Drink. Unter dem Arm trug er den Restaurantteil der Freitagsausgabe; die erste Seite wurde von seiner Kritik mit der fett gedruckten Überschrift ESSEN AUF EIGENE GEFAHR dominiert. Er öffnete die schwarze Fleecejacke, die er in dem trostlosen Einkaufszentrum in der Innenstadt erstanden hatte. Plötzlich war es draußen viel zu warm, als hätte sich das Wetter über den Tag hinweg entschieden, doch noch Frühling oder zumindest völlig verrückt zu spielen. Seine Schuhe, die von den sintflutartigen Regenfällen am Nachmittag vollkommen durchnässt waren, gaben immer noch quietschende Geräusche von sich. Verblassende rote Male auf seinen Unterarmen waren die letzten Zeugen des eisigen Hagelsturms, der ihn am Morgen auf dem Weg ins Büro erwischt hatte. Um zwölf war die Sonne rausgekommen. Milwaukees Wetter brauchte dringend eine Art meteorologisches Antidepressivum – das ewige Hin und Her hielt doch kein Mensch aus. Dagegen war das zuverlässig schlechte, drückende und kühle Wetter Londons die reinste Wohltat. Die unberechenbaren Temperatur- und Niederschlagswechsel – angeblich durch den See ausgelöst – trieben ihn in den Wahnsinn, aber es war Freitagabend, und er hatte seine bisher böseste Kritik veröffentlicht. Grund genug, sich etwas zu gönnen. Als Al den Laden nach einem freien Platz absuchte, konnte er ein Grinsen nicht unterdrücken. Er steuerte die einzige Person in Milwaukee an, von der er gehofft hatte sie wiederzusehen. »Hey, Miss Kokosnusskuchen«, sagte er und stopfte die Seiten in die Jackentasche.

Sie drehte sich zu ihm um. Vor ihr auf dem Tresen lag eine vollkommen zerfledderte Zeitung.

Al setzte ein – so hoffte er zumindest – erfreutes Lächeln auf.

Sie schwankte ein wenig auf ihrem Barhocker, dann starrte sie ihn aus zusammengekniffenen Augen an. Langsam schien sie ihn wiederzuerkennen. »Ach Sie. Nennen Sie mich bloß nie wieder so.« Lou wandte sich wieder ihrem Glas zu und stopfte die zerknüllte Zeitung in ihre Handtasche, während Al sich auf den Barhocker neben ihr schob.

Kaum saß er, kam der Bartender zu ihm herüber, um die Bestellung aufzunehmen. »Was kann ich Ihnen bringen?«

»Das Gleiche, was die Dame neben mir trinkt«, sagte Al.

Der Mann verschwand, um ein Glas mit Was-auch-immer-sie-trank zu füllen.

»Schlechter Tag?«

»So könnte man es ausdrücken.«

Miss Kokosnusskuchen starrte auf die Gasbläschen, die in ihrem Glas an die Oberfläche stiegen, dann kam ein entzückender Schluckauf über ihre Lippen.

Al nahm einen Schluck von dem Getränk, das der Barkeeper vor ihm abgestellt hatte. Überrascht blickte er sie an. »Cidre? In Milwaukee? Und auch noch ein richtig guter. Und ich dachte, wir befänden uns hier im Land der Malz-Freuden.«

Sie zuckte genervt mit den Schultern. »Ja, Sie trinken richtig guten Cidre. In Milwaukee. Was für ein Schock! Wir haben mehr als Bier und Käse zu bieten.«

»Und ich habe gehört, dass die Würstchen auch nicht schlecht sein sollen.« Al schmunzelte. »Sind Sie von hier?«

»Geboren und aufgewachsen. Und Sie?«

»Nur auf der Durchreise.«

Sie hob fragend eine Augenbraue. Al rückte näher an sie heran.

»Arbeit. Ich muss mich hier erst noch beweisen.«

»Was machen Sie?«

Al überlegte und beobachtete währenddessen zwei Studenten, die das Pub in der üblichen Lokaluniform aus kariertem Hemd, Jeans und abgetragener Baseballkappe betraten. Dann holte er tief Luft und antwortete: »Ich schreibe.« Al wartete auf die obligatorische Nachfrage, aber Lou war zu sehr mit dem frischen Glas Cidre beschäftigt, das ihr Jerry gerade über die Theke gereicht hatte.

»Aha, wie auch immer, sie sollten der Stadt eine Chance geben. Es ist wirklich schön hier, vor allem im Sommer.«

»Heißt das, dass es irgendwann noch mal wärmer wird? Großartig!« Al seufzte erleichtert.

Sie verdrehte die Augen und nahm einen großen Schluck.

Normalerweise vermied Al Jobthemen lieber, aber heute würde er sein Glück versuchen. »Und was machen Sie?«

»Keine Unterhaltung über Arbeit!«

»So schlimm?«

»Schlimmer. Sie würden nicht glauben, wie viel schlimmer.«

Al nickte verständnisvoll. Er konnte auch ohne das Thema leben.

Sie nahm einen weiteren langen Zug.

»Meinen Sie, Sie werden noch in der Lage sein, auf zwei Beinen hier rauszugehen?«

»Nicht, wenn Jerry hält, was er versprochen hat. Er hat strikte Anweisungen, so lange nachzuschenken, bis er mich hier *raustragen* muss.« Sie zwinkerte dem Barkeeper verschwörerisch zu.

»Wenn du anfängst, mit mir zu flirten, war das dein letzter,«, sagte Jerry, während er schmutzige Gläser spülte.

»Na schön, was ist so wunderbar an dieser Stadt?«, fragte Al.

»Alles.« Sie starrte auf die irische Flagge an der Wand gegenüber. »Im Sommer gibt es überall Festivals, Sportveranstaltungen, Grillabende. Im Winter macht man es sich zu Hause gemütlich, während es draußen schneit …« Sie schüttelte in dem mäßig erfolgreichen Versuch, den Alkoholnebel zu durchdringen, den Kopf. »Im Herbst macht man Spaziergänge durch buntes Laub. Und wenn die Frühjahrsschmelze einsetzt, erwacht langsam alles wieder zum Leben. Außerdem gibt es viele gute Restaurants. Freizeitangebote. Man muss nur rausgehen und es ausprobieren.«

Al beobachtete sie aus den Augenwinkeln und lächelte. »Ich bin neu in der Stadt. Es wäre toll, jemanden zu haben, der mir all diese verborgenen Schätze zeigt.«

Sie musterte ihn misstrauisch. Seine babyblauen Augen waren in gespielter Unschuld weit aufgerissen, und das verschmitzte Lächeln ließ ihn noch jungenhafter wirken, als er sich benahm. Sie lächelte zurück. »Okay. Ich könnte am Montag. Passt das?«

»Passt.«

Nachdem sie einige Augenblicke in ihrer Handtasche gekramt hatte, förderte sie schließlich einen Zettel und einen Stift zutage. Sie kritzelte Namen und Telefonnummer darauf und reichte Al das Stück Papier. »Ich heiße Lou.« Die charmante Miss Kokosnuss streckte ihm die Hand entgegen.

Al drehte sie so, dass die Oberfläche nach oben zeigte und hauchte einen Kuss auf die Knöchel. Er spürte ihre Anspannung – der positiven Art. »Al. Es ist mir eine große Freude, Ihre Bekanntschaft zu machen.«

Lou errötete. Schnell zog sie die Hand zurück und leerte ihr Cidre-Glas. Als sie aufstand, um auf die Toilette zu gehen, schwankte sie bedenklich und stolperte nach vorn – in Als Arme.

Als ihr Vanilleduft ihn einhüllte, erwachte Als Körper ungewollt zum Leben. Bevor es Lou gelang, sich aus der unfreiwilligen Umarmung zu lösen, zog er sie für einen kurzen Moment näher an sich heran – ein Moment, von dem er noch lange zehren würde.

»Ich wähle schon«, rief Jerry ihr zu.

Al beobachtete, wie sie in Richtung Toiletten schwankte. Er tastete nach der Zeitung in seiner Jackentasche und genoss für den Moment das hoffnungsfrohe Gefühl, das sie in ihm auslöste. Zum ersten Mal, seit er aus dem Flugzeug gestiegen war, aus dem er nichts anderes hatte sehen können als endlose schneebedeckte Felder, hatte er das Gefühl, das Milwaukee vielleicht doch nicht ganz so öde war. Er wusste, dass er nach seinem letzten Werk nicht mehr viel Zeit hier verbringen musste. Seine Mailbox quoll schon jetzt vor Lob und positivem Feedback auf seine Besprechungen über. Nicht mehr lange, und er würde endlich die Telefonnummern in Händen halten, die ihm eine glorreiche Zukunft bieten konnten – in welcher Stadt auch immer. Er nippte an seinem Cidre. Die Aussicht, Milwaukee schon bald den Rücken kehren zu können, stimmte ihn der Stadt gegenüber seltsam milde. Es könnte nett sein, sie doch noch aus einer anderen Perspektive kennenzulernen; seine Stippvisite mit einem positiven Akzent zu beenden – indem er das *eine* kulinarische Juwel fand, das hier zu finden sein sollte, um ihm mit seinen Lobpreisungen zu nationalem Ruhm zu verhelfen. Vielleicht sollte er John beim Wort nehmen und sich anschließend neuen Aufgaben widmen. Als Gedanken schweiften zu Bettgeflüster und Schlagsahne ab. Immerhin war es schon viel zu lange her, dass er jemanden kennengelernt hatte, der tatsächlich für Bettgeflüster taugte. Er würde Lou gleich morgen früh anrufen, um seine Milwaukee-Ausbildung zu beginnen. Al trank sein Glas leer, legte zwei Zwanziger auf die Theke und raunte dem Barkeeper zu: »Einer ist für ihre Taxifahrt nach Hause.«

Jerry nickte, und Al quetschte sich durch das Pub, bis er auf der Straße stand und die frische Luft des lauen Frühlingsabends einsog. Mit dem Geschmack des frischen Cidres auf den Lippen warf er einen Blick auf das linierte Stück Papier, das ihm Lou in die Hand gedrückt hatte. Ihre krakelige Handschrift war wie ein geheimer Code, den nur er entziffern konnte – ein Code, der die Lücke zwischen dem Schreiberfolg und seinem persönlichen Glück schließen mochte.

Lou versuchte, nicht in den Spiegel zu blicken. Die schwarzweißen Fliesen um sie herum schienen sich in bedrohlicher Weise immer wieder aufzulösen und neu zusammenzusetzen. Sie wusch sich energisch die Hände – die Hände, die, eben noch taub vom Cidre, plötzlich wie elektrisiert gewesen waren, als Al sie vor zehn Minuten für eine Sekunde an seine Lippen gedrückt hatte. Dieses Kribbeln hatte sie seit Jahren nicht mehr gespürt. Wahrscheinlich nur eine Reaktion auf den verrückten Tag – oder die zahllosen Drinks. Sie stützte sich auf den weißen Waschbeckenrand und drückte die Stirn gegen den verschmierten Spiegel. Das kühle Glas bot einen hervorragenden Schwerpunkt für ihren Kopf, damit sie ihre Gedanken sammeln konnte.

Was soll ich bloß tun?

Immer noch mit der Stirn am Spiegel zog sie ihr Handy aus der Tasche und wählte die Nummer des Restaurants. Nach zwei Klingeltönen hörte sie Alison am anderen Ende zwitschern: »Bonjour, Sie sprechen mit dem *Luella's*. Wie kann ich Ihnen behilflich sein?«

»Hey, Alison. Ich bin's, Lou. Könntest du mir Sue geben?« Lou versuchte ihren Kopf vom Glas zu lösen. Unmöglich.

»Warum rufst du an?« Sue war am Apparat.

»Wie schlimm ist es?«

»Wir können morgen darüber reden.«

»Ich muss es aber jetzt wissen.«

»Wie viele Cidre hattest du?«

»Vier. Nein, warte, fünf. Nein, vier. Ach, keine Ahnung.«

Sue schwieg einige Sekunden. »Zwei Reservierungen wurden abgesagt, drei sind einfach nicht aufgetaucht. Viel weniger Laufkundschaft. Ich habe Tyler früher nach Hause geschickt.«

»Er hat bisher nur eine Schicht gearbeitet, Sue.«

»Ich weiß.«

»Er hat gesagt, Luella war eine runzelige boshafte Stiefmutter.«

»Er ist der Abschaum vom Abschaum.«

Lou verzog frustriert das Gesicht, woraufhin der Spiegel noch verschmierter aussah. »Er ist ein Riesenarsch. Ein überheblicher, abartiger, schmieriger Vollidiot. Der Vollidiot-König aller Vollidioten.«

»Ich weiß.«

Lou stöhnte ins Telefon.

»Morgen werden wir uns was überlegen.«

»Ich muss los. Danke für alles«, wimmerte Lou. Sie legte auf und löste die Stirn von der Glasscheibe. Als sie sich im Spiegel betrachtete, musste sie einmal mehr feststellen, dass ihr der Betrunkenen-Look einfach nicht stand. Ihre Wangen waren von roten Flecken überzogen, und ihre Haare glichen einem Heuhaufen, durch den ein Tornado gefegt war; ihre Klamotten wirkten, als hätte sie darin geschlafen. War das Käse auf ihrer

Schulter? Lou nahm ein Papierhandtuch und schrubbte ungelenk daran herum. Ihre Koordination von Augen und Hand entbehrte jeglichen motorischen Feingefühls, sodass der Fleck höchstens noch größer wurde. Tränen der Frustration und Scham liefen ihr über die heißen Wangen. Sie drückte die Taste für die Mailbox an ihrem Telefon und hörte sich noch einmal die Nachricht an, die Devlin ihr im Laufe des Tages hinterlassen hatte.

»Lou, ich habe den Artikel gelesen. Es tut mir wahnsinnig leid, dass du so eine schlechte Besprechung bekommen hast. Ruf mich an, ich kann dir helfen.«

Wütend hielt sich Lou das Telefon vor den Mund und schrie die Mailbox an: »Das ist alles deine Schuld. Du bist kein Held. Du wirst mir ganz sicher nicht helfen, jetzt, wo sowieso alles kaputt ist.« Lou drückte auf die »Löschen«-Taste und wischte sich mit dem Ärmel die Tränen aus dem Gesicht. Das alles war nicht fair, aber darauf kam es jetzt nicht mehr an. Höchste Zeit, dass sie sich auf die Zukunft konzentrierte. Der geflieste Boden schwankte unter ihren Füßen. Vielleicht konnte die Zukunft doch noch einen kleinen Augenblick warten.

Lou überlegte, ob Al anrufen würde. Bei dem Gedanken daran schlug ihr Magen einen Purzelbaum – einen ziemlich krummen, zugegeben, aber nichtsdestotrotz einen Purzelbaum. Sie hatte sich geschworen, mit ihm nicht über ihre Arbeit zu reden. Er würde ihre kleine Flucht aus der Realität sein. Mal ganz abgesehen davon, dass sie vergessen hatte zu atmen, als sie in seine Arme gesunken war. Außerdem war sie neugierig herauszufinden, was sich unter dieser ordentlichen und adretten Hülle verbarg. Normalerweise unterdrückte Lou allzu spontane Impulse, aber vielleicht war es Zeit, ihre Vorsicht in den Wind zu schießen und sich mit Al abzulenken, während sich ihr geordnetes Leben, wie sie es kannte, langsam in Luft auflöste.

7

Während Al mit der linken Hand die zerknitterte Zeitung auf dem Schreibtisch vor ihm glatt strich, umklammerte er mit der rechten nervös das Telefon. Er fürchtete, sein lautes Herzklopfen könnte den Klingelton am anderen Ende der Leitung übertönen. Mit jedem Freizeichen schlug es heftiger. Er hielt die Luft an, während er darauf wartete, dass abgenommen wurde. Die Uhr auf seinem Laptop zeigte 12:15 – mehr als genug Zeit für Lou, ihren Cidre-Kater auszuschlafen. Als der Anrufbeantworter ansprang, schienen seine Stimmbänder kurzzeitig außer Funktion zu sein. Verzweifelt suchte er nach Worten, die ihn nicht als Idioten dastehen lassen würden. »Hallo, Lou. Ich bin's, Al … äh … aus dem Pub … und aus der Schlange vor dem Zeitungsstand. Ich wollte mich melden, damit Sie mir Milwaukees Vorzüge zeigen können. Meine Nummer ist 414 …«

Klick.

»Warten Sie eine Sekunde, ich muss den Anrufbeantworter ausstellen«, unterbrach ihn Lou.

Er hörte ein Knacken, gefolgt von einem Piepsen, gefolgt von einem »Mist«, dann war Lou wieder da. »Entschuldigung, ich komme gerade aus der Dusche.«

»Hervorragend. Äh, ich meine … wie schön für Sie … äh, wann wollen Sie loslegen?«

»Loslegen?«

»Unsere Abmachung. Sie haben gestern Abend versprochen, Milwaukees Großartigkeit unter Beweis zu stellen. Bitte sagen Sie, dass Sie sich daran erinnern.«

»Doch, doch, ich erinnere mich. Ich hätte nur nicht gedacht, dass Sie es ernst meinen.«

»Und ob, Abmachungen nehme ich grundsätzlich *sehr* ernst. Wenn Sie Ihr Wort brechen, wird das Schande und Schmach über Sie und Ihre Stadt bringen.«

»Ist ja schon gut«, kicherte Lou. »Wie wäre es am Montag in zwei Wochen? Früher kann ich nicht. Ich schicke Ihnen die Details, sobald ich mir Gedanken gemacht habe.«

»Fantastisch.« Al legte auf und zog in seinem Kalender einen dicken Kreis um den Tag.

Seit der Kritik waren bereits zwei Wochen vergangen, aber Lou hatte die schlechten Nachrichten noch immer nicht verdaut.

»Geht es dir gut?«, fragte Sue sie mit besorgt gerunzelter Stirn über das Rauschen der Toilettenspülung hinweg.

Lou wischte sich das Gesicht mit einem Tuch ab. Vom Geruch des feuchten Papiers wurde ihr so übel, dass sie beinahe wieder zurück in die Toilettenkabine gestürmt wäre. Sie warf es in den Papierkorb und versuchte sich darauf zu konzentrieren, wo sie sich befand. Schließlich spritzte sie sich noch ein wenig mehr kaltes Wasser ins Gesicht und nickte schwach. »Du solltest gehen. Wir haben heute doch gar nicht geöffnet.«

»Ich lasse dich damit nicht allein.« Sue starrte sie entschlossen an.

»Okay, dann lass uns wieder an die Arbeit gehen.«

»Wie wär's mit einer Kaffeepause?«

»Nein, ich muss endlich wissen, wie schlimm es wirklich aussieht.«

»Also, Harley und ich sind uns einig, dass wir nirgendwo hingehen werden, und Gertrude und Otto haben versprochen, weiterhin zu kommen. Wir werden also wenigstens *einen* fest reservierten Tisch haben.«

Lous Anflug eines kleinen Lächelns verwandelte sich schnell wieder in einen düsteren Blick. Das Geschäft lief immer schlechter. Sie waren die Zahlen schon tausendmal durchgegangen. Das Restaurant war montags normalerweise geschlossen, damit alle einen freien Tag in der Woche hatten, aber neuerdings öffneten sie auch am Sonntag nicht mehr. Und selbst wenn noch ein paar Stammgäste übrig geblieben waren und einige versprengte Gäste von der Straße hereinkamen, die entweder die Kritik nicht gelesen hatten oder sich schlicht nicht darum kümmerten, reichte es vorne und hinten nicht. Einige Leute kamen sogar nur, um dieselben schlechten Erfahrungen wie A. W. Wodyski zu machen, und schienen beinahe enttäuscht, wenn sie einwandfreien Service genossen und perfekt zubereitete französische Küche serviert bekamen.

Sie setzten sich wieder an den Schreibtisch und schoben die zahllosen Papiere zusammen, um Platz für den Taschenrechner und weitere Notizen zu schaffen. Mit jeder Zahlenkolonne schrumpften Lous Hoffnungen mehr und mehr zusammen, bis an ihrer Stelle nur noch ein großes schwarzes Loch klaffte. Sie musste einen Ausweg aus diesem Desaster finden.

»Wir haben es schon vor der Kritik jeden Monat gerade so in die schwarzen Zahlen geschafft. Es hat eben für grüne Crocs und Polyester-Schürzen gereicht. Ich habe keine Ahnung, wie wir hier noch Profit rausholen sollen.« Lou starrte auf die Zahlen.

»Du solltest schließen. Und zwar bald. Dann nimm mit, was auch immer übrig bleibt, und eröffne ein neues Restaurant. Von dem du vor ein paar Wochen gesprochen hast. Ich habe ein bisschen im Internet recherchiert, die gemeinen Trolle feiern auf *BrewCityReviews* gerade ein hämisches Freudenfeuer.«

»Online-Rezensionen sind was für Stänkerer. Intelligente Leute wissen das.« Lou winkte ungeduldig ab.

Sue deutete auf den Computerbildschirm. »Darauf würde ich nicht unbedingt setzen. Es wird ewig dauern, bis das *Luella's* über die schlechte Presse und die ganzen Troll-Kommentare hinweg ist.«

Lou biss sich nachdenklich auf die Unterlippe. Als sie einen Stapel Rezepte in einen Schuhkarton auf dem Boden schob, fiel ihr Blick auf etwas Glitzerndes unter einem Stapel Papier. »Ich habe ein bisschen was gespart, ein kleines Polster ist noch übrig.« Sie hielt den Verlobungsring hoch. »Und ich könnte den hier verkaufen. Und ich habe auch schon mit ein paar Banken wegen eines Darlehens gesprochen. Das sollte uns vorerst über Wasser halten, sodass wir den Laden weiter offen halten können. Und wer weiß, vielleicht geschieht ja doch noch ein Wunder.« Sie schob die Notizen auf einen Haufen und schaltete den Computer aus.

Sue lehnte sich auf ihrem Stuhl zurück und beobachtete Lou dabei, wie sie versuchte, nicht die Kontrolle zu verlieren.

Lou blinzelte ein paarmal, dann stand sie entschlossen auf. »Ich glaube, wir sind für heute fertig.«

»Hast du ein heißes Date?« Sue grinste sie an. Sie fand einfach immer die richtigen Worte, um ihre beste Freundin aufzumuntern.

Lou lächelte zaghaft und wischte sich eine Träne von der Wange. »Du weißt genau, dass es kein Date ist. Ich spiele nur die Stadtführerin, die einem Unwissenden die vielen Vorzüge Milwaukees nahebringt.«

»Schließt das auch die in deinem Schlafzimmer ein?«

»Nein!« Lous Wangen färbten sich rosa. »Ich bin noch nicht so weit.«

»Nur mal darüber nachzudenken, macht vielleicht auch schon Spaß.«

Lou erinnerte sich an das gute Gefühl, als sie in der Bar in

Als Arme gefallen war und an seine weichen Lippen. »Ja, das könnte definitiv Spaß machen.«

»Wo geht ihr hin?«

»Wir fangen ganz von vorne an, bei Bier und Käse.« Lou schnappte sich Jacke und Schlüssel und ließ Sue mit einem Augenzwinkern allein im Restaurant zurück. Sie freute sich auf ein bisschen Spaß und Ablenkung seit langer Zeit. Die Planung ihres kleinen Ausflugs hatte ihr durch die zwei letzten harten Wochen geholfen. Sie fühlte sich wieder wie das kleine Mädchen, das sich am Weihnachtsmorgen noch vor Sonnenaufgang voller Freude ausmalte, welche Geschenke es wohl unter dem Baum finden würde; ob wohl die Spiel-Küche dabei sein würde, die sie sich so sehnlichst wünschte, seit sie sie zum ersten Mal im Weihnachtskatalog des großen Kaufhauses gesehen hatte? Ihre Mutter hatte sie immer mit kleinen Aufgaben abgelenkt: die unteren Baumspitzen mit Lametta schmücken, Weihnachtsplätzchen verzieren oder den roten Socken an den Kamin hängen, ein leuchtender Vorbote all der schönen Dinge, die bald darin liegen würden. Diese Träume, Spekulationen und Vorbereitungen ließen die Vorfreude fast größer erscheinen als den Spaß beim Geschenkeauspacken. Und ganz ähnlich fühlte sich dieses Nicht-Date mit Al an. Würde er genauso gut aussehen, wie ihr Cidre-vernebeltes Gehirn es ihr vorgegaukelt hatte? Würde sie ihn wiedersehen wollen? Würde er Milwaukee doch noch lieben lernen? Sie war sich sicher, dass sie zumindest auf die letzte Frage schon bald eine Antwort bekommen würde. Um ihn zu testen, hatte sie den besten Imbiss der Stadt ausgewählt. Wenn er den einfachen, aber himmlisch befriedigenden Geschmack eines echten Wisconsin Butterburgers und köstlichen Frozen Custards zu schätzen wusste, dann war er ihre Zeit vielleicht sogar wert.

Als Lou ins Auto stieg, konnte sie den Restaurantgeruch riechen, der in ihren Kleidern hing. Sie musste unbedingt noch duschen und sich umziehen. Einen unbeschwerten Nachmittag mit jemandem zu verbringen, der absolut nichts mit ihrer Arbeit zu tun hatte, war die perfekte Ablenkung von all ihren Problemen.

Sein erstes Treffen mit Lou. Auf dem Weg zum Lake Michigan pfiff Al vor sich hin. Er pfiff! Wann hatte er das das letzte Mal getan? Vor ein paar Tagen hatte sie ihm eine SMS geschickt:

– *Lehrstunde Nr. 1 – Die Grundlagen*
– *Montag, 11:30*
– *Northpoint Custard*
– *Wir treffen uns bei Daisy*

Northpoint Custard war einer von vielen Imbissständen in Wisconsin, die Burger, frittierte Beilagen und Frozen Custard verkauften. In der kurzen Zeit, die er in Milwaukee lebte, hatte Al schon Hunderte Male von der berühmtesten Süßigkeit der Stadt gehört, aber bisher noch keine Gelegenheit gehabt, sie zu probieren. Es klang auf jeden Fall nach einer Art Eiscreme, die jedoch anstatt auf Milchbasis mit Eiern zubereitet wurde. Je näher Al dem Stand kam, desto mehr wuchsen seine Neugier und seine Erwartungen. Auch wenn Letztere vor allem von einer gewissen Miss Kokosnusskuchen befeuert wurden. Lou tauchte inzwischen immer häufiger in seinen Tagträumen auf: ihre sanften braunen Augen, die zarte helle Haut, sogar ihre Narben. Wo hatte sie die bloß her? Es gab wirklich nicht viele Frauen, die es schafften, selbst im betrunkenen Zustand noch anbetungswürdig und charmant zu wirken. Lou war definitiv eine von ihnen, und sie hatte ihn schier umgehauen. Und dann noch dieser Kuchen … Er konnte den Duft nach Kokosnuss einfach nicht vergessen.

Nach den dunklen kalten Tagen brannte die Sonne heute vom Himmel. Al lief entlang der Uferpromenade und versuchte den Schmerz an seiner Ferse zu ignorieren, wo seine eleganten Schuhe eine Blase aufgescheuert hatten. Er war noch nie am See gewesen, aber es schien ihm genau die richtige Art, um den Tag mit Lou zu starten. Der Imbissstand lag nördlich des Jachthafens, wo sich eine bunt gemischte Menge aus Familien, die Drachen steigen ließen, Hundebesitzern, die ihre gewohnte Runde drehten, und entzückenden alten Herrschaften, die auf Parkbänken Händchen hielten, ihrem Freizeitvergnügen nachgingen. Etwas weiter draußen auf dem See konnte er sogar einige tapfere Segler entdecken, die ihre Boote zum Saisonstart das erste Mal aufs kalte Wasser hinausgelassen hatten. Al schätzte, dass es in der Sonne und im Windschutz der Felsen, die das Ufer säumten, über zwanzig Grad warm war, aber draußen auf dem See musste es noch sehr viel frischer sein.

In den zwei Wochen, seit sie sich das letzte Mal gesehen hatten, hatte sich die Erinnerung an Lou in Als Gehirn festgekrallt und war mit der Zeit immer aufregender geworden. Ein bisschen wie der Rückblick aufs Schulsommercamp, bei dem die großen, schönen und spannenden Momente in seiner Erinnerung die vielen peinlichen bei Weitem überstrahlten – gar nicht erst zu reden von dem schlechten Essen, das man ihnen dort vorgesetzt hatte. Er wusste, dass er die Vorstellung von Lou in den vergangenen zwei Wochen mit weit mehr als nur völlig überzogenen Erwartungen aufgeplustert hatte. Würde sie wieder nach Vanille riechen? Würden die Sommersprossen auf ihrer Nase wieder tanzen, wenn sie lächelte? Würde seine Erinnerung implodieren, wenn er mit der Realität konfrontiert wurde? Ein paar Meter vor sich konnte er jetzt zwischen einigen alten hohen Bäumen die rote Markise des Imbissstands erkennen. Als Lou ihm geschrieben hatte, dass sie sich bei Daisy treffen sollten, hatte er mit der Information nichts anfangen können, aber als er nun die letzte Straße vor dem Stand überquerte, ahnte er, was mit dem Hinweis gemeint war. Auf dem Platz vor *Northpoint Custard* standen mehrere Tische und Stühle in Kuhgestalt. Jedes der schwarz-weiß gefleckten Ungetüme war mit einem ordentlichen Rindernamen wie Bessy oder Maisy bedacht, die jemand auf die glatte Oberfläche gepinselt hatte. Und tatsächlich saß Lou bereits an Daisys Flanke und trommelte ungeduldig mit den Fingern auf ihrem Rücken herum. Als Al sie entdeckte, beschleunigte er automatisch seinen Schritt. Sie sah einfach perfekt aus in der blauen Jeans, dem einfachen braunen T-Shirt mit V-Ausschnitt und den hellbraunen Converse. Das legere Outfit lenkte Als Blick auf das Wesentliche, und er konnte gar nicht anders, als ihre cremighelle Haut zu bewundern, die sich gegen das dunkle T-Shirt abhob. Das Sonnenlicht ließ hier und da rötliche Reflexe in ihren langen braunen Haaren aufblitzen. Es war das erste Mal, dass er sie mit gekämmten Haaren sah – und es gefiel ihm. Es wirkte weich und glatt, als würde sie weder Gel noch Spray benutzen. Als wäre es nur dafür gemacht, darüberzustreichen. Er blieb dicht vor ihr stehen.

»Sie sind zu spät«, sagte Lou. »Ich bin froh, dass ich noch nichts bestellt habe, als ich hier vor fünfzehn Minuten angekommen bin. Dann wäre unser Essen jetzt nämlich kalt.« Sie versuchte ihn vorwurfsvoll anzusehen, aber Al bemerkte das kleine Lächeln, das in ihren Mundwinkeln spielte. Sie musterte ihn von oben bis unten und sagte: »Für den Besuch eines Imbissstands haben Sie sich aber ganz schön in Schale geworfen. Sie sehen aus wie dieser Modetyp – Tim Gunn – auf Urlaub.«

Al sah an sich hinunter. Zugegeben, in der beigen Stoffhose mit Bügelfalte, dem marineblauen Poloshirt über einem weißen T-Shirt – beides ordentlich in die Hose gestopft – und den farblich darauf abgestimmten Schuhen und Gürtel hätte ihn wohl niemand mit einem echten Milwaukeer verwechselt, der gerade auf dem Weg zu einem Burger und Shake an den Strand war. Sogar seine Haltung war von den vielen Stunden, die er vor dem Computer verbrachte, viel zu steif. Er zuckte mit den Schultern. »Deswegen bin ich hier. Damit Sie mir all die fantastischen Seiten Milwaukees zeigen und mich zu einem echten Fan der Stadt konvertieren können.« Lous Sommersprossen tanzten vor Vergnügen, und Al atmete erleichtert. Er hatte sich völlig umsonst Sorgen gemacht. Seine Erinnerungen waren in Wirklichkeit nur ein blasser Abglanz der Realität gewesen.

Lou stand auf. »Ich bestelle ein bisschen was von allem, damit Sie sich einen umfassenden Eindruck von den kulinarischen Wunderwerken der Stadt machen können. Sie bleiben hier und halten den Platz frei. Gibt es irgendwas, das sie gar nicht mögen?«

»Nein, ich esse alles.« Er war versucht gewesen, »Käse« zu sagen, war sich dann aber sicher, das auf keinen Fall herauszubringen, ohne laut lachen zu müssen. Immerhin hatte er bereits seit Kindertagen eine ganz besonders innige Beziehung dazu, und Milwaukees Käse-Besessenheit war eines der wenigen positiven Dinge, die er der Stadt neben Hunderten negativer zugutehielt.

»Sehr gut. Und noch eine Regel für den Tag, bevor ich bestelle: keine Unterhaltungen über die Arbeit. Abgemacht?«

»Haben Sie etwa Angst vor Fragen bezüglich ihrer inbrünstigen Cidre-Bekehrung?« Lous Lachen ließ sein Herz einen beglückten Satz machen. Dann nickte er. »Abgemacht.« Das wurde ja immer besser.

Während Lou damit beschäftigt war, die halbe Karte zu bestellen, studierte Al sie gründlich. Burger, Pommes, verschiedene Sandwiches, einige außergewöhnliche Extras und vor allem sehr viel Käse. Am Morgen hatte er ein wenig recherchiert und herausgefunden, dass der kleine Imbiss zur *Bartolotta* Group gehörte, die ein paar der besten Restaurants in der Stadt betrieb. Bisher hatte er in keinem der Restaurants gegessen, da er keinen wirklichen Sinn darin sah, Kritiken über einen großen Konzern zu verfassen. Das *Northpoint* hatte jedoch eine spezielle Geschichte. Vor Jahren hatten die Betreiber das Gelände hier gemietet, um mehr Leben an den See zu bringen. Und es sah ganz so aus, als sei der Plan aufgegangen. Für einen normalen Montagnachmittag im Juni war die Schlange vor dem Imbiss beträchtlich, und am Seeufer herrschte Hochbetrieb.

Lou kehrte mit einem riesigen Tablett zurück und holte zu einer umfangreichen Erläuterung zahlloser Gerichte aus: »Ich habe einen Burger bestellt, den wir uns teilen können, die Beilagen habe ich mir extra geben lassen. Ich kann besonders den Käseaufstrich mit gebratenen Zwiebeln und Speck empfehlen. Außerdem haben wir hier ein Seebarsch-Sandwich, frittierte Zwiebelringe, Pommes, einen Erdbeer-Shake und Cheese Curds. Diesen Käsebruch erhält man in einem frühen Stadium der Käseproduktion, er ist recht fest und quietscht zwischen den Zähnen, wenn er ganz frisch ist. Das hier sind die besten Cheese Curds in ganz Milwaukee, vielleicht sogar im ganzen Staat, aber um das zu beurteilen, bin ich mit meiner Recherche noch nicht weit genug gekommen. Und zuletzt die berühmte hausgemachte Käsesoße. Die sollten Sie essen, solange sie noch warm ist, sonst fängt sie an zu stocken – ein Zeichen dafür, dass sie aus echtem Käse hergestellt wurde.«

Al betrachtete den goldenen Schatz, der sich vor ihm ausbreitete. Der Duft des Essens erinnerte ihn an den kleinen

Fish-and-Chips-Laden zu Hause in Windsor, wo er so oft mit seiner Familie gewesen war. Der Geruch nach heißem Öl, Salz und knusprig Überbackenem versprach reinste Glückseligkeit. Er begann mit den viel gepriesenen Cheese Curds, die noch heiß waren und tatsächlich ein wenig zwischen den Zähnen quietschten. Die äußere Hülle schmeckte salzig und war knusprig frittiert, während der weiße Cheddar im Innern köstliche Fäden zog, als er hineinbiss. Er hatte sich eine Art Mozzarella-Stick vorgestellt, aber der Geschmack überraschte ihn. Er konnte den Cheddar herausschmecken, und er war erstaunlich gut. Nein, er war nicht einfach nur gut, er war geradezu bewusstseinserweiternd! »Warum heißt es Käse*bruch?*«, fragte Al, während er damit beschäftigt war, die weißen Fäden, die sich irgendwie in den Stoppeln seines Dreitagebarts verfangen hatten, aus seinem Gesicht zu entfernen.

»Es ist ein Nebenprodukt bei der Käseherstellung. Sie wissen schon, wenn Molke und Bruch getrennt werden. Normalerweise wird der Käsebruch zu großen Blöcken gepresst, aber in Wisconsin verkauft man ihn auch in seiner ursprünglichen Form, eben als kleine Bruchstücke. Bei unserem nächsten Stopp heute können wir ihn frisch kaufen. Sie werden also die Gelegenheit haben, Cheese Curds in all ihren wunderbaren Erscheinungsformen kennenzulernen.«

Trotz des Käses, der sich noch immer hartnäckig zwischen seinen Zähnen und um seinen Mund herum hielt, musste Al breit grinsen. Er beherrschte sich, noch mehr davon in sich hineinzuschaufeln, und widmete sich stattdessen dem Burger. Eine Hälfte bestrich er dick mit dem, was Lou als Käseaufstrich identifiziert hatte, streute großzügig Zwiebelringe darüber und garnierte das Ganze anschließend mit einer Scheibe knusprig gebratenen Specks. Al konnte sich sonst nur wenig für Burger begeistern, aber dieser hier sah äußerst vielversprechend aus. Die Soße tropfte von dem getoasteten Brötchen, und der Käse schmolz verführerisch auf dem warmen Fleisch. Das war definitiv ein Essen, um sich die Finger fettig zu machen. Er biss hinein. Das Brot hielt genau die richtige Balance zwischen saftig und knusprig, Zwiebeln und Speck vereinten sich auf himmlischste Weise mit dem geschmolzenen Käse, der sich mit dem Bratensaft des Fleisches vermischte und an seiner Hand entlang auf den Tisch tropfte. Als Nächstes widmete er sich den goldenen Pommes, die er in die Käsesoße tunkte. Lou hatte recht gehabt – sie war selbst gemacht und kein Vergleich zu der gelben Pampe aus der Dose, die man in den meisten Restaurants serviert bekam. Dies war mit Abstand das beste Essen, das er bisher in Milwaukee bekommen hatte. Al schloss die Augen und genoss es.

Lou beobachtete Al genau. Sie wusste, wie ein Essensorgasmus aussah, wenn sie einen sah. Er kaute langsam und aufmerksam, mit geschlossenen Augen und offenen Sinnen. Ihr fiel auf, wie dunkel und lang seine Wimpern waren, die wie je ein kleines Lächeln auf seinen Wangen lagen und das um seinen Mund spiegelten. Einige Käsespuren hatten sich in den kaum vorhandenen Bartstoppeln verfangen, die sich an seiner Kinnlinie entlangzogen. Lou gefiel der leicht verwegene Look, und sie fragte sich, ob Al es wohl jemals zu mehr als dem heutigen fünf-Uhr-Schatten kommen ließ. Aber sie wollte ihn auf keinen Fall mit sinnlosem Geschnatter von seiner Essenserfahrung ablenken, deswegen knabberte sie vorerst schweigend weiter an den verschiedenen Snacks. Außerdem liebte sie es, anderen Leuten beim Genießen zuzusehen. Devlin hatte Essen niemals so genossen. Er aß, um satt zu werden, nicht um den Sinnen zu schmeicheln. Warum konnte er sie nicht einfach in Ruhe lassen? Vor ein paar Tagen hatte auf ihrer Küchentheke plötzlich eine nagelneue Achthundert-Dollar-KitchenAid-Maschine gestanden; das Modell aus Kupfer, nach dem sie sich schon seit Jahren den Hals verrenkte, das sie sich aber nie hatte leisten können. Daneben hatte eine seiner albernen Notizkarten gelegen: *Du musst mir zuhören. D.* Um in ihre Wohnung zu kommen, hatte er seinen Ersatzschlüssel verwendet, als wäre es immer noch selbstverständlich. Jetzt musste sie also auch noch die Schlösser austauschen lassen – eine weitere Ausgabe, die sie sich eigentlich gar nicht erlauben konnte. Sie war so wütend über sein anmaßendes Verhalten gewesen, dass sie den Mixer umgehend in den Müllcontainer befördert hatte – nur um ihm sofort nachzusteigen und ihn zu retten. Wenn sie ihn schon nicht behalten konnte, dann würde sie ihm wenigstens ein gutes neues Zuhause besorgen. Sie hatte ihn mit Bleichmittel geschrubbt und den Nachbarn geschenkt. Einem jungen Paar, das gerade Nachwuchs bekommen hatte. Sie würde ihnen noch zeigen, wie man mit der Küchenmaschine vernünftige Babynahrung herstellen konnte.

Und deswegen genoss Lou es umso mehr, Al dabei zuzusehen, wie er jeden einzelnen Bissen würdigte. Sie gelobte sich selbst, ihm irgendwann ein Essen zu kochen, das ihn umhauen würde, nur damit sie beobachten konnte, wie er es auskostete. Vielleicht kubanischen Schweinebraten mit schwarzen Bohnen und Korianderreis? Das wäre ein hervorragendes Sommer-Festessen, natürlich nur komplett mit Mojitos und scharfer Mojo-Soße. Wenn er schon einen einfachen Burger mit einer solchen Leidenschaft zu genießen wusste, würde er angesichts ihrer Kochkünste mindestens in Ohnmacht fallen.

Al spülte den letzten Bissen mit einem Schluck Erdbeer-Shake hinunter. »Wahrhaftig köstlich«, sagte er.

»Sind Sie konvertiert?«

»Zu was?«

»Zu einem Milwaukee-Liebhaber.«

»Frittierter Käse und leckere Burger machen noch keine ganze Stadt aus, aber ich werde hier definitiv wieder essen. Also, was steht als Nächstes an?« Al sah sich suchend um, als würde sich ihr nächster Sightseeing-Stopp gleich auf magische Weise wie eine Fata Morgana aus dem Asphalt des nebenanliegenden Parkplatzes erheben.

Lou erhob sich und stopfte die Essensreste in einen Mülleimer in Kuhform. »Als Nächstes steht Bier auf dem Programm«, sagte sie und stapfte los. Al lief ihr folgsam nach. Als sie seine Schritte hinter sich hörte, musste sie lächeln.

Sie hielten auf Lous ramponierten schwarzen Honda Civic zu. Eines der hinteren Fenster ließ sich nicht mehr herunterkurbeln, die Lüftung funktionierte nur sporadisch, und der Schalldämpfer am Auspuff war bereits vor Jahren einem Blizzard zum Opfer gefallen. Aber er lief mit minimalen Instandhaltungskosten und sprang jeden Morgen verlässlich an, und das auch noch bei kältesten Januartemperaturen.

Angesichts der tiefen Delle in der Beifahrertür zog Al skeptisch eine Augenbraue hoch: »Kann ich mich da drin sicher fühlen?«

Lou musste laut lachen. »Keine Angst, das ist auf einem Parkplatz passiert. Ich saß noch nicht mal im Auto. Wenn Sie sich trauen mit mir zu fahren, ist das Vertrauensbeweis genug, dass wir uns danach duzen können, oder was meinst du?«

Al grinste und nickte. Dann stieg er ein, und nachdem er einiges Aufheben um das sichere Schließen seines Gurtes gemacht hatte, lenkte Lou den Wagen in Richtung Straße, auf der Suche nach Bier und dem versprochenen frischen Cheese Curds.

Als Al nach seinem abenteuerlichen – und windigen – Ausflug mit Lou zur Arbeit kam, standen seine Haare in alle Richtungen ab, und in der Hand hielt er eine kleine Plastiktüte mit einem weißen Aufkleber, auf dem Gewicht und Preisangabe pro Pfund aufgedruckt waren. »Magst du Cheese Curds?«, fragte er John und blieb hinter seinem Schreibtischstuhl stehen. Er hielt ihm die offene Tüte hin, und John nahm sich eine Handvoll heraus.

Quietsch!

»Hm, die sind ja ganz frisch. So mag ich sie am liebsten!« Ein Käsekrümel verfing sich in seinem Bart. Er machte keine Anstalten, ihn wegzuwischen.

»Dann kennst du also die Geschichte mit dem Quietschen? Das ist vollkommen verrückt.«

»Ja, natürlich kenne ich die – nur frischer Käsebruch quietscht.«

»Sie sind wirklich wahnsinnig gut«, murmelte Al zwischen zwei Bissen.

»Was ist los? Warum bist du plötzlich so begeistert von quietschendem Käse?«

»Weil ich bisher nicht wusste, dass so etwas überhaupt existiert.«

»Ach, warte mal, hast du mich nicht vor Kurzem nach dem *Northpoint* gefragt? Du willst doch wohl keine Restaurantkritik über die schreiben, oder?« John schaute ihn aus misstrauisch zusammengekniffenen Augen an.

»Ja und nein.«

»Warum bist du dann dort gewesen?«

»Ich habe mich mit jemandem zum Mittagessen getroffen.«

»Mit *jemandem?* So jemand wie eine Frau? Wo hast du sie kennengelernt? Hat sie eine Freundin?«

»Ich werde dich auf keinen Fall irgendeiner Frau vorstellen, die ihre Sinne noch halbwegs beieinander hat; und auch keiner ihrer Freundinnen. Mit dem Bart würdest du sie zu Tode erschrecken. Wann hast du vor, den endlich abzurasieren?«

»Niemals. Das bin ich.«

»Frauen mögen keine Männer mit Essen im Bart.«

»Manche schon.«

»Ach, gibt es für die etwa auch Webseiten?«

John lachte nur, nahm eine weitere Handvoll Käse, bevor Al ihn außer Reichweite bringen konnte, und wandte sich dann wieder seinem Bildschirm zu.

Immer noch ein wenig beschwipst von der *Sprecher-Brauerei*-Tour legte Al die Tüte vorsichtig neben seiner Tastatur ab und setzte sich langsam hin. Er hatte damit gerechnet, dass sie die *Miller Brauerei* besuchen würden, wo ordentliches, aber nicht weiter beachtenswertes Lager produziert wurde. *Sprecher* war dagegen eine ganz andere Kategorie. Die Biere wurden dort alle lokal gebraut, und die Vielfalt war gigantisch. Selbst die Limonaden übertrafen alle seine Erwartung. Schon das Root Beer war eines der besten, die er jemals probiert hatte, aber das Cream Soda war geradezu perfekt. Während er darüber nachdachte, musste Al zugeben, dass der heutige Tag der erste war, an dem er in Milwaukee wirklich Spaß gehabt hatte. Lous ungehemmter Enthusiasmus bezüglich der lokalen Produkte hatte ansteckend und gleichzeitig besänftigend auf ihn gewirkt. Er hatte gar nicht bemerkt, wie empfindsam er geworden war. Zeit mit Lou zu verbringen bedeutete, eine heilende Creme auf eine Wunde aufzutragen, die sofortige Wirkung zeigte. Er konnte es kaum erwarten, sie wiederzusehen.

8

Al überquerte die schmale weiße Brücke, an deren Ende man mitten auf eine Achtzigerjahre-Filmversion des Himmels zu stoßen schien: den Quadracci Pavillion des Kunstmuseums von Milwaukee, der oft nach seinem Architekten auch einfach Calatrava genannt wurde. Weiße Oberflächen, wohin man sah, die das helle, klare Sonnenlicht reflektierten. Der weiße Marmorboden ähnelte cremig geschlagenem Vanilleeis, sparsam durchzogen von Flecken dunkler Zartbitterschokolade. Die Wände waren von einem ebenso makellosen Weiß wie der Rest des Pavillons, lediglich unterbrochen von asymmetrischen Gewölbebögen, die sich über die glänzenden Gänge spannten, die ins kathedralengleiche Museumsinnere führten. Zwei Stockwerke über ihm wölbte sich eine Kuppel aus Glas. Darüber befand sich eine Gitterstruktur aus weißen Balkenträgern, wie die Flügel eines Vogels, der im Begriff war, sich in den Himmel zu erheben. Nachts ruhten die beiden Schwingen aus Stahl dicht am Museumsgebäude, tagsüber schienen sie in der Luft zu schweben. Al musste zugeben, dass der Vergleich mit dem Vogel mehr als zutreffend war, er hatte das Gefühl, jeden Moment den Flügelschlag hören zu müssen. Von außen ähnelte das weiße Gerüst einem Skelett, wirkte dadurch aber nicht anstößig. Es sah eher aus wie das sauber gewaschene Knochengerüst eines Dinosauriers im Naturkundemuseum.

Al sah sich suchend nach Lou um, konnte sie aber nirgendwo entdecken. Gut so. Er hätte auf keinen Fall gewollt, dass sie ein zweites Mal auf ihn wartete, nachdem er letztes Mal schon nach ihr bei *Northpoint Custard* angekommen war. Er steuerte die Fensterfront an, von der aus man auf den See hinausschauen konnte. Sie lief zu einem spitzen V zusammen, das sich nach draußen weiter auf einen schmalen Weg und über die felsigen Wellenbrecher dahinter fortzusetzen schien – wie eine niemals endende Brücke, die scheinbar bis zum Horizont reichte. Die Glassfenster waren schräg nach außen angeordnet, sodass man sich über die Kante des Gebäudebodens hinaus an die Scheibe lehnen konnte, was einem das unangenehme Gefühl gab, jeden Moment abstürzen zu können. Die Glasfassade war von stumpfen Schmierflecken übersät – ein Beweis dafür, dass Al offensichtlich nicht der Einzige war, der sich von der Aussicht angezogen fühlte. Über dem Eingang hing ein riesiges Mobile aus in der Zugluft rotierenden roten, schwarzen und blauen Punkten – eine Hommage an minimalistische Balanceakte. Zwischen zwei Stockwerken schwebte eine Skulptur aus geblasenem Glas in einer wilden Farbkombination. Sie erinnerte Al an ein in niemals endendem Partyspaß erstarrtes explodierendes Tischfeuerwerk. Al ließ seinen Blick auf der Suche nach Lou noch einmal über die in der Halle umhergehenden Besucher wandern. Eine nervöse Anspannung, verstärkt durch die über ihm aufragende, scheinbar im Abflug begriffene Architektur, vibrierte durch seinen Körper und ließ ihn ein wenig atemlos zurück.

Lou beobachtete Al, der den Blick nach oben auf die stählernen Flügel gerichtet hatte. Sie schienen sich der Sonne entgegenzustrecken, die bereits hoch am Himmel stand, obwohl es erst zehn Uhr morgens war. Ein Lächeln breitete sich auf ihrem Gesicht aus, als sie die Bewunderung für das wunderschöne Gebäude in seinem Gesichtsausdruck sah. Sie hatte sich aus zwei Gründen für das Kunstmuseum als zweites Ausflugsziel entschieden. Erstens bildete es den perfekten Kontrast zu ihrer Bier- und Käseorgie. Der heutige Tag würde keine speziellen kulinarischen Highlights beinhalten, auch wenn sie einige Snacks eingepackt hatte, die sie später am See essen konnten. Und zweitens, weil die großartige Architektur selbst bei einem Intellektuellen mit den Ansprüchen, die sie Al unterstellte, Eindruck machen musste. Selbst für Einheimische gab es in diesem Gebäude immer wieder eine neue kleine Sensation zu bewundern. »Bist du das erste Mal hier?«, fragte sie, nachdem sie dicht hinter Al getreten war. Er fuhr erschrocken herum, und auf seinem Gesicht erschien ein kurzes, strahlendes Lächeln. Ihr Magen machte einen freudigen Satz.

»Ich frage mich nur, wo das ganze Klebeband versteckt ist, das alles zusammenhält. So macht man das in Milwaukee doch, oder?«

Lous Augen funkelten amüsiert. »Wir haben ein spezielles durchsichtiges Klebeband erfunden, das man nicht sehen kann, und es mit italienischem Marmor überzogen.«

Lou nickte in Richtung der Ausstellung mit chinesischer Kunst: »Sollen wir?« Dann drehte sie sich um und betrat den ruhigen Ausstellungsraum.

Ein breiter, geschwungener Gang führte die Besucher an einer Reihe bunter seidener Wandteppiche, aufwendig geschnitzter Holzmöbelstücke und an lackierten Dekorationsgegenständen vorbei, die einst zur Verbotenen Stadt gehört hatten.

»Kannst du dir vorstellen, was für ein unglaubliches Gefühl es für die ersten Menschen gewesen sein muss, die diese Kunstwerke wiedergesehen haben, nachdem sie mehr als achtzig Jahre weggeschlossen waren? Ganz schön cool, oder?«, sagte Lou.

»Ziemlich beeindruckend.«

Lou schielte zu Al hinüber, um herauszufinden, ob er es ernst meinte oder nur einen sarkastischen Witz gemacht hatte, aber er hatte sich bereits einer kunstvollen Cloisonné-Arbeit zugewandt und ihr den Rücken zugekehrt. Je weiter er sich von ihr entfernte, desto mehr fühlte sie sich zu ihm hingezogen. Als wäre eine Art Gummiband zwischen ihnen gespannt, das sich weiter und weiter dehnte, bis es sie unweigerlich wieder aufeinander zubewegen musste. Mit jedem Schritt steigerte sich Lous innere Anspannung und forderte sie auf, den Abstand zu Al zu verringern. Sie kämpfte gegen das Unbehagen an, plötzlich allein dazustehen. Sie war sich nicht sicher, ob die Panik von dem immer noch lauernden Schmerz wegen ihrer Trennung von Devlin herrührte oder von der neuen und unbekannten Faszinationen, die Al auf sie ausübte. So oder so würde sie sich davon nicht einschüchtern lassen.

Lou musterte ihre Umgebung. An der Wand standen verschiedene Redewendungen, die dem Kaiser der Qianlong Dynastie zugeschrieben wurden: *Freude wird gewiss im Herzen geboren. Jedoch hängt sie oft auch von den Umständen ab.* Lou starrte auf die Worte, ließ ihre Bedeutung langsam in Kopf und Körper sickern und nahm sie ganz in sich auf. Sie würde wieder glücklich sein – das wurde ihr in diesem Moment klar. Sie fühlte sich schon besser, hier, fern von allen Verpflichtungen und Menschen, die etwas von ihr verlangten. An den meisten Tagen wussten sich die fröhlichen Gedanken vor ihr zu verstecken, deswegen kam sie an Orte wie diesen hier, um sie wieder aus sich hervorzulocken. Heute erfreute sie sich an den wunderschönen Ausstellungsstücken, ihrem manchmal etwas steifen Begleiter und der vorübergehenden Freiheit von der oft erdrückenden Verantwortung. Sie würde diese seltenen Momente des Glücks genießen, wo und wann immer sie konnte. Die Anspannung ließ sofort nach. Lou holte tief Luft und drehte sich zum nächsten Objekt um, als sie mit einem überraschten »Ups!« mit Al zusammenstieß.

»Entschuldige«, sagte Lou und versuchte die Schauer zu ignorieren, die der unerwartete Körperkontakt ihr Rückgrat herunterrieseln ließ.

»Kein Problem. Du kannst gerne weiterhin mit mir zusammenprallen – das scheint sowieso unser Ding zu sein.«

»Haha, sehr witzig, der Engländer!«

Al hatte gehofft, dass Lou mit ihm zusammenprallen würde. Während sie an die Wand mit den Sprüchen starrte, hatte er sich aus diesem Grund hinter sie gestellt. Durch ihr Interesse neugierig gemacht, las er sich die Zeilen ebenfalls durch. Freude – er konnte sich beim besten Willen nicht daran erinnern, wann er sich das letzte Mal wirklich über etwas gefreut hatte. Vielleicht bevor er nach Eton gegangen war, über die Ausflüge mit seinen Eltern aufs Land, wenn sie gemütliche Pubs zum Mittagessen besucht hatten und über Hügel gewandert waren, um nachzusehen, was sich auf der anderen Seite befand; oder wenn sie abends den Tag bei einem deftigen Essen ausklingen ließen. Aber das stimmte nicht ganz. Während seines letzten Ausflugs mit Lou, mitten am quirligen Seeufer mit einem käsetriefenden Burger zwischen den fettigen Fingern und dem Geschmack frittierter Cheese Curds auf der Zunge, hatte er echte Freude empfunden. Ganz ohne Zynismus, Anspannung und Druck – einfach nur pures Vergnügen. Vielleicht spielten die Umstände eine noch viel stärkere Rolle, als sich der Kaiser jemals hätte vorstellen können.

Al legte Lou, um sie wieder ins Gleichgewicht zu bringen, die Hände auf die Schultern und genoss das warme Gefühl ihres Körpers unter seinen Fingern und ihren leicht erschrockenen Gesichtsausdruck. Langsam ließ er sie wieder los und warf einen

Blick auf die wenigen Objekte, die er sich noch nicht angesehen hatte, bevor sie zusammen den obligatorischen Exit through the Giftshop betraten, von wo aus man in die anderen Ausstellungsräume gelangte. Auch wenn Al sie nicht länger berührte, schienen seine Finger Lous Wärme gespeichert zu haben und nun in Wellen durch seinen Körper zu schicken. Ja, Freude hatte definitiv mehr mit den Umständen als mit allem anderen zu tun.

Sie betraten einen Raum, an dessen Wand einfache rote, gelbe und blaue Quadrate angebracht waren. Gegenüber lehnte ein kornblumenblaues Rechteck wie ein vergessener, überdimensionaler Baustein. An der dritten Wand schienen durchsichtige und gelbe Quadrate aus dem Mauerwerk herauszuwachsen – ähnlich Regalböden, wie man sie in einem trendigen Loft einer europäischen Großstadt erwarten würde.

»Dieser Raum beleidigt mich«, sagte Al.

Lou musste über seine Gehässigkeit schmunzeln. »Kein Fan der Minimalistik?«

»Nicht im Geringsten.«

»Ich mag die Optionen, die daraus erwachsen. Man könnte es in alles Mögliche verwandeln, limitiert allein durch die eigene Vorstellungskraft.«

»Zeig es mir, anstatt es umständlich zu erklären – das ist meine Erwartung an die Kunst. Es sollte nicht darum gehen, wozu ich als Zuschauer fähig bin. Das weiß ich schließlich gut genug. Ich will sehen, was der Künstler erschaffen kann. Wenn ich mir das hier anschaue, denke ich, dass ihm einfach nichts Originelleres eingefallen ist, als Legosteine zu imitieren. Das nenne ich kreative Faulheit.«

»Was würdest du kreieren?«

Al überlegte kurz. »Wenn ich ein Künstler wäre – was ich nicht bin –, dann würde ich Szenerien entwerfen, die die Einfachheit feiern.«

»Aber du bist doch ein Künstler. Immerhin schreibst du doch, oder nicht?«

Al schluckte nervös, als Lou ihn neugierig von der Seite ansah. Verlegen kratzte er sich den Kopf und ging in Gedanken rasch alle möglichen Antworten auf ihre Frage durch. »Ich bin freier Journalist.« Er zuckte mit den Schultern. »Nicht gerade Museumsqualität.« Ihm fielen auf Anhieb eine Menge Journalisten ein, die ihn für diesen Satz verprügelt hätten – und sie hätten recht damit gehabt.

»Worüber schreibst du?«

Al schluckte, dann trat ein schelmischer Ausdruck auf sein Gesicht. »Wenn wir jetzt über unsere Arbeit reden, hätte ich aber auch ein paar Fragen. Zum Beispiel, wann du endlich zugibst, dass du heimlich Miniaturskulpturen aus Cheese Curd baust?«

»Nur wenn du zugibst, dass freier Journalist ein anderes Wort für Hundeausführer der oberen Zehntausend Milwaukees ist.« Lou verpasste Al einen Stoß mit der Hüfte und stolzierte zufrieden grinsend an ihm vorbei.

Al folgte ihr über den mit Parkett ausgelegten und auf Hochglanz gebohnerten Gang in den nächsten Ausstellungsraum, wo sie vor einem Gemälde mit Callas in zwei Vasen stehen blieb. Die Farbwahl und die breiten Pinselstriche erinnerten ihn an Van Gogh oder Matisse, aber als er sich vorbeugte, um die Tafel zu lesen, kam ihm der Name des Malers nicht mal bekannt vor.

»Das ist die Art von Kunst, die ich mir kaufen würde. Leuchtend und fröhlich. Es macht mich glücklich, so etwas anzusehen. Und es versucht nicht, irgendein gewagtes Statement abzubilden«, sagte Lou.

Al wollte ihr gerade zustimmen, als aus ihrem Ausschnitt lautes Hundegebell erscholl.

Lou wurde knallrot und griff unter ihr T-Shirt. »Sorry, Arbeit.« Sie fuhr mit dem Finger über das Display. »Was gibt's?«

Lou spazierte, während sie telefonierte, langsam in den nächsten Raum. Obwohl Al ihr in einigem Abstand folgte, konnte er die Unterhaltung hören. Er wusste, dass Lauschen nicht gerade die feine englische Art war, aber er wollte zu gerne wissen, was sie trieb, wenn sie nicht mit ihm zusammen war.

»Hast du Joe angerufen?«

Pause.

»Sag ihm, dass ich ihm zehn Prozent extra zahle, wenn er heute vorbeikommt. Fünfzehn Prozent, wenn er bis zwei Uhr fertig ist.«

Pause.

»Ich weiß. Wenn er es nicht machen kann, dann stell du die Mappe fertig, um damit zu *Kinko's* zu gehen.«

Pause.

»Ich überleg mir was.«

Pause.

»Okay.« Lou war stehen geblieben, und Al bemerkte, dass sie ihn beobachtete. Ihre Wangen färbten sich wieder rosa.

Al liebte es zuzusehen, wie sich die zarte Röte von ihrem Dekolleté aufwärts ausbreitete, bis sogar ihre Ohren pink leuchteten.

»Gut. Ja … wir reden später weiter. Bye.«

Al schmunzelte. Er konnte sich ziemlich gut vorstellen, was die Stimme am anderen Ende der Leitung jetzt gerade noch sagte.

Lou stopfte das Handy zurück in ihren BH und holte Al, der inzwischen an ihr vorbeigeschlendert war, mit ein paar Schritten ein. Er stand vor einer großen weißen Leinwand, auf die mit Schablonen die Buchstaben *F* und *O* und darunter *O* und *L* gemalt worden waren.

»Sorry, Job-Angelegenheiten. Es wird nie langweilig«, sagte Lou.

»Ist alles in Ordnung?«

Sie biss sich auf die Unterlippe. »Ich habe mir eine vernichtende Kritik eingehandelt, die die Dinge nicht gerade einfacher macht. Und jetzt ist auch noch der verdammte Kopierer kaputtgegangen. Genau zum richtigen Zeitpunkt …« Sie sah wieder die Leinwand an und lächelte. »Es gibt noch ein anderes Gemälde, das ich gerne besitzen würde. Diese Erinnerung hier: FOOL – Idiot.«

»Tut mir leid mit deinem Job. Und bei dem Gemälde stimme ich dir voll und ganz zu.« Al nickte grinsend. Gleichzeitig schossen ihm tausend Fragen durch den Kopf: Wo arbeitete Lou? War die Kritik, die sie vermutlich von ihrem Boss bekommen hatte, tatsächlich so schlecht? Warum hatte sie sich als Klingelton einen bellenden Hund ausgesucht? Und warum steckte das Handy in ihrem BH, und würde er ihr beim nächsten Mal behilflich sein können, den Anruf entgegenzunehmen? Er hatte zum ersten Mal seit sehr langer Zeit das Bedürfnis, Antworten auf Fragen und vieles andere mehr zu erhalten. Er wollte sie besser kennenlernen und wünschte sich nichts mehr, als sie zum Lachen zu bringen oder ihr wenigstens ein Schmunzeln zu entlocken. Lous Lächeln ließ die Sonne zu einem traurigen Abklatsch ihrer selbst verblassen. Seine Gedanken schienen alle auf einmal über seine Lippen strömen zu wollen, stattdessen beschränkte er sich auf eine Frage: »Erinnerst du dich an unsere erste Begegnung?«

»Ja, warum?« Lou schien neugierig zu sein, worauf er hinauswollte.

»Wo hast du den Kokosnusskuchen hingebracht?« Als Lou die Stirn runzelte, hätte Al seine Frage am liebsten wieder zurückgezogen. »Egal, vergiss es, das geht mich nichts an.«

Lou hob eine Hand. »Nein, das ist schon okay. Der Kuchen war für meinen Verlobten. Zu dem Zeitpunkt war er das jedenfalls noch. Ich wollte ihn überraschen, stattdessen hat er mich mit einem unerwarteten weiblichen Gast in seiner Wohnung überrascht. Also ist er inzwischen mein Exverlobter.«

»Autsch! Das tut mir leid.«

Sie zuckte die Schultern. »Im Nachhinein war es besser so. Ich glaube, ich war eher ein Teil seines Zehnjahresplans als die Liebe seines Lebens.« Lou starrte auf den Museumsplan, der neben ihnen an der Wand hing. »Da ist noch eine Sache, die du sehen musst. Danach könnten wir draußen etwas essen.«

Lou durchquerte einen weiteren Ausstellungssaal und betrat dahinter einen Raum, an dessen gegenüberliegender Seite sich ein riesiger schwarzer Würfel befand. Ein dunkler Vorhang am oberen Ende einer kurzen Treppe markierte den Eingang. Ein Mitarbeiter deutete auf einen Korb mit blauen Überziehern für ihre Schuhe. Nachdem sie die dünnen Plastiktüten übergestreift hatten, stiegen sie die wenigen Stufen hinauf und schlüpften hinter den Vorhang.

Während Lou zielstrebig die Mitte des Raums ansteuerte, blieb Al wie gebannt stehen. Es sah aus, als würde Lou in einem Meer aus Milliarden Sternen schweben. Als er ihr langsam folgte, schaute er auf den Boden vor sich. Obwohl er wusste, dass er sich auf festem Untergrund bewegte – er konnte sogar einzelne Kratzer in der Plexiglasscheibe erkennen –, schien sein Körper nur darauf zu warten, in den Äther zu stürzen. Er stand nur ein paar Zentimeter von Lou entfernt in einem kleinen dunklen Raum, und doch hatte er das Gefühl, mit ihr allein im Weltall zu sein. Alle sechs Seiten des Kubus vermittelten die Illusion, sich zwischen endlosen Sternengalaxien zu befinden. Al sah sich um und genoss das unglaubliche Gefühl, mit festem Boden unter den Füßen schwerelos im Universum zu schweben. Es war wirklich erstaunlich, wie einen das eigene Gehirn austricksen konnte. Al legte eine Hand auf Lous Schulter, um sie auf ihn aufmerksam zu machen. »Absolut unglaublich.« Als er sie berührte, durchfuhr Lou ein kleiner Schauer und sie holte scharf Luft. Sein Magen schlug einen Purzelbaum bei dem Gedanken daran, was seine Berührung bei ihr auszulösen schien. Oder hatte sie sich vielleicht nur erschreckt? Das war sehr viel wahrscheinlicher; einfach ein weiterer Streich, den ihm sein Verstand spielte.

»Bereit für einen Snack? Ich habe ein paar leckere Kleinigkeiten dabei.« Sie drehte sich um und verließ den Unendlichkeitsraum so eilig, als könnte sie es kaum erwarten, wieder ins Tageslicht zu kommen.

Al folgte ihr. Sein Appetit war geweckt.

Lou angelte eine Decke und die Supermarkttüte aus dem Kofferraum und ging zu Al, der sich bereits auf der Wiese niedergelassen hatte. Ihre Haut schien dort, wo Al sie im Unendlichkeitsraum berührt hatte, noch immer zu prickeln. Es war erst einen Monat her, dass sie Devlin bei seinem Seitensprung erwischt hatte, und ein wie auch immer geartetes Prickeln schien nicht das adäquate Gefühl zu sein, das sie jetzt schon mit jemand Neuem erleben sollte, aber sie konnte es unmöglich leugnen.

Al saß mit dem Rücken zu Lou und blinzelte in der grellen Sonne auf das graue Wasser des Lake Michigan hinaus. Über ihren Köpfen zogen einige Möwen durch die Luft, in der Hoffnung, ein Stück Brot oder die Überreste eines Picknicks abgreifen zu können.

Lou warf die Decke in Als Richtung, um ihn aus seinem Tagtraum zu wecken. »Kannst du die ausbreiten?«

»Soll ich etwa arbeiten?«

»Ich habe keine Freikarten zu vergeben. Du musst dir dein Essen schon verdienen.«

Al sprang auf die Füße und schlug die Decke aus, sodass sie wie ein großes Segel auf die Wiese hinunterschwebte. Sie setzten sich darauf, und Al beobachtete Lou dabei, wie sie die vielen kleinen Snacks auspackte. »Und was genau sind das für Leckereien?«

»Nichts Besonderes.« Lou wickelte einen vier Jahre gereiften Cheddar aus und legte ihn zusammen mit einem Messer auf ein kleines Holzbrett. Dann förderte sie eine blaue Weinflasche zutage und drückte sie Al zusammen mit zwei Plastikbecher in die Hand. »Würdest du mir die Ehre erweisen?«

Al betrachtete die Flasche und zog erstaunt eine Augenbraue hoch, als er erkannte, dass es sich um Cidre handelte, der wie in einer Champagnerflasche verkorkt war. »So eine Flasche Apfelwein habe ich nicht mehr gesehen, seit ich in Frankreich war. Jetzt bin ich aber mal gespannt.« Er entfernte die metallene Schutzkappe und ließ den Korken knallen.

In der Zwischenzeit schnitt Lou geübt einige knackige rote Äpfel in gleichmäßige Stücke. Dann zog sie ein Brot mit einer goldenen Kruste aus der Tüte und eine lange Rolle, die in Wachspapier eingeschlagen war.

»Was ist das?«, fragte Al und deutete auf das nicht zu identifizierende Objekt.

»Mein absoluter Favorit. Handgerollte Butter von einer lokalen Molkerei. Ich könnte sie löffelweise essen.« Lou wickelte die Rolle aus und riss ein dickes Stück Brot ab. Anstatt ein Messer zu verwenden, zog sie die Kruste einfach durch die cremige Butter und reichte das Stück an Al weiter.

Er stellte das Glas Cidre beiseite und nahm einen großen Bissen. »Wow«, sagte er mit vollem Mund. »Das ist verdammt noch mal unglaublich! Der Geschmack harmoniert wahnsinnig gut mit der Cremigkeit. Und das dann noch auf diesem köstlichen Brot … Fantastisch!« Al schaufelte mehr Butter auf das kleine Stück Brot, das er noch in der Hand hielt.

Lou musste lächeln. Sie hatte recht gehabt, was seinen Geschmack anging. Er wusste wirklich, wie man gutes Essen genoss. Lou trank einen kleinen Schluck aus dem Becher, den Al ihr reichte. Ihr absoluter Lieblingscidre. Die kleinen Bläschen sprudelten genau im richtigen Maß, er war weder zu süß noch zu trocken. Sie steckte sich ein Stück Cheddar in den Mund und genoss, wie der säuerlich-fruchtige Geschmack des Apfelweins mit dem des Käses auf ihrer Zunge harmonierte. Als sie kaute, spürte sie, wie die winzigen Kristalle des Cheddarkäses zerplatzten und der Cidre das leichte Prickeln auf ihrer Zunge abmilderte – eine überraschend gute Mischung. Das könnte etwas für die Speisekarte im *Luella's* sein.

Al unterbrach ihre Überlegungen. »Einen Penny für deine Gedanken.«

Lou nippte an ihrem Getränk, um ihre Gedanken zu ordnen. »Arbeit.«

»Aha. Dann stellst du dir also gerade vor, wie deine nächste Miniaturwelt aus ausgestopften Nagetieren aussehen soll.«

Lou kicherte in ihren roten Plastikbecher, bevor sie wieder zu ihm hochsah und fragte: »Was ist mit deiner Familie? Habt ihr euch viel gesehen, seit du hier wohnst?«

»Eigentlich nicht. Meine Eltern leben immer noch in Windsor. Mein Vater arbeitet dort als Lehrer.«

»Irgendwelche Geschwister?«

»Ein Bruder. Gleichermaßen lächerlich erfolgreich und charmant. Ich hasse ihn.«

»Ich weiß, dass das nicht stimmt.«

»Du hast recht. Aber ich werde für alle Zeiten der kleine Bruder sein, der in seinem Schatten steht.« Al nahm einen

Schluck von seinem Cidre, während Lou sich anhand dessen, was sie von ihm wusste, seine Familie vorzustellen versuchte. »Was ist mit deiner Verwandtschaft?«, fragte er.

Lou holte tief Luft und musterte Al, um herauszufinden, ob sie bereit war, die Wahrheit mit ihm zu teilen. »Es gibt nur mich. Meine Eltern sind vor einigen Jahren bei einem Autounfall ums Leben gekommen. Und Geschwister habe ich keine.«

»Das tut mir schrecklich leid.« Al stellte sein Glas beiseite und berührte sanft ihren Arm.

Lou hätte am liebsten die Augen geschlossen und sich an ihn gelehnt, aber nicht, wenn er nur Mitleid mit ihr hatte. »Danke. Es ist inzwischen schon eine ganze Weile her, und ich habe tolle Freunde, die ihr Bestes geben, um die Lücke zu füllen. Es gibt sogar ein älteres Paar, das mich quasi adoptiert hat.«

Al drückte noch einmal ihren Ellbogen. Dann wandten sich beide wieder dem Essen zu und starrten schweigend auf den See, auf dem sich die Wolkenschatten jagten.

»Ich habe ein Talent dafür, die Stimmung zu versauen, was?«, sagte Al und musste über sich selbst lachen.

Lou kicherte ebenfalls und nahm seine Hand. Sie hatte das Gefühl, dass er bei ihrer Berührung die Augen aufriss, aber der Moment war innerhalb eines Wimpernschlags vorbei. Ob er eine Freundin hatte? »Es ist nicht deine Schuld.« Lou blickte auf ihre Hände hinab. »Also, du weißt inzwischen über mein tragisches Liebesleben Bescheid. Wie sieht es bei dir mit verpfuschten Beziehungen aus?«

»Verpfuscht … das ist das richtige Wort.« Al schwieg eine Sekunde. »Es gab nur eine. Ich dachte, sie sei meine Seelenverwandte, bis sie versucht hat, meinen Bruder flachzulegen. Sie hieß Portia, was als Warnung hätte genügen müssen.«

»Oh, das ist übel.« Lou verzog das Gesicht, als hätte sie in eine Zitrone gebissen. »Wirklich, jemand mit *dem* Namen …«

»Wann kann ich dich wiedersehen?«, unterbrach Al sie und zog seine Hand zurück, um nach einem Apfelstück zu greifen. Er starrte auf den See hinaus. »Ich wollte dir sagen, dass das hier mit dir mir sehr viel Spaß macht. Es ist schön, wie du mir die Augen für neue Dinge öffnest, für alles, was ich bisher in dieser Stadt verpasst habe; und dass ich mit jemandem über verpfuschte Beziehungen und so etwas reden kann.«

Als Lou ihn ansah, wurde ihr klar, wie viel Zeit sie mit Devlin vergeudetet hatte, während sie jemanden hätte finden sollen, der gerne mit ihr zusammen war und dieselben Dinge mochte wie sie. Al hatte da etwas falsch verstanden – er war derjenige, der ihr die Augen für etwas Neues geöffnet hatte.

9

Das blinkende grüne Licht hatte denselben Effekt wie ein brüllendes Kleinkind, dessen Eis auf der Straße gelandet war. Lou wollte nichts lieber, als dass es verschwand, konnte es aber unmöglich ignorieren. Die Anruferkennung hatte ihr bereits verraten, wer die Nachricht hinterlassen hatte. Abwartend kaute sie auf der Innenseite ihrer Lippe und ließ nervös die kurzen Fingernägel auf der Arbeitsplatte tanzen. Dann schoss ihr Zeigefinger nach vorn und betätigte die Play-Taste, noch bevor sie darüber nachdenken konnte. Es war ein bisschen wie kopfüber in einen eiskalten See zu springen oder mit einem Ruck ein Pflaster abzureißen – kurz und möglichst schmerzlos.

»Hey, Elizabeth, ich bin's, Devlin. Ich hoffe, du magst den Mixer.«

»Die Nachbarn mögen ihn«, antwortete Lou dem Anrufbeantworter.

»Ich komme heute um zwei vorbei. Bis später.«

»Viel Glück damit.« Lou drückte »Löschen«, schnappte sich ihre Handtasche und den kleinen Beutel mit der blau-gelben Kleidung und zog die Wohnungstür mit dem frisch installierten neuen Schloss hinter sich zu.

Es war fast drei Wochen her, dass Al mit Lou im Unendlichkeitsraum gestanden hatte. Ein warmer Schauer lief ihm über den Rücken, als er sich an ihren zarten Vanilleduft erinnerte. Er warf einen Blick aus dem Fenster in der Hoffnung, ihren schrottreifen schwarzen Civic zu entdecken. Sie schien noch nicht da zu sein, also wandte er sich wieder vom Fenster ab und sah sich in seinem Apartment um. Er konnte sich Lou schon ganz genau in jedem der Räume vorstellen.

Es war Monate her, dass er in die zweigeschossige Wohnung gezogen war, hatte sie seitdem aber kaum verändert. Al mochte den offenen, luftigen Stil der Räume und die Wände aus hellgelben Backsteinen. Von Anfang an hatten ihm die Farbe und Natürlichkeit des offenen Mauerwerks gefallen. Erst später hatte er herausgefunden, dass die Ziegel in Milwaukee von jeher zum traditionellen Baustil gehörten. Balken und Stützpfeiler aus gebeiztem Holz boten einen weichen Kontrast zu dem groben Stein. Das Parkett bestand aus Rosenholz, dessen Farbgebung von Goldgelb bis zu einem kräftigen dunklen Rot reichte. Die Fenster gingen auf die belebte Straße hinaus, sodass Al Lous Auto sofort sehen würde, wenn sie bei ihm vor der Tür parkte. Auf der ersten Etage befanden sich ein großes Wohnzimmer mit einer offenen Küche, ein Arbeitszimmer und ein Bad für Gäste, die er niemals hatte. Vom Loft im zweiten Stockwerk, wo er das Schlaf- und Badezimmer eingerichtet hatte, öffnete sich der Blick über die untere Ebene. Abgesehen von einem einzigen Stuhl, der neben der Küchenanrichte stand, und seinem Schreibtisch vor den zweigeschossigen Fenstern gab es im unteren Wohnbereich kaum Möbel. Das Arbeitszimmer nutzte er lediglich als Stauraum. Zurzeit befanden sich sein Fahrrad und einige Kisten mit Kochbüchern darin. Wenn man die offene Treppe in die obere Etage hinaufstieg, sah man zuerst ein großes Kingsize-Bett mit einer Decke in mattem Hellgrau und einigen dicken weißen Kissen. Er liebte es, sich auf die weiche Matratze fallen zu lassen, um zu entspannen. Das Bett war die einzige größere Anschaffung, die er in Milwaukee getätigt hatte. In dem begehbaren Kleiderschrank hingen seine Stoffhosen, einige Hemden und zwei Anzüge, die er so gut wie nie trug; Socken, T-Shirts und Pyjamas lagen noch immer in den geöffneten Koffern, als wäre er jederzeit zur Flucht bereit. Die meisten Nächte arbeitete er an seinem Schreibtisch, einem alten Bauerntisch, den er auf einem Trödelmarkt erstanden hatte. Er war robust genug, um seinen Computer und die Bücher darauf zu stapeln, und gleichzeitig so billig gewesen, dass es ihm keine Probleme bereiten würde, ihn zurückzulassen, wenn er umzog. Er schrieb seine Kolumne am liebsten nachts, direkt nach dem Restaurantbesuch, wenn die Eindrücke noch frisch waren. In der Stille um Mitternacht verwandelten sich die hohen Glasscheiben seiner Fenster in Spiegel, die das spärlich eingerichtete Apartment hinter ihm reflektierten und die Kulisse der Straße ausblendeten. Nur die Geräusche von Motoren und zuschlagenden Türen erinnerten ihn dann noch daran, dass es dort draußen eine Welt gab. Es war friedlich hier oben – sein ganz persönlicher Elfenbeinturm aus hellgelben Ziegelsteinen.

Al ging in die Küche. Er stellte sich vor, wie Lou auf der schwarzen Granitanrichte saß, während er für sie ein Essen zauberte. Die Küche war in Hufeisenform angeordnet, die glänzenden Oberflächen zierten ausgesuchte Geräte: ein elektrischer Wasserkocher, ein KitchenAid-Standmixer und sogar eine Joghurt-Maschine. Seit Wochen versuchte er jetzt schon, damit einen einigermaßen schmackhaften griechischen Joghurt hinzubekommen. Die linke Wand öffnete sich zum Wohn- und Essbereich. Normalerweise aß er sein Frühstück auf dem Stuhl sitzend mit dem Blick in die Küche. Dem einzigen Ort in diesem Apartment, der seine wirklichen Interessen repräsentierte. An jedem Stück freier Wand hing ein Teil seiner geliebten Sammlung französischer Kupferwaren, die sowohl wunderschön als auch besonders nützlich waren. Eine Seite der Arbeitsfläche säumte eine ganze Armee von Kochbüchern, von denen einige ordentlich aufgeschlagen waren, wo er ein Rezept nachgelesen hatte, andere indes sahen nach ständigem Gebrauch bereits arg ramponiert aus. Al nutzte seine Küche, um Neues auszuprobieren und Gerichte nachzukochen und zu überarbeiten, die er in verschiedenen Restaurants probiert hatte. Neben einem kleinen Paket leuchtete ein farbenfroher Gegenstand auf dem schwarzen Untergrund: die Nachbildung einer Skulptur des Glaskünstlers Chihuly mit einem Magneten an der Rückseite. Al hatte das kleine kitschige Ding als Erinnerung an den schönen Tag gekauft, den er mit Lou im Museum verbracht hatte. Leider wollte es an keinem seiner rostfreien Edelstahloberflächen haften, sodass es nach wie vor auf der Anrichte lag und ihm jedes Mal ein Lächeln entlockte, wenn sein Blick darauf fiel. Er nahm die kleine Skulptur in die Hand und hielt sie gegen einen Kupfertopf, doch als er losließ, landete sie mit dem schwarzen Magnetpunkt nach oben auf dem Boden. Während er sich hinabbeugte, um sie aufzuheben, öffnete er mit der anderen Hand einen Schrank und tastete suchend darin herum. Nach einigem geräuschvollen Hin- und Herschieben zog er eine alte schwere und von Rostflecken überzogene gusseiserne Bratpfanne hervor, die früher einmal seiner Großmutter gehört hatte. Er musste an die köstlichen hausgemachten Würstchen, Speck und Eier – frisch gelegt von den Hühnern ihres Bauernhofes – denken, die sie darin gebraten hatte. Ihre Kochkünste waren einfach, ließen einem jedoch stets das Wasser im Mund zusammenlaufen. Er war sich hundertprozentig sicher, dass Lou sie geliebt hätte. Al strich mit den Fingern über die rostigen Stellen und hielt sich die Pfanne unter die Nase. Er meinte fast noch, den Geruch nach Würstchen wahrzunehmen. Dann legte er sie mit der offenen Seite nach unten auf die Küchenanrichte und hielt die Skulptur einige Zentimeter über den tiefschwarzen Metallboden. Als Al spürte, wie der Magnet an seinen Fingern zog, wusste er, dass er den perfekten Weg gefunden hatte, das kleine Kunstobjekt auszustellen. Er nahm die kupferne Paella-Pfanne vom Haken an der Wand und hing stattdessen die Pfanne seiner Großmutter daran auf. Das kräftige Rot, Gelb und Blau der Skulptur bildete einen starken Kontrast zum Tintenschwarz des Pfannenbodens. Die Kombination der beiden Gegenstände ließ seine Wohnung heimischer wirken, als es seine geschätzte Sammlung aus Kupferwaren allein je vermocht hatte. Ein warmes Gefühl der Zufriedenheit breitete sich in ihm aus, was sonst nur eine heiße Tasse Tee an einem hektischen Tag bei ihm vollbrachte. Allerdings sah der einzelne Magnet ein wenig verloren aus – er brauchte mehr davon.

Ein tiefer Summton erklang. Al schnappte sich das Paket und eilte zum Türöffner. Während er den Schlüsselbund in die Hosentasche seiner Jeans stopfte, drückte er auf den Kopf für die Gegensprechanlage. »Ich bin gleich unten.« Er warf einen letzten Blick auf die kleine Glasskulptur, dann verließ er die Wohnung und zog die Tür hinter sich zu, bevor Lou eine Chance hatte, ihm zu antworten. Als Al auf die Straße trat, lächelte sie ihm entgegen.

»Angst, dass ich die abgetrennten Köpfe entdecken könnte?«

»So ähnlich.« Er streckte ihr das kleine Geschenk entgegen, das ungefähr die Größe eines DIN-A4-Blattes hatte.

»Was ist das?« Die gerunzelte Stirn bildete den perfekten Kontrast zu ihrem umwerfenden Lächeln.

»Ein Dankeschön.«

Lou riss mit dem ungenierten Enthusiasmus eines kleinen Kindes zu Weihnachten ungeduldig das Geschenkpapier herunter und enthüllte das farbenfrohe Bild einer Calla auf Leinwand. »Wow! Ist das ein echtes Gemälde?« Vorsichtig fuhr sie mit den Fingern über die Täler und Erhebungen der dicken, mit Ölfarben aufgebrachten Pinselstriche.

»Es gab keinen Druck des Bildes, das dir im Museum so gut gefallen hat. Als ich das hier auf einer Kunstmesse entdeckte, hat es mich sofort an dich erinnert.« Al hielt die Luft an, während er auf ihre Antwort wartete. Er wünschte sich nichts mehr, als dass sie das Gemälde liebte und jedes Mal an ihn dachte, wenn sie es ansah.

Aber Lou blieb stumm; sie bewegte sich nicht einmal, sondern starrte nur weiter auf die Leinwand in ihren Händen.

Irgendwann hielt Al die Stille nicht mehr aus. »Ich wollte dir Blumen schicken, konnte aber deine Adresse nicht ausfindig machen.«

Lou sah endlich auf, in ihren Augen glitzerten Tränen – die schöne Art von Tränen, wenn er ihr Lächeln richtig interpretierte. Sie schniefte. »Das spielt keine Rolle.« Sie fuhr sich mit dem Handrücken über die Augen. »Das ist das schönste Geschenk, das ich jemals bekommen habe.« Sie drückte das Gemälde an die Brust und gab Al einen Kuss auf die Wange.

Obwohl ihre Lippen ihn kaum berührten, hatte ihre Geste geradezu verheerende Auswirkungen auf seine Sinne.

Lou trat einen Schritt zurück und fuhr mit dem Daumen über seine Haut, um den Lipgloss abzuwischen, den sie hinterlassen hatte. »Danke«, flüsterte sie.

Al schluckte und versuchte, seine heftige Reaktion auf ihre Berührung zu verbergen. »Nein, ich muss mich bei dir bedanken.«

Lou öffnete den Kofferraum und förderte eine blau-goldene Fleecedecke hervor. Vorsichtig wickelte sie das Bild darin ein und legte es auf die Rückbank. Sie berührte es noch einmal flüchtig, dann drehte sie sich zu Al um. »Bevor ich wieder anfange zu heulen … bist du bereit für ein bisschen Baseball?«

Lou steuerte den Civic vorsichtig durch das Gewimmel auf den Parkplatz, bemüht, den souveränen Armbewegungen der engagierten älteren Männer in gelben Warnwesten Folge zu leisten. Um sie herum purzelten in einem unaufhörlichen Strom Menschen aus ihren Autos, bauten Grills auf und warfen sich Baseballs und Jonglierbälle zu. Vor ihnen entlud eine Gruppe von zwanzig Leuten einen Kleinlaster, aus dem sie eine komplett ausgestattete Gaskochstation, drei große ausklappbare Campingtische und fünf riesige Kühlboxen zutage förderten. Aufregung lag in der Luft und vermischte sich mit den nebligen Rauchschwaden, die von Tausenden Grills aufstiegen. Milwaukees Baseballmannschaft – die Brewers – hatten sich nach einer kurzen Krise zu Beginn der Saison stetig weiter nach vorn gearbeitet und zuletzt eine beeindruckende Serie von zehn gewonnenen Spielen in Folge abgeliefert. Wenn das so weiterging, würden die Restaurants von *George Webb* bald Burger umsonst verteilen. Die lokale Diner-Kette hatte das zuletzt 1987 getan, als die Brewers zwölf Spiele in Folge gewonnen hatten.

Lou lenkte den Wagen in eine freie Parklücke, stellte den Motor ab und blickte durch die Windschutzscheibe. Sonnenlicht wärmte ihr Gesicht. Der Himmel hatte heute exakt denselben klaren Blauton wie Als Augen. Es ging ein leichter Wind, und die Temperaturen waren genau richtig. Warm genug, um nicht ins Schwitzen zu geraten. Das Miller-Park-Baseballstadion war der Inbegriff des Sommers in Milwaukee. Der Geruch von Grillfleisch, das über heißen Kohlen brutzelte, gemischt mit dem von Autoabgasen und frisch gemähtem Gras entspannte jeden Muskel in Lous Körper. Die Luft um sie herum schwirrte vom Geräusch zuschlagender Autotüren, dem Zischen und Klatschen der Baseballs, die in ledernen Handschuhen landeten, und unendlich vielen Radios, aus denen Bon Jovi, die BoDeans und Bob Uecker plärrten. Lou atmete tief ein, als sie die Fahrertür aufstieß und um das Auto herumging, um den Kofferraum zu öffnen.

Als Gesicht erschien hinter der metallenen Klappe. »Warum sind wir schon zwei Stunden vor Beginn des Spiels hier?«

»Heckklappen-Party.« Lous Mundwinkel zuckten.

»Heck ... *was?*«

»Heckklappen-Party. Eine altehrwürdige Tradition bestehend aus essen, trinken und eventuell dem einen oder anderen Spiel vor dem Spiel. Stell es dir als ein überdimensionales Parkplatz-Picknick vor. Es gibt die aufwendig geplante und ausgeführte Version, wie bei der Gruppe mit dem Kleinlaster, aber wir machen es ganz traditionell. Gegrillte Würstchen und Bier vor der Heckklappe meiner alten Rostlaube, gefolgt von ein bisschen Bälle-Werfen. Niemand kann behaupten, Milwaukee kennengelernt zu haben, bevor er nicht mindestens einmal bei einer Heckklappen-Party dabei war.« Lou musterte ihn von Kopf bis Fuß. Sie freute sich schon wahnsinnig auf das, was sie als Nächstes mit ihm vorhatte.

»Was ist falsch an meinen Klamotten?« Al sah sich um und deutete mit einer ausgreifenden Armbewegung auf die Menschen um sie herum, die alle in mehr oder weniger ähnlichen Freizeitoutfits steckten. »Jeans und T-Shirt scheinen angebracht zu sein.« Er sah auf sein graues Shirt und die ausgewaschene blaue Jeans hinunter. Auf Höhe des Schienbeins war noch das Überbleibsel einer Bügelfalte zu sehen.

Lou lächelte und warf ihm etwas zu, das im selben Blau der Flaggen leuchtete, die über dem Stadium wehten. »Zieh das an. Und das hier auch.«

Ein farblich passendes Basecap flog ihm entgegen. Al hob skeptisch eine dunkle Augenbraue.

»Wenn du Milwaukee wirklich kennenlernen willst, dann musst du auch wie ein Teil der Stadt aussehen.«

Al grinste und zog sein absolut akzeptables, aber wahnsinnig langweiliges graues Shirt über den Kopf, sodass seine Haare in alle Richtungen abstanden.

Lou starrte auf den perfekt gebauten Oberkörper und schnappte nach Luft. Eine feine Linie dunkler Haare verlief vom Nabel über die deutlich hervortretende Bauchmuskulatur und verschwand in der Jeans, deren perfekter Sitz selbst Calvin Klein beeindruckt hätte. Scharf zeichneten sich die Hüftknochen über dem Bund ab. Sie liebte diesen Schwung. Am liebsten hätte sie ihn mit den Fingern nachgezeichnet, um zu erkunden, wo er endete. Beim Gedanken daran bekam sie eine Gänsehaut, und gleichzeitig färbten sich ihre Wangen rosa. Sie atmete langsam aus.

Al streifte das neue T-Shirt über sein Sixpack und setzte sich die Kappe auf die dicken schwarzen Haare. Das blaue Brewers-Shirt mit dem traditionellen gelben Fanghandschuh-Logo und die Baseball-Kappe standen Al außerordentlich gut, dachte Lou. Seine Augen blitzten vergnügt – er hatte also bemerkt, dass sie beim Anblick seiner nackten Haut die Luft angehalten hatte. Mist!

»Was passiert als Nächstes? Immerhin bin ich ja jetzt wohl angemessen ausgestattet.«

Lou schüttelte den Kopf und vergrub dann ihren hochroten Kopf im Kofferraum des Civics. Betont geschäftig förderte sie eine Kühlbox, einen kleinen Weber-Grill und zwei Campingstühle hervor. »Stell du schon mal die Stühle auf, ich versuche den Grill zum Laufen zu bringen«, sagte sie, bemüht, jeden Augenkontakt zu vermeiden.

Al mochte Lou. Sie konnte über seine Witze lachen, wusste gutes Essen zu schätzen und sah mit dem Cap und in dem Trikot mit Nadelstreifenmuster, auf dem die Nummer neunzehn zu lesen war, einfach hinreißend aus. Er fühlte sich in ihrer Gegenwart vollkommen entspannt. Aber mit dem Knistern hatte er nicht gerechnet. Sein ganzer Körper hatte reagiert, als Lou nach Luft geschnappt hatte; ganz abgesehen von dem Kuss, den sie ihm auf die Wange gegeben hatte. Noch nie zuvor hatte er die Bewegungen, die Atemzüge eines anderen Menschen so bewusst wahrgenommen.

Al warf einen Blick nach links, um Lou in dem blauen und gelben Gewimmel, das sie Richtung Eingang schob, nicht aus den Augen zu verlieren. Die letzten neunzig Minuten waren wie im Flug vergangen. Lou hatte den Grill schneller zum Rauchen gebracht, als es eine ordentliche Feuersbrunst hinbekommen hätte. Die Bratwürste waren in einer Soße aus Bier und Zwiebeln eingelegt gewesen, und die Aromen hielten die perfekte Balance zwischen saftig und geräuchert; sie schmeckten sensationell mit einem Hauch Dijon-Senf auf der knusprigen Haut. Nachdem sie das Essen mit eisgekühltem Spotted-Cow-Bier heruntergespült hatten – seine neueste Lieblingsbiermarke aus Wisconsin –, hatte Al es begriffen. Er verstand plötzlich, warum die Menschen bereits Stunden vor dem Spiel auftauchten. Dabei ging es weder um die besten Plätze im Stadion noch um die auf dem Parkplatz. Nein, es war einfach eine gemütliche Party mit einem ausgewählten Kreis aus vierzigtausend deiner besten Freunde.

Lou lotste ihn durch die Menge, durch die Drehkreuze auf die zweite Tribünenebene, wo sie ihre Plätze hatten.

Nachdem sie sich gesetzt hatten, sah Al sich aufmerksam um. Er hatte sich das Stadion ganz anders vorgestellt. Durch das offene Dach schien die Sonne auf das Spielfeld und die Tribünen. Sie hatten Plätze in der ersten Reihe, sodass sie die gesamte Arena ohne störende Köpfe überblickten. So ähnlich musste sich Dorothy gefühlt haben, als sie sich plötzlich in der

Farbversion von *Der Zauberer von Oz* wiederfand. Smaragdgrünes Gras, rubinrote Backsteine, das leuchtende Gelb und das intensive Kobaltblau vermischten sich zu einer einzigen summenden Farbexplosion. In jeder der vier Ecken des Spielfelds leuchtete eine hellgelbe Insel aus Sand mit einer grellweißen Plattform in der Mitte, die mit dem saftigen Grün des Rasens kontrastierte. Ein paar verstreute Gestalten harkten den Sand in ordentliche Bahnen, die jedem japanischen Garten zur Ehre gereicht hätten. Die Teambänke befanden sich anscheinend direkt unter ihnen, ein Stück vom Feld zurückgesetzt. Al konnte den Schriftzug der Brewers auf dem Dach zwei Ebenen unter ihnen lesen. An der Anzeigentafel für die Punkte entzifferte er die Abkürzungen ERA, RBI und andere, deren Bedeutung ihm schleierhaft waren. Verwirrt runzelte er die Stirn und sah zu Lou hinüber, die ihren Kopf in den Nacken gelegt hatte und die Sonne so intensiv zu genießen schien, als würde sie sie nicht allzu häufig zu Gesicht bekommen. »Ich habe absolut keine Ahnung von Baseball. Ist das ein bisschen wie Kricket?«, fragte Al.

Ohne die Augen zu öffnen oder auch nur den Kopf zu drehen, lachte Lou laut auf. »Ich könnte mir vorstellen, dass das nicht die einzige Sache ist, von der du keine Ahnung hast. Aber wahrscheinlich weiß ich noch weniger über Kricket, als du über Baseball.« Sie wandte ihm nun doch das Gesicht zu und lächelte. Dann lehnte sie sich auf ihrem Sitz leicht nach vorn, um einige gefaltete Blätter Papier aus ihrer hinteren Hosentasche zu ziehen. »Ich habe mir schon gedacht, dass dein Wissen über Baseball ein wenig lückenhaft sein könnte, deswegen habe ich einen Crash-Kurs für dich vorbereitet. Hier ein paar Zusammenfassungen, was auf den verschiedenen Positionen passiert, und die Abkürzungen mit ihren jeweiligen Bedeutungen. Baseball ist kein schneller Sport. Alles passiert in kurzen Aktionsspurts. Dazwischen gibt es vor allem jede Menge Herumstehen, Strategiebesprechungen, Würstchenrennen, Gesang und Polka.« Offenbar äußerst zufrieden mit ihren Erläuterungen drückte Lou ihm die gefalteten Seiten in die Hand und widmete sich wieder ihrem Sonnenbad.

Al brauchte ein paar Sekunden, um ihre Erläuterungen sacken zu lassen, dann fragte er erstaunt: »Würstchenrennen? Das war doch ein Witz, oder?«

»Die laufen nach dem sechsten Inning. Es gibt fünf, und manchmal ist auch das Mini-Würstchen dabei. Man sucht sich sein Lieblingswürstchen aus und feuert es an oder bietet sogar einen kleinen Einsatz. Ich bin meist für die Bratwurst – die trägt immer so eine hübsche grüne Lederhose.«

»Ja, definitiv nicht wie Kricket.«

»Nur ein weiterer Beweis dafür, dass Milwaukee rockt. Viele Teams haben schon versucht, uns zu kopieren, aber das ist alles nur billiger Abklatsch.«

Al vertiefte sich in die Notizen. Dabei blickte er immer wieder auf, um die von Lou gezeichneten Linien mit denen auf dem Spielfeld zu vergleichen. Dank ihrer ausführlichen Erklärungen wusste Al, nachdem die Nationalhymne verklungen war und die Spieler auf ihre Positionen gegangen waren, immerhin mehr über Baseball als die durchschnittliche amerikanische Vorstadt-Hausfrau. Als der erste Pitch geworfen wurde, imitierte Al Lous gespannte Haltung, indem er sich weit auf seinem Sitz nach vorn lehnte. Aus für ihn völlig unerklärlichen Gründen traf der Schlagmann den Ball, der so schnell durch die Luft gezischt war, dass Al ihn nicht einmal richtig gesehen hatte. Bevor er erkennen konnte, wo der Ball landete, hatte ihn bereits ein Spieler auf dem Rasen gefangen und pfeilschnell in Richtung der ersten Base zurückgeworfen. Der Spieler wurde langsamer und kehrte zu seinem Bunker (so zumindest hatte Lou es in den Notizen beschrieben) zurück. Allmählich verstand Al. Der Spieler musste ins Aus, weil der Ball nicht bis zur ersten Base geflogen war. Eifrig verglich er die Aktionen auf dem Feld weiter mit den Zeichnungen und Erläuterungen in seiner Hand. Am Ende des ersten Innings fühlte er sich fit genug, um den Rest des Spiels ohne sie zu überleben, und schob die Notizen daher in seine Hosentasche. Dann lehnte er sich entspannt auf seinem Sitz zurück und legte locker den rechten Fuß auf sein linkes Knie. Lou tat im selben Moment das Gleiche, sodass sich ihre Knie leicht berührten. Obwohl die Berührung nur den Bruchteil einer Sekunde andauerte, hielt Al kurz die Luft an und hoffte, es würde noch einmal passieren. Und obwohl sich ihre Beine nun sichere fünf Zentimeter voneinander entfernt befanden, konnte er noch immer ihre Gegenwart spüren.

»Nüsse?« Lou hielt ihm eine Tüte mit Erdnüssen in der Schale unter die Nase.

»Wir haben gerade erst gegessen.«

»Erdnüsse sind ein wesentlicher und wichtiger Bestandteil der Baseball-Tradition. Ein Spiel ohne sie wäre nicht komplett.«

Al nahm eine Handvoll und zerdrückte eine Nuss zwischen den Fingern, um den Kern anschließend aus der Schale in seinen Mund fallen zu lassen. Unschlüssig hielt er die leere Hülse in der Hand. »Wo soll ich die hintun?«

»Lass sie fallen.« Lou warf die leeren Schalen vor ihnen auf den Boden.

»Du willst, dass ich einfach so Müll in die Gegend schmeiße?«

»Betrachte es als eine Opfergabe an die Baseball-Götter. Wir müssen sie besänftigen, damit sie unser Team gewinnen lassen.«

Al lachte laut und imitierte ihre feierlich-ernste Miene:

»Nicht im Traum würde ich daran denken, ihren Zorn auf uns zu ziehen. Gibt es noch andere Rituale, die ich vollziehen sollte?« Als Al aufblickte und ihr in die Augen sah, machte sein Herz einen Satz. In diesem Moment hätte er alles getan, was sie von ihm verlangte.

10

John klopfte abwartend mit den Fingerspitzen auf die Theke, während Al nach den richtigen Worten suchte, um sein Problem zu beschreiben.

»Ich mag sie«, brachte er schließlich hervor, »aber ich habe das Gefühl, dass sie noch nicht so weit ist. Das kann sie auch gar nicht sein, oder?« Er verschränkte die Ellbogen auf dem dunklen Holz der Theke der *Harper's Bar*, ließ den Kopf darauf sinken und raufte sich verzweifelt die Haare. Wenn seine Gefühle nur ähnlich greifbar wären. Zum ersten Mal, seit er in Milwaukee angekommen war, hatte er John gefragt, ob er ein Bier mit ihm trinken gehen wollte. Er brauchte dringend einen Freund, dem er seine wirren Gedankengänge mitteilen konnte, und John schien willig zu sein, das Risiko einzugehen.

»Bereit für was? Eine Autofahrt? Dessert? Eine Lobotomie?« John schob sich eine Handvoll Popcorn in den Mund. Einige Körner landeten auf der Bar und auf seinem zerknitterten T-Shirt, was ihn indes nicht weiter zu stören schien.

Al ignorierte den sarkastischen Kommentar. »Nein, ich meine, ob sie schon wieder bereit ist, mit jemandem auszugehen. Es ist noch nicht so lange her, seit sie ihren Verlobten in den Wind geschossen hat. Ich mag sie wirklich sehr, aber ich habe keine Lust, den Lückenfüller zu spielen.«

»Mag sie dich denn auch?«

»Woran erkennt man das?«

»Das fragst du ausgerechnet mich? Eins kann ich dir sagen, wenn du mich um Rat in Frauendingen fragst, bist du am Arsch.«

»Berechtigter Einwand. Aber trotzdem, was denkst du?«

»Ihr seid am Montag zusammen beim Brewers Spiel gewesen, oder? Heute ist Freitag. Du hast mir erzählt, dass sie dich normalerweise nur in der Woche anruft. Ich frage mich, warum.«

»Sie hat gesagt, dass sie an den Wochenenden meist viel zu tun hat. Darum treffen wir uns immer an Arbeitstagen.«

»Und was macht sie samstags und sonntags?«

»Ich weiß es nicht, wahrscheinlich arbeiten.«

»Was hat sie für einen Job?«

»Keine Ahnung, ich habe nie danach gefragt. Irgendwas im Büro.«

»Bist du gar nicht neugierig?«

»Sogar ziemlich, aber aus auf der Hand liegenden Gründen versuche ich, das Arbeitsthema möglichst zu vermeiden. Wenn ich mich nach ihrem Job erkundige, wird sie mir garantiert Fragen über meinen stellen. Und es wäre mir wirklich lieber, wenn ich sie nicht anlügen muss.«

»Oh ja, ich hatte vergessen, dass du ein Alter Ego hast. Wie schade nur, dass deine zweite Persönlichkeit ein Arschloch von einem Restaurantkritiker ist und kein Superheld. Sonst könnte ich deinen schneidigen Handlanger geben.«

Al blinzelte irritiert. War er wirklich so schlimm? Dachte das jeder von ihm, vielleicht sogar Lou? »Also, was meinst du? Ich kann sie anrufen, auch wenn sie sich noch nicht wieder bei mir gemeldet hat, oder?«

»Kumpel, jetzt beruhig dich mal wieder. Habt ihr beide Spaß?«

»Ich denke schon. Bei unseren Ausflügen zeigt sie mir ihre Lieblingsplätze in der Stadt. Das Ex-Verlobten-Thema kommt eigentlich kaum zur Sprache. Das ist ein gutes Zeichen, oder?« Al sah sich flüchtig um und griff dann in seine Hosentasche, um einen kleinen Gegenstand herauszuziehen. Gedankenverloren fuhr er mit dem Daumen über die leicht erhöhten Enden, während er beobachtete, wie die Blasen in dem Glas Cidre vor ihm langsam an die Oberfläche stiegen.

»Spielst du da etwa mit einer *Bratwurst*?« John warf ihm einen leicht besorgen Blick zu.

Al wurde rot und stopfte den Gegenstand schnell wieder in seine Tasche zurück. »Das ist nur ein Magnet. Ich habe ihn als Souvenir beim Brewers Spiel gekauft und zu Hause vergessen, ihn aus der Hose zu nehmen.«

»Du trägst im Baseballstadion Stoffhosen? Ich glaube, du hast da was falsch verstanden. Das Stichwort heißt: der Situation angemessener Kleidungsstil.«

Al überließ es John, seine Hosenwahl infrage zu stellen. Es war ihm lieber, er ging davon aus, dass er Stoffhosen zu einem Sportevent getragen hatte, als dass er etwas von Als neuestem Hobby erfuhr. Er war noch nicht so weit, ihm die Wahrheit zu sagen – nämlich, dass er den Magneten schon die ganze Woche mit sich herumtrug. »Na ja, immerhin weiß ich es jetzt beim nächsten Mal besser.«

Lou lauschte dem Song in der Warteschleife, einer Muzak-Version von *Money for Nothing*. Wer hätte gedacht, dass eine Bank so viel Humor beweisen konnte? Aber egal wie schrecklich die Musik auch war, Lou wollte nichts lieber, als dass sie endlos weiterspielte. Wenn sie für immer in der Warteschleife stecken blieb, müsste sie niemals erfahren, welche schrecklichen Dinge ihre Finanzberaterin zu sagen hatte. Die Hoffnung würde niemals sterben. Die Hoffnung, die sie immer weiter antrieb. Die Hoffnung, die jetzt nach einem Dire-Straits-Song klang. Sie war in ihrer Bürohöhle noch einmal allein alle Zahlen durchgegangen. Wenn der Kredit bewilligt würde, hätte sie ein ganzes Jahr gewonnen, um wieder auf die Füße zu kommen. Ein Jahr, in dem sie Rechnungen begleichen und ihre Angestellten bezahlen konnte. Ein Jahr, um ihren Ruf wiederherzustellen. Ein Jahr, um das *Luella's* zu retten.

Der Traum vom eigenen Restaurant hatte auf der lokalen Kochschule begonnen. Dort hatte sie Sue kennengelernt, die ihr während des Unterrichts in einem fort unanständige Kommentare zugeflüstert hatte, dass Lou gezwungen war, ihr Lachen hinter einer Serie von Hustenanfällen und scheppernden Pfannen zu verbergen. Ein Lehrer hätte sie fast aus dem Klassenraum geworfen, als sie dabei einen ganzen Stapel gusseiserner Töpfe umgeschmissen hatte. Sue wusste von Anfang an, dass Lou sowohl das Talent als auch die richtigen Visionen hatte, um etwas Eigenes aufzuziehen, ihr allerdings der nötige Mut dazu fehlte. Während dieser Jahre hatten sie Stunden damit verbracht, über die Möglichkeiten für die Zukunft zu fantasieren. Ohne Sues und letztendlich auch Harleys beständige Ermutigungen hätte Lou wohl nie das Geld gespart und wäre erst recht nicht das Risiko eingegangen. So gesehen hatte sie das *Luella's* viel mehr ihren besten Freunden als sich selbst zu verdanken. Und auch wenn das Restaurant nicht ganz dem entsprach, was sie sich ursprünglich vorgestellt hatte, so war es doch das Ergebnis ihrer gemeinsamen Anstrengungen, und sie war noch nicht bereit, es aufzugeben. Sie brauchte nur eine einzige Bank, die an sie und das *Luella's* glaubte; an das Potenzial, das darin steckte, und an eine gute Köchin, die unermüdlich am Erfolg ihres Restaurants arbeitete. Bisher hatte sie kein Glück gehabt. Die drei Banken, mit denen sie bisher gesprochen hatte, empfahlen ihr, einen dritten Investor an Bord zu holen, der für ihre Kreditwürdigkeit bürgen konnte.

Als die Musik stoppte, drehte sich Lou der Magen um.

»Hallo, Sie sprechen mit Joanne Smith.«

»Hi, Joanne, mein Name ist Elizabeth Johnson. Ich wollte mich noch mal bei Ihnen melden. Sie sagten, dass Sie meine Papiere durchgegangen sind?« Nervös kaute Lou auf der Innenseite ihrer Wange.

»Miss Johnson, bitte entschuldigen Sie die Verzögerung.«

»Kein Problem.«

»Nun, ich habe mir alles angesehen – ihren Businessplan, ihre finanzielle Situation. Ich denke, dass Sie auf dem richtigen Weg sind, aber ich fürchte, dass wir Ihnen ohne Bürgen kein Geld leihen können. Sie brauchen jemanden, der Ihren Kredit bedienen kann, falls Sie selbst nicht dazu in der Lage sein sollten.«

Finanzberaterin Joanne Smith hätte ihr ebenso gut einen kräftigen Schwinger in die Magengegend verpassen können.

»Oh … Okay.«

»Sobald Sie jemanden gefunden haben, rufen Sie mich an, damit wir die Verträge fertig machen können.«

»In Ordnung, vielen Dank.«

Vorsichtig, als handele es sich um ein rohes Ei, legte Lou den Hörer auf. Sie spürte, dass sie sich nur Sekundenbruchteile vom totalen Zusammenbruch entfernt befand. Und dann war die Sekunde vorbei. Lou rollte sich auf ihrem Stuhl zusammen, wippte vor und zurück und ließ den Tränen freien Lauf, die auf den abgewetzten Linoleumboden tropften. Sie unterdrückte ihr Schluchzen, damit Sue und Harley in der Küche nebenan nichts von ihrem Zusammenbruch mitbekamen. Das war es also! Die letzte Tür war ihr vor der Nase zugeschlagen worden, der einzige Hoffnungsschimmer am Horizont verblasst, der größte Wunsch nicht in Erfüllung gegangen. Mit einem Mal hatte sie einen schrecklichen Geschmack im Mund. Das Versagen schmeckte wie verbrannter Fisch und kaffeegetränkter Kokosnusskuchen.

Lou holte tief Luft und biss die Zähne zusammen. Sie musste in die Küche und mit den Vorbereitungen für den Abend beginnen. Die routinierte Arbeit in Gesellschaft von Sue und Harley würde sie von ihren Problemen ablenken.

»Wie kommst du nur zu der absurden Annahme, dass irgendein anderer Film als *Ratatouille* der beste Pixar-Film sein könnte? Verdammt noch mal, du bist immerhin Koch!«, empörte sich Sue gerade, als Lou aus der Höhle trat.

Sie grinste über Sues vorwurfsvollen Ton, diese Ablenkung war genau das, was sie brauchte.

Harley verdrehte die Augen. »Da spricht die Voreingenommenheit aus dir, Sue. *Up* hat die weitaus bessere Musik; jeder Song steht für einen Charakter. Und die ersten fünfzehn Minuten sind die besten, die die Geschichte des Films zu bieten hat. Und jetzt mal ehrlich, wer kann schon einem guten Eichhörnchen-Witz widerstehen?«

»Aber bei *Ratatouille* dreht sich alles ums Essen.« Sue schwenkte eine Möhre in der Luft, um ihrem Argument Nachdruck zu verleihen. »Stell dir das doch mal vor. Die schaffen es, dass man etwas essen möchte, das von einer *Ratte* gekocht wurde! Ich würde es mir auf jeden Fall schmecken lassen, so lecker sah es aus. Die Ratte hat einfach das gekocht, was sie selbst gerne mochte. Genau das, was ich Lou schon immer predige: Anstatt uns an die Regeln zu halten, sollten wir endlich kochen, was uns schmeckt und was wir mit Leidenschaft zubereiten können.«

»Hey, zieh mich da nicht mit rein«, sagte Lou und sah von ihren Lammkoteletts auf, die sie gerade – wie in der französischen Küche üblich – fein säuberlich vom Knochen trennte.

»Aber sie hat recht. Es kommen ohnehin keine neuen Gäste, da können wir genauso gut anbieten, was *uns* gefällt«, sagte Harley.

»Wir könnten zum Beispiel Wild ausprobieren. Auf den Bauernmarkt gehen und sehen, was es Neues gibt. Otto und Gertrude haben uns sogar angeboten, ihren Garten in Beschlag zu nehmen, um Gemüse anzubauen.« Sues Miene hellte sich hoffnungsvoll auf.

»Okay, ich hab's verstanden. Ich werde darüber nachdenken«, sagte Lou, deren Magen sich schon wieder krampfhaft zusammenzog.

»Der Fisch-Typ hatte tolle Renken vom Lake Superior im Angebot. Ich weiß doch, dass du die gerne magst. Ein Freund von mir hat eine Räucherei. Er könnte …«

»Ich denke darüber nach! Habt ihr beide nicht eben über Filme diskutiert?«

»Ich glaube, wir haben uns darauf geeinigt, dass ich recht habe.« Sue zwinkerte ihr zu.

Harley gab ein verächtliches Schnauben von sich, das sogar über das surrende Geräusch seiner Knetmaschine zu hören war, in der er gerade einen Teig ansetzte.

Sues Grinsen wurde noch breiter, und ihre roten Zöpfe zitterten, als sie in stummes Gelächter ausbrach. »Du bist übrigens nie mit den Details über das Brewers-Spiel herrausgerückt. Wie ist es gelaufen? Hat der Brite verstanden, wie Baseball funktioniert?«

»Es war schön. Ein perfekter Stadiontag – sonnig, aber nicht zu heiß. Leichter Wind.« Lou lächelte, glücklich über den Themenwechsel.

»Blödsinn! Du weißt ganz genau, dass wir nichts übers Wetter wissen wollen. Du wirst immer ganz fahrig, wenn er anruft. Wann lädst du ihn endlich mal hierher ein, damit wir ihn kennenlernen können?«

»Du interpretierst da viel mehr rein, als tatsächlich zwischen uns gelaufen ist.«

»Er hat dir ein echtes Ölgemälde geschenkt!«

»Von einem Straßenfest. Ich zeige ihm nur die Stadt, was nicht notwendigerweise eine Begegnung mit euch einschließt. Wir haben doch schon darüber geredet. Ja, er sieht gut aus. Ja, ich liebe seinen Akzent. Ja, wir haben eine tolle Zeit miteinander. Und ja, mit nacktem Oberkörper ist er absolut anbetungswürdig.«

»*Wie bitte?* Warum hat er sein Shirt ausgezogen?«

Lou biss sich auf die Lippe und lächelte. »Ich habe ihm ein Brewers-Trikot mitgebracht, und er hat sich vor meinen Augen umgezogen. Das ist auch schon alles.«

»Clever. Und …?«

»Ich hätte fast meinen eigenen Namen vergessen. Er hat diese kleinen Dinger an der Seite.« Lou gestikulierte in Richtung ihres Hosenbundes.

»Die liebe ich!«

»Ihr wisst aber schon, dass er kein Stück Fleisch ist?«, sagte Harley. Dabei musterte er sie streng zwischen den Edelstahlregalen hindurch, die seine Küchenhälfte von ihrer abtrennten.

»Du bist nur neidisch, weil wir nie so über dich reden«, zog Sue ihn auf. »Aber jetzt mal im Ernst, Lou, warum gehst du nicht mehr ran?«

»Aus einer Million Gründen. Ich habe zu viel zu tun, es ist noch zu früh dafür … Er scheint nicht der Typ zu sein, der für immer hierbleiben will. Milwaukee ist nur eine Durchgangsstation für ihn. Außerdem lautet unsere Vereinbarung nur, dass ich ihm die Stadt zeige.«

»Und was unternehmt ihr als Nächstes, wenn du nicht vorhast, über ihn herzufallen?«

»Ich glaube, *Summerfest* ist eine gute Idee. Am Sonntagabend spielen *West of East*. Ein frühes Abendessen im *The Good Land*, dann ein bisschen über den Festplatz laufen und anschließend das Konzert ansehen.«

»Die perfekte *Nicht*-Verabredung.«

»Ach, leck mich, Sue.«

Al klopfte sich zum hundertsten Mal auf die hintere Hosentasche. Das Notizbuch schaute nicht zu weit heraus, aber vielleicht wären ein paar gefaltete Blätter die unauffälligere Wahl. Er schob einige geknickte DIN-A4-Seiten in die andere Tasche und fuhr mit den Fingern darüber.

»Warum betatschst du deinen eigenen Hintern? Du weißt hoffentlich, dass es Dienstleister dafür gibt, die man dafür bezahlen kann?«, fragte John, der im selben Moment um die Ecke schaute. Ein breites Grinsen teilte seine schier undurchdringliche Gesichtsbehaarung.

»Ich betatsche mich nicht selbst. Ich versuche nur, meine Notizen zu verstecken.« Al verdrehte den Kopf, um einen Blick auf seinen Po zu werfen.

»Tippst du die nicht immer in dein iPad?«

»Normalerweise schon. Aber dieses Mal wird das nicht gehen. Lou und ich gehen nächsten Sonntag zusammen ins *The Good Land*.«

»Warum erzählst du ihr nicht einfach, wer du bist?«

»Falls es dir noch nicht aufgefallen sein sollte, ich bin eher ein Typ, den man liebt oder hasst. Und ich bin mir noch nicht ganz sicher, auf welcher Seite sie steht.«

»Was für ein Debakel. Hannah hat mir erzählt, dass deine letzte Besprechung bisher das meiste Feedback bekommen hat. Und das, obwohl du kein einziges böses Wort über das Restaurant verloren hast. Das beweist, dass du nicht jeden Laden in Milwaukee in den Ruin treiben musst, um dir einen Namen zu machen. Die Leute mögen dich auch, wenn du nett bist. Es gibt also noch Hoffnung für dich.«

»Ha, ha, sehr witzig. Also, was ist unauffälliger?« Al drehte sich um, damit John seine Rückansicht bewundern konnte.

»Du willst wirklich, dass ich deinen Arsch begutachte?« John verdrehte die Augen, wurde dann aber gleich wieder ernst. »Auf der linken Seite sieht man gar nicht, dass du etwas in der Tasche hast. War das hilfreich?«

»Zusammengefaltetes Papier.« Al nickte.

»Wie kommst du auf die Idee, dass es unauffälliger ist, sich Notizen auf einem Blatt zu machen, als sie in dein Tablet zu tippen? Wenn sie nicht blind und blöd ist, wird sie es so oder so bemerken.«

»Ich habe mir gedacht, dass ich vor und nach dem Essen kurz auf die Toilette verschwinde, um mir ein paar Notizen zu machen. Ich werde sowieso noch mal zum Essen hingehen. Es geht nur darum, die ersten Eindrücke festzuhalten.«

»Kann ich beim nächsten Mal mitkommen?«

»Nein.«

»Ich benehme mich auch. Versprochen.«

»Würdest du dich rasieren?«

John entfuhr ein entsetztes Keuchen. »Nein!« Er riss so schockiert die Augen auf, als stünde Al plötzlich in ausgebleichter Jeans mit schwarzen Socken und Sandalen vor ihm.

»Dann nicht.«

»Du grausamer, grausamer Mensch.«

11

Al verrenkte sich, um den Stift in seiner Hosentasche zu bewegen. Die Spitze piesackte ihn schon die ganze Zeit; genau wie sein ruheloses Gewissen. Er kannte Lou noch nicht wirklich gut, zumindest nicht gut genug, um sein Geheimnis mit ihr zu teilen. Trotzdem fühlte er sich schuldig, ihr etwas zu verheimlichten.

Al und Lou saßen sich an einem Tisch im *The Good Land* gegenüber, das in Walker's Point, nicht weit entfernt vom Seeufer lag. Das Restaurant übertraf seine Erwartungen bei Weitem. Die Kellner waren aufmerksam, ohne jemals aufdringlich zu wirken, die Weinkarte würde selbst den pedantischsten Kenner beeindrucken, und die Speisekarte bot das Beste, was Wisconsin an kulinarischen Delikatessen zu bieten hatte: Käse, lokales Gemüse und hausgemachte Würste. Die Beleuchtung war so geschickt eingesetzt, dass sie die Schönheit der Holzschnitzereien des ausgesuchten Interieurs, die natürlichen Farben und die frischen weißen Leinentücher optimal in Szene setzte. Wie die Speisekarte erklärte, stammten die Gemälde an den Wänden von lokalen Künstlern, die die Geschichte Milwaukees im Laufe der Zeit eingefangen hatten. Aus für Al unerklärlichen Gründen schmückten Szenenbilder aus dem Film *Wayne's World* die Toiletten. Es musste sich dabei um einen persönlichen Witz des Besitzers handeln.

Lou sah in ihrem farbenfrohen Kleid einfach hinreißend aus. Es war in einem orange schimmernden Pink gehalten – John würde die korrekte Bezeichnung für den Farbton kennen.

Die Haare fielen ihr bis knapp über die Schultern und strichen jedes Mal, wenn sie sich bewegte, über die nackte Haut. Er war abgelenkt. In Gedanken berührten anstelle ihrer Locken seine Lippen Lous Haut, glitten über die Schulter in den Nacken und weiter hinauf, bis sie ihren Mund erreicht hatten.

»Geht es dir gut? Du wirkst ein wenig unruhig.«

»Ich mache es mir nur bequem. Ich gehe davon aus, dass wir noch ein wenig hierbleiben.« Al versuchte mühsam, seine Fantasien unter Kontrolle zu behalten.

»Das will ich doch hoffen. Ich konnte es kaum abwarten, endlich einmal hier zu essen.«

Während der Kellner ihre Wassergläser auffüllte, sprach Lou ihn an: »Könnten Sie Küchenchef Tom sagen, dass ich meinen gegrillten Käse gerne ohne Käse hätte?«

Der perplexe Gesichtsausdruck des jungen Mannes spiegelte Als Verwirrung wider.

»Vertrauen Sie mir, sagen Sie es ihm einfach. Und tun Sie sich keinen Zwang an, zum Ausdruck zu bringen, wie verrückt ich Ihnen erscheine.«

»Oh-kay«, brachte der Kellner heraus und rannte beinahe zur Küche, so gespannt schien er auf die Reaktion des Chefkochs zu sein.

»Was sollte das denn?« Al sah sich vorsichtig um, ob jemand ihre Bestellung gehört hatte.

»Tom und ich haben vor Jahren dieselbe Kochschule besucht. Wir haben zusammen gearbeitet, bevor wir ›richtige‹ Jobs annahmen. In einem der Restaurants – ich arbeitete dort als Tellerwäscherin und Tom am Empfang – hat wirklich mal ein Gast gegrillten Käse ohne Käse bestellt! Seitdem ist das ein Running Gag zwischen uns.«

»Lou!« Eine dröhnende Stimme durchbrach die leise Geschäftigkeit des Speiseraums. Ein Mann von den Ausmaßen eines mittelgroßen Wandschranks steuerte mit offenen Armen und der Zurückhaltung eines entgleisten Güterzuges auf sie zu. Lou sprang auf und warf sich in seine Umarmung.

»Wie geht's, Süße? Ich hätte nie gedacht, dich hier mal zu Gesicht zu bekommen. Ich hätte darauf gewettet, dass Devlin es nicht erlauben würde.« Er sah sich suchend nach seinem Hassobjekt um, vermutlich, um ihn auf die Straße zu setzen. Al hätte jedenfalls nichts dagegen gehabt.

»Devlin und ich haben vor einiger Zeit Schluss gemacht. Ich bin heute mit einem guten Freund hier. Al.« Lou gestikulierte in Als Richtung, der sich unter Toms kritischem Blick zunehmend unwohl fühlte. Lou ließ sich wieder auf ihren Stuhl fallen.

»Na, immerhin hat er, was Restaurants angeht, einen guten Geschmack. Wo hast du die ganze Zeit gesteckt? Es ist Monate her, dass wir uns gesehen haben.«

»Die Arbeit hat mich ziemlich auf Trab gehalten. Du verstehst das bestimmt.«

»Ich habe davon gehört. Das wird schon wieder, wie immer. Sag mir Bescheid, wenn ich dir irgendwie helfen kann.« Tom drückte verständnisvoll ihren Arm.

»Danke, Tom.«

»Also, was habt ihr bestellt? Nicht, dass es irgendeine Rolle spielen würde. Ich mache euch was ganz Besonderes.«

»Wir haben uns noch nicht entschieden. Du machst es einem nicht gerade leicht.«

Tom stieß ein so brüllendes Lachen aus, dass die wenigen Gäste, die noch nicht herüberstarrten, nun auch noch die Köpfe nach ihnen umdrehten.

»Mach dir mal keine Sorgen. Ich werde euch ein perfektes Menü zaubern. Aus dem Besten, was die Küche heute zu bieten hat. Nichts von dem üblichen Kram. Ich werde höchstpersönlich für euch kochen.«

»Das musst du nicht. Dafür sind wir nicht hierhergekommen.«

»Blödsinn. Was hat es denn bitte für einen Sinn, den Chefkoch zu kennen, wenn der dann nicht mit seinen Künsten angeben kann?«

»Dann übertreib' es wenigstens nicht.«

»Ich? Übertreiben? Natürlich nicht.« Mit einem Grinsen, das selbst die Cheshire Katze vor Neid hätte erblassen lassen, drehte Tom sich um und marschierte schnurstracks in seine Küche zurück.

»Ich mag ihn«, war alles, was Al sagte, als er in Richtung der schwingenden Küchentüren nickte.

»Oh Mann, ich kann mich nicht erinnern, wann ich das letzte Mal so viel gegessen habe.« Al rutschte auf seinem Stuhl hin und her, um ein wenig Luft zwischen seinen Bauch und den Hosenbund zu bringen. »Tom hat eine Gabe. Einfach unglaublich, wie er aus einfachen Zutaten wie Cheddar und Pilzen etwas so Köstliches kreieren kann. Oder wie er die Enteneier mit der Renke zu einem Gericht zusammenzaubert, das weder zu kompliziert noch alltäglich schmeckt. Gott sei Dank laufen wir zum *Summerfest*. Sogar der Wein war perfekt. Ich hatte ja keine Ahnung, das Milwaukee Restaurants wie dieses hier zu bieten hat.« Al klopfte auf seine hintere Hosentasche, um zu prüfen, ob die Notizen noch an Ort und Stelle waren. Seine Stichworte auf den Knien in den Waschräumen niederzuschreiben war schwieriger gewesen, als er erwartet hatte. Seine Schrift glich der eines Erstklässlers. Immer wieder rief er sich Details des Menüs in Erinnerung, die er auf keinen Fall vergessen wollte. Das *Good Land* war definitiv eines der besten Restaurants, die er jemals besucht hatte. Sein Gaumen vibrierte noch immer von dem außergewöhnlichen geschmorten Hirschbraten.

»Mir war zwar klar, dass du gutes Essen genießt, aber nicht, dass du dich *so* dafür begeistern kannst.«

»Die Kochkünste meiner Mutter umfassten das Durchlesen der Zutaten eines Fertiggerichts. Nach den entbehrungsreichen Jahren meiner Kindheit weiß ich gutes Essen einfach sehr zu schätzen.« Diese Halbwahrheit ließ seine Zunge merkwürdig schwer werden. Al hatte sich das Kochen selbst beigebracht, kaum dass er mit der Nase über die Küchenanrichte gereicht hatte. Eine Entwicklung, die vor allem sein Vater sehr zu schätzen gewusst hatte. Mit der Zeit – und nach zahllosen Mahlzeiten an den Küchentischen befreundeter Familien – hatte er sein Repertoire stetig erweitert. Aber Al konnte und wollte nicht mit Lou über seine Vergangenheit reden, zumindest noch nicht heute Abend. In Anbetracht der ganzen Details, die er ihr bisher verschwiegen hatte, hätte es zu leicht passieren können, dass ihm Dinge über die Lippen kamen, die er lieber für sich behielt.

»Ha, meine Familie war das genaue Gegenteil. Meine Großmutter könnte Tom noch das eine oder andere übers Kochen beibringen.« Lou legte sich den Riemen ihrer Handtasche über die Schulter. »Ich muss unbedingt auch mal für dich kochen.«

»Das wäre toll.« Al hoffte inständig, dass Lou die Wahrheit und Aufrichtigkeit seiner Worte gehört hatte.

Nachdem sie das Restaurant verlassen hatten, blickte sich Lou neugierig um. Sie war schon länger nicht mehr in diesem Stadtteil gewesen. Lagerhäuser säumten die Straße, dazwischen Bars und Boutiquen. In den letzten zehn Jahren hatten sich Walker's Point und Third Ward, das südlich des Zentrums lag, zu Trendvierteln entwickelt. Angesagte Shops, gut besuchte Bars und Restaurants und teure Eigentumswohnungen mit Seeblick hatten einen der ältesten Stadtteile Milwaukees mit neuem Leben gefüllt. Zwischen den neueren und restaurierten Häusern fanden sich immer wieder alte Gebäude, die das industrielle Erbe der Stadt spiegelten.

Eine leichte Brise kräuselte den Rock von Lous korallenrotem Kleid. Lou war sich sicher, dass in dieser milden Nacht einige Sterne am Himmel zu sehen waren. Durch den dichten orangefarbenen Glanz der Stadtlichter konnte sie jedoch keine entdecken. Der Mond war noch nicht aufgegangen, würde sich aber sicherlich noch vor Mitternacht blicken lassen. Die Luft war für die Jahreszeit ungewöhnlich trocken und versprach eine perfekte Sommernacht. Nach der vielen Zeit, die Lou bei heiß-feuchten Temperaturen in der Restaurantküche verbrachte, genoss sie es besonders, als eine Brise über ihre Haut strich und ihr eine leichte Gänsehaut verursachte. Sie verbot sich darüber nachzudenken, warum sich die Härchen an ihren Armen in Wahrheit aufstellten, sobald ein Luftzug zwischen ihr und Al hindurchwehte. Zwischen ihnen war es mindestens zehn Grad wärmer als in der Umgebung. Heute trafen sie sich zum vierten Mal. Hätte es sich um echte Dates gehandelt, würde sie jetzt sicherlich darüber nachdenken, ihn zu sich nach Hause einzuladen. Aber dies war ein Nicht-Date, ermahnte sich Lou im Stillen, also würde sie ihn deshalb auch *nicht* mit in ihr Apartment nehmen. Sie machte ein finsteres Gesicht, als sie feststellte, wie sehr sie das frustrierte, und fügte die Enttäuschung darüber gedanklich der Liste der Dinge hinzu, die in den letzten Monaten schiefgelaufen waren. Sie schielte zu Al hinüber, als sie an einer *Alterra*-Filiale vorbeiliefen, einer lokalen Kaffeerösterei. Dann schloss sie die Augen und atmete tief ein. Der intensive Kaffeegeruch war eine willkommene

Abwechslung nach der vorherrschenden Stadtluftmischung aus Abgasen, Asphalt und Abfall.

Devlin hatte sie heute Vormittag angerufen, als sie noch im Restaurant gewesen war. Sie hatte die Mailbox anspringen lassen, aber ihr Herz hatte sich trotzdem beim Abhören der Nachricht verkrampft.

»Elizabeth, du hast deinen Standpunkt inzwischen deutlich genug gemacht. Ich will es wiedergutmachen. Ruf mich an, damit ich dir helfen kann.«

Eine schwache Sekunde lang hatte Lous Finger über der Anruftaste geschwebt, um Devlin den Auftrag zu erteilen, die Scherben ihres gescheiterten Geschäfts zusammenzukehren. Es wäre überhaupt kein Problem für ihn, die Kredite zu bedienen, Angestellte zu feuern und sie aus bindenden Verträgen zu befreien. Sie könnte gleich morgen mit ihm zusammenziehen, schließlich hatte er sie mindestens eine Million Mal darum gebeten. Es wäre so viel einfacher, die Rolle auszufüllen, die Devlin für sie vorgesehen hatte. All ihre Träume gegen ein abgesichertes und komfortables Leben mit ihm einzutauschen. Hatte sie nicht genau das getan, bevor sie ihn mit Megan im Bett erwischt hatte? Aber dann hatte sie sich vorgestellt, wie sie in Devlins Begleitung Al begegnete. Seinen Gesichtsausdruck, wenn er die Situation erfasste. Lou schüttelte sich noch jetzt bei dem Gedanken daran. Er würde – genau wie sie selbst – wissen, dass sie sich für den einfachen Weg entschieden hatte.

»Ist dir kalt?«, fragte Al und unterbrach damit Lous düstere Gedanken. Während der letzten Minuten hatten sie wenig gesprochen. Doch jetzt hatte Al ihr den Kopf zugekehrt und wartete offensichtlich auf eine Antwort.

»Ein bisschen.« Lou lächelte schwach und zog ihre Strickjacke über.

In dem Moment, als sie vom Bordstein auf die Straße trat,

schoss mit quietschenden Reifen ein Wagen um die Kurve. Al packte Lou am Handgelenk und riss sie zurück zu sich auf den Bürgersteig, sodass sie gegen seine Brust prallte. Das Auto umfuhr sie in einem großen Bogen und verschwand ebenso schnell wieder in der Dunkelheit, wie es aufgetaucht war.

Lou bemerkte, dass Al sie aus weit aufgerissenen blauen Augen anstarrte. Seine Hand lag fest in ihrem Kreuz und drückte sie gegen ihn – gegen seinen *gesamten* Körper. Mit der anderen hielt er noch immer ihr Handgelenk umklammert. Bei ihrem Zusammenprall hatte Lou ihre linke Hand auf Als Brust gepresst; kühl spürte sie den Baumwollstoff unter jedem einzelnen Finger. Sie musste unbedingt wieder anfangen zu atmen, was sie offensichtlich unterlassen hatte, nachdem sie so unverhofft gegen ihn geprallt war.

Keiner von beiden bewegte sich, kein Luftzug schien sich zwischen ihnen zu rühren. Es gab nur die Hitze an den Stellen, an denen sich ihre Körper berührten. Lou fühlte ihren Puls, als Al sanft mit dem Daumen über ihr Handgelenk strich. Sie verstärkte den Druck ihrer Finger auf seinen Brustkorb. Nicht um ihn wegzustoßen, sondern um sich an ihm festzukrallen. Ohne den Blick von ihr zu wenden, zog Al sie noch näher zu sich heran.

»Nehmt euch ein Zimmer!« Die Stimme kam aus einem Auto, das dicht hinter ihnen vorbeifuhr.

Al und Lou lösten sich abrupt voneinander und holten beide tief Luft.

»Tut mir wahnsinnig leid. Ich hatte irgendwie den Eindruck, dass das Auto schon viel näher an dir dran war.« Al beobachtete den vorbeirauschenden Verkehr.

Lou rückte ihre Handtasche zurecht. »Kein Grund sich zu entschuldigen. Ich erteile dir hiermit die offizielle Erlaubnis, mir jederzeit das Leben zu retten. Außerdem würde ich dein vorbildliches Verhalten auch gerne einigen meiner Freunde beibringen.«

Al verzog amüsiert das Gesicht und grinste; die Anspannung war verschwunden.

Lou sandte ein stummes »Dankeschön« an den unhöflichen Zwischenrufer. Nur eine Sekunde länger und Lous eiserner Entschluss, diese Beziehung von allen denkbaren Schlafzimmern fernzuhalten, wäre dem nächsten Hotelzimmer zum Opfer gefallen.

Al griff nach ihrem Arm und schlang ihn um seinen. »Da du eindeutig nicht in der Lage zu sein scheinst, sicher eine Straße zu überqueren, halte ich dich lieber fest.«

Lou kicherte, und die letzten Blocks bis zum *Summerfest* legten sie Arm in Arm zurück.

Sie hatten den Eingang zum Festivalgelände kaum hinter sich gelassen, als die Menschenmenge sie auch schon mitzureißen drohte. Die Arme noch immer ineinander verschlungen, navigierte Lou sie durch die feierwütige Partymeute in Richtung Seeufer, indem sie genau rechtwinklig zum Hauptstrom lief.

Al drehte den Kopf in alle Richtungen, um die Szenerie in Augenschein zu nehmen. Wenn er es richtig erkannte, führte ein Hauptweg parallel zum See über den Platz. Von links erscholl Country, irgendwo rechts konnte er Rockmusik hören. War das Meat Loaf? Plötzlich tauchte zwischen den Tausenden Spaziergängern ein Badebrunnen auf. Besucher jeder Altersgruppe kühlten nach einem sommerlichen Festivaltag ihre heiß gelaufenen Füße unter den spritzenden Fontänen. Inzwischen war es neun Uhr, die Sonne war schon lange hinter der nahe gelegenen Überführung verschwunden, doch die schwarze Teerdecke strahlte noch immer die Hitze des Tages ab. Immer mehr Leute strömten auf das Festivalgelände, bereit für eine warme Sommernacht mit Musik und Bier. Dagegen verließen Familien mit Buggys und erschöpften Kindern an der Hand das Fest, das tagsüber weit weniger überlaufen war.

Lou zog Al aus dem Gewimmel auf eine Rasenfläche hinter dem Brunnen. Überall saßen Menschen, ruhten sich aus und aßen etwas; manche schliefen sogar.

»Wow, immer wenn ich mich durch die Menschenmenge kämpfe, frage ich mich, warum ich eigentlich jedes Jahr wieder hierherkomme. Gott sei Dank gibt es auch Nebenwege, die nicht ganz so überfüllt sind.«

Lou führte Al weiter zum Seeufer. Dort blieben sie stehen und genossen die Aussicht. Das Durcheinander der verschiedenen Musikstile vermischte sich hier zu einem gleichmäßigen Hintergrundrauschen. Einige Leute hatten es sich auf Decken entlang der Mole bequem gemacht und genossen die entspannte Atmosphäre. Trotz der Menschenmengen war es hier seltsam friedlich.

Al atmete tief ein. Er nahm den leichten Fischgeruch in der Luft wahr, der so typisch für Lake Michigans Küste war. Der Geruch nach Frittierfett mischte sich darunter und der allgegenwärtige Vanilleduft von Lou. Ein Windhauch fuhr in ihre Haare. Zusammen mit dem mädchenhaften Sommerkleid wirkte sie weich und verletzlich. Sie schloss die Augen und atmete ebenfalls tief ein. Al konnte die Augen nicht von ihr abwenden.

»Hm. Genau das bedeutet Sommer in Milwaukee. Voll, laut, manchmal ein wenig stinkend, aber mit viel mehr Spaß, als man sich vorstellen kann.«

»Ist das ein Werbespruch vom Touristenbüro?«

»Vielleicht liegt da ja meine berufliche Zukunft.«

»Keine Frage, die Gäste würden in Scharen kommen.«

»Ich habe Talent. Ich weiß einfach, was die Leute wollen.«

Lou öffnete die Augen und erwischte Al dabei, wie er sie anstarrte.

Er blickte schnell wieder hinaus auf den See und räusperte sich. »Wo spielt die Band, die wir uns heute Abend anhören wollten?«

»Am südlichen Ende des Platzes. Auf dem Weg holen wir uns irgendwo ein Bier. Normalerweise haben auch immer ein paar Brauereien aus der Gegend einen Stand hier.«

»Wie heißt die Gruppe noch mal?«

»*West of East*. Die spielen eine Mischung aus Folk, Country und Singer-Songwriter-Musik. Ich bin mit den beiden auf die High School gegangen und versuche so oft wie möglich zu ihren Konzerten zu gehen, was leider nicht besonders häufig ist.«

»Sind sie gut?«

»Was für eine Frage! Habe ich dich bisher auch nur einmal enttäuscht? Abgesehen davon, dass sie ganz sicher nicht beim *Summerfest* spielen würden, wenn sie nicht absolut grandios wären.«

»Ich meine, Meat Loaf gehört zu haben, als wir angekommen sind. Vielleicht solltest du deine Meinung noch einmal überdenken …«

»Das hier ist ein Musikfestival. Da muss man alle Stile abdecken. Auch die, die du vielleicht nicht magst. Ich gehe mal davon aus, dass er mehr Platten verkauft hat als du.«

»Jeder hat mehr Platten verkauft als ich.«

»Dann halt die Klappe und genieß die Musik.«

Sie kauften sich ein Bier und betraten dann den Teil des Festivals, auf dem die Bühne aufgebaut war. Nicht überdachte Zuschauertribünen rahmten in Hufeisenform einige Bankreihen mit Blick auf die kleine Bühne. Der Bereich hatte ungefähr zweihundert Plätze, die meisten davon waren bereits besetzt.

Al nahm Lous Hand und zog sie mit sich in Richtung der obersten Reihen, in der er zwei freie Plastiksitze entdeckt hatte, die jedoch nicht nebeneinanderlagen. »Du kannst den hier nehmen und ich setze mich hinter dich«, sagte er und deutete auf die letzte Bankreihe.

»Okay.« Lou quetschte sich auf den freien Platz und lehnte sich vor, um nicht mit dem Rücken gegen Als Knie zu stoßen.

Al beugte sich zu ihr hinunter. »Lehn dich ruhig an. Ich verspreche auch, kein Bier über dein hübsches Kleid zu schütten.«

»Falls doch, ist das auch kein Problem. Ich lege großen Wert darauf, ausschließlich bierfeste Kleidung zu tragen.« Lou strich sich die Haare über die Schulter und lehnte sich dann vorsichtig gegen Als Knie.

Mit einem Lächeln auf den Lippen beugte er sich noch weiter zu ihr hinunter. »Wir haben zwar schon Kunst, Bier, Imbiss, Baseball und Musik erkundet, aber ich bin immer noch nicht hundertprozentig überzeugt, dass Milwaukee so genial ist, wie du immer behauptest.«

Lou drehte den Kopf zu ihm herum. »Wirklich nicht? Ich denke eher, dass du es genießt, Zeit mit meiner entzückenden Wenigkeit zu verbringen.«

Sie grinste ihn an und legte einen Arm auf sein Knie. Als ganzer Körper straffte sich, als er durch den Stoff seiner Hose ihre Hand spürte. Als sie sich eine widerspenstige Locke hinter das Ohr schob, enthüllte sie an ihrem Hals ein Stück zarter Haut. Al hätte am liebsten mit den Lippen eine Linie von ihrem Ohrläppchen bis zu ihrer Schulter gezogen, um vielleicht dort der Ursache für ihren verführerischen Duft auf die Spur zu kommen. Stattdessen holte er tief Luft und versuchte sich auf ihre Worte zu konzentrieren.

»Nun, da du noch nicht ganz überzeugt bist, ist es ein Glück, dass wir uns auf dem Höhepunkt des Festivalsommers befinden. In den nächsten Wochen wird jeden Samstag und Sonntag ein anderes Fest in der Stadt veranstaltet. Ich muss leider arbeiten, aber du solltest mit anderen Freunden hingehen. Beim *Summerfest* geht es fast ausschließlich um Musik, aber bei den anderen Veranstaltungen steht jedes Mal ein bestimmtes Land im Mittelpunkt. Die Festivals machen unglaublich viel Spaß, es ist meist nicht ganz so voll, und jede Nationalität präsentiert unterschiedliches Essen und Musik. Ich könnte mir vorstellen, dass dir das *Irish Fest* gefällt, da ist ganz Großbritannien vertreten; außerdem sind da noch das *Festa Italiana*, *Mexican Fiesta* und das *German Fest*. Normalerweise gibt es ein Zelt, in dem die Geschichte der jeweiligen Nationalität in Milwaukee beschrieben wird. Ein super Crashkurs über Vergangenheit der Stadt.«

»Willst du mir etwa Hausaufgaben geben?«

»So was Ähnliches. Du solltest die Festivals nicht verpassen, nur weil ich arbeiten muss. Aber wenn du weiter so frech bist, werde ich dich demnächst zu einem Essay verdonnern. Vielleicht über den Einfluss verschiedener Kulturen auf Milwaukees traditionelle Küche«, sagte Lou grinsend.

Al gefiel der Gedanke. »Das ist gar keine so schlechte Idee.« Der Artikel nahm in seinem Kopf bereits Gestalt an.

»Willst du wirklich darüber schreiben?« Lou riss erstaunt die Augen auf.

Als Puls hatte sich mit einem Mal verdoppelt, Alarmglocken schrillten in seinem Kopf. »Hatten wir nicht mal vereinbart, nicht über Arbeit zu reden?« Al versuchte möglichst gleichmäßig ein- und auszuatmen, um ruhiger zu wirken, als er es tatsächlich war.

Lou sah jetzt noch überraschter aus, nickte aber. »Du hast recht. Es ist wohl keine gute Idee, wenn du etwas über deine Wochenendtätigkeit als Berater des örtlichen Mafiaclans ausplauderst. Hier geht es darum, dich dazu zu bringen, Milwaukee zu lieben.«

Al musste lächeln. Die Alarmglocken verklangen und verstummten schließlich ganz. Krise abgewendet. Vor lauter Erleichterung hatte er gar nicht gemerkt, dass Lou weiterredete.

»... *Wisconsin State Fair* ist auch toll. Interessante Besucher, Tiere vom Bauernhof, Root-Beer-Milch und eine endlose Auswahl an frittiertem Essen am Spieß. Ganz zu schweigen von den berühmten Windbeuteln.«

»Wann findet die *State Fair* statt?«

»Nicht vor Ende des Monats.«

»Bis dahin gibt es also keine weiteren Pläne?« Al machte ein trauriges Gesicht, als ihm klar wurde, was das bedeutete.

»Ich habe noch gar nicht nachgedacht, was wir als Nächstes unternehmen. Ich hatte angenommen, dass du spätestens zu diesem Zeitpunkt langsam genug von mir haben würdest.«

»Auf keinen Fall! Wie du schon gesagt hast, suche ich nur nach Ausreden, um weiterhin in den Genuss deiner entzückenden Gesellschaft zu kommen.« Al spürte, wie er angesichts des Wahrheitsgehaltes seiner Worte rot anlief. Die Geschichte wurde langsam kompliziert. Er fühlte sich immer mehr zu Lou hingezogen und wollte nichts lieber, als noch mehr Zeit mit ihr zu verbringen. Andererseits hatte sich an seinem Plan, Milwaukee bei der nächsten Gelegenheit so schnell wie möglich wieder zu verlassen, nichts geändert. Je mehr er seinen Gefühlen nachgab, desto klarer wurde ihm, dass er gerade das nicht tun sollte. Es würde nur ihnen beiden wehtun, wenn er die Stadt am Ende verließ.

»Wir könnten uns das Harley Museum ansehen. Ich würde dir ja eine Fahrt anbieten, aber ich traue mich nicht mal in die Nähe dieser Höllenmaschinen. Aber wenn du gerne mal mit einer fahren möchtest, kann ich das arrangieren. Inzwischen habe ich immerhin kapiert, dass sich eine Harley wesentlich von jedem anderen Motorrad unterscheidet.«

»Das klingt gut. Du bist doch gerade erst in Fahrt gekommen; nicht dass du den Schwung verlierst und deine ganze bisherige Mühe umsonst war.«

»Das sollten wir um jeden Preis vermeiden.« Lou lächelte und zwinkerte ihm zu; dann drehte sie sich um, als die ersten sanften Töne von der Bühne in den Abendhimmel aufstiegen.

Bevor Al sich wieder aufrichten konnte, lehnte sie sich an seine Beine. Dabei strichen ihre Haare für einen kurzen Augenblick kühl und seidig über seine Hände. In der Hoffnung, dass sie es nicht bemerken würde, beugte Al sich weiter vor, um ihren Duft einzuatmen. Vanille. Nicht die verwässerte Note des künstlich hergestellten Aromas, sondern echte Vanilleschote. Dann ließ er sich ebenfalls zurücksinken, schloss die Augen und genoss den süßen Duft, ihre Haare auf seinen Händen, ihr Gewicht an seinen Beinen und die Klänge der Gitarre, gepaart mit einer schwermütigen Stimme. Milwaukees Sommer machte weitaus mehr Spaß, als er sich jemals hätte vorstellen können.

12

Himmlische Ruhe! Lous Schritte hallten durch das Treppenhaus, als sie die unverputzten Stufen zu ihrem Apartment hinaufstieg. Sie öffnete die Wohnungstür und hängte den Schlüssel an das Brett gleich neben der Tür. Ein langer Flur teilte ihr Apartment in zwei gleich große Hälften. Links lagen ihr Schlafzimmer, ein Bad und das Wohnzimmer. Auf der anderen Seite befanden sich Esszimmer und Küche, die durch einen offenen Rundbogen miteinander verbunden waren. Abgesehen vom Badezimmer lag überall ausgetretenes Eichenparkett, wie man es oft in Milwaukees Altbauten fand. Am gegenüberliegenden Ende führte der Flur auf einen Balkon hinaus, Lous persönlicher Lieblingsort in ihrer Wohnung. Auf der großzügigen Terrasse fanden ein Esstisch, Stühle, ein Grill und einige Töpfe mit frischen Kräutern und Gemüse Platz. Letztere neigten dazu, einen schnellen Tod zu finden, da Lou nur selten daran dachte, sie zu gießen, trotzdem versuchte sie es jeden Sommer aufs Neue.

Abgesehen von der kleinen Lampe an der leise summenden Dunstabzugshaube, die einen schwachen Lichtstrahl in den Flur fallen ließ, herrschte absolute Stille und Dunkelheit. Lou genoss den Kontrast zu der lauten Musik vom *Summerfest*-Konzert, die in ihren Ohren nachhallte. Sie spürte noch immer das dumpfe Klopfen des Basses in ihrer Brust, ansonsten fehlte es ihr in der stillen Wohnung an Ablenkung von ihren Gedanken. Lou atmete tief ein und roch das strenge Zitronenaroma des Lufterfrischers im Hausflur hinter ihr. Sie schloss die Tür und ließ die Leere des Apartments auf sich wirken. In den letzten Jahren hatte sie nur wenig Zeit zu Hause verbracht. Wenn sie nicht gerade im *Luella's* beschäftigt gewesen war, hatte sie sich meist mit Devlin in seiner Wohnung getroffen. Das dumpfe Echo, das mit jeder ihrer Bewegungen von den Wänden zurückgeworfen wurde, gefiel ihr nicht. Es erinnerte sie zu sehr daran, wer im Laufe der Zeit alles aus ihrem Leben verschwunden war.

Lou schloss von innen ab und schob die Kette vor. Dann kickte sie ihre Schuhe von den Füßen und schaltete überall die Lichter ein. Während sie durch den Flur ging, verfolgte sie eine Reihe von Staubmäusen. Es wäre wohl keine schlechte Idee, mal etwas gegen die kleinen Biester zu unternehmen. Jeder wusste, dass sie sich noch schneller vermehrten als ihre lebendigen Artgenossen in freier Wildbahn. Sie warf ihren Schlüssel und das Handy auf die Küchentheke und schnappte sich den Wischmopp aus der Abstellkammer im Flur. Haarbüschel und Staubwolken vor sich herschiebend, arbeitete sie sich von dort ins Esszimmer vor. Wenn sie sich richtig erinnerte, hockte dort mitten unter dem alten Tisch aus Kiefernholz ein riesiger Staubelefant. Lou stöhnte auf, als sie das Licht einschaltete. Was war bloß mit dem Tisch passiert? Die Szenerie aus unzähligen Kochbüchern, die aufgeschlagen umherlagen, und zig zerknitterten Notizbüchern erinnerte stark an eine missglückte Collage. Es war an der Zeit, sich wieder der Realität zu stellen, anstatt weiter kindischen Träumen nachzujagen. Und vor allem musste sie dringend aufräumen. Sie lehnte den Staubwischer an den Türrahmen, damit er nicht umfiel – was er natürlich trotzdem tat. Zweimal. Sie würde mit dem Putzen weitermachen, sobald sie den Tisch freigeräumt hatte. Lou sortierte die Kochbücher nach Themen auf verschiedene Stapel. Dann trug sie einen Stapel nach dem anderen ins Wohnzimmer, um die

Bücher später dort ins Regal zu stellen. Als sie wieder auf den Esstisch zuging, nahm sie aus dem Augenwinkel ein lächelndes, altes Gesicht wahr. Neben einigen anderen Familienbildern hing dort an der Wand ein verstaubtes Foto ihrer Großmutter. Lou hatte es immer gefallen, hier zu arbeiten und das Gefühl zu haben, ihre Familie beobachte sie dabei. Dann fühlte sie sich weniger allein. Auf ihrem Lieblingsbild waren ihre Eltern in blauen Brewers-T-Shirts vor dem alten Stadion zu sehen. In den Armen hielten sie ein winziges schreiendes Baby. Lous erstes Baseball-Spiel. Es war eines der wenigen Fotos, auf denen sie alle drei zu sehen waren. Es war einfach nicht fair. Manche Leute hatten so viele Verwandte, dass sie mit ihnen einen eigenen kleinen Staat hätten gründen können, nur sie hatte niemanden. Niemanden, den sie zum Muttertag anrufen konnte, niemanden, der sie ermahnte, ihr Zuhause ein wenig sauberer zu halten, niemanden, der ihr sagte, was sie tun sollte. Während sie die lächelnden Gesichter ihrer Eltern betrachtete, die sie beschützend im Arm hielten, versuchte Lou sich ihre Stimmen in Erinnerung zu rufen. Was sie jetzt wohl zu ihr sagen würden? Aber sie konnte sie nicht mehr hören. Nur der grausame Unfalltag hatte sich unauslöschlich und mit jedem Detail in ihr Gedächtnis gebrannt. Sie konnte sich genau entsinnen, was sie damals getragen hatte, wie das Wetter gewesen war, wie das Geräusch geklungen hatte, als sie mit dem Rücken an der Wand entlang auf den Boden gerutscht war. Wie sie sich zu einem kleinen Ball zusammengerollt hatte, bis Sue sie ins Bett gebracht hatte.

Ihre Eltern hätten das *Luella's* gemocht. Sie hätten es geliebt, Lou dabei zu beobachten, wie sie mit frischen Zutaten in der einen und einem fünfzehn Zentimeter langen Messer in der anderen Hand aufblühte. Ihr ganzes Leben lang hatten sie ihre Tochter ermutigt, Neues auszuprobieren, Erfahrungen zu sammeln, auch wenn sie ab und zu in einer Katastrophe endeten. Wie damals, als sie Skateboarden ausprobiert und sich prompt das Handgelenk gebrochen hatte. Sie hatten sie für ihren Versuch gelobt und gefragt, was sie daraus gelernt habe; dann hatten sie sie so lange getröstet, bis sie schließlich zu weinen aufhörte. Lou strich mit den Fingern über das Foto. Sie wünschte sich, ihre Eltern könnten sie jetzt umarmen und trösten. Aber sie war allein. Als sie auf ihre Finger sah, wusste sie aber zumindest, wo sie noch Staub wischen musste. Auf halbem Weg zur Küche, wo sie einen Lappen holen wollte, blieb sie abrupt stehen. »Das kann ich später machen«, sagte sie laut zu sich selbst. Sie vermied es, noch einmal einen Blick auf die Fotos zu werfen, und schnappte sich stattdessen einen weiteren Armvoll Bücher. Jetzt, da sie endlich wieder die abgenutzte Oberfläche ihres Tisches sehen konnte, fühlte sie sich schon sehr viel besser. Die Notizbücher und Stifte mussten ebenfalls verschwinden. Wo kamen die überhaupt alle her? In dem kleinen gemütlichen Wohnzimmer ließ sie den Stapel neben den ersten fallen. Als sie vor vier Jahren eingezogen war, hatte sie die Wände in einem fröhlichen Karibik-Blau gestrichen, um den weiß getünchten Kamin und die eingebauten hellen Bücherregale optisch hervorzuheben. Der Kamin funktionierte zwar, aber sie nutzte ihn nie. Stattdessen beherbergte er seit Jahren drei verstaubte langstielige blaue Kerzen in Kupferständern. Die Regale bogen sich unter der Last der vielen Kochbücher bereits durch, die von wiederentdeckten Relikten aus der Küche ihrer Großmutter über eine Gesamtausgabe von *Cook's Illustrated* bis hin zu einer wahllosen Zusammenstellung diverser Fernsehköche wie Barefoot Contessa und Bobby Flay reichten. Lou starrte auf das vollgestopfte Bücherregal. Dann nahm sie alle Bücher heraus und stapelte sie, nach Kochstilen geordnet, auf dem Boden. Dabei wirbelte sie so viel Staub auf, dass sie zweimal niesen musste. Sie ging in die Küche und griff unter die Spüle, wo sie den Putzlappen aufbewahrte. Dabei stieg ihr der unangenehm saure Milchgeruch von ungespültem Geschirr in die Nase. Lou besaß nur einige wenige Teller und Gläser, sodass sie normalerweise alle paar Tage abwaschen musste. In letzter Zeit hatte sie jedoch sehr selten zu Hause gegessen. Wenn sie sich richtig erinnerte, lag das letzte Mal bereits eine Woche zurück. Das bedeutete, dass der durchdringende Milchgestank mindestens genauso alt war. Igitt. Lou stellte das Wasser weitaus heißer als die empfohlenen fünfzig Grad ein. Sie hatte den Hausmeister vor ein paar Jahren überzeugen können, ihren Boiler höher zu temperieren. Sie spülte gerne mit fast kochendem Wasser. Das Geschirr schien ihr danach irgendwie sauberer zu sein. Als Dampf aus dem Becken aufstieg, zog sich Lou ihre pinkfarbenen Gummihandschuhe über und begann, das Geschirr sorgfältig neben sich auf der Ablage zu stapeln, um das Spülbecken anschließend mit frischem Wasser und Spülmittel zu füllen. Während sie darauf wartete, dass sich das Becken füllte, starrte sie aus dem Fenster, das zum Balkon hinausging. Wie sollte es mit dem *Luella's* weitergehen? Sie könnte die Zeitung anrufen und eine Gegendarstellung verlangen; oder etwas kochen und in die Redaktion bringen, damit man den Fehler dort von selbst einsah. A.W. Wodyski würde seine eigenen Worte widerrufen müssen. Kein unbefriedigender Gedanke. Manche seiner Zeilen taten noch immer weh. Lou seufzte. Das Kind war bereits in den Brunnen gefallen. Wenn sie die finanziellen Mittel zur Verfügung hätte, müsste sie ihr Restaurant vielleicht nicht ganz so schnell schließen, aber alle vier Banken, mit denen sie in Kontakt getreten war, hatten ihre Kreditanfragen abgewiesen. Nun, das stimmte nicht ganz. Sie würden ihr das Geld geben, wenn jemand für sie bürgte. Nur dass sie niemanden kannte, der haufenweise Geld herumliegen hatte, das er nicht brauchte. Bis auf … Lou warf einen flüchtigen Blick auf ihr Handy und dachte an die SMS, die sie am frühen Abend bekommen hatte.

Schaum stieg über den Spülbeckenrand. Lou drehte das Wasser ab und ließ das dreckige Geschirr hineingleiten. Während sie die Teller und Tassen mit einem Lappen abwusch und anschließend zum Abtropfen stapelte, starrte sie wieder aus dem Fenster. Was war mit Devlin? Hastig streifte sie einen Gummihandschuh ab, sodass weiße Schaumbläschen wie Schneeflocken durch die Luft flogen. Sie scrollte auf ihrem Handy bis zur gesuchten SMS.

Elizabeth. Sobald du das Restaurant geschlossen hast, sollten wir über einen Termin nachdenken. Ruf mich morgen an.

Lou stieß ein verächtliches Schnauben aus. Er war offensichtlich über das Bedürfnis, ihre Vergebung zu erlangen, hinweg und ging zum nächsten Punkt auf der Agenda weiter, als ob nichts geschehen wäre. Arschloch. Löschen. Ein Surren verkündete, dass eine weitere Nachricht eingetroffen war. Diesmal schaltete sie das Handy aus. Morgen früh würde sie alle seine Nummern blocken. Devlin war definitiv nicht die Lösung. Wenn sie ihn nur danach fragen würde, würde er das als Druckmittel einsetzen. Er gab nie etwas, ohne selbst einen Vorteil daraus zu ziehen. Er verkaufte sogar seine alten Anzüge im Internet, anstatt sie in die Altkleidersammlung zu geben. Nur ein Wunder konnte das *Luella's* jetzt noch retten. Eine überschwängliche Kritik im *Saveur* oder auch ein Lottogewinn würden auf jeden Fall nicht schaden. Aber Lou glaubte nicht an Wunder. Und als ihr das klar wurde, fühlte ihr Herz sich mit einem Mal bleischwer an.

Sie griff in das Becken, stellte jedoch fest, dass sie bereits alles gespült hatte. Wenn bloß alle Pflichten so leicht zu bewältigen wären. Sie ließ klares Wasser über das gespülte Geschirr laufen, zog den Gummipfropfen aus dem Spülbecken und hängte Handschuhe und Lappen zum Trocknen auf. Sie überlegte angestrengt, was sie zuletzt vorgehabt hatte. Ach ja, Staub wischen. Sie schnappte sich die Putzsachen und ging ins Wohnzimmer zurück. Was für ein Chaos. Bücher bedeckten jeden Zentimeter Boden, einige Stapel standen kurz davor, der Schwerkraft nachzugeben und umzufallen. Das hier war vollkommen absurd. Mit einigen groben Bewegungen entfernte sie die schlimmsten Staubschichten und stellte die Bücher dann wieder ins Regal. Sie konnte unmöglich alle ihre Probleme in einer Nacht lösen. Die Deckenlampe flackerte leicht, und als Lou einen Blick aus dem Fenster warf, konnte sie sehen, wie es in der Ferne blitzte. Sie streifte sich den gemütlichen Bademantel über, der im Schlafzimmer hing, und trat auf die Terrasse hinaus. Dies war der beste Platz, um ein Gewitter zu beobachten, das sich über der Stadt zusammenbraute. Die Nacht schien von dem bevorstehenden Sturm wie aufgeladen, immer wieder durchbrachen kühlere Böen die warme Luft. Lou zog den Bademantel fester um die Schultern und setzte sich in ihren bequemen Gartenstuhl. Das Putzen hatte sie abgelenkt, aber jetzt hüllte sie das Gefühl der Einsamkeit wie dicker Nebel ein, der sie von allem anderen zu isolieren schien. Jedes Geräusch schien gedämpft und wie aus weiter Ferne zu kommen. Sie seufzte. Es gab keinen Verlobten mehr, der abends auf sie wartete und dem sie von ihrem Tag erzählen konnte. Und bald würde sie auch keinen Job mehr haben, wo sie ihre Gedanken mit anderen teilen, träumen und herumalbern konnte. Wovon sollte sie leben? Das *Luella's* hatte nie viel abgeworfen, aber sie hatte immer ihre Rechnungen bezahlen können. Sie könnte wieder als Empfangsdame in einem anderen Restaurant arbeiten, aber mit nur einem Job würde sie nicht über die Runden kommen. Und für Doppelschichten fühlte sie sich langsam zu alt. Sie hatte immer fest daran geglaubt, dass ihr Restaurant erfolgreich sein würde. Abgesehen von ihrem blamablen Versagen musste sie sich nun auch noch darüber Gedanken machen, wie sie ihren derzeitigen Lebensstandard finanzieren sollte; sie würde sich einen Mitbewohner suchen oder in ein günstigeres Apartment umziehen müssen. Sie zog die Knie an und legte die Stirn darauf. Sie musste einfach eine Lösung finden. Aber nicht mehr heute Abend. Heute Abend würde sie sich ein wenig in Selbstmitleid suhlen und zulassen, dass die Enttäuschungen die Lücken füllten, die zerplatzte Träume und eine unsichere Zukunft hinterlassen hatten. Sie könnte Devlin für ihr Unglück verantwortlich machen, weil er sie nie unterstützt hatte, oder A. W. Wodyski mit seiner vernichtenden Kritik. Doch dahinter wollte sie sich nicht verstecken. Es war ganz allein ihre Schuld. Die Verantwortung für das Geschehene zu tragen gab ihr das Gefühl, die Kontrolle zu behalten. Verantwortung zu übernehmen bedeutete auch Hoffnung, irgendwann wieder glücklich sein zu können.

Den torkelnden Schritten der Fußgänger auf der Straße nach zu urteilen, war die Sperrstunde schon lange überschritten. Die Kaltfront, die vom See her über die Stadt zog, ließ die Luft rauschen. Am Horizont zuckten Blitze wie die flackernden Lichter eines Flipperautomaten. Wolken rasten über den Himmel, gelblich beleuchtet von den Lichtern der Stadt, über die sie hinwegzogen. Lou überkreuzte die Beine und massierte die schmerzenden Fußsohlen. Sie wusste das eine oder andere über wunde Füße – wenn man in einem Restaurant arbeitete, war das nichts Ungewöhnliches. High Heels waren allerdings eine ganz spezielle Folter. Aber sie passten einfach wahnsinnig gut zu dem korallenroten Kleid, und Lou hatte unbedingt besonders hübsch für Al aussehen wollen. Al … Je mehr Zeit sie mit ihm verbrachte, desto mehr mochte sie ihn. Aber sollte sie sich wirklich auf ihn einlassen? Sie war immer noch mit Devlin beschäftigt. Zugegeben vor allem damit, ihn zu ignorieren, aber er war trotz allem noch präsent. Sie war durch den Niedergang des *Luella's* und ihre unsichere finanzielle Lage dünnhäutig und verletzlich geworden. Aber sie fühlte sich zurzeit so einsam, dass ein wenig Ablenkung vielleicht genau das war, was sie jetzt brauchte, um wieder auf die Füße zu kommen. Zwischen Al und ihr stimmte die Chemie. Für ein paar Sekunden hatte sie heute Abend sogar gedacht, sie würden sich küssen, nachdem das Auto sie fast umgefahren hätte. Flüchtig berührte Lou ihre Lippen, dann stopfte sie die Hände in die Taschen des Bademantels. Ihr Herz würde einen weiteren Verlust nicht ertragen. Es war sicherlich besser, wenn sie die Dinge weiter locker angingen, leicht und luftig wie ein schaumiges Baiser zum Dessert, mit genug Süße, um ein perfektes Menü abzurunden, aber ohne die Schwere, nach der man sich übersättigt fühlte. Na also, das war doch was. Eine erfolgreiche Therapiestunde. Sie würde das Restaurant aufgeben, einen neuen Job und vielleicht auch einen Mitbewohner finden und Al weiterhin in sicherem Abstand unter der Rubrik Freunde führen. Und warum fühlte sie sich dann kein bisschen erleichtert? Es war wie mit ihrem Apartment – ein wenig ordentlicher an der Oberfläche, aber darunter herrschte immer noch Chaos.

Al nippte an seinem Tee und hoffte, dass er seine Synapsen wachrütteln würde. Auf dem Tisch vor ihm lagen seine Notizen, die er hin und her schob, um sie in die richtige Reihenfolge zu bringen.

»Neunzigerjahre-Filmvergleiche sind echt nicht dein Ding«, sagte John. Al drehte sich zu ihm herum. John hatte sich in seinem Schreibtischstuhl zurückgelehnt, die Beine übergeschlagen und die Fingerspitzen aneinandergelegt.

»Was?«

»Ich habe einen Blick auf deine Notizen geworfen. Die von deinem Restaurantbesuch am Sonntag. Du hättest einen Vergleich mit der Szene aus *Wayne's World* einbauen sollen.«

»Ich habe keine Ahnung, wovon du da redest.« Al hasste es, wie ein Idiot dazustehen.

»Meel-ee-wah-kay? Die Szene, in der Alice Cooper Wayne und Garth erklärt, dass sich der Name unserer Stadt vom Wort der Ureinwohner für the good land – das gute Land – ableitet.«

Al starrte ihn verständnislos an.

»Oh, Mann, wir müssen uns dringend ein paar Filme zusammen ansehen.«

»Ist das deine seltsame Art zu fragen, wie mein Wochenende gelaufen ist?«

»Klar. Wenn du unbedingt darüber reden willst. Wie war das Date?« John grinste.

»Es war kein Date«, seufzte Al.

»Seid ihr zu zweit unterwegs gewesen?« John faltete seine Finger.

»Ja.«

»Seid ihr essen gegangen?« Er nickte bedeutungsvoll.

»Das weißt du doch. Ich werde eine Besprechung des Restaurants schreiben.« Al witterte eine Falle.

»Dann hast du ihr also von deinem Job erzählt? Hat sie etwas geahnt?«

»Nein.« Al verdrehte die Augen.

»Und danach seid ihr aufs *Summerfest* gegangen und habt euch eine Band angesehen?«

»Ja.«

»Habt ihr euch da mit irgendwelchen anderen Leuten getroffen?«

»Nein, aber es war trotzdem kein …« Al setzte sich gerade hin.

»Moment mal …« John hielt eine Hand hoch. »Habt ihr euch geküsst?«

Al schwieg eine Sekunde, als er an ihren Fast-Kuss dachte. »Nein.«

»Du hast kurz nachgedacht. Warum hast du nachgedacht?« John zeigte so anklagend auf Al, als habe er ihn mit der Hand in der Keksdose erwischt.

»Ich habe nicht nachgedacht. Wir hätten uns fast geküsst, aber am Ende ist nichts passiert. Es war kein Date.« Er ließ sich wieder in den Stuhl zurückfallen.

»Und, bist du über das heiße …«

»Hey, pass auf, was du sagst. Ich garantiere dir, dass die Antwort Nein lautet. Und selbst wenn es nicht so wäre, würde ich das Thema ganz sicher nicht mit dir diskutieren, als würden wir uns in der Umkleidekabine einer Horde Sechstklässler befinden.«

»Ich wollte fragen, ob du über das heiße Sandwich hergefallen bist. Auf dem *Summerfest* gibt es nämlich welche mit heißem Rindfleisch. Einfach köstlich. Sollte man nicht verpassen.«

Al musste angesichts Johns abenteuerlicher Ausrede grinsen. Er fing langsam an, den Kerl zu mögen. Außerdem hatte er alle seine Artikel aus dem Archiv gelesen. Unter dem schlampigen, haarigen Äußeren schlummerte ein scharfsinniger Kritiker für Mode und Design. Warum John selbst anscheinend mit jeder Stilregel brach, die er eigentlich blind beherrschte, verwirrte Al immer wieder, aber irgendwann würde er auch dieses Rätsel lösen. »Wenn du meinst …« Al verdrehte die Augen. »Und jetzt muss ich meine Notizen zum *The Good Land* abtippen. Also, schsch.«

Al wandte sich wieder dem Schreibtisch zu, um seine Klonotizen zu dechiffrieren. Er konnte kaum entziffern, was er zu Papier gebracht hatte, aber das Abendessen mit Lou war die Mühe wert gewesen. Mit ihr auszugehen war tausendmal besser als jedes Essen, das er je allein eingenommen hatte. Es war nicht zu übersehen, dass sie essen liebte. Sie schreckte nicht davor zurück, alles zu probieren, und wenn sie etwas nicht mochte, unterschied sie klar zwischen ihrem Geschmack und der Qualität des Essens. Wenn man sich bei einem Gericht auf die Aromen und die Konsistenz der einzelnen Bestandteile konzentrierte, konnte man es klar in einzelne Komponenten unterteilen. Analysierte man diese, war es einfach zu entscheiden, ob ein Gericht funktionierte oder nicht. Und manchmal, wenn ein Koch die einzelnen Zutaten so gut beherrschte, dass er sie bis zu ihren Wurzeln erkundet hatte, dann konnte er daraus etwas gänzlich Neues und Vollendetes kreieren. Ein kulinarisches Äquivalent zur Alchemie, das ebenso flüchtig sein konnte. Aber wenn es gelang, konnte der Genießer darin die Liebe und ganze Leidenschaft der Zubereitung schmecken und fühlen. Das war die Erfahrung, nach der Al immer wieder suchte, und am Samstag hatte sie ihm Lous Freund Tom mit seinen Kochkünsten beschert.

»Al, hätten Sie eine Minute für mich?«, unterbrach Hannah seine Gedanken.

Al schaltete vorsichtshalber seinen Bildschirm aus, bevor er der Chefredakteurin in ihr Büro folgte. Er traute John durchaus zu, in seiner Abwesenheit an seinem Computer irgendeinen Unfug zu treiben. Er hatte seinen Desktophintergrund schon zweimal mit unzüchtigen Photoshop-Bildern der Queen »dekoriert«. Al ging in Gedanken kurz seine neuesten Restaurantbesprechungen durch, um herauszufinden, worüber Hannah mit ihm reden wollen könnte. Er hatte kein Restaurant und keinen Koch mehr beleidigt, die letzten Kritiken waren alle durchweg positiv gewesen. Letztendlich hatte er in Milwaukee doch noch gute Restaurants gefunden.

Hannah ging um ihren Schreibtisch herum und reichte Al einige DIN-A4-Blätter. »Das sind die neuesten Leserbriefe, die wir zu Ihrer Kolumne bekommen haben.«

Al überflog die Kommentare und las stumm ein paar Zeilen: *Wodyski hat mir wirklich sehr geholfen, das perfekte Restaurant auszusuchen* und *Ich habe so viel über thailändisches Essen gelernt, dass ich kaum abwarten kann, es endlich zu probieren.* Mit hochgezogenen Augenbrauen sah er fragend zu Hannah. »Warum zeigen Sie mir das?«

»Ich hatte zuerst geglaubt, dass die Leute gelangweilt wären, wenn Ihre Texte weniger kritisch ausfallen, aber das Gegenteil ist der Fall. Es ist unglaublich, aber Sie bekommen inzwischen noch mehr Leserbriefe als vorher. Ihr Stil hat sich verändert.« Hannah musterte ihn eingehend, als ließe sich der Unterschied an Als Äußerem festmachen. »Vielleicht haben *Sie* sich auch verändert. Woher auch immer es kommt, machen Sie weiter damit.«

Al erstarrte. Hatte er sich tatsächlich verändert? Er fühlte sich nicht anders. Und wenn doch, woran lag es und wie war das überhaupt passiert?

»Und jetzt raus.« Hannah wedelte mit einer Hand, um ihn aus ihrem Büro zu scheuchen, während sie sich schon wieder ihrem Computer zugewandt hatte und mit der anderen auf der Maus herumklickte.

Al trat auf den Flur hinaus und ging zu seinem Schreibtisch zurück. Aber Hannahs Worte geisterten nach wie vor in seinem Kopf herum.

13

Während Sue dem Personal die Anweisungen für die Abendkarte gab, warf sie einen Blick über die Schulter, um zu sehen, ob Lou schon wieder ins Bad verschwunden war. Sie hatte Harley und Sue über ihre Entscheidung in Kenntnis gesetzt, bevor die übrigen Mitarbeiter eingetroffen waren. Seitdem war sie schon mindestens zweimal zur Toilette gelaufen. Billy starrte sie auf der Suche nach ersten Anzeichen eines nicht existierenden Babybauchs unablässig an.

Lou betrachtete ihre Angestellten und versuchte sich jedes der noch vollkommen ahnungslosen Gesichter einzuprägen. Keiner von ihnen ahnte, dass er bald seinen Job verlieren würde. Billy und sein Freund hatten sich erst vor Kurzem gemeinsam ein Haus gekauft und hofften, bald ein Kind adoptieren zu können. Tylers Auto stand mal wieder in der Werkstatt. Die meisten Küchen- und Servicehilfen schickten regelmäßig Geld nach Mexiko, wo jeder einzelne Dollar einen Riesenunterschied für ihre jüngeren Schwestern und Brüder, Eltern und Großeltern machte. Lou hatte ihre eigene Entscheidung akzeptiert, weil ihr bewusst war, dass es die einzig vernünftige war, doch ihr Körper schien mit allen Mitteln dagegen anzukämpfen. Der Grund für das ständige Übergeben, die kalten Schweißausbrüche und die nassen Wimpern.

Sue war mit den Informationen zu den Tagesgerichten durch. Jetzt oder nie. Lou stand auf. Sie nippte an ihrem Eiswasser und räusperte sich.

Sue setzte sich und nickte ihr aufmunternd zu.

»Die meisten von euch werden festgestellt haben, dass in letzter Zeit weniger Gäste zu uns gekommen sind. Ich habe bereits weniger Kellner für die einzelnen Schichten eingeteilt, damit eure Trinkgelder nicht kleiner als unbedingt nötig ausfallen.« Lou trank noch einen Schluck von ihrem Wasser, dann holte sie tief Luft. »Ich habe die Zahlen tausendmal hin und her gewälzt, aber inzwischen ist mir klar, dass ich das Restaurant nach Silvester nicht wieder öffnen kann. Vielleicht müssen wir sogar noch früher zumachen.«

Als entsetztes Gemurmel unter den Mitarbeitern einsetzte und einige geschockte »Neins!« zu hören waren, hatte Lou Mühe, den Kloß in ihrem Hals herunterzuschlucken. Auch das Eiswasser schien keine große Hilfe mehr zu sein.

»Ich möchte, dass ihr euch alle nach neuen Jobs umseht. Wir haben noch ein wenig Zeit, also nehmt nicht gleich die nächstbeste Stelle an, sondern schaut euch nach guten Positionen um. Ich habe allen sehr gute Zeugnisse ausgestellt, die ich euch nach unserem Treffen aushändigen werde.« Lou hielt die Tränen nicht länger zurück. »Ich will, dass ihr wisst, dass ihr wie eine Familie für mich gewesen seid und es auch immer bleiben werdet. Ich kann mir gar nicht vorstellen, euch auch nur für einen Tag nicht zu sehen, nicht mehr eure Witze und Geschichten zu hören. Ich werde das Restaurant so lange geöffnet halten, bis ihr alle anständige neue Jobs gefunden habt oder die Bank mich zu schließen zwingt. Es tut mir schrecklich leid, dass ich versagt habe. Ich werde ein paar Freunde anrufen, die gute Restaurants besitzen, wie zum Beispiel das *The Good Land.* Ihr wisst, wie viel mir eure Unterstützung und Freundschaft bedeuten. Die letzten Monate waren hart, und ohne euch hätte ich die meisten Tage wohl nicht zubringen können. Dafür möchte ich euch danken.«

Lou drehte sich weg, um ihr Gesicht an der Schürze trocken zu wischen. Noch bevor sie sich wieder ihren Mitarbeitern zuwenden konnte, wurde sie von allen Seiten umarmt. Stimmen drangen zu ihr durch: »Wir lieben dich«, »Es ist nicht deine Schuld«, »Zur Hölle mit Wodyski« und »Wir gehen nirgendwohin«. Lou war sich ziemlich sicher, dass der letzte Satz von Harley kam. Er und Sue hatten darauf beharrt, keinen Fuß aus dem Restaurant zu setzen, bis die Bank ihnen die Tür eintrat.

Sue setzte dem sentimentalen Moment ein Ende, indem sie laut rief: »An die Arbeit, Leute.« Die Mitarbeiter zerstreuten sich, um an ihre Arbeitsplätze zurückzukehren. Sue reichte Lou eine saubere Serviette und scheuchte sie in Richtung Höhle.

Erleichtert, dass nun auch die Angestellten über das Schicksal des *Luella's* Bescheid wussten, zog sich Lou in das kleine Büro zurück und versuchte, ihre angespannten Nerven in der Einsamkeit ein wenig zu beruhigen. Wie schon so oft hatte die Reaktion ihrer Mitarbeiter Lous Erwartungen übertroffen. So viel Unterstützung und kein einziges Wort der Schuldzuweisung. Sie setzte sich auf ihren Schreibtisch und bewunderte das Gemälde, das Al ihr geschenkt hatte. Sie hatte es an der gegenüberliegenden Wand aufgehängt, damit sie es immer im Blick hatte. Bisher hatte es jeden ihrer Tage ein wenig verschönert. Lou warf einen Blick auf ihr Handy. Erfreut entdeckte sie das Zeichen für eine neue Mailboxnachricht, wurde aber sofort enttäuscht, als sie die dazugehörige Anrufer-ID sah: Devlin. Löschen. Sie öffnete die oberste Schreibtischschublade und nahm den Verlobungsring heraus. Vor einigen Wochen hatte sie ihn schätzen lassen. Ein Stein im Smaragdschliff, fast zwei Karat, und ein Platinring von Tiffany. Ein Juwelier hatte ihr fünfzehntausend dafür geboten, obwohl er mindestens das Doppelte wert war. Genug, um ein paar Monate lang ihre

Miete davon zu bezahlen. Lou blickte zu dem Gemälde hoch und lächelte.

Halb sieben an einem Freitagabend. Das Restaurant hatte eindeutig zu viele unbesetzte Tische. Lou ließ den Blick über die spärlich im Raum verteilten Köpfe wandern. Sie hoffte, das leuchtend weiße Haar und die glänzende Stirn ihrer Lieblingsgäste zu entdecken. Beim Gedanken daran, dass Gertrude und Otto immer noch mindestens zweimal in der Woche im *Luella's* aßen, wurde ihr warm ums Herz. Aber sie machte sich auch Sorgen um das ältere Ehepaar. Gertrude schien nicht mehr so fit wie noch vor ein paar Monaten zu sein. Und auch wenn sie darauf bestand, dass ihr nichts fehlte, hatte Lou bemerkt, dass das Rouge auf ihren Wangen künstlich wirkte. Als ob sie damit etwas zu verbergen suchte und nicht einfach nur ihre Wangenknochen betonte. Aber als Lou sie jetzt an ihrem üblichen Tisch entdeckte, wirkte die alte Dame fröhlich wie immer. Aus ein wenig egoistischen Gründen freute sich Lou darüber, dass wenig los war. So würde sie mehr Zeit haben, sich mit den beiden zu unterhalten. Otto strahlte trotz seiner zurückhaltenden Art ein unerschütterliches Selbstbewusstsein aus, das einem das gute Gefühl gab, er habe jede Situation fest im Griff und als könne ihn nichts und niemand überraschen. Und Gertrude schien stets puren Sonnenschein auszustrahlen. Lou fühlte sich in ihrer Gegenwart immer gleich ein wenig besser; als wären die zwei Schutzengel, die über sie wachten.

»Guten Abend, Otto, Gertrude. Es ist so schön, Sie zu sehen.« Lou setzte sich zu ihnen. »Haben Sie in letzter Zeit mal wieder ihre netten Nichten und Neffen gesehen?«

»Ach, die sind viel zu beschäftigt mit ihrem eigenen Leben, um sich mit ihren alten, verknitterten Verwandten abzugeben.

Inzwischen kennen sie alle unsere Geschichten auswendig und wollen ihre eigenen Erfahrungen machen.«

»Was bedeutet, dass ich Sie in Zukunft häufiger zu Gesicht bekomme. Wie ich es mir gewünscht habe.«

Gertrude sah sich im fast leeren Speisesaal um. »Wie läuft es bei Ihnen, Liebling?«

»Hervorragend.«

»Das Restaurant läuft hervorragend?«

»Ja … nun ja … Nein, nicht wirklich. Aber dafür läuft es an anderer Stelle besser.«

Gertrudes Augen leuchteten glücklich auf. Im Gegensatz zu Otto schien sie die wirkliche Bedeutung ihrer Worte zu erfassen. »Es geht um diesen neuen Mann, oder?«

»Ja. Wir sind nur Freunde – bis jetzt zumindest. Aber er ist einfach großartig. Wir lieben beide gutes Essen, Lachen und Neues auszuprobieren. Bei ihm geht es nicht darum, welchen großen Deal er gerade an Land gezogen hat oder mit wie vielen Menschen er sich trifft. Neue Leute kennenzulernen ist auf jeden Fall keine seiner Prioritäten. Ihm scheint meine Gesellschaft zu reichen, und er genießt sie in vollen Zügen.«

»Das ist gut. Otto und ich haben immer gerne Zeit zu zweit verbracht. Selbst wenn es nur um den Kauf von neuen Autoreifen geht, macht es uns zusammen mehr Spaß.« Otto nickte heftig, und die Lichter, die von seiner Glatze reflektiert wurden, schienen die Ernsthaftigkeit seiner Zustimmung noch zu unterstreichen.

»Woher wussten Sie, dass Otto … der Richtige ist?«

Als Gertrude an ihr jüngeres Ich dachte, nahmen ihre Augen einen verträumten Ausdruck an. »Ach Herzchen, das ist wirklich eine gute Frage. Ich wusste schon vor Otto, was Liebe bedeutet. Mein erster Ehemann war sehr gut aussehend und gesellschaftlich äußerst angesehen. Er konnte jedem eine Versicherung verkaufen. Wir waren uns sehr wichtig. Als er starb, trauerte ich, aber ich war nicht verzweifelt. Dann lernte ich Otto kennen, und plötzlich ergab alles wieder einen Sinn. Solange wir zusammen sind, werden wir jedes Hindernis überwinden. Die schlimmsten Aufgaben im Leben machen uns nichts aus, weil wir gemeinsam immer die lustigen Seiten daran entdecken. Wenn sich einer von uns ärgert, beruhigt ihn der andere; wenn sich einer verläuft, kennt der andere den Weg. Wir bilden ein Gleichgewicht. Wenn wir miteinander tanzen, erscheint alles um uns herum friedlich. Es gibt keine Sorgen. Zusammen können wir alles schaffen. Kannst du dich an das Paar aus dem alten Film erinnern, das so wunderschön miteinander getanzt hat?«

Lou zog nachdenklich die Stirn in Falten. »Meinen Sie Fred Astaire und Ginger Rogers?«

»Ja genau, Fred und Ginger. Otto und ich sind wie die beiden. Jeder für sich war gut, aber zusammen sind wir perfekt.«

Otto streckte eine blasse, von Falten durchzogene Hand aus und legte sie auf Gertrudes. Im stillen Einvernehmen drückte er sie leicht, und Gertrude schien noch ein kleines bisschen mehr zu leuchten.

Und endlich verstand Lou. Devlin hatte sie nie zum Leuchten gebracht. Er hatte versucht, ihre Makel hinter teuren Kleidern zu verstecken, und sich dafür geschämt, dass sie in einer Restaurantküche arbeitete. Al dagegen förderte ein selbstbewussteres Ich in ihr zutage. In seiner Gesellschaft fühlte sie sich wohl. Mit ihm konnte sie einfach Lou sein, die gutes Essen, ihre Freunde und ihr Zuhause liebte. Das Zuhause, in dem sie sich zwischen ihren Büchern verkriechen, wo sie über alberne Filme kichern und erstaunlich gutes Essen zaubern konnte, das von Herzen kam. Und Al schien sie für all diese Dinge sogar noch mehr zu mögen. Sie hatte ihm all die Dinge gezeigt, die sie an Milwaukee liebte – das Herz und die Seele ihrer Stadt –, und er schien trotzdem immer mehr Zeit mit ihr verbringen zu wollen. Außerdem hatte sie bemerkt, dass seine abwehrende Haltung gegenüber dieser Stadt langsam zu bröckeln begann. »Ich glaube, ich habe meinen Fred Astaire gefunden«, sagte Lou leise und mehr zu sich selbst.

»Oh, das ist wunderbar. Wann können wir ihn kennenlernen?«

Lous Augen leuchteten bei dem Gedanken daran, Al ins *Luella's* einzuladen. Sie hatte bisher noch nicht darüber nachgedacht, aber jetzt freute sie sich bei der Vorstellung, wie er an einem der Tische sitzen und ihr Essen genießen würde. »Bald. Wir sind noch nicht wirklich *zusammen*. Ich habe ihm bisher nur die Stadt gezeigt, und vielleicht will er einfach nur mit mir befreundet sein.« Bei dem Gedanken daran verkrampfte sich Lous Herz ein wenig.

»Liebchen, es gibt doch gar keine bessere Art, als mit einer Freundschaft anzufangen.«

Al balancierte ein schmales Tablett mit frittierten Zucchinischeiben mit Aioli, einen gut gefüllten Teller mit Gnocchi in cremiger Tomatensoße, einen gegrillten Auberginen-Spieß und einen Plastikbecher mit italienischem Rotwein und versuchte, mit John Schritt zu halten, der sich einen Weg durch die Menge bahnte, die sich rund um die Konzertbühne *Miller Stage* eingefunden hatten. Er musste unbedingt noch die italienischen Kekse und Cannolos probieren, mit einer süßen Creme gefüllte Teigrollen. Aber er wollte auf keinen Fall riskieren, sein Mittagessen dem bierdurchtränkten und von Tausenden Füßen zertrampelten Boden zu opfern, also würde er später noch einmal zurückgehen, um sich ein Dessert von einem der Stände zu holen.

Von hinten sah John sogar noch schlampiger als sonst. Er trug eines seiner üblichen Outfits aus zerknittertem blauen Hemd und Bundfaltenhose, nur dass er es heute mit abgetragenen schwarzen Converse High Tops und dermaßen zerzausten Haaren kombinierte, dass es schon fast nach Styling aussah. Sie blieben vor einem leeren Picknicktisch stehen. John sah ihn fragend an. Al nickte, um ihm zu signalisieren, dass der Platz für ihn in Ordnung war. Der Teller mit den Gnocchi drohte ihm langsam aus der Hand zu rutschen, also konnte er nicht wählerisch sein. Der Duft der verschiedenen Gerichte stieg ihm in die Nase und ließ ihn vor freudiger Erwartung aufs Essen fast wahnsinnig werden. Er stellte die Teller auf dem groben Holztisch ab und platzierte das Tablett mit den Zucchinis zwischen ihnen.

John und Al aßen ein paar Minuten schweigend. Sie hatten sich unter dem Vorwand, dass Al eine Kolumne über das Essen auf der *Festa Italiana* schreiben wollte, hier zum Mittagessen verabredet. Was zumindest in einigen Teilen der Wahrheit entsprach. Al hätte genauso gut nach der Arbeit oder am Wochenende herkommen können. Aber der Tag war viel zu schön, um nur im Büro zu hocken, sodass Al John genötigt hatte, gemeinsam mit ihm ein bisschen »blauzumachen«. Al hatte in seinem Leben schon das eine oder andere Festival besucht, aber diese Stadt wusste wirklich, wie man eine ordentliche Party feierte. Normalerweise triefte das Essen auf solchen Veranstaltungen vor Fett und war viel zu salzig. So etwas war auf der *Festa* auch zu finden, aber es gab köstliche Alternativen im Überfluss. Die Auswahl war so groß, dass es Al nahezu unmöglich schien, sich für irgendetwas zu entscheiden. Überall auf dem Platz boten lokale Restaurants (die meisten von ihnen italienisch) an ihren Ständen traditionelle Gerichte, aber auch Außergewöhnliches an. Das Who-is-Who der italienischen Restaurantszene Milwaukees war hier versammelt. Das Essen war nicht nur hervorragend, wenn man es mit dem anderer Festivals verglich, es hätte auch locker mit jeder anspruchsvollen Speisekarte eines gehobenen Lokals mithalten können. Er würde heute von der Arbeit nach Hause laufen, um die ganzen Kohlenhydrate gleich wieder zu verbrennen. Seine Hose saß um den Bauch schon ein wenig enger als normalerweise. Er musste unbedingt wieder mehr trainieren, um das eine oder andere Pfund loszuwerden. Die Gerichte, die er in den letzten Wochen und Monaten probiert hatte, waren einfach zu gut gewesen, um die Gabel nach ein paar Bissen beiseitezulegen. Vielleicht lag es daran, dass er wieder mit mehr Enthusiasmus essen ging. Ein Gefühl, dass auf Lou zurückzuführen war. Seit sie zufällig zusammengestoßen waren, gefiel ihm Milwaukee immer besser. Vielleicht war es auch der Sommer, der so lange auf sich hatte warten lassen, oder seine wachsende Freundschaft mit John, was ihn so fröhlich stimmte. Aber er wusste genau, dass der wichtigste Grund für seine gute Laune Lou war. Sie hatte ihm die einzigartige, bescheidene und köstliche Seite der Stadt gezeigt, deren Existenz er sich so lange geweigert hatte wahrzunehmen. Er war glücklicher. Und inzwischen mochte er sogar die Wer-tüchtig-arbeitet-darf-auch-tüchtig-feiern-Einstellung der Einwohner.

Am vergangenen Freitag hatte er endlich einmal in einem Wisconsin Fischimbiss gegessen. Als er das kleine Ecklokal betrat, war er zuerst fest davon überzeugt gewesen, einen Fehler zu machen. Zehn Männer, die an der Bar saßen – offensichtlich alles Stammkunden – drehten sich gleichzeitig um, um den »Neuen« in Augenschein zu nehmen. Aufgrund der langen Schlange vor der Empfangsdame, die die Tische vergab, beschloss Al an der Theke zu essen. Er setzte sich neben einen Mann in einem grauen Packers-Football-Shirt, Jeans und einer Baseballmütze, die mit dem Logo einer lokalen Baufirma bedruckt war. Graue Strähnen krochen hier und da unter der Kappe hervor. Als Al bei der runzeligen Frau hinter der Bar, deren aufgetürmte farblose Haarpracht erstaunliche Ähnlichkeit mit einem Bienenstock aufwies, einen Gin Tonic bestellte, unterbrach der Mann ihn.

»Glaub mir, den willst du nicht. Darlene macht einen beschissenen Gin Tonic. Bestell einen Brandy Old Fashioned. Darin ist sie Meisterin.«

»Was soll ich da noch sagen? Einen Brandy Old Fashioned bitte.«

Barkeeperin Darlene mixte den Drink und stellte ihn vor ihm ab. Nach dem ersten Schluck wusste Al, dass er ein neues Lieblingsgetränk entdeckt hatte.

»Welchen Fisch bestellst du normalerweise?«

»Den Barsch mit Kartoffelpfannkuchen. Der beste, den du in der Stadt kriegen kannst.«

Al befolgte den Ratschlag und wurde nicht enttäuscht. Während des Essens unterhielten sich die beiden Männer über Sport und Reisen, und als Al den letzten Bissen Krautsalat von seinem Teller kratzte, hatte sich der Rest der Bar zu ihnen gesellt.

Bei der Erinnerung daran musste Al schmunzeln. An diesem Abend hatte er etwas begriffen. Bei diesen Männern ging es nicht darum, wer das größte Haus besaß, die besten Kontakte hatte oder in die entferntesten Winkel der Welt gereist war. Viele von ihnen waren nicht weiter als bis nach Green Bay zum Packers Stadion gekommen. Sie mochten ihr Leben hier und waren wunschlos glücklich. Al hatte seine gesamte Schulzeit damit verbracht, sich nach dem zu sehnen, wozu die glücklichen Menschen hier geboren schienen: ein Leben, das ihnen genügte. Er beneidete sie ein wenig um ihre Zufriedenheit, ahnte jedoch, dass sie inzwischen ein wenig auf ihn abfärbte, vor allem, wenn er mit Lou zusammen war. Mit ihr fühlte er sich nie minderwertig. Er hatte den Eindruck, dass sie ein perfektes Gleichgewicht bildeten, egal, ob sie von einer armen Farmerfamilie abstammte oder ihre Kindheit in einer Villa am See verbracht hatte. Als er darüber nachdachte, fiel ihm auf, dass er so gut wie nichts über Lou wusste. Was tat sie, wenn sie nicht zusammen die Stadt erkundeten? Wo war sie aufgewachsen? Und mit wem verbrachte sie – abgesehen von diesem Vollidioten von Exverlobtem – ihre Zeit? Angesichts des mehr als dürftigen Recherchematerials zuckte der Journalist in ihm zusammen.

»Isst du das noch?«, fragte John und zeigte auf die halbe italienische Wurst, die vor Al lag.

Al sah auf den Tisch hinunter und musste feststellen, dass er, in Gedanken bei Lou, alle Gnocchis, die Zucchinis und ein halbes Sandwich aufgegessen hatte, ohne es überhaupt zu bemerken. »Nein, ich bin fertig.« Er schob den Teller mit der Wurst über den Tisch und sah dann John an. Hinter dem ungepflegten Bart und den langen, fast schon verfilzten Haaren konnte man sein Gesicht kaum erkennen. Nur die markanten Brauen und seine graublauen Augen stachen daraus hervor. Wenn er es nicht besser gewusst hätte, hätte Al vermutet, dass John seine Nächte unter der nächstgelegenen Brücke verbrachte. »Ich kapier es einfach nicht, Kumpel.«

»Du kapierst nicht, warum ich immer noch Hunger habe?«

»Nein, ich meine, du bist unglaublich intelligent. Ich habe deine Artikel gelesen, sie sind brillant. Darin geht es um Stil – und du siehst *so* aus.« Al gestikulierte vage in Richtung von Johns Hemd. »Das verstehe ich einfach nicht.«

»Selbsterhaltungstrieb und Gewohnheit.« John zuckte die Schultern.

»Das macht es nicht gerade klarer für mich.«

John hielt einen Finger in die Luft, um zu signalisieren, dass er noch kaute. Nachdem er den Bissen hinuntergeschluckt hatte, holte er tief Luft und begann zu erzählen: »Ich bin in West Allis aufgewachsen.« Er zog die Worte zusammen, sodass es wie »Stallis« klang. »Zwei Dinge in meinem Leben waren mir immer klar gewesen: Ich mag Frauen und die Kleider, die sie tragen. Was also könnte besser sein, als ein Studium, bei dem man sich mit schönen Frauen beschäftigt, die in ebenso schöner Kleidung stecken? Es war die einzig logische Folge. Mit der Zeit lernte ich, viele verschiedene Stile zu schätzen, aber alles begann immer mit den Frauen. Aber die Sache ist, in Stallis erntet man nicht unbedingt Sympathien damit, wenn man als Junge weiß, wie man ›Givenchy‹ buchstabiert. Gewisse Vermutungen wurden angestellt und der eine oder andere Fausthieb ausgeteilt. Wenn ich mich so anziehe wie jetzt, lassen mich die Leute in Ruhe.«

»Aber du bist schon lange aus der Schule raus. Ich gehe davon aus, dass du als erwachsener Mann einigermaßen sicher sein solltest.«

»Wie ich schon gesagt habe, Selbsterhaltungstrieb und Gewohnheit. Als ich jung war, habe ich mich so gekleidet, um mich zu verstecken, inzwischen habe ich mich einfach daran gewöhnt. Es ist einfach bequemer, als wieder alles zu ändern.«

»Deine Erfolgschancen bei den Damen wären sicherlich um einiges größer.« Al grinste.

John sah nachdenklich aus. »Ich weiß. Christian Louboutin hat einmal gesagt, dass gute High Heels wie ein schönes Gesicht ohne Make-up sind. Du kannst einen weniger hübschen Menschen mit Farbe zukleistern, es wird immer nur eine Maske sein. Meine Maske macht mein Leben weniger kompliziert.« Er nahm einen Bissen von dem Sandwich, während Al versuchte, Johns unerwartete Offenbarungen zu verdauen.

»Und da wir gerade von Frauen sprechen, wie geht's deiner denn so?«

Al fuhr sich mit der Hand durch die Haare und sah sich um. Insgeheim hoffte er, zwischen den vielen Menschen ein bekanntes Gesicht zu entdecken. »Es läuft gut. Ich glaube, ich werde es ihr erzählen.«

»Was erzählen?«

»Wer ich bin, was ich mache. Ich glaube wirklich, dass sich zwischen uns etwas entwickeln könnte. Deswegen muss sie es wissen.«

»Und wie willst du ihr die Wahrheit beibringen? Willst du einfach damit herausplatzen?«

»Ich denke schon eine ganze Weile darüber nach. Ich werde ihr meine Kritik des *The Good Land* zeigen. Wir haben an dem Abend so viele spezielle Gerichte probiert, dass sie garantiert sofort herauslesen wird, dass es unser gemeinsames Abendessen war, das darin beschrieben wird. Und dann ...«

»Und dann wird sie dir, überzeugt von deiner Genialität, in die Arme fallen und dich anflehen, ihr zu erlauben, dir für den Rest ihres Leben alle Wünsche von den Augen ablesen zu dürfen? Oh, Moment mal ... das ist ja, was *ich* will.«

Al musste lachen. »Das wäre natürlich nicht schlecht. Aber ich wage bloß zu hoffen, dass sie bereit ist, mein Geheimnis für sich zu behalten, und mir zustimmt, dass ein Kuss immer noch das beste Dessert ist.«

»Klingt nach einem vernünftigen Plan. Ich bin mir sicher, es wird gut laufen.«

Al hob sein Plastikglas mit Wein und prostete John damit zu: »Auf die Hoffnung.«

14

Al drehte sich der Magen um. Der kratzige Leinensack scheuerte auf der nackten Haut, wo die Jeans über seine Socken hochgerutscht war. Ein Schweißtropfen rann sein Rückgrat hinunter, als der gelbe Abhang vor ihm das grelle Sonnenlicht reflektierte und ihn blendete. Lous begeisterte Jubelrufe wehten an ihm vorbei. Wie in Gottes Namen hatte sie es bloß geschafft, ihn zu überzeugen, sich auf einen Leinensack zu setzen und sich eine gigantische Rutsche hinunterzustürzen? Die Kinder am unteren Ende hatten fröhlich gewirkt, aber das war vermutlich nur eine Falle gewesen, um gutgläubigen Idioten wie ihm die zwei Dollar Eintritt für den vermeintlichen Spaß aus der Tasche zu ziehen. Al konnte nicht glauben, dass irgendein vernünftiger Mensch bereit war, hierfür Geld zu bezahlen. Für kein Angebot der Welt würde er jemals wieder hier runterrutschen. Schließlich fand die erbarmungslose gelbe Riesenschlange doch ein Ende, und Al öffnete vorsichtig die Augen, die er die ganze Zeit fest zugekniffen hatte. Vor ihm stand Lou und grinste beglückt. Die Haare standen ihr wild vom Kopf ab, als wäre sie gerade erst aus dem Bett gefallen, ihre Wangen waren vom Fahrtwind gerötet. Und da entschied Al, dass er den gelben Pfad des Untergangs so oft hinunterrutschen würde, wie sie es von ihm verlangte. Gott sei Dank schien sich Lou aber mit einem Höllenritt zufriedenzugeben.

»Geht es dir gut? Du siehst ein bisschen blass aus«, sagte Lou, als Al mühsam wieder auf die Beine kam, den kratzigen Leinensack noch immer fest umklammert.

»Ja. Es sah von hier unten gar nicht so hoch aus.«

»Ich liebe diese Abfahrt. Als ich noch zu klein war, um allein zu rutschen, hat mich mein Dad immer mitgenommen. Hast du Lust auf etwas zu essen oder brauchst du eine kleine Pause?«

»Äh, essen scheint mir gerade nicht die klügste Entscheidung. Zu den Tieren?«

»Auf zu den Kühen!«

Inzwischen war es August und die Luft heiß und stickig. Al und Lou waren seit neun Uhr morgens auf der *Wisconsin State Fair* unterwegs und hatten den Tag mit frischen Omeletts und Apfel-Cidre-Donuts im Landwirtschaftsgebäude begonnen. Mit dem Gebäck in der Hand waren sie an den Ständen entlanggeschlendert, die verschiedene Produkte präsentierten, die in Wisconsin angebaut oder aufgezogen wurden. Von Honiggläsern über Cranberry Scones bis zu Straußensteaks konnten die Besucher alles testen und kaufen. Zum Abschluss ihres reichhaltigen Frühstücks hatte Lou Al sogar überredet, an einem als Kuhstall dekorierten Stand Milch zu probieren, die nach Root Beer schmeckte. Er war mehr als skeptisch gewesen, musste aber zugeben, dass es ihm wahnsinnig gut schmeckte und an Root Beer Float erinnerte, bei dem die Limonade mit Vanilleeis gemischt wurde. Nach der Rutschpartie hatte Al allerdings die Befürchtung, dass noch mehr Essen nicht lange an Ort und Stelle bleiben würde. Sein Magen grummelte so laut, dass er an die brodelnden Schlammbecken denken musste, die er einmal in einer Dokumentation über den Yellowstone Nationalpark gesehen hatte.

Als sie sich dem Gebäude mit dem Vieh näherten, bereitete sich Al innerlich auf Rinderwahnsinn und Gestank vor, aber wieder wurde er eines Besseren belehrt. Anstelle der erwarteten Misthaufen, verdreckten Kühe und verlotterten Ställe sah er sich Reihen ordentlicher Heuhaufen gegenüber, an denen friedliche, saubere Rindviecher kauten. Dahinter war eine Horde fleißiger Kinder damit beschäftigt, den Dung aufzufangen, bevor er den Boden berührte. Mehr als alles andere hing der Duft nach frisch gemähtem und getrockneten Gras in der Luft. Ab und zu wandten die Kühe sich nach den vorbeispazierenden Menschen um, während sie träge mit den Schwänzen nach den Fliegen schlugen. Am Ende des Ganges spritzte ein Junge gerade eines der Tiere mit einem Schlauch ab.

»Okay, ich sterbe vor Hunger. Du musst dich jetzt zusammenreißen und etwas essen«, sagte Lou.

»Mir geht's wieder gut. Wohin?« Al lächelte glücklich, als er merkte, dass er nicht gelogen hatte, sein Magen hatte sich tatsächlich beruhigt.

»Mais am Stiel natürlich, und dann, was immer uns anlacht.«

Die nächste Stunde verbrachten sie damit, von einem Imbiss zum nächsten zu wandern und sich mit Kartoffeln in Spiralform, Schweinefleisch-Sandwiches und Windbeuteln einzudecken. Sie suchten sich einen freien Tisch in einem der zahlreichen schattigen Biergärten, und Lou kaufte zwei eiskalte Summer Shandys. Das Bier hatte ein leichtes Zitronenaroma, das den herben Malzgeschmack ausglich. Der perfekte Sommerdrink. Die Spiralkartoffeln waren mit orangefarbenem Käse garniert und vereinten die Knusprigkeit von Chips mit der Saftigkeit frischer Pommes frites. Und erst die Windbeutel … Der lockere, frisch gebackene Brandteig hatte die Größe eines Hamburgers auf Steroiden und war mit mindestens zwei Tassen Sahne gefüllt. Al hatte sich die beeindruckende Produktionskette angesehen, während sie auf ihre Bestellung gewartet hatten.

Als Al Lou dabei beobachtete, wie sie das Gebäck mit entzücktem Gesichtsausdruck verschlang, grummelte sein Magen erneut. Diesmal jedoch aus einem anderen Grund. Heute würde er Lou von seinem Job erzählen. Er wollte sie endlich um ein echtes Date bitten, aber vorher musste er ihr verraten, wer er in Wahrheit war. Er wollte, dass sie alles über ihn und A. W. Wodyski erfuhr.

Lou schob Al eine Bierflasche zu, an der das Kondenswasser hinunterlief und platzierte die Spiralkartoffeln mit dem Käse zwischen ihnen auf dem Tisch. Sie musste lächeln, als sie sein etwas derangiertes Äußeres bemerkte. Seine Haare standen in alle Richtungen, und einzelne Strähnen klebten feucht an seinen Wangen. Er trug Jeans (zum Glück nicht schon wieder eine der beigen Stoffhosen) und auf seinem hellen Poloshirt zeugten die Spritzer cremiger Butter von dem Mais am Stiel, in den er gerade hineinbiss.

Von allen jährlichen Veranstaltungen stand die *State Fair* ganz oben auf Lous Favoritenliste. Sie ging immer früh am Morgen hin, um zu frühstücken und den Massen aus dem Weg zu gehen. Jetzt, am frühen Nachmittag, strömten immer mehr Menschen auf das Gelände. Die Scheunen waren voller Buggys, schreiender, klebriger Kinder und müder Eltern. Es gab keinen besseren Ort, Leute zu beobachten.

Al probierte die Kartoffeln, die einen Käserand an seinem Mund hinterließen.

Lou grinste und schnappte sich eine Serviette. »Halt still, der Käse schlägt zurück.« Mit dem Daumen, den sie in die Papierserviette eingewickelt hatte, wischte sie erst flüchtig, dann immer langsamer über Als Mundwinkel. Sie war wie hypnotisiert. Als Lippen waren feucht vom Bier und leicht geschwollen von der Hitze. Vorsichtig strich sie mit einem Finger über seine Unterlippe. Als blaue Augen fingen Feuer. Die Picknicktische und erschöpften Familien um sie herum verschwanden.

Sie sah nur noch ihn, spürte, wie sein Atem über ihre Fingerspitzen strich und wohlige Schauer über ihren Rücken jagte. Jeder Teil von ihr war mit einem Mal heiß, elektrisch aufgeladen und hungrig nach mehr. Lou beugte sich ihm entgegen und bemerkte, dass ihre Hand an seinem Mund leicht zitterte. Sie fuhr sich mit der Zunge über die Lippen und sah denselben Hunger in Als Augen aufleuchten. Das hier passierte wirklich. Die Welt um sie herum schien zu erschaudern.

»Mommy, warum fasst die Frau sein Gesicht an?« Eine quäkende Stimme durchbrach den Zauber und traf sie wie ein kalter Schneeball ins Gesicht.

Lou und Al sahen sich gleichzeitig um. Eine schwitzende Mutter und ihr schokoladenverschmierter Sohn saßen ihnen gegenüber. Eine riesige Wickeltasche nahm den Großteil des Tisches ein.

Die Mutter starrte Al und Lou an, als hätten sie sie bei etwas unterbrochen. Lou starrte zurück. »Sie wischt ihm nur etwas aus dem Gesicht, Hunter, so wie Mommy das auch bei dir macht.«

»Warum kann er sich nicht selber sauber machen? Er ist doch schon groß.«

Al und Lou brachen in lautes Lachen aus.

»Du hast recht«, sagte Lou an den Jungen gewandt. »Er ist schon groß. Aber manchmal brauchen auch große Jungs Hilfe. So wie du jetzt, um die ganze Schokolade aus deinem Gesicht zu wischen.« Sie schob einen Stapel Servietten über den Tisch und lächelte Hunters Mutter an, die sofort danach griff und mit der Arbeit begann.

Lou schenkte Al ein Lächeln, das ihn ermutigte. Er wischte seine feuchte Handfläche an der Jeans ab und zog einen Zeitungsartikel aus der Hosentasche. Er faltete ihn vorsichtig auseinander, strich ihn auf dem klebrigen Picknicktisch glatt und reichte ihn Lou. »Ich dachte, dass du das hier vielleicht lesen möchtest.«

Sie nahm das Stück Papier entgegen und blickte konzentriert darauf. Der Artikel war nicht lang, vielleicht anderthalb Spalten, aber nachdem sie die Überschrift und die Verfasserzeile gelesen hatte, wurde ihr schwarz vor Augen. Sie biss die Zähne zusammen, vergrub die Fingernägel in den Handflächen und blähte die Nasenflügel, um so viel frische Luft wie möglich einzuatmen. Sie hatte geglaubt, mit den Ereignissen der letzten vier Monate ihren Frieden gemacht zu haben. Sie hatte akzeptiert, dass es aus wirtschaftlicher Sicht klüger war, ihr Restaurant zu schließen. Aber als sie jetzt den Namen A. W. Wodyski las, rissen alle alten Wunden wieder auf, die gerade erst zu heilen begonnen hatten. Sie fühlte sich verletzt, entblößt und trotz des warmen Tages fror sie plötzlich. »Warum zeigst du mir das?«, fauchte sie wütend.

Al sah sie perplex an. »Ich dachte, dass du ihn vielleicht lesen willst, äh, es ist eine sehr gute Kritik über das *The Good Land*. Wir haben dort so toll gegessen. Und der Küchenchef Tom ist doch ein Freund von dir.«

Lou bemerkte Als Irritation und versuchte, ihren Gefühlssturm ein wenig zu zügeln. Hunter und seine Mutter beobachteten sie ebenfalls. Sie holte tief Luft und konzentrierte sich darauf, Als Geste hinter dem Artikel zu sehen. »Du hast recht. Wir hatten einen wunderschönen Abend. Aber ich bilde mir lieber meine eigene Meinung, als sie mir von so einem wichtigtuerischen, aufgeblasenen Arsch vorschreiben zu lassen.« Hunters Mutter zuckte angesichts ihrer Wortwahl zusammen. »Vielen Dank, dass du bei dem Artikel an mich gedacht hast. Ich hätte deswegen nicht so einen Wind machen dürfen.« Lou zerknüllte den Artikel und vergrub ihn tief in ihrer roten Lieblingshandtasche.

Al runzelte verwirrt die Stirn. »Wind machen? Hat das auch was mit dem See zu tun? Ich bin mir nicht sicher, ob ich das richtig verstehe.«

Lou musste lachen, ihr Ärger verrauchte langsam. »Tut mir leid. Dass ich mich so aufgeregt habe, meine ich. Allerdings nicht über dich. Das hat absolut nichts mit dir zu tun, sondern mit meiner Arbeit; und der Artikel hat mich daran erinnert. Es war nicht fair, dass du das alles abbekommen hast. Vor allem deswegen nicht, weil vor allem die Ausflüge mit dir mich von dem Stress abgelenkt haben. Bist du bereit für ein zweites Bier, bevor wir gehen?« Sie fühlte sich ein wenig schuldig, ihn mit ihrer Reaktion so vor den Kopf gestoßen zu haben. Wie schade, dass sie später noch würde arbeiten müssen. Sie wünschte, der Tag mit Al würde nie vorbeigehen. Vielleicht sollte sie ihn heute ins *Luella's* einladen, dann könnten sie mehr Zeit miteinander verbringen. Aber die Treffen mit Al waren arbeitsfreie Zone, und gerade das liebte sie so sehr daran. Wenn er wüsste, in was für einem katastrophalen Zustand sich ihr Leben befand, würde er garantiert nichts mehr mit ihr zu tun haben wollen. Sie wollte ja am liebsten selbst nichts mehr damit zu tun haben. Sie waren so kurz davor gewesen, sich zu küssen. Wenn Klein-Hunter nicht gewesen wäre. Das alles passierte nicht nur in ihrem Kopf, er schien ihre Gefühle zu erwidern. Sie hatte ihn unbedingt küssen wollen. Und sie wollte es noch immer.

»Als du mich gefragt hast, ob ich dich zur Arbeit abholen kann, dachte ich, dass du fertig sein würdest«, sagte Sue vorwurfsvoll, während sie ihr ins Schlafzimmer folgte.

Lou sah das blinkende grüne Licht an ihrem Anrufbeantworter und drückte die »Löschen«-Taste. »Sorry, ich bin später zurückgekommen, als ich dachte.« Sie schenkte Sue, die sie streng anschaute, ein schüchternes Grinsen. Sie warf ihre rote Handtasche aufs Bett und suchte eine grüne Metallwasserflasche mit dem Logo ihrer Bank und einen Stapel frisch gewaschener Bandanas zusammen. Als sie die Sachen in die Tasche stopfen wollte, stieß sie auf Widerstand und hörte Papier knistern. Mist, das musste sie später rausholen.

»Hey, ich bin schließlich nicht diejenige, über die sich Harley beschweren wird«, sagte Sue.

»Nein, natürlich nicht. *Du* könntest in Harleys Augen sowieso niemals etwas falsch machen.«

Sue kniff die Augen zu schmalen Schlitzen zusammen. »Was soll das denn heißen?«

Lou zog den Reißverschluss an der Tasche zu und schwang sich den Riemen über die Schulter. »Im Ernst?«

»Im Ernst. Was meinst du damit?«

»Jeder weiß doch, dass ihr beide euch, nun ja, mögt.«

»Ja, natürlich tun wir das, warum auch nicht. Dich mag ich schließlich auch. Was heißt das schon?«

»Ich meine das *andere* mögen. Ihr starrt euch doch ständig mit großen runden Augen an, wenn ihr glaubt, keiner sieht es. Das ist echt süß.«

»Das machen wir nicht.« Sue überholte Lou, während sie das Apartment verließen, um ihr in die Augen zu sehen.

»Wenn du meinst …« Lou zuckte die Schultern und sprang die Stufen hinunter.

Sue lächelte. »Er macht große runde Augen?«

»Genau wie du.«

Sue ließ die Information immer noch lächelnd langsam sacken, dann richtete sie ihren Laserblick wieder auf Lou. »Und warum bist du so spät dran?«

Lou kräuselte die Lippen, dann seufzte sie. »Ach, ich habe keine Ahnung. Ich bin einfach nicht gut in so was. Ich glaube, er würde mich gerne küssen. Und ich weiß definitiv, dass ich es will, aber irgendwie werden wir immer unterbrochen, und dann ist der Moment vorbei. Heute war es ein schokoladenverschmiertes Kind, dessen Mutter uns angestarrt hat, als würden wir es vor ihrer Nase auf dem Biertisch treiben.«

Als sie auf die Straße traten, stupste Sue sie mit der Schulter an. »Schnapp ihn dir einfach und bring es hinter dich.«

Lou verdrehte die Augen. »Kennst du mich denn nicht mal ein klitzekleines bisschen? Ich bin nicht gerade eine Draufgängerin.«

»Süße, daran musst du dringend was ändern, wenn du jemals bekommen willst, was du dir wünschst.«

»Glaubst du, sie ist verrückt?«, fragte John und drehte sich auf seinem Bürostuhl, sodass er auf Als Schreibtisch blicken konnte.

»Was? Nein«, sagte Al. Er war überrascht von Johns plötzlichem Kommentar und drehte sich zu ihm herum, um ihm mit einer abwehrenden Handbewegung zu verstehen zu geben, leiser zu sprechen.

»Bist du dir sicher?«

»Ja, sie ist definitiv nicht verrückt. Sie hat nie irgendetwas Wahnsinniges gemacht.«

»Bis jetzt. So läuft das nämlich bei den richtig Verrückten. Man versteht sich gut, lächelt hier und da, überall Sonnenschein und alles wunderbar, und plötzlich sitzt du gefesselt auf einer Raststättentoilette und jemand trichtert dir durch einen Schlauch Käsesoße ein.«

»Was?«

John nickte vielsagend. »Sie ist eine Verrückte. Wie willst du das bitte sonst erklären?«

»Sie hat ein Blatt Papier zerknüllt. Erfüllt das schon die Definition für eine Wahnsinnige? Ich denke eher nicht.«

»Sie hat deinen Artikel zerknüllt. Du hast erzählt, dass sie sich total hysterisch aufgeführt hat, als wenn sie ihrer dunklen Seite nachgegeben hätte, nur um dann gleich wieder zurückzurudern, als sei nichts passiert.«

»Ja … nein, so schlimm war es auch wieder nicht. Aber es hat definitiv etwas in ihr ausgelöst. Auf jeden Fall scheint sie kein großer Fan meiner Kolumne zu sein.«

Al raufte sich die Haare, dann lehnte er sich zurück und starrte in die Neonleuchten an der Decke. Er konnte immer noch ihre Fingerspitzen auf seinen Lippen spüren. Wenn da nicht das schokoladenüberzogene Kind gewesen wäre, hätten sie die Freundschaftszone endlich verlassen.

»Du tust so, als sei es schlimm, wenn sie verrückt wäre«, sagte John.

»Wäre es das nicht?«

»Auf keinen Fall. Die Verrückten sind die Besten im Bett.«

Al seufzte laut, dann setzte er sich wieder gerade hin und fragte: »Darf ich es wagen, mich zu erkundigen, woher du das weißt?«

»Oh, Mann, woher wohl? Das ist ein Naturgesetz, so wie die Schwerkraft.« John grinste, oder zumindest schien sich sein Bart himmelwärts zu bewegen.

Al musste lachen. »Okay. Aber jetzt zurück zum wichtigsten Thema. Wie bringe ich Lou bei, was mein echter Job ist? Ich muss es irgendwie geschickt in eine Unterhaltung einbauen.«

»Das hast du doch versucht. Warum musst du es ihr überhaupt erzählen? Lass es einfach sein und genieß die schöne Zeit mit ihr, solange sie andauert.«

Al rieb mit den Händen über seine Oberschenkel und starrte auf den Boden. »Ich will nicht mehr aus Milwaukee weg«, nuschelte er so leise, dass die Worte wie ein einziges langes Murmeln klangen.

John verzog die Mundwinkel zu einem noch breiteren Grinsen. »*Was war das?* Du willst nicht mehr weg? Ist meine anständige Stadt etwa in deinem Ansehen gestiegen? Oder geht es dabei vielleicht nur um eine bestimmte junge Dame?«

Al lächelte. Johns Sarkasmus war die Mindeststrafe, die er verdient hatte. »Beides. Ich mag Lou wirklich sehr, aber Milwaukee hat es auch irgendwie geschafft, mein Herz zu erobern. Meine Kurzsichtigkeit hat mich davon abgehalten, es früher zu erkennen.«

John stand auf und klopfte Al auf die Schulter. »Freut mich zu hören, dass du endlich zur Vernunft gekommen bist. Und jetzt noch mal zu deiner Enthüllung. Du musst ihr doch nicht offenbaren, dass du der Kopf eines Drogenkartells bist. Spuck's einfach aus. Bring es hinter dich. Dann kannst du dich mit dem ganzen Verrücktsein beschäftigen.«

Al rollte genervt die Augen und wandte sich wieder seinem Computer zu. Dann warf er noch einmal einen Blick über die Schulter zu John und sagte: »Ich denke, du könntest recht haben. Zumindest was den Spuck's-aus-Teil betrifft. Danke, John.«

»So bin ich. Freund und Helfer der gequälten und gepeinigten Männerwelt.«

15

In Schottenmuster und Grün gekleidete Nachtschwärmer hüpften, Bier in den Händen, eifrig vor der großen Bühne auf und ab. Die laute Musik und die Tanzenden um sie herum boten Al die willkommene Entschuldigung, sich näher zu Lou hinüberzubeugen und sie zu berühren, damit sie nicht getrennt wurden. »Ich kann immer noch nicht glauben, dass die hier sind. Als ich auf der Uni war, habe ich diese Typen vergöttert.« Damit Lou ihn über den Lärm seiner Lieblingsband aus Jugendzeiten hören konnte, sprach er ganz dicht an ihrem Ohr und streifte dabei mit den Lippen ihre Haare.

Das *Irish Fest* nahm auf der Liste der Veranstaltungen, die er in Milwaukee bisher besucht hatte, den Favoritenplatz ein. Auch wenn er nicht gerade häufig an Heimweh litt, vermisste er HobNobs, Cadbury Flake Bars und wirklich guten Tee. Doch das meiste davon konnte er auch hier kaufen. Aber die Fiedel und die Bodhran – eine flache irische Trommel – berührten eine Seite in ihm, die er normalerweise zu ignorieren versuchte.

Lou hatte ihn am späten Vormittag mit einer SMS überrascht: *Irish Fest? Hast du Zeit?* Die Reservierung am selben Abend für die neu eröffnete italienische Trattoria hatte er sofort storniert. Sie hatten sich am späten Nachmittag getroffen, waren über den Platz spaziert und hatten sich dabei über ihre Lieblingshunderassen unterhalten (er hatte schon immer ein Faible für den Irischen Wolfshund gehabt, würde Lou ihre Vorliebe für West Highland White Terrier aber nicht weiter vorhalten), und anschließend hatten sie sich die Parade angesehen – natürlich komplett mit Dudelsack und Tänzern in grünen Kostümen.

»Warum fällt es mir nur so unglaublich schwer, mir dich auf wilden College-Partys vorzustellen?«, fragte Lou.

»Weil ich eine Universität besucht habe. Dort haben wir nicht gefeiert, sondern gepflegte Unterhaltungen geführt.«

»Inklusive Picknickkorb und Poloturnieren, vermute ich mal.«

»Sehr richtig.«

Lou sah ihn skeptisch an, um herauszufinden, ob er sich über sie lustig machte.

Das tat Al tatsächlich, wenn auch nur teilweise. Er war bei vielen Poloturnieren gewesen, da Ian lange Kapitän der Uni-Mannschaft gewesen war. Aber das schien ewig weit zurückzuliegen. Nach dem wilden Tanz in der schwülen Abendluft klebten Al die Haare an den Schläfen und im Nacken. Wenn er Fiedeln und Trommeln hörte, konnte er einfach nicht stillehalten. Selbst in der Uni hatte er unter dem Tisch immer einen Rhythmus mit der Hand auf sein Bein geklopft. Ians Freunde hatten nie getanzt, nicht einmal im Pub, wenn die Musik richtig gut war. Hier konnte Al dagegen vor Freude im Dreieck springen, die Songs laut mitsingen und Bier verschütten, ohne dass es jemanden störte.

Ein Blitz zuckte entlang der Überführung, die hinter der Bühne aufragte, und ein paar Böen kühlten seinen erhitzten Nacken ab. Die Band ließ sich jedoch nicht beirren und spielte weiter. »Ich glaube, da zieht ein Gewitter auf. Wird das Konzert abgebrochen?«

»Das hängt davon ab, wie nah es heranzieht, denke ich.«

Prompt krachte im selben Moment ein ohrenbetäubender Donner, und der Himmel öffnete seine Schleusen. Noch bevor die Band die Chance hatte, eine kurze Pause zu verkünden, war die Menge bereits in alle Richtungen auseinandergelaufen. Lou und Al sahen sich ebenfalls nach einem Unterstand um, aber jeder freie Platz im Trockenen war bereits besetzt. Und nach einer weiteren Minute spielte es keine Rolle mehr.

In ihrem blassrosa T-Shirt, dem leichten Sommerrock mit Blumenmuster und den braunen Locken, die auf ihren Schultern wippten, war Al schon vor dem Wolkenbruch völlig entzückt von Lous Anblick gewesen. Sie sah einfach wunderschön aus. Aber das Wasser verwandelte sie eine regelrechte Sirene. Der dünne Baumwollstoff betonte jede Kurve ihres Körpers, und als sie sich die nassen Haare aus dem Gesicht strich, sah es aus, als wäre sie gerade einem verzauberten See entstiegen. Er musste sie einfach berühren.

Anstelle der Band dröhnte nun – um die Pause zu überbrücken, bis das Konzert fortgesetzt werden konnte – irische Volksmusik vom Band aus den Boxen. Die Melodie erinnerte Al an einen Tanz von den Festen, die er früher in seiner Heimat besucht hatte. Es handelte sich um immer dieselbe Abfolge einiger einfacher Schritte. Nass wie sie waren, hatte es ohnehin keinen Sinn, noch länger nach einem Unterstand Ausschau zu halten. Er zog Lou in seine Arme. »Lass uns tanzen.«

»Wirklich?« Lou zog erstaunt die Augenbrauen hoch, nickte aber.

Al nahm ihre Hände und legte sich eine auf die Schulter, die andere umschloss er mit seiner eigenen. Seine freie Hand legte er an ihre Hüfte. Plötzlich ergriff ihn Panik. Was hatte er sich nur dabei gedacht, sie zum Tanzen aufzufordern? Seine Brust zog sich zusammen, als er die Wärme ihres Körpers unter seinen Händen spürte.

Versuch dich an die Schritte zu erinnern!

»Weißt du, wie man Polka tanzt?«, fragte Al.

Lou verdrehte die Augen. »Habe ich dir denn gar nichts über Wisconsin beigebracht? Jeder Badgers-Fan, der etwas auf sich hält, weiß, wie man Polka tanzt. Wirklich!« Lou lächelte mit funkelnden Augen. Ihre Wimpern klebten nass und dunkel aneinander.

Al lauschte ein paar Klänge lang, um den Takt aufzunehmen, dann begann er, seine Füße im Rhythmus der Musik zu bewegen.

Lou beobachtete ihn einige Sekunden, dann folgte sie seinen Schritten.

Sie bewegten sich so lange auf der Stelle, bis Al das Gefühl hatte, dass sie im Takt war. »Fertig zum Drehen?«, fragte Al.

»Drehen, aber …?«

Aber bevor Lou den Satz beenden konnte, hatte Al bereits begonnen, sie in einem engen Kreis herumzuwirbeln. Lous überraschter Gesichtsausdruck ließ ihn fast innehalten, aber dann fing sie an zu lachen.

»Das hatte ich nicht erwartet.«

Den ganzen Song lang stolperten sie durch die Pfützen, während der Regen auf sie herabfiel und das Wasser von ihren Gesichtern spritzte, wenn sie sich drehten. Da alle anderen eng zusammenrückten, um dem Regen zu entkommen, hatten Al und Lou den gesamten Konzertplatz für sich allein. Ihr ganz persönlicher Ballsaal. Der frische Duft des Regens spülte die schwüle Hitze des Tages und die klebrigen Festivalgerüche weg. Das Klatschen ihrer Füße in den Pfützen und das Klopfen des Regens dämpfte die Musik zu einem rhythmischen Hintergrundrauschen. Sie spürten den dumpfen Klang der Trommel mehr, als dass sie ihn hörten.

Als das Lied zu Ende war, konnte Al nicht sagen, was ihn mehr außer Atem gebracht hatte, ihr wilder Tanz oder ihr Gelächter. Er wusste nur, dass er sich nichts sehnlicher wünschte, als dass der nächste Song einsetzte, damit er sie weiter in den Armen halten konnte. Er sah auf Lou hinab. Als er sie zum ersten Mal an dem Zeitungsstand gesehen hatte, hätte er sich niemals vorstellen können, dass sie einmal klatschnass und lachend mit ihm mitten in einem Sommergewitter tanzen würde. Während er sie betrachtete, trat alles andere in den Hintergrund. Die Menschenmengen, die Geräusche, jede Ablenkung fiel von ihm ab, bis er nur noch Lou vor sich sah. Er konnte ihren Duft nach Vanille riechen, der durch den Regen noch stärker hervorgehoben wurde. Ihr warmer Atem strich über die nackte Haut an seinem Hals. Jede Empfindung schien plötzlich eindringlicher, intensiver. Das erste Mal in seinem Leben fühlte er sich wirklich lebendig. Ihre Blicke hatten sich ineinander verschränkt. Blau und Braun. Er konnte die Augen einfach nicht von ihr abwenden. Nasse Haare klebten in Strähnen an ihrem Gesicht, und ein kleiner Wassertropfen saß genau auf ihrer Nasenspitze. Sie leckte sich über die Lippen. Er wünschte sich nichts mehr, als sie mit seinen eigenen zu berühren – aber noch nicht jetzt.

Reiß dich zusammen, Mann!

Al brach das gespannte Schweigen. »Du bist eine hervorragende Tänzerin.«

»Was soll ich sagen, ich bin eben einfach entzückend.« Sie breitete die Arme aus.

Al dachte, dass sie ihn küssen wollte, und umarmte sie. Überrumpelt spitzte Lou, die Arme noch immer ausgebreitet, die Lippen zu einem überraschten O, während Al sich vorlehnte, um seinen Mund auf ihren zu pressen. In der merkwürdigen Umarmung, in der sie sich befanden, verfehlte er jedoch ihren Mund und streifte stattdessen ihren rechten Nasenflügel. In der Hoffnung, den gescheiterten Versuch noch zu retten, schlang Lou nun ebenfalls ihre Arme um Al und hob den Kopf.

»Elizabeth?« Die dunkle Männerstimme kam von irgendwo hinter ihr.

Al wich überrascht einen Schritt zurück, als er spürte, wie sich Lous Körper unter seinen Händen straffte.

Sie wandte sich dem Störenfried zu. »Devlin.«

Al schnappte entsetzt nach Luft. »Das ist Devlin?« Er musterte den teuer gekleideten und vor allem sehr trockenen Mann vor sich. Er hasste ihn sofort. Devlin war nicht nur attraktiv, er sah sogar wahnsinnig gut aus. Nach einigen Monaten mit John erkannte Al, dass jedes Kleidungsstück, das er trug, das Beste vom Besten war. Dieser Mann konnte Lou offensichtlich *alles* bieten, was sie sich nur wünschte.

Devlin lehnte sich leicht vor, um Lou einen Kuss auf die Wange zu geben, ließ Al dabei aber nicht aus den Augen. Doch als er einen Schritt zurücktrat, traf er auf Lous undurchschaubaren Blick. Dann musterte er die nassen Sachen, die ihr am Körper klebten und ihre tropfenden Haare. »Ich muss mit dir reden.« Er griff nach ihrem Arm, aber sie zog ihn ärgerlich zurück.

»Warum bist du hier?«

»Ich unterhalte ein paar Klienten von uns.« Er deutete in Richtung der VIP-Lounge neben der Bühne. »Dann habe ich dich im Regen herumspringen sehen.«

Lou entging nicht, dass er ihren Tanzpartner unerwähnt ließ. Alle Lebenslust und unbeschwerte Fröhlichkeit, die Sie noch vor ein paar Minuten versprüht hatten, hatten sich in Luft aufgelöst. Lous Lippen waren zu einem schmalen Strich zusammengekniffen. Al hoffte, dass sie endlich irgendetwas sagen würde, damit er erfuhr, was sie fühlte. Er brauchte eine Entschuldigung, um diesem Vollidioten sagen zu können, dass er sich auf der Stelle verziehen sollte.

»Es gibt da ein paar Dinge über diesen Morgen, die du nicht weißt.«

Lou schwieg weiter, doch Al konnte Tränen in ihren Augen schimmern sehen.

»Ich habe nicht mit ihr geschlafen. Und ich hatte sie auch nicht darum gebeten, zu mir zu kommen.«

Al verdrehte die Augen. Er besaß tatsächlich die Dreistigkeit, hier und jetzt mit ihr darüber diskutieren zu wollen. »Lou, ich kann dich nach Hause bringen.« Al nahm ihre Hand.

Devlin starrte ihn an. »Du kannst jetzt gehen. Das hier geht dich nichts an.«

Al machte einen Schritt nach vorne aber Lou hielt ihn zurück. Sie drückte seine Hand und ließ sie dann los. »Ist schon okay, Al.« Dann wandte sie sich an Devlin. »Und weiter?«

Devlin warf einen verächtlichen Blick auf Al.

»Er bleibt hier«, sagte Lou bestimmt.

Devlin zuckte die Schultern. »Megan hat mit mir an einem Fall gearbeitet. Am Abend vor meinem Geburtstag habe ich ihr gesagt, dass ich am nächsten Morgen als Erstes dieses Memo brauche. Sie hat mich beim Wort genommen und ist mit dem Papier bei mir aufgekreuzt, kurz bevor du vorbeigekommen bist. Ich bin in Boxershorts zur Tür gegangen, weil ich dachte, dass du mich überraschen würdest. Ich bin dann sofort ins Bad, um mich anzuziehen, und in der Zwischenzeit hat Megan anscheinend deine Dessous gesehen. Kurz bevor du plötzlich in der Tür standest, hatte ich endlich ihre Intention durchschaut und war gerade dabei, ihre Klamotten für sie einzusammeln.«

Lou machte keine Anstalten, auf seine Erklärungen zu reagieren.

Devlin trat einen Schritt auf sie zu. »Ich habe dich nicht betrogen. Nie im Leben würde ich unseren Plan für so etwas riskieren.«

Lou holte tief Luft und blinzelte ein paarmal. »Danke, dass du es mir erzählt hast.« Sie sah Al an. »Wir können jetzt gehen.«

Lou drehte sich um und ging davon, weder besonders eilig, noch betont langsam bahnte sie sich einen Weg durch die Menge.

Al folgte ihr. Als sie den Platz verließen, sah er sie an. »Geht es dir gut?«

Lou nickte. »Das kam ziemlich unerwartet. Aber immerhin habe ich jetzt ein paar Fragen weniger.«

»Du glaubst ihm?« Al wollte sie am liebsten festhalten, seine Arme um sie schlingen, aus Sorge, sie könnte sich plötzlich umdrehen und zu Devlin zurückkehren. Er hielt vor Anspannung die Luft an.

Lou zuckte die Schultern. »Auf jeden Fall muss ich darüber nachdenken.«

Der Schweiß folgte dem Weg des geringsten Widerstandes am Rande ihrer Wirbelsäule entlang, unter den Bund ihrer Shorts und weiter – oder vielleicht wäre »tiefer« der passendere Ausdruck. Und das Gefühl, das sie überfiel, wenn sie an Als Arm um ihre Taille und seinen festen Körper an ihrem dachte, als sie vor einer Woche auf dem *Irish Fest* miteinander getanzt hatten, trug auch nicht gerade zur Abkühlung bei. Bei dem Gedanken daran fing ihr Körper an zu kochen – von innen und von außen. Wenn es doch nur Neujahr wäre, dann könnte sie sich jetzt beim traditionellen Polarbär-Sprung in den Lake Michigan abkühlen. Vermutlich wäre das das Einzige, was jetzt noch helfen würde. Sie war viel zu blass, um sich bei diesen Temperaturen in der Sonne aufzuhalten. Sie grillte lieber selbst, als dass sie sich grillen ließ. Aber wie sollte man Nein sagen, wenn einem die besten Kunden anboten, in ihrem Garten Gemüse anzupflanzen, sofern man ihnen vorher beim Unkrautjäten zur Hand ginge? Und genau dort befanden sich Lou und Sue an diesem späten Augusttag bei über dreißig Grad im Schatten. Otto und Gertrude kümmerten sich um den Nachschub an eisgekühlter Limonade und köstlichen Sandwiches mit hauchdünn geschnittenem Rettich auf gesalzener Butter. Sue und Lou kümmerten sich um die Arbeit.

Lou riss das Unkraut mit einer Inbrunst aus der Erde, als handele es sich bei jedem Halm um eines der perfekt frisierten Haare auf Devlins Kopf. Was fiel ihm bloß ein, ihren Abend mit Al zu ruinieren und dann mit der Wahrheit herauszuplatzen, um alles noch verwirrender zu machen, als es ohnehin schon war? Und es war die Wahrheit, da war sich Lou sicher. Devlin log nie. Warum sollte er auch, wenn er es bisher geschafft hatte, sich auch ohne Lügen aus jedem Dilemma zu verhandeln? Was bedeutete, dass alles, was seit dem Kokosnusskuchen-Vorfall passiert war, hätte vermieden werden können, wenn sie an jenem Morgen nur zwei Minuten länger ausgeharrt hätte. Devlin und sie wären immer noch verlobt. Sie wäre an dem Abend im Restaurant niemals so durchgedreht. A. W. Wodyski hätte keine vernichtende Kritik geschrieben, und sie hätte ihre Träume nicht begraben müssen. Aber sie und Al wären niemals Freunde geworden. Und genau das war der entscheidende Punkt. Selbst wenn ihr dadurch viel Liebeskummer erspart geblieben wäre, würde sie die letzten Monate niemals missen wollen.

Unkraut in der einen und ein bereits nasses Bandana, mit dem sie den Schweiß mehr im Gesicht verteilte als dass sie ihn aufsaugte, in der anderen Hand, richtete Lou sich auf. Schweiß, der sich auf ihrem oberen Rücken gesammelt hatte, während sie im Beet gekniet hatte, lief unter ihren Hosenbund. Ihre ohnehin schon feuchte Unterwäsche war mittlerweile nur noch als durchtränkt zu bezeichnen. Sie rollte ein paarmal mit den Schultern, um ihre angespannten Muskeln zu lockern. Es erinnerte sie an einen Moment, als Al ihr über den Rücken gestrichen hatte, und eine weitere Hitzewelle schoss durch ihren Körper. Das musste aufhören! Sie konnte unmöglich weiter diese jedes Mal wie der Blitz einschlagenden Fantasien über Al haben. Sie schüttelte entschlossen den Kopf und wandte sich wieder dem Beet zu.

Der Garten der Meyers war nicht groß, aber das wuchernde Unkraut drohte die wunderschönen Tomaten, Auberginen und Paprika unter sich zu begraben. Beim Anblick des frischen Gemüses nahm sofort ein buntes Ratatouille in ihrem Kopf Gestalt an. Es schien, dass sich Otto und Gertrude diesen Sommer noch nicht viel um den Garten gekümmert hatten, und Lou wollte unbedingt das Unkraut jäten, bevor die beiden auf die Idee kamen, es selber zu tun.

Sie schielte zu dem alten Ehepaar hinüber. Otto wuselte unablässig um Gertrude herum, um den Sonnenschirm an ihrem Stuhl so einzustellen, dass sie immer im Schatten saß. Er schnaufte bereits hörbar vor Anstrengung. Gertrude lächelte ihren Mann dankbar für seine Mühe an, sah aber immer noch ein wenig zu blass um die Nase aus. Beide schienen nicht gerade in Topform zu sein. Sue hatte Otto und Gertrude vorgeschlagen, ins Haus zu gehen, während sie beide den Garten fertig machten, aber sie hatten sich geweigert und darauf bestanden, weiterhin für ihr leibliches Wohl Sorge zu tragen.

»Also Lou, Sue hat uns erzählt, dass Devlin Ihren Kuss mit einem gewissen englischen Gentleman unterbrochen hat.«

Immer noch mit den Knien in der Erde, drehte Lou den Kopf in Sues Richtung und hob fragend eine Augenbraue. Doch sie hatte nicht einmal den Anstand, auch nur ein kleines bisschen beschämt auszusehen. Lou richtete sich auf, um sich Gertrude zuzuwenden.

»Ich bin mir nicht sicher, ob das Wort Kuss in diesem Zusammenhang der richtige Begriff ist.«

»Er hat seine Lippen benutzt, hoffe ich?«

»Ja, aber er hat meinen Mund verfehlt und stattdessen die Nase getroffen. Und dank Devlins Unterbrechung bekamen wir auch nicht mehr die Chance, an seiner Zielführung zu arbeiten.«

»Aha, und Sie glauben Devlins Geschichte?« Gertrude hatte den Zeigefinger fragend auf Lou gerichtet.

»Spielt das eine Rolle?« Lou zuckte die Schultern.

»Vielleicht, vielleicht auch nicht. Fühlen Sie sich wie Ginger Rogers? Ist er Ihr Fred Astaire?«

Lou nickte.

»Dann spielt es keine Rolle, was Devlin für eine Geschichte zu erzählen hat.« Gertrude machte eine kurze Pause. »Sue hat gesagt, dass Ihr junger Mann ziemlich gut aussieht.«

Lou sah wieder ihre Freundin an, wurde rot und versuchte ihr Gesicht zu verstecken, indem sie wie wild mit dem schlaffen Bandana darin herumtupfte. »Er hat diesen unglaublichen goldenen Kranz um seine Pupillen, der das Schwarze vom dunklen Blau trennt – wie bei einer Sonnenfinsternis. Ich kann einfach nicht aufhören, in seine Augen zu starren.« Lou blinzelte für einen Moment in den Himmel, dann sah sie wieder Gertrude an. »Und nasse Hemden stehen ihm wirklich ausnehmend gut. Wie meine Mom gesagt hätte: ›Den würde ich nicht mal für eine Packung Kräcker von der Bettkante stoßen.‹«

Gertrude lachte laut und klatschte begeistert in die Hände. »Aha. Die Wahrheit ist endlich raus. Wir müssen diesen Schatz auf jeden Fall kennenlernen.« Das Lächeln der alten Dame war Beweis genug dafür, wie sehr sie es liebte, diese kleinen Geschichten mit ihnen auszutauschen.

Lou befiel schon wieder das sentimentale Gefühl. Gertrude

und Otto hatten in den letzten Jahren auf viele verschiedene Arten die Lücke gefüllt, die ihre Eltern hinterlassen hatten. Auch wenn sie sich noch nicht so lange kannten, gefiel Lou der Gedanke, dass es Menschen gab, um die sie sich kümmern konnte, und die sich ab und zu um sie sorgten. Sie rupfte ein paar mehr Blätter aus der Erde und kaute gedankenverloren auf der Innenseite ihrer Wange. »Warum eigentlich nicht? Aber nur wenn Harley und Sue sich beherrschen. Vielleicht ein Barbecue? Würde Ihnen das gefallen, Gertrude? Ich würde alle zu mir auf die Terrasse einladen. Ganz zwanglos, damit jeder jeden kennenlernen kann.«

»Ach Liebchen, die Nächte überlassen wir lieber den jungen Leuten.« Gertrudes Hand zitterte ein wenig, als sie an ihrer Limonade nippte. »Bringen Sie den jungen Mann einfach mal mit ins *Luella's*, dann können wir ihn dort in Augenschein nehmen. Außerdem könntet ihr aus eurem Grillabend dann das Doppel-Date machen, das sich Sue in Wahrheit wünscht.« Gertrudes Mundwinkel zuckten amüsiert.

Sue sprang so plötzlich auf, dass die geflochtenen Zöpfe wie Pfeile durch die Luft sausten. »Was? Warum versucht jeder, mich da hineinzuziehen? Anscheinend bin ich nicht die Einzige, die ihre Klappe nicht halten kann.« Sue starrte zu Lou hinüber, dann prustete sie los. »Na, wir geben ja wirklich ein super Paar ab. Du hast einen Typen an der Angel, der offensichtlich Mühe hat, deinen Mund ausfindig zu machen, und Harley und ich können uns nicht einigen, wie die Welt nach Armageddon wieder bevölkert werden könnte. Erbärmlich.«

Lou drückte Sue kurz an sich. »Wir sind zwei schlaue und kreative Ladys. Ich habe den Glauben daran noch nicht verloren, dass wir die Dinge wieder in Ordnung bringen können.« Lou machte eine kurze Pause. »Sollen wir? Ich meine, ein Barbecue veranstalten?« Um ihrer Frage Nachdruck zu verleihen, legte sie den Kopf schief und blinzelte Sue an.

»Auf jeden Fall … Ich will diesen Kerl endlich kennenlernen. Und ich kann kaum erwarten, was Harley dazu sagt.«

»Glaubst du, Harley könnte ihn in die Flucht schlagen? Er kann ganz schön furchterregend wirken, wenn er will.«

»Wenn du Al wirklich magst, würde er so etwas nie tun.« Sue schüttelte entschieden den Kopf. »Und wann soll die Party steigen?«

Lou überlegte. Sie schloss die Augen und zählte an den Fingern die Daten ab. »Wie wäre es mit dem ersten Dienstag im September?«

Gertrude sah sie irritiert an und fragte: »Müsst ihr da nicht im Restaurant sein?«

Die beiden Freundinnen tauschten einen Blick, dann sagte Lou: »Ab September werden wir dienstags nicht mehr geöffnet haben. Wir können es uns einfach nicht mehr leisten.«

»Erst die Sonntage und Montage, und jetzt auch noch dienstags. Liebchen, warum führen Sie das Lokal überhaupt noch weiter?«

»Wir müssen nicht sofort schließen. Noch haben wir Zeit.« Lou drehte sich abrupt um und stampfte auf die andere Seite des Gartens. Wütend riss sie Grasbüschel und Klee aus der Erde. Kleine Brocken Erde flogen durch die Luft.

Gertrude beobachtete Lous Reaktion und nickte. »Ich verstehe. Sie will nicht mit ansehen, wie sich ihre Familie in alle Windrichtungen verstreut.«

»Sie möchte auf keinen Fall schließen, bevor nicht alle einen ordentlichen Job gefunden haben. Jeder hat ein Zeugnis bekommen. Die Küchenhilfen und Kellner haben teilweise schon eine neue Stelle gefunden, bei der sie besser bezahlt werden.« Sue beugte sich tiefer zu Gertrude hinunter. »Außerdem macht sie sich Sorgen um Sie. Dass Sie keinen Ort mehr finden, an dem man sich so gut um Sie kümmert, wie sie es tut.«

»Ach, das sind doch nur Ausreden. Sie hat Angst. Lou braucht nur etwas, das ihr Selbstbewusstsein zurückbringt, ein Sicherheitsnetz.« Gertrude sah zu Otto hinüber, der angesichts der scharfsinnigen Weisheiten seiner Frau nur anerkennend nickte.

Dann blickten alle drei zu Lou hinüber, die gerade damit begonnen hatte, den schmalen Rasenstreifen zu attackieren.

Al las die Nachricht noch einmal.

Nächsten Dienstag um 6, meine Wohnung. Ich, du und 2 Freunde. Bring Appetit mit.

Da sah er wieder auf die dunkle Glasfront vor ihm. Auf der anderen Seite, wo die Scheibe durch die Klimaanlage im Innern gekühlt wurde, bildete sich Kondenswasser. Er ging in die Küche, um sich frischen Tee zu holen, und sah auf die Uhr. Halb eins. *Lou ist auch noch wach*, dachte er. *Ich frage mich, warum*. Der Gedanke daran, dass sie ein Date haben könnte, versetzte ihm einen schmerzhaften Stich in der Herzgegend. Es machte ihn eifersüchtig, dass andere Männer Zeit mit ihr verbrachten. Er füllte den Elektrokocher mit frischem Wasser und stellte ihn an.

Eine Einladung zum Abendessen war ein gutes Zeichen, oder? Er hatte befürchtete, dass sie Devlins Geschichte Glauben schenken und ihn zurücknehmen könnte. Warum sollte sie es nicht tun? Immerhin hatten sie eine gemeinsame Vergangenheit, er war wahnsinnig erfolgreich und sah außerdem aus wie ein Superheld. Aber er hatte bestimmt keine Einladung bekommen. Ha!

Al lehnte sich mit dem Rücken an die Küchentheke, während sein Blick wie gewohnt zu der gusseisernen Pfanne wanderte. Die Küche sah ein bisschen so aus, als habe sie ein Kind mit Stickern dekoriert. Seine Magnet-Sammlung war gewachsen. Zu der Bratwurst und der Chihuly-Skulptur hatten sich inzwischen eine State-Fair-Kuh, ein roter Summerfest-Smiley, ein Bernie Brewer – das Maskottchen des Baseballteams – und eine Käseecke gesellt. Jeder Magnet war ein Andenken, eine Erinnerung an all das, was ihm an seinem Leben in Milwaukee gefiel. Und jede Einzelne davon war mit Lou verbunden.

Er sollte ihr antworten. Al nahm sein Handy von der Anrichte, las noch einmal ihre Nachricht und tippte dann seine Antwort.

Noch wach? Ich komme. Kann's kaum erwarten.

Er beobachtete, wie der Text gesendet wurde, und wartete hoffnungsvoll auf den Signalton für eine weitere Nachricht. Nicht einmal eine Minute später kam ihre Antwort.

Geh ins Bett, es ist spät.

Al musste lachen, dann tippte er.

Ich bin eine Nachteule. Die beste Zeit, um zu arbeiten. *Was ist deine Entschuldigung?*

Piep.

Ich auch. Macht allerdings das Aufstehen nicht gerade leichter. Bin jetzt fertig mit Arbeiten. Muss unbedingt unter die Dusche.

Das Wort »Dusche« löste eine Explosion detaillierter Bilder in Als Kopf aus. Eine unmittelbare und fast schon schmerzhafte Reaktion. Er atmete langsam aus und tippte.

Brauchst du Hilfe?

Dann löschte er die Zeile und gab ein:

Ich bringe den Wein mit.

Gelöscht. Mit einem Seufzen tippte er:

Süße Träume.

Dann drückte er auf »Senden«. Er brauchte jetzt auch dringend eine Dusche – eine von der abkühlenden Sorte.

Piep.

Dir auch.

16

Lou kaute nervös an einem Fingernagel, als sie Al und Harley durch das Küchenfenster beobachtete, während sie eine Vase mit Wasser füllte. Sie standen auf der Terrasse und unterhielten sich – offensichtlich mit viel Enthusiasmus. Harley konnte Menschen einschüchtern, auch wenn es ihm selbst oft gar nicht bewusst war. Und Lou hatte ein wenig Angst, dass er Al in die Flucht schlagen könnte.

»Wenn du weiter deine Fingernägel isst, hast du gleich keinen Appetit mehr auf kubanisches Schwein«, sagte Sue, als sie neben Lou trat. »Er ist nett. Und ich kann verstehen, dass du ihn so lange versteckt hast. Mit dem Hintern wäre sonst dein ganzes Personal hinter ihm her.«

»Vor allem Billy.« Lou musste lächeln, als sie an ihren besten Kellner dachte. Er arbeitete so effizient, dass er den Laden an den inzwischen meist mehr als ruhigen Abenden allein mit zwei Hilfskräften schmeißen konnte. Was Billy glücklich machte, weil er fast das ganze Trinkgeld allein einstreichen konnte, und Lou glücklich machte, weil sie nur einen Kellner bezahlen musste. »Soll ich rausgehen und ihn retten?«, fragte Lou.

»Vor was? Harley?«

Lou nickte und schob sich den nächsten Nagel zwischen die Zähne.

»Harley liebt ihn.«

»Woher weißt du das?«

»Weil er immer noch mit ihm redet. Du weißt doch, wie er

ist. Wenn er Al nicht leiden könnte, würde er sich auf der Stelle umdrehen und nie wieder ein Wort mit ihm wechseln. Und wenn Al dich verletzten würde, würde Harley ihm alle Knochen brechen.«

»Devlin hat er doch auch nicht verprügelt.«

»Weil der ihn verklagen würde. Harley hat einen gesunden Beschützerinstinkt, aber er ist nicht blöd. Trotzdem würde er es tun, wenn du ihn darum bitten würdest.«

»Ehrlich gesagt ist er mir dafür schon gar nicht mehr wichtig genug. Es spielt einfach keine Rolle mehr, auch wenn er mir erklärt hat, was an dem Morgen passiert ist.« Lou öffnete den Backofen, um die schwarzen Bohnen umzurühren, die die Küche augenblicklich mit dem intensiven Duft nach Knoblauch und Speck füllten.

Sue fischte die letzte frittierte Kochbanane aus der Pfanne und streute Salz darüber. »Bist du wirklich über ihn hinweg? Ich hatte mit einer sehr langen Trauerphase gerechnet.«

»Ja, ich glaube, ich habe es schon seit ein paar Monaten hinter mir. Mit ihm war es bequem, und ich habe mich abgesichert gefühlt, deswegen habe ich nie einen Grund gesehen, etwas zu ändern. Er hat mir übrigens Tickets für ein Spiel gekauft.« Lou deute mit dem Kinn in die Richtung, wo an der Ecke der Küchentheke ein blütenweißer Umschlag lag. »Er versucht ständig, mir ›den Deal zu versüßen‹. Seine Worte, nicht meine. Ich würde ihm am liebsten eine Dankeskarte für das Geburtstagsdebakel schicken.«

»Du darfst ihm nur eine Karte schreiben, wenn ich sie ihm persönlich überreichen darf. Ich will unbedingt sein Gesicht sehen, wenn er sie liest.«

Lou drehte den Wasserhahn zu und stellte die Vase aufs Fensterbrett. Dann ließ sie den Strauß aus strahlend weißen Callas hineingleiten.

»Das hat er gut gemacht.« Sue deutete mit einem Nicken auf die Blumen.

Lou lächelte bei dem Gedanken daran, dass Al sich an ihre Lieblingsblumen erinnert hatte. »Ja. Ja, das hat er wirklich.«

Dann schnappten sie sich die lauwarmen Kochbananen und einen Krug mit Mojito und gingen auf den Balkon.

Lous Apartment war klein und gemütlich, und die Terrasse war einfach genial. Der perfekte Platz für eine gesellige Runde mit Freunden im Sommer. Wenn er nach links blickte, konnte Al die hohen Gebäude der Innenstadt sehen, die sich scharf gegen den blauen Himmel abzeichneten. Im Norden wechselten sich Bäume und breite Grünstreifen mit Nachkriegshäusern ab. Als Lou ihn durch die Wohnung auf den Balkon geführt hatte, hatte er einen kurzen Blick in die Zimmer werfen können. Jedes Einzelne zeigte ein kleines Stück Lou. Im Esszimmer hingen einige Bilder an der Wand, auf denen lachende, freundliche Gesichter zu sehen waren. Er hoffte, dass sie ihm eines Tages die Geschichten zu den Menschen auf den Fotos erzählen würde. Die Küche quoll von Zutaten und Aromen über, und das Wohnzimmer beherbergte eine beachtliche Sammlung Kochbücher. Er entdeckte eine Ausgabe von *Modernist Cuisine* und freute sich schon herauszufinden, welche Teile ihrer Sammlung sich sonst noch mit seiner überschnitten.

Al und Harley drehten sich um, als die beiden Frauen auf den Balkon traten. Als sie einander vorgestellt worden waren, hatte Al befürchtet, dass sie sich nicht viel zu sagen haben würden. Was sollte ein Tattoo-Enthusiast schon mit einem in Eton ausgebildeten Restaurantkritiker gemeinsam haben. Aber zu seiner großen Überraschung – und Erleichterung – teilten sie dieselbe Leidenschaft für Tee, und Harley konnte ihm drei Geschäfte nennen, wo er ihn in größeren Mengen kaufen konnte.

Lou blieb neben ihm stehen und reichte ihm einen frischen Mojito. Dann griff er sich eine Handvoll der knusprigen Kochbananenscheiben von dem Teller, den Sue in der Hand hielt. Als er kaute, stellte sie die Frage, vor der er sich die ganze Zeit gefürchtet hatte.

»Lou hat mir erzählt, dass du schreibst. Was denn genau?«

Al erstarrte kurz und trank schnell einen Schluck von seinem Drink, um sich eine gute Antwort zurechtzulegen. »Ich bin freier Journalist und schreibe über verschiedene Dinge. Dank Lou habe ich gerade mit einem Artikel über den Einfluss verschiedener Kulturen auf Milwaukees kulinarische Szene angefangen.« Das entsprach der Wahrheit. Er hatte bereits Stunden damit verbracht, über den ethnischen Ursprung der verschiedenen Festivals, die Menschen dahinter und die Verbindungen zu lokalen Restaurants zu recherchieren.

»Also schreibst du über Essen?« Sue sah begeistert aus.

Als Herzschlag beschleunigte sich. Er musste unbedingt das Thema wechseln. Er mochte Lous Freunde und wollte sie auf keinen Fall anlügen. Bisher war er sehr gut damit durchgekommen, so wenig wie möglich über seine Arbeit zu enthüllen. Selbst nach dem missglückten Versuch mit dem *The-Good-Land*-Artikel hatte Lou nichts geahnt. »Ich schreibe über alles, womit mich Zeitungen beauftragen. Außer ich habe selbst was Gutes anzubieten, wie die Idee, die mir Lou geliefert hat.«

»Und außerdem ist er ein sehr erfahrener irischer Regentänzer.« Lou zwinkerte ihm zu und berührte flüchtig seinen Arm.

Sue und Harley tauschten einen verwirrten Blick.

»Dann könntest du doch über Lou schreiben«, sagte Harley.

Al runzelte irritiert die Stirn. »Ich glaube, ich kann dir nicht ganz folgen.«

»Seit der vernichtenden Kritik läuft es bei der Arbeit nicht gerade gut. Wenn du über sie schreibst, würde das vielleicht helfen.«

Al öffnete den Mund, um nach mehr Informationen zu fragen, aber Lou kam ihm zuvor.

»Harley!« Sie rollte vielsagend mit den Augen. »Al will doch nicht über mich schreiben. Wir sind hier, um Spaß zu haben, und nicht, um über meine katastrophale Karriere zu reden.« Sie hakte sich bei Al unter. »Außerdem wollte Al unbedingt wissen, was heute auf dem Grill liegt.«

Lou zog ihn mit sich, weg von Harley und Sue, hin zu dem intensiven Duft aus Knoblauch, Zitrone und Oregano, der ihnen vom Grill entgegenwehte. Er war neugierig, was die drei beruflich machten, aber er konnte nicht riskieren, mehr Fragen zu stellen, wenn er keine zu seinem eigenen Job beantworten wollte.

Lou hob den Deckel an. Er hatte vorhin schon einmal versucht, einen Blick darunterzuwerfen, aber Harley hatte ihn mit vollem Körpereinsatz und einem knappen »Hier wird nicht spioniert« daran gehindert. Was er jetzt zu sehen bekam, übertraf alle seine Erwartungen. Ein großes Stück Schweinefleisch, fast schwarz von der dicken Kruste aus Kräutern, lag auf dem Rost. Fett lief an den Seiten hinunter, das das Aroma noch zusätzlich verstärkte und verhinderte, dass die Haut verbrannte. Ihm lief das Wasser im Mund zusammen. »Das sieht fantastisch aus.«

»Und es schmeckt noch viel besser«, fügte Lou zuversichtlich hinzu. »Vor allem zusammen mit der Mojo-Soße.«

»Hiermit biete ich offiziell meine Dienste als Test-Esser an.« Al streckte die Hand nach dem Rost aus, um ein kleines Stückchen des saftigen Fleisches zu probieren.

Lou schlug ihm blitzschnell auf die Finger. »Du musst noch

warten. Es muss eine Stunde ruhen, bevor man es schneiden kann.«

»Du quälst mich.«

»Darum gibt es Kochbananen-Chips und Mojitos. Du wirst es überleben.« Lou schob den Braten auf ein Holzbrett, deckte ihn mit Folie ab und trug ihn in die Küche.

Al lief hinter ihr her, um ihr die Tür aufzuhalten. In der Küche entdeckte er die Vase mit den Callas auf ihrem Ehrenplatz. Er lächelte. Von hier konnte er Harley und Sue auf der Terrasse sehen, ein wirklich außergewöhnliches Paar: Harley mit seinen ganzen Tattoos und der mürrischen Art, und Sue mit ihrem Seemannsvokabular und einigen anderen scharfen Kanten. Al drehte sich zu Lou um. »Wie habt ihr drei euch kennengelernt?«

Lou schnappte sich einen Putzlappen und wischte die Küchentheke ab. Dann räumte sie das schmutzige Geschirr in die Spülmaschine. Sie lächelte. »Das ist schon so lange her, dass ich mich kaum erinnere.« Sie hielt kurz inne, um nachzudenken. »Sue habe ich in der Schule kennengelernt. Und Harley haben wir bei unserem ersten Job aufgegabelt. Wir waren noch so unglaublich jung. Harley hat damals noch keinen Bart getragen. Immer wenn Sue und ich nach der Arbeit auf einen Drink in eine Bar gegangen sind, ist Harley uns gefolgt. Aber er hat sich nie zu uns gesetzt. Er war nur dort, um ein Auge auf uns zu haben. Na ja, wohl vor allem auf Sue.«

Al nickte mit dem Kopf Richtung Fenster. »Die beiden köcheln schon so lange vor sich hin, ohne dass etwas zwischen ihnen passiert ist?«

»Du würdest es kaum glauben. Aber langsam habe ich das Gefühl, dass sie kurz vor dem Überkochen stehen.«

»Nette Metapher.« Al lachte.

»Lebensmittelhumor ist eben mein Ding.« Lou legte den

Lappen beiseite und verließ die Küche, während sie Al zuwinkte, ihr zu folgen.

Eine Stunde später saßen sie zu viert an Lous Balkontisch, der von Schweinebraten, Mojo-Soße, schwarzen Bohnen, Koriander-Zitronen-Reis, gegrillten Paprika und Zwiebeln schier überquoll.

»Lass es dir schmecken«, sagte Lou.

»Das wurde verdammt noch mal auch Zeit«, murmelte Al, indem er schon nach einem Endstück griff, bevor es ihm ein anderer wegschnappen konnte, und es auf Lous Teller legte. Dann füllte er sich ein bisschen von allem auf seinen eigenen. Als er hochblickte, lächelte Lou ihn an. Er lächelte zurück, doch die nächsten fünfzehn Minuten konzentrierte er sich allein auf das, was vor ihm lag. Das war mit das beste Essen, das er in den letzten Jahren vorgesetzt bekommen hatte – und, ja, er schloss auch das in *The Good Land* in den Vergleich mit ein. So unglaublich waren Lous Kochkünste.

Die Unterhaltung drehte sich die meiste Zeit um alberne Themen von Comic-Helden bis zu Politik. Leicht paranoid lenkte Al die Diskussion immer wieder in eine andere Richtung, sobald das Arbeitsthema aufkam. Sie ließen sich Zeit mit dem Essen, niemand hatte es eilig. Vor dem Dessert pickten sie noch eine ganze Weile an den Resten herum. Ein kleines Stückchen verirrtes Schweinefleisch würde schon noch irgendwie einen Platz in ihren vollen Bäuchen finden. Die Unterhaltung plätscherte vor sich hin, und der Wein floss. Als Al sich in der Runde umsah und in die offenen, entspannten Gesichter der anderen blickte, wurde ihm klar, dass er mehr Freunde und damit noch mehr Gründe gefunden hatte, sein neues Zuhause zu lieben.

Nach dem köstlichen Dessert und Espresso gab Lou Harley und Sue zu verstehen, dass es an der Zeit sei zu gehen. Al trug die restlichen Weingläser von der Terrasse in die Küche. Er wollte noch nicht aufbrechen, aber es war nicht zu übersehen, dass Lou mit dem Abwasch beginnen wollte. Ihre Hände steckten in pinkfarbenen Gummihandschuhen, und sie ließ gerade heißes Wasser in die Spüle laufen.

»Das war ein toller Abend. Ich liebe deine Freunde, und das Essen war einfach fantastisch!« Al presste in einer übertriebenen Geste eine Hand auf die Brust. »Du bist eine Küchengöttin!«

Lous Wangen färbten sich rosa. »Danke.« Schnell ging sie nach draußen auf den Balkon, um das restliche schmutzige Geschirr hereinzuholen.

Als sie sich umdrehte, flatterte ein Umschlag auf den Boden, der auf der Küchentheke gelegen haben musste. Al bückte sich danach und registrierte, dass der Absender offenbar Devlin Pontellier war. Der Brief war diese Woche abgeschickt worden. Aus dem Umschlag ragten eine Karte aus schwerem Papier und ein Ticket heraus. Al hätte zu gerne gewusst, was auf der Notizkarte stand. Warum schickte Lous Ex ihr Tickets für irgendetwas? Gingen sie wieder miteinander aus? Bei dem Gedanken daran, dass er seine Chancen bei ihr schon verspielt haben könnte, zog sich Als Magen krampfhaft zusammen.

Lou kam zurück in die Küche. Eine steile Falte erschien auf ihrer Stirn, als sie sah, dass Al Devlins Brief in der Hand hielt.

Al gab sich Mühe, seine Enttäuschung zu verbergen. Immerhin hatte er keinerlei Ansprüche auf Lou. »Der Umschlag ist runtergefallen, als du aus der Küche gegangen bist«, versuchte er zu erklären und legte ihn zurück auf die Theke.

Lou nickte nur und stellte das dreckige Geschirr neben der Spüle ab.

»Trefft ihr euch inzwischen wieder?« Bevor er sich auf die

Zunge hatte beißen können, war Al die Frage bereits herausgerutscht.

Lou starrte auf den Umschlag, während das Wasser von den Gummihandschuhen auf ihre nackten Füße tropfte. »Was? Äh … nein.« Sie sprach die Worte so langsam und vorsichtig aus, als ob sie lange darüber hatte nachdenken müssen. Dabei starrte sie an Al vorbei in den Flur.

Vielleicht wollte sie wirklich, dass er ging, aber Al konnte jetzt unmöglich einfach aufgeben. Er musste wissen, was zwischen den beiden war. »Überlegst du, zu ihm zurückzugehen?« Sie sah ihn an. Die Furche auf ihrer Stirn war noch tiefer geworden. Das alles ging ihn nichts an. Er hätte noch nicht mal danach fragen dürfen. Alles, was sie ihm anbot, war ihre Freundschaft, damit sollte er sich zufriedengeben.

»Ich versuche nur zu tun, was das Beste für mich ist.« Sie fuhr sich mit der Zunge über die trockenen Lippen.

Al öffnete den Mund, aber bevor er etwas sagen konnte, trat Lou einen Schritt auf ihn zu. »Was denkst du, ist das Beste für mich?«

Al hätte am liebsten laut »Nicht er« gerufen, aber im Gegensatz zu ihm selbst war Devlin jemand, der für Lou sorgen konnte. Sein Job war von der Gunst der Leser abhängig, er könnte jederzeit plötzlich darauf angewiesen sein, in einer anderen Stadt zu arbeiten.

Irgendwo in der Wohnung schlug eine Uhr die volle Stunde.

»Oh, wow, es ist spät geworden. Ich sollte besser gehen.« Al ging in den Flur, nahm seine leichte Sommerjacke von dem Haken, an dem er sie aufgehängt hatte, und öffnete die Tür.

Lou folgte ihm. »Dann hast du also auch keine Antwort darauf, was das Beste für mich sein könnte?«, fragte sie.

Al erstarrte, dann drehte er sich zu ihr um. Lou stand so dicht neben ihm gegen die offene Tür gelehnt, dass er mit dem

Ärmel ihren Arm streifte. Er schluckte, dann presste er die Lippen fest zusammen und sah in ihre sanften braunen Augen. »Es ist nicht wirklich meine Meinung, die hier zählt, oder?« Während er sie aufmerksam musterte, wünschte Al, er könnte ihr sagen, was er wirklich empfand, ohne dabei ihre Freundschaft zu gefährden.

Lou schien ein klein wenig in sich zusammenzusinken. Sie seufzte. Dann beugte sie sich vor und drückte ihm einen flüchtigen Kuss auf die Wange. »Ich sollte jetzt weiter aufräumen. Gute Nacht.« Für einige Sekunden waren ihre Gesichter so dicht beieinander, dass sich ihr Atem vermischte. Lou befeuchtete ihre Lippen.

Al sah ihr noch einmal in die Augen, dann wandte er den Blick ab und trat einen Schritt zurück. »Gute Nacht, Lou.« Er drehte sich um und lief schnell die Stufen hinunter. Am liebsten wäre er die Treppe sofort wieder hochgestürmt und hätte sie in die Arme genommen, aber er war der Falsche für sie. Oder? Al blieb abrupt stehen, drehte sich um und sah nach oben. Er dachte daran, wie sich Devlin auf dem *Irish Fest* aufgeführt hatte. Arrogant, überheblich. Er hatte von ihrem »Plan« gesprochen, als wolle er gar keine Freundin, sondern nur eine Köchin, die praktischerweise auch das Bett mit ihm teilte. Aber Lou verdiente es, auf Händen getragen zu werden.

Zwei Stufen auf einmal nehmend, sprintete Al die Treppe wieder hinauf.

Lou stand mit geschlossenen Augen von innen gegen die Tür gelehnt und kaute auf ihrer Lippe. Verdammt. Dann seufzte sie tief, öffnete die Augen und starrte in die leere Wohnung. Obwohl die Geräusche von den Autos auf der Straße, zuschlagende Türen und der Fernseher des Nachbarn zu hören waren, war es in ihrem Apartment so still, dass sie ihren eigenen

Herzschlag hören konnte. Sie war so kurz davor gewesen, ihm zu sagen – zu zeigen –, was sie empfand. Mit einem weiteren Seufzer stieß sie sich von der Tür ab und ging Richtung Küche, um fertig abzuspülen. Doch noch im Flur hörte sie plötzlich ein vorsichtiges Klopfen hinter sich. Sie drehte sich um und warf einen Blick durch den Spion. Davor stand Al, mit geröteten Wangen und schwer atmend. Er musste die Treppe wieder hochgerannt sein. Wahrscheinlich hatte er etwas vergessen. Lou öffnete die Tür und sah ihn mit fragend hochgezogenen Augenbrauen an.

Ein verschmitztes Grinsen breitete sich auf Als Gesicht aus, als er in Lous weit aufgerissene Augen blickte. Er machte einen Schritt auf sie zu, und Lou wich in die Wohnung zurück. Ohne den Blick von ihr zu wenden, warf Al die Tür hinter sich zu und ließ seine Jacke auf den Boden fallen. Dann zog er Lou an sich und vergrub eine Hand in ihren Haaren. »*Ich* bin das Beste für dich.«

Als Al vorsichtig seine Lippen auf ihre legte und sie noch enger an sich zog, schien Lous ganzer Körper darauf zu reagieren. Sie schlang ein Bein um seine Knöchel, sodass es keine Stelle zu geben schien, an der sie einander nicht berührten. Dann erwiderte sie seinen Kuss.

Al drehte sie herum und presste sie mit dem Rücken gegen die Tür. Sie stöhnte leise auf, als er sich an sie drückte und mit den Lippen über ihren Hals strich. Ungeduldig zerrte sie an seinem T-Shirt, und als er einen Schritt zurücktrat, zog sie es ihm hastig über den Kopf. Beim Anblick seines nackten Oberkörpers biss sich Lou auf die Lippen. Sie hakte einen Finger unter seinen Gürtel, und gemeinsam stolperten sie Richtung Schlafzimmer. Mit zitternden Fingern fummelte Lou an der Schnalle und begann, seine Jeans aufzuknöpfen.

»Hey, ich will auch.« Al riss an Lous Bluse, sodass die Knöpfe aufsprangen und einen roten Spitzen-BH enthüllten. Er zog eine Augenbraue hoch und grinste.

Lou wurde rot. »Ich hatte ein wenig darauf gehofft.«

»Ein Hoch auf die Hoffnung!« Al beugte sich vor, um ihr Schlüsselbein zu küssen, und Lou bog den Kopf zurück. »Hm, du schmeckst nach Vanilleeis.« Er streifte ihre Bluse über die Schultern und ging langsam in die Knie, wobei er mit den Lippen über ihr Dekolleté und ihren Bauch strich. Er ließ die Bluse über ihre Hände gleiten und auf den Boden fallen. Dann streichelte er mit den Fingerspitzen ihre Knöchel, an den Waden entlang bis hinauf zu ihren Knien. Atemlos blickte Lou auf ihn hinunter und beobachtete, wie er seine Hände mit so zärtlichen kreisenden Bewegungen über ihre Haut wandern ließ, als ob er einen wertvollen Diamanten polieren würde. Al richtete sich wieder auf und dirigierte sie Richtung Bett, wo er sie sanft in die Kissen drückte. Er küsste sie behutsam und gleichzeitig eindringlich, mit einer Hand an ihrer Wange, während er mit der anderen über ihre Hüfte streichelte.

Und mit einem Mal dachte Lou nur noch an das Gefühl ihres rasenden Blutes, Als warme Haut und seine Lippen auf ihren.

Selbst für einen Traum war die Situation sehr merkwürdig. Er war ein Oktopus, der seine Arme um eine wunderschöne Meerjungfrau mit blasser Haut und langen dunklen Haaren schlang. Jedes Mal, wenn sie sich bewegte, zog er sie noch enger an sich. Um wen es sich bei ihr handelte, stand außer Frage. Sogar unter Wasser konnte er ihren Vanilleduft riechen. Also schlang er seine Arme um sie.

»Verdammt.« Es schien sich um eine Meerjungfrau mit ziemlich losem Mundwerk zu handeln. »Hey, lass mich los.« Sie kniff in einen seiner Tentakel.

Al grunzte und zog sie wieder enger an sich. Warum hielt sie nicht einfach still? Sie könnten so glücklich miteinander sein. Schmerz durchzuckte seinen Fangarm.

»Al, ich bin spät dran. Ich muss jetzt wirklich aufstehen.«

Al öffnete vorsichtig ein Auge und konnte gerade noch sehen, wie Lous entzückende Rückenansicht durch die Tür ins Bad verschwand. Er stützte sich auf einen Ellbogen und versuchte den verrückten Traum abzuschütteln, um sich auf das zu konzentrieren, was tatsächlich passiert war. Als er hörte, wie Lou das Wasser in der Dusche anstellte, war er wach genug, um Bilanz ziehen zu können. Die letzte Nacht war unglaublich gewesen. Es hatte natürlich auch einige etwas unbeholfene Momente gegeben, aber er konnte sich nicht erinnern, jemals so viel Spaß im Bett gehabt zu haben. Und ihm war klar, dass er sie genau dort wieder haben wollte – und zwar jetzt gleich!

Al begann im Kopf eine Liste zu machen. Er würde Hannah mitteilen, dass er vorhatte, länger in Milwaukee zu bleiben, dann würde er Lou zu einem richtigen Date einladen und ihr vielleicht einen Schlüssel für sein Apartment nachmachen lassen. Aber zuallererst musste er ihr beichten, worüber er in Wirklichkeit schrieb. Er sollte das keinen Tag, am besten keine Sekunde länger aufschieben. Als er hörte, dass Lou das Wasser abstellte, rief er: »Warum diese Eile? Es ist doch gerade mal sieben.«

Lou öffnete die Badezimmertür einen Spaltbreit, damit sie sich nicht durch die Wand anschreien mussten. Al konnte sie zwar hören, bekam aber keinen Zentimeter von ihr zu sehen. »Ich treffe mich um halb acht mit dem Fisch-Typen. Er wird wahnsinnig launisch, wenn ich nicht pünktlich bin. Und wer mag schon einen launischen Fisch-Typen?«

»Fisch-Typ? Gibt es in deinem Büro Fische?« Schon in dem Moment, als Al die Worte aussprach, ahnte er, dass etwas nicht stimmte. Sein Magen schien eine Etage tiefer zu sacken. Als Lou aus dem Bad trat, trug sie ein einfaches weißes T-Shirt mit V-Ausschnitt, wie man sie in Dreierpacks in der Männer-Unterwäschen-Abteilung bekam, und eine schwarz-weiß karierte Hose. Als Magen schien sich zu verselbstständigen, und ihm wurde speiübel. Als sie ihm den Rücken zuwandte, um etwas in ihrem Schrank zu suchen, setzte er sich kerzengerade im Bett auf. Sein Herz raste, sein Atem kam flach und stoßweise über seine Lippen. All sein Blut schien auf einmal in das schwarze Loch zu strömen, das sich langsam in seiner Brust auftat. Ihm wurde eiskalt. Sein Mund war so trocken, dass er fürchtete, kein Wort herauszubekommen, als er die entscheidende Frage stellte. »Du bist Köchin?«

»Ja, wusstest du das nicht?«

»Wir hatten vereinbart, nicht über unsere Jobs zu reden. Du hast mir nur mal erzählt, dass du Probleme mit dem Kopierer hast. Deswegen bin ich davon ausgegangen, dass du in einem Büro arbeitest.«

Lou schien einen Moment darüber nachzudenken, während sie, einen Socken halb über den Fuß gezogen, auf einem Bein balancierte. »Ja, stimmt. Tja, jetzt weißt du es. Ich habe ein eigenes Restaurant. Und unser Kopierer gibt regelmäßig einmal pro Monat seinen Geist auf. Wir können uns nur leider keinen neuen leisten.« Lou musterte ihn aufmerksam. »Geht es dir gut? Du siehst so blass aus.«

Al nickte und schluckte schwer. Er schickte ein Stoßgebet zum Himmel und hoffte, dass irgendein Wesen dort oben Mitleid mit ihm haben und dafür sorgen würde, dass er mit seiner schrecklichen Vermutung falsch lag. »Wie heißt dein Restaurant?«

Lou ging zurück ins Badezimmer, wobei sie ihre Haare im Nacken zu einem Pferdeschwanz zusammennahm. »*Luella's*.

Es liegt ein paar Blocks von hier entfernt in einem Eckgebäude. Das mit den großen Schaufenstern. Jetzt, da du Harley und Sue kennengelernt hast, musst du unbedingt mal vorbeikommen. Sue ist meine Souschefin, und Harley ist für die Desserts zuständig …«

Lou plapperte weiter, aber Al hörte nichts mehr, nachdem das Wort »Luella's« gefallen war. Er war froh, dass Lou nicht sehen konnte, wie er sich in die Kissen zurückfallen ließ und an die weiße Decke starrte, in der Hoffnung, dort die Antwort auf all die Fragen zu finden, von denen er noch nicht einmal wusste, wie er sie stellen sollte. Das konnte einfach nicht wahr sein. Das *Luella's* gehörte einer gewissen Elizabeth, nicht Lou. Verzweifelt klammerte er sich an diesen letzten Hoffnungsschimmer. »Ist Lou eine Abkürzung für Luella?«

Bitte sag jetzt nicht, dass dein zweiter Vorname Elizabeth ist. Mach, dass es ein anderes Restaurant ist, das auch Luella's *heißt, dass es nicht sie ist. Bitte mach, dass es zwei von ihnen gibt!*

Aber Al kannte die Antwort auf seine Frage bereits. In der Sekunde, die Lou brauchte, um ihm zu antworten, schien sein Herz eine Million Mal zu schlagen.

»So etwas in der Art. Meine Großmutter hieß Luella, und es ist gleichzeitig mein zweiter Vorname. Eigentlich heiße ich Elizabeth, aber so nennt mich niemand. Wehe, du fängst an, mich Lizzy zu nennen.«

Al sackte in sich zusammen und versuchte, das Gefühlschaos in seinem Innern zu sortieren. Schock und Wut durchfluteten ihn, wurden jedoch schnell von Traurigkeit verdrängt. Er musste diese Sache beenden. Er konnte sich unmöglich mit der Frau anfreunden, über deren Restaurant er Kritiken schrieb, und sich schon gar nicht stundenlang mit ihr im Bett wälzen, nachdem er mit ihrer halben Belegschaft einen feuchtfröhlichen Kochabend verbracht hatte. Das widersprach seinem persönlichen Arbeitsethos. Außerdem schämte er sich. Al versuchte die Fakten zusammenzutragen, als handele es sich dabei um Scrabblesteine, die man nur in die richtige Reihenfolge bringen musste, damit sie am Ende einen Sinn ergaben. Er begann damit, die Ereignisse aufzulisten, von denen er wusste, und füllte die Lücken mit dem, was er vermutete. Mit einem lauten Klicken fiel das letzte Steinchen an die richtige Stelle, und Al wurde klar, was an dem Tag passiert war, an dem er im *Luella's* gegessen hatte. Deutlich sah er wieder die traurige Frostingspur vor sich, die sie auf dem Bürgersteig hinter sich hergezogen hatte, und ihr gebrochenes Herz. Das Essen war tatsächlich furchtbar gewesen, aber vor allem hatte er seinen Job nicht richtig gemacht. Jeder vernünftige Restaurantkritiker wäre wiedergekommen, um dem Restaurant eine zweite Chance zu geben. Im Gegensatz zu ihm. Er hatte sie fertiggemacht, ihrem Restaurant das Grab geschaufelt. Hätte er noch einmal dort gegessen, wäre es mit Sicherheit hervorragend gewesen. Der letzte Abend war der Beweis, dass Lou es auf geradezu magische Weise verstand, den Zutaten ihre besten Eigenschaften zu entlocken und sie zu einem größeren Ganzen zu verbinden. Angesichts des riesigen Fehlers, den er begangen hatte, begannen seine Augen zu brennen. Er musste hier weg. Lou durfte niemals erfahren, wer er war, was wiederum bedeutete, dass sie auf keinen Fall zusammen sein konnten. Al wälzte sich aus dem Bett, griff nach seiner Hose und begann sich mit seltsam steifen Bewegungen anzuziehen.

Im selben Moment kam Lou mit einem Fläschchen Vanilleextrakt, aus dem sie sich ein paar Tropfen hinter die Ohren tupfte, aus dem Bad. Als sie sah, wie Al sich anzog, runzelte sie fragend die Stirn. »Gehst du schon? Das musst du nicht. Du könntest mich auch einfach begleiten. Harley backt morgens meist schon ein paar wahnsinnig leckere Croissants für alle, die früh da sind.«

Al sah ihr fest in die Augen, um sich auf die Lüge vorzubereiten, die als Nächstes über seine Lippen kommen würde. »Ich kann nicht. Ich muss packen.«

»Machst du Urlaub? Wo geht's hin?«

»Keine Reise. Arbeit. Ich habe in Kalifornien zu tun und weiß noch nicht, wie lange ich dort bleiben werde. Morgen geht es los.«

»Mist, wie schade. Aber du könntest ja wiederkommen, wenn du fertig gepackt hast.«

»Das wird wahrscheinlich nicht klappen. Ich habe den Hang, alles in der letzten Sekunde in den Koffer zu werfen. Und da ich letzte Nacht nicht zu Hause war, muss ich heute noch einiges zusammensuchen.«

»Oh, ja, klar. Das letzte Nacht kam etwas … überraschend.« Lous Wangen färbten sich rosa, als sie daran dachte, und Al schämte sich noch mehr.

»Ich gehe jetzt wirklich besser. Ich rufe dich an, sobald ich zurück bin.«

»Klingt gut.«

Das Radiogedudel, das aus dem Badezimmer kam, war plötzlich viel zu laut für die Stille, die sich zwischen ihnen ausbreitete. »Im Laufe des Tages ist mit sturmartigen Böen und Gewittern zu rechnen. Bleiben Sie, sofern möglich, im Haus«, ertönte die Stimme der Wettervorhersage.

Al gab Lou einen flüchtigen Kuss auf die Wange und verließ die Wohnung. Leise zog er die Tür hinter sich zu.

17

Donner grollte in der Ferne, durch die offene Hintertür fegte eine kühle Böe in die Restaurantküche. Da die Regenrinne schon lange verstopft war, ergoss sich ein regelrechter Wasserfall vom Dach über dem Eingang. Abgesehen vom Donner und dem Geräusch des Regens durchbrachen nur das surrende Geräusch von Harleys Mixer und das Klackern des Messers auf dem Schneidebrett die friedliche Stille. Auch wenn Lou den Lärm mochte, den die lauten Stimmen und die Geschäftigkeit am Abend mit sich brachten, genoss sie auch die ruhigere Vorbereitungsphase am Morgen, in der sie Zeit zum Nachdenken hatte. Manche Menschen machten den Sonnengruß, andere zündeten vor Buddha-Statuen Räucherstäbchen an oder beteten den Rosenkranz, Lou entspannte sich, wenn sie Gemüse in hauchdünne Streifen schnitt, Fisch filetierte und Kalbsbrühe ansetzte. Nur dass ihre Art der Meditation besser roch und sie selbst, wenn sie keine Lösung für ihre Probleme dabei fand, am Ende immerhin etwas Leckeres zu essen auf dem Tisch stehen hatte. »Ich weiß auch nicht so richtig, es war irgendwie komisch«, durchbrach sie die Stille. Lou hatte so laut gesprochen, dass auch Harley sie in seiner Ecke der Küche hören konnte.

»Der Morgen danach ist immer merkwürdig«, antwortete Sue.

»Nein, das meine ich nicht. Erst hat er mich nicht aus dem Bett gelassen, hat sich an mich geklammert, als wollte er mich nie wieder loslassen. Und dann konnte er plötzlich nicht schnell genug wegkommen. Ich hatte schon befürchtet, er würde eine Verabredung zum Squash oder so einen Quatsch als Ausrede erfinden.«

»Vielleicht musste er ja wirklich packen. Was meinst du, Harley?«

»Er sieht aus wie Harry Potter.«

»Nur weil er Engländer ist, macht ihn das noch lange nicht zu Harry Potter.« Lou verdrehte genervt die Augen.

Sue lehnte sich verschwörerisch zu ihr herüber und flüsterte: »Wenn er ihn mit Harry Potter vergleicht, muss er ihn wirklich mögen.«

Lou musste grinsen. »Ich weiß, ein größeres Kompliment gibt es für ihn wahrscheinlich nicht.« Auch wenn sie immer noch ein komisches Gefühl hatte, war sie glücklich. Auf eine verrückte Art glücklich. Die Art irrsinniger Freude, die mit einem verklärten Grinsen einherging und nur den frisch Verliebten vorbehalten war.

»Du strahlst ja richtig«, sagte Sue.

Lou wurde rot. »Ich kann nichts dagegen machen, ich bin einfach so ...« Sie suchte nach den richtigen Worten.

»Glücklich?«, sagte Sue.

»Ja, glücklich. Und euphorisch. Und nervös. Und wahnsinnig aufgeregt.«

»Aufgeregt?«

»Ja, aufgeregt. Aber auf eine gute Art. Es fühlt sich so anders an als mit Devlin. Ich will alles über ihn wissen. Ob er schnarcht, ob er schon immer Journalist werden wollte. Wer seine erste große Liebe war. Ich weiß so wenig über ihn, und ich kann es kaum abwarten, dass er mir alles von sich erzählt.«

»Bitte, Hannah!«, sagte Al und umklammerte den verschlissenen Stuhl, der vor dem Schreibtisch seiner Chefin stand.

Hannah beobachtete aufmerksam, wie sich seine Kiefermuskeln anspannten. Sie war sich sicher, dass er dahinter eine ganze Kaskade an Gegenargumenten für den Fall bereithielt, dass sie seine Bitte abwies. »Sie haben mich noch nie um so etwas gebeten. Warum ausgerechnet jetzt?«

»Ich habe mich geirrt.«

»Wollen Sie mir damit sagen, dass Sie gelogen haben?« Hannah richtete sich alarmiert auf.

»Nein, es war ein Versehen. Ich hatte einfach noch nicht alle Fakten beisammen.«

»Dann nein.«

»Bitte, Sie *müssen* mich eine zweite Kritik schreiben lassen.«

»Ich *muss* gar nichts, außer Sie Ihren Job machen lassen. Der, wenn ich Sie erinnern darf, darin besteht, unterhaltsame Restaurantbesprechungen zu schreiben, die durchaus einer *subjektiven* Meinung entspringen dürfen.« Sie betonte, um ihren Standpunkt deutlich zu machen, das Wort »subjektiv«. »Wenn wir zu jedem Artikel, der einen persönlichen Standpunkt vertritt, eine Gegendarstellung drucken würden, wären wir mit nichts anderem beschäftigt. Sie haben nicht gelogen, sondern das Essen genau so beschrieben, wie Sie es empfunden haben. An der Kritik wird nichts mehr verändert.«

»Sie verstehen mich falsch. Ich habe mich geirrt!«

»Das ist mir egal. Sie können das Restaurant in einem Jahr oder zwei noch einmal besprechen. Wenn Sie Ihre Meinung jetzt widerrufen, verlieren Sie Ihre und damit auch unsere Glaubwürdigkeit. Ich werde nicht zulassen, dass Sie sich selbst oder die Zeitung in so eine Lage bringen. Es ist schon so schwer genug, sich gegen die Konkurrenz der Online-Portale durchzusetzen, aber immerhin genießen wir bei den Kollegen von der gedruckten Presse noch eine gewisse Autorität. Und die werden Sie nicht untergraben.«

»Ich werde auch nie wieder darum bitten.«

»Das werden Sie tatsächlich nicht. Meine Antwort ist Nein. Und jetzt raus.« Hannah wandte sich ihrem Computer zu, um ihre E-Mails zu lesen.

Al sah ein, dass es keinen Sinn hatte. Wütend ballte er die Fäuste und kehrte zu seinem Schreibtisch zurück. Anstatt sich auf seinen Bürostuhl zu setzen, starrte er auf den schwarzen Bildschirm, als hätte der sich von ganz allein die Frechheit herausgenommen, den grausamen Artikel mit dem einzigen Ziel zu schreiben, die Karriere einer ambitionierten jungen Geschäftsfrau zu zerstören. Al spielte mit dem Gedanken, den Computer zu packen und durch eines der großen Panoramafenster zu schleudern. Aber ein echter Engländer blieb stets Herr seiner Gefühle. Aber er musste dringend hier raus, aus dem Büro, am besten auch aus der Stadt. Als es in seiner Tasche vibrierte, nahm er das Handy heraus und hielt es sich ans Ohr, ohne auf die Anruferkennung zu achten. »Al hier.«

»Hey«, meldete sich eine sanfte Stimme am anderen Ende.

Al schloss die Augen und ließ sich auf den Schreibtischstuhl fallen. Verzweifelt fuhr er sich mit einer Hand durch die Haare. »Hallo.« Er versuchte seine Stimme so fröhlich wie möglich klingen zu lassen, was sich allerdings eher nach einem Chorknaben anhörte, der einen ordentlichen Zug aus der Heliumflasche genommen hatte. Er räusperte sich und probierte es noch einmal: »Hey, Lou.«

»Ich hatte das Gefühl, dass du heute Morgen ein wenig abwesend warst. Ich wollte nur sichergehen, dass ich nichts falsch gemacht habe.«

»Nein, um Gottes willen, natürlich nicht. Du warst in jeder Hinsicht wunderbar. Ich hatte einfach nur vergessen, was noch alles zu tun ist. Deswegen war ich ein wenig hektisch.«

»Sicher?«

»Ja, wirklich, mach dir keine Gedanken. Ich rufe dich an, sobald ich zurück bin, okay?«

»Okay. Dann eine gute Reise.«

»Danke.«

Al legte das Handy so vorsichtig auf den Tisch, als könnte es jeden Augenblick explodieren. Er hatte keine Ahnung, was er tun sollte. Sein Verstand riet ihm klar und deutlich, seinen Plan von heute Morgen in die Tat umzusetzen: Milwaukee so schnell wie möglich zu verlassen und Lou zu vergessen. Aber sein Herz sagte ihm, dass Lou etwas in ihm ausgelöst hatte. Sie hatte eine Seite an ihm hervorgebracht, die er selbst noch nicht richtig verstand, aber allzu gerne näher kennenlernen wollte. Mit Lou fühlte er sich am richtigen Platz. Und ausgerechnet sie machte sich Gedanken, etwas falsch gemacht zu haben. Was für ein Schwachsinn.

»Wie war der Grillabend?«, fragte John hinter ihm. »Alles okay bei dir?«

Als Al sich zu ihm umdrehte, wurde ihm klar, dass er dringend einen Rat von jemandem brauchte. Und John war genau dieser Jemand. Er seufzte erleichtert, als ihm klar wurde, dass John inzwischen Freund genug war, um zu merken, dass etwas nicht in Ordnung war. »Nicht wirklich. Ich brauche jemanden zum Reden. Kann ich dich zu einem Kaffee einladen?«

John sah ihn schockiert an, hatte sich aber schnell wieder im Griff. »Gerne, mit viel Milch und Zucker.«

»Oh, Mann, was für ein Scheiß!«, sagte John. Al hatte ihm alles erzählt, was in der vergangenen Nacht und am Morgen passiert war. Na ja, nicht wirklich *alles*. Er war schließlich ein Gentleman.

Nach dem morgendlichen Ansturm war der Coffeeshop, in dem sie saßen, nur noch spärlich besucht. Die Angestellten waren damit beschäftigt, leere Becher und Teller einzusammeln, um den Laden für die Gäste am Nachmittag wieder einigermaßen repräsentabel zu machen. Nachdem sie ihre Bestellungen an der Theke eingesammelt hatten, suchten sich Al und John einen Tisch im Freien. John setzte seine verspiegelte Sonnenbrille auf, während Al, der viel zu abgelenkt war, um das grelle Licht überhaupt zu bemerken, an seinem Earl Grey nippte. Normalerweise half der Tee ihm dabei, seine Nerven zu beruhigen. Aber heute schien er nur einen bitteren Geschmack in seinem Mund zu hinterlassen. Offensichtlich würden ihm weder getrocknete Blätter noch heißes Wasser die Erlösung bringen.

»Vielen Dank für deine scharfsinnige Einschätzung der Lage, John. Aber was soll ich jetzt bitte machen?«

»Du darfst es ihr auf keinen Fall sagen.«

»Ach was. Sehr clever.«

»Aber du könntest ihr helfen. Zum Beispiel indem du eine neue Kritik schreibst.«

»Hannah will sie nicht veröffentlichen. Ich habe sie schon gefragt. Verdammt, ich muss die Sache unbedingt geradebiegen. Das hat sie nicht verdient.« Al fuhr sich zum tausendsten Mal am heutigen Tag mit den Fingern durch die Haare. Das und die fehlende Dusche – er war von Lous Apartment aus direkt ins Büro gegangen – sorgten dafür, dass seine Frisur inzwischen erstaunliche Ähnlichkeit mit dem Rücken eines Igels hatte.

»Und wenn du einen anderen Kritiker dazu bringst, eine Besprechung über sie zu verfassen?«

»Ich glaube kaum, dass die anderen Kritiker besonders große Fans von mir sind.«

»Ja, stimmt. Du hast dich immer wie ein ziemliches Arschloch verhalten.«

»Und noch einmal vielen Dank für die scharfsinnige Beobachtung. Ich brauche deinen Rat, keine Zusammenfassung davon, wie oft ich mich wie der letzte Idiot benommen habe.«

»Willst du dich weiter mit ihr treffen?«

»Ich sollte es nicht tun. Es wäre jedenfalls nicht gerade sehr professionell, wenn ich als Kritiker mit meinen ›Kunden‹ ausgehe. Das kann nur schiefgehen.«

»Dann solltest du sie einfach ignorieren. Das ist zwar ziemlich brutal, aber der sicherste Weg, sie von dir fernzuhalten.«

Al mochte Johns Vorschlag nicht. Nicht im Geringsten. Lou hatte etwas an sich, vielleicht war es ihre freundliche Art, ihre Großzügigkeit oder auch ihre Widerstandsfähigkeit, was ihn unweigerlich zu ihr hinzog. Er wollte ihr helfen, sie beschützen und ihr das Gefühl geben, dass es nichts gab, worauf sie nicht stolz sein konnte. »Das kann ich nicht.«

Johns überraschter Ausdruck war trotz des Urwalds in seinem Gesicht deutlich zu erkennen. »Vielleicht ist es ja auch gar nicht so schlimm, wie wir gerade annehmen. Lass mich mal kurz telefonieren.«

Er zog sein Handy aus der Tasche und wandte sich ein Stück von Al ab. »Hey Rob, ich bin's, John. Was weißt du über das *Luella's*? Das Restaurant an der St. Paul Street.«

Stille. Al trommelte nervös mit den Fingern auf die Tischplatte.

»Bist du dir sicher? Okay.«

Stille. Al kaute an einem Fingernagel.

»Ja, das habe ich auch gehört … Danke, Rob. Wir hören uns.«

John legte das Telefon vor sich auf den Tisch und sah Al an.

Al konnte sein Spiegelbild in Johns Brille sehen. Seine Augen waren weit aufgerissen, und sein Blick zuckte so gehetzt hin und her wie der eines Abhängigen auf der Suche nach dem nächsten Schuss, von dem er nicht wusste, wie er an ihn rankommen sollte. *»Und?«*

»Sieht nicht gut aus. Ihre Bestellungen sind in den letzten Monaten stark zurückgegangen. Die meisten Angestellten haben sich inzwischen nach was anderem umgesehen. Es geht das Gerücht, dass sie ihnen ans Herz gelegt hat, sich neue Jobs zu suchen, weil sie das Restaurant nicht länger als bis Silvester geöffnet halten kann.«

Al wurde schlecht. »Danke fürs Nachfragen. Aber das ändert nichts an dem, was ich empfinde.«

»Ich bin mir nicht sicher, ob dir eine Wahl bleibt. Wie soll es sonst weitergehen? Du magst sie, oder?«

»Natürlich mag ich sie. Das ist ja der ganze verdammte Schlamassel!«

»Wenn du den Dingen ihren natürlichen Lauf lässt, als ob nichts passiert wäre, wirst du sie besser kennenlernen.«

»Ja.«

»Und sie wird irgendwann wissen wollen, worüber du schreibst, vielleicht sogar mal was lesen wollen.«

»Ich könnte ihr andere Artikel von mir zeigen. Ich schreibe schließlich nicht nur Restaurantkritiken. Von irgendwoher muss das Geld ja kommen, mit dem ich mein Apartment bezahle.«

»Okay, dann triffst du dich also weiter mit ihr, bis … genau was passiert? Bis ihr heiratet? Willst du für den Rest deines Lebens alle Gehaltsschecks von der Zeitung vor ihr verstecken und dir absurde Geschichten ausdenken, warum du fünfmal die Woche auswärts isst?

Klingt für mich nicht gerade nach dem perfekten Start in eine gemeinsame Zukunft.«

Al starrte mit leerem Blick auf die Straße. Jede von Johns

Fragen war wie ein weiterer Stein auf der Mauer, die plötzlich zwischen ihm und Lou aus dem Boden zu wachsen schien. Selbst ihr gutes Herz würde ihm nicht verzeihen können, was er getan hatte. Er hatte ihren Traum zerstört. Al schloss die Augen und nickte langsam. Dann stand er auf. »Lass uns zurückgehen.«

John musterte seinen Freund aufmerksam. Er schien regelrecht in sich zusammengesunken zu sein, sein Blick wirkte starr.

Als John aufstand und den Weg zum Büro einschlug, wurde Al mit einem Mal etwas klar. Zurück war nicht die Richtung, in die er gehen wollte, sondern nach vorn.

Seit neun Tagen war Al jetzt schon beruflich unterwegs. Lou hatte mitgezählt. »Kann einer von euch bitte mal auf meinem Handy anrufen. Ich glaube, es ist kaputt«, rief sie über die Küchengeräusche hinweg.

»Es funktioniert hervorragend. Wir haben es gestern schon getestet, falls du dich erinnerst«, antwortete Sue. Ihre Stimme verriet leichte Besorgnis.

»Aber es klingelt nicht.«

»Ja, weil dich niemand anruft. Würdest du jetzt bitte die Seezunge fertig filetieren und dann anfangen, die Koteletts zu grillen?«

Lou lehnte das Handy gegen das Salzfass, das vor ihr auf der Theke stand, damit sie es immer im Blick hatte. Bis sie den Fisch zubereitet hatte, widerstand sie dem Drang, es in die Hand zu nehmen – sie zuckte nur viermal in die Richtung. Nachdem sie die Filets für den Abend im Kühlschrank verstaut und die Koteletts herausgeholt hatte, stürzte sie zurück, um nachzusehen, ob sie in der letzten Minute einen Anruf verpasst hatte. Als sie mit feuchten Händen nach dem Handy griff, rutschte es ihr aus den Fingern und landete auf dem Grill. Mit einem spitzen Entsetzensschrei riss sie das Telefon von der heißen Oberfläche. Das vom Rost in die Abdeckung geschmolzene Muster hätte jedem ordentlichen Steak Konkurrenz machen können. Sie fuhr schwer atmend mit dem Finger über das Display, um zu testen, ob es noch funktionierte. Als es sich ganz normal entsperren ließ, atmete Lou erleichtert auf – nur um eine Sekunde später enttäuscht festzustellen, dass Al immer noch nicht angerufen hatte.

Kräftige Finger schlossen sich um das immer noch warme Handy und legten es auf ein Regalbrett zwischen das koschere Salz und den gereiften Balsamicoessig.

»Hey!« Lou warf Sue einen finsteren Blick zu.

»iPhone steht nicht auf unserer Karte. Na los.« Sie zog Lou mit sich. »Harley, wir sind mal kurz weg. Kommst du klar?«

»Ja, kein Problem. Raus mit euch«, sagte er und winkte ungeduldig in Richtung Hintertür.

Sue griff nach Lous Hand und dirigierte sie aus der Küche, möglichst weit weg von ihrem Handy.

Auf dem Herbst-Bauernmarkt umschwirrten Trauben von Wespen die hoch aufgetürmten Berge von Äpfeln auf den Auslagen aus grobem Holz. Es wimmelte von Familien aus der Vorstadt, deren Kinder ihre Eltern durch die Menge schleiften, und älteren Frauen, die Bündel von Spinat so genau inspizierten wie ein Juwelier einen wertvollen Edelstein. In der Luft lag ein vager Geruch nach feuchtem Laub und dem ersten Frost. Eine Vorahnung auf den bevorstehenden Winter. Die Passanten hatten die Pullover aus den hintersten Ecken ihrer Schränke hervorgeholt, und hier und da leuchteten Wollmützen mit aufgesticktem Tiermuster aus Buggys und auf den Köpfen der herumhüpfenden Kleinkinder.

Lou atmete tief ein, um den Geruch nach frisch geschnittenen Blumen, gefüllten Maismehltaschen von den Essensständen rundherum und Sonnenschein aufzunehmen. Sie war ein großer Fan des *West Allis Farmers Market* mit seinen breiten Gängen und Dutzenden von Ständen, die auf einem weitläufigen Platz, der von einer dicken Backsteinmauer umgeben war, frische Lebensmittel anboten. Vor dem Areal war neuerdings auch eine Reihe von Zelten aufgestellt worden, in denen mexikanische Snacks verkauft wurden. Das Angebot auf dem Markt war so umfangreich und gut, dass Lou sich angewöhnt hatte, nur mit einem überschaubaren Budget hierherzukommen, da sie sonst mehr Lebensmittel mit nach Hause schleppte, als sie jemals hätte verarbeiten können. Sie liebte es, sich mit den Farmern darüber zu unterhalten, wie und wo sie ihre Produkte anbauten, und neue Sorten zu entdecken, die sie im *Luella's* verwenden konnte. Aber heute war sie privat hier, nicht als Restaurantchefin. Sue hatte sie zum Lunch aus herbstlichem Eintopf, frischen Äpfeln und ein bisschen »Frauen-Tratsch«, wie sie sich ausdrückte, mitgeschleppt. Lou legte den Kopf in den Nacken und genoss die warmen Sonnenstrahlen auf dem Gesicht. »Es tut gut, mal wieder rauszukommen.«

»Ich hatte nur die Wahl zwischen dem hier oder dich unter Drogen zu setzen.«

Lou warf Sue einen prüfenden Blick zu, um herauszufinden, ob sie es ernst meinte. Sie war sich nicht sicher. »Wie meinst du das?«

»In den letzten Tagen warst du ein nervöses, reizbares, zappeliges Wrack. Und es ist immer schlimmer geworden. Ich dachte mir, dass es vielleicht besser ist, zuerst mal den Versuch zu unternehmen, mit dir zu reden, bevor ich dir zwangsweise Valium verabreiche.«

Lou nahm einen Apfel in die Hand und schnupperte daran.

Das süße Aroma ließ ihr das Wasser im Mund zusammenlaufen. »War ich wirklich so schlimm?«

»Schlimmer! Ruf ihn doch einfach an.«

Lou kaufte ein Paket Äpfel. Dann spazierten sie weiter an den Ständen entlang, die sich unter der Last von armlangen Gurken, lokal produziertem Honig und Bergen von Rosenkohl bogen. »Das würde ich ja gerne, aber er ist auf einer Geschäftsreise. Und er hat gesagt, dass er anruft, wenn er wieder da ist. Ich will auf keinen Fall zu aufdringlich erscheinen.« Lou blieb unvermittelt stehen und sah sich um, dann fügte sie hinzu: »Mist, ich kann mich nicht entscheiden, was ich will.«

Sue lächelte und zog sie zu einem Stand, an dem Körbe voller Wurzelgemüse aufgereiht waren. »Natürlich kannst du das. Was glaubst du, wie der Bauer entschieden hat, wann er dieses Gemüse anbaut? Er konnte nicht von vornherein wissen, wann die Kartoffeln so groß sein würden oder die Möhren am süßesten schmecken. Deswegen hat er seine Erfahrung genutzt. Er hat beobachtet, wie sich die Pflanzen über der Erde verändern, was in der Vergangenheit in derselben Jahreszeit gut gewachsen ist. Aber er konnte natürlich nie sehen, was unter der Erde passiert, deswegen musste er einfach irgendwann riskieren, daran zu ziehen. Er musste ein Risiko eingehen, das genauso gut hätte schiefgehen können, aber er hätte es als Bauer nie so weit gebracht, wenn er es nicht probiert hätte. Es wird Zeit, dass du dir einen Ruck gibst.« Sie starrten beide auf die Knollengewächse vor ihnen, dann stupste Sue ihre Freundin liebevoll mit dem Ellbogen an. »Ruf ihn an.«

18

»Mum, bitte«, sagte Al leidend und stieß dabei verzweifelt die Stirn auf die Tischplatte.

John saß ihm mit übereinandergeschlagenen Beinen und verschränkten Armen gegenüber und beobachtete amüsiert die wachsenden Qualen seines Freundes. Zwischendurch griff er immer wieder nach seinem Kaffeebecher, um während der schon eine ganze Weile andauernden Vorstellung von Als Elend nicht zu dehydrieren. Seit über einer Woche arbeitete Al nun schon an einer Lösung seines Meine-Kritik-hat-ihren-Traum-zerstört-aber-ich-glaube-ich-liebe-sie-Problem – bisher ohne ersichtliche Fortschritte. Und was er ganz sicher nicht dabei brauchte, war ein Elternteil, dass die Dinge noch komplizierter machte, als sie es ohnehin schon waren.

»Es ist Monate her, dass du hier warst, mein Liebling. Du könntest für ein Wochenende kommen.«

»Ich weiß, dass du mich gerne einmal wieder zu Hause hättest, aber ich bin zurzeit ziemlich beschäftigt.«

»Dann kommen wir dich besuchen.«

»Es wäre mir wirklich lieber, ihr würdet das nicht tun.«

»In deinen Artikeln steht so viel über die wunderbaren Restaurants in Milwaukee. Wir würden gerne kommen.«

»Ihr habt meine Besprechungen gelesen?«

»Natürlich. Wir lesen alles, was du veröffentlichst. Inzwischen muss man ja Gott sei Dank keine Abonnements mehr abschließen. Das Internet macht diese Dinge wirklich sehr viel einfacher.«

»Gerade ist einfach ein schlechter …«

»Keine Widerrede! Wenn sich Mütter Sorgen machen, ist es meist kein guter Zeitpunkt. Das ist der Grund, warum wir nicht darauf warten, eingeladen zu werden. Dein Vater würde gerne nach den Herbstprüfungen in den Urlaub fahren. Außerdem bist du ganz offensichtlich mehr als hingerissen von ihr. Und wir wüssten gerne, warum.«

»Wie bitte? Ich habe doch gar nichts von ihr erzählt.« Al setzte sich kerzengerade auf und ging in Gedanken noch einmal das Gespräch durch, das sie gerade geführt hatten.

»Aha! Es gibt also wirklich ein Mädchen. Wer ist sie, Alastair?«

Al ließ sich auf seinem Stuhl zurückfallen, als habe ihn jemand k. o. geschlagen. Er streckte die Beine lang nach vorn aus und fuhr sich mit der Hand durch die Haare. »Mum, ich muss jetzt wieder an die Arbeit.«

»Ich will alles von ihr wissen.«

»Wir hören uns, Mum, bis dann.« Al knallte sein Handy auf den Tisch, schloss die Augen und schüttelte verzweifelt den Kopf.

John grinste von einem Ohr zum anderen. »So, so, die Eltern kommen. Was für wunderbare Neuigkeiten.«

»Verdammt, ich bin gerade auf den ältesten aller Mütter-Tricks hereingefallen. Sie ist die absolute Königin der investigativen Gesprächsführung. Ich wette, dass sie seit Wochen an ihrer Strategie gearbeitet hat. Verdammter, verfluchter Mist!«

»Was wollen wir ihnen alles zeigen?«

»*Du* wirst ihnen gar nichts zeigen …«

»Hey, Moment mal, ich bin zufällig ein ganz exzellenter Touristenführer. Ich kenne alle guten Bars und Shops, und außerdem bin ich wahnsinnig charmant.«

»Damit hast du allerdings nicht ganz unrecht. Vielleicht doch keine so schlechte Idee.« Al trommelte mit den Fingern auf die Tischplatte, während er darüber nachdachte. Seine Mutter würde John wahrscheinlich lieben, sofern er mit ihrer etwas betulichen Art klarkam. Und er könnte mit seinem Dad eine kleine Geschichtstour durch die Stadt unternehmen.

Al hatte gerade begonnen, eine Liste mit den Restaurants zu erstellen, in die er mit seinen Eltern gehen könnte, wenn sie in Milwaukee wären, als sein Telefon klingelte. Abwesend drückte er auf die Anruftaste. »Al hier.«

Am anderen Ende erklang eine leise Stimme. »Hey, Al. Ich bin's, Lou.«

Al richtete sich kerzengerade auf. »Oh, hey, Lou. Entschuldige, dass ich mich noch nicht gemeldet habe. Ich war sehr beschäftigt. Wie geht's dir so?«

»Ganz gut. Wo bist du gerade?«

»Im Büro.«

»Oh, toll, du bist zurück. Wie schön!« Lous Stimme hellte sich hörbar auf.

Al warf John einen panischen Blick zu und faltete in einer flehenden Geste die Hände.

John hustete ein paarmal übertrieben laut.

»Ja, gerade heute Morgen zurückgekommen.« Al imitierte das künstliche Husten.

»Alles klar bei dir? Das klingt ja gar nicht gut.«

»Ich fühle mich ein bisschen angeschlagen. Anscheinend habe ich mir irgendwas eingefangen.« Al fühlte sich tatsächlich schlecht, allerdings war das eher auf die Lügen zurückzuführen, die er Lou gerade auftischte.

»Dann solltest du besser nach Hause gehen. Ich koche was Leckeres. Danach wird's dir sofort besser gehen.«

»Das solltest du lieber lassen, ich bin bestimmt ansteckend.«

»Mach dir keine Sorgen um mich. Ich bringe dir später was

vorbei. Ab ins Bett mit dir.« Lou legte auf, und Al starrte ausdruckslos auf das Telefon in seiner Hand.

»Hat sie es geschluckt?«, fragte John.

»Ja, hat ganz hervorragend funktioniert. Jetzt will sie vorbeikommen, um mich gesund zu kochen.«

»Das entbehrt nicht einer gewissen Ironie.«

»Ha, ha. Was soll ich jetzt machen?«

»Du gehst nach Hause und machst den Ferris Bueller.«

»Den was?«

»Ferris Bueller. Dieser Typ von der High School, in dem Film aus den Achtzigern. Macht einen ganzen Tag blau und treibt sich in Chicago rum. Weißt du nicht mehr? Bueller … Bueller …, Bueller.«

Al breitete fragend die Arme aus und schüttelte den Kopf. »Ich habe meine Teenagerjahre größtenteils damit verbracht, zu verhindern, dass sie mich aus Eton rausschmeißen, um meiner Familie die Schmach zu ersparen. Da blieb nicht viel Zeit für Kinoabende.«

»Kein Problem, das können wir nachholen. In der Zwischenzeit gehst du nach Hause, hältst dir eine Flasche heißes Wasser an die Stirn, damit du dich fiebrig anfühlst. Dann gehst du ins Bett und stapelst so viele Decken über dich, bis du anfängst zu schwitzen.«

»Du hast das schon ausprobiert, oder?«

»Ich habe dir bereits erzählt, dass meine High School nicht gerade das Paradies für Jungs mit einem Faible für Haute Couture war. Außerdem geht es hier um dich. Das Krankenlager wartet auf dich.«

Al fuhr den Computer herunter und schnappte sich seine Tasche. Er war schon ein paar Schritte entfernt, drehte sich dann aber noch einmal um. John hatte sich schon wieder über die neuesten Artikel zum Thema Herbstmode gebeugt. »Danke, Kumpel. Ich weiß deine Hilfe sehr zu schätzen«, sagte Al.

John winkte, ohne aufzublicken, mit einer Hand ab. »Los jetzt, geh ein paar falsche Keime ausbrüten.«

»Ich bin so nervös«, sagte Lou. »Es sollte ein Gesetz geben, das es verbietet, sich zehn Tage lang nicht zu sehen, nachdem man zum ersten Mal miteinander geschlafen hat.«

Lou hatte Sue angerufen, damit sie vorbeikam und ihr half, ein echtes britisches Wohlfühl-Essen für Al zu zaubern. Sue hatte wiederum Harley angerufen. Die Chancen standen gut, dass Al bald der glücklichste kranke Mann auf Erden sein würde. Wenn es überhaupt noch eines Loyalitätsbeweises ihrer Freunde bedurfte hätte, dann wäre er hiermit erbracht gewesen. Das Restaurant hatte dienstags normalerweise geschlossen, aber sie standen zu dritt in der Küche und zerkleinerten, brieten und backten, als gelte es, die Queen höchstpersönlich von ihren Kochkünsten zu überzeugen.

»Du bringst ihm Essen vorbei, obwohl er krank ist. Das wäre so oder so merkwürdig geworden«, fand Sue.

»Wahrscheinlich tut er nur so, damit du ihn bekochst. Ich würde es an seiner Stelle auf jeden Fall so machen«, mischte sich Harley aus seiner Küchenecke in die Unterhaltung ein.

»Halt die Klappe, Harley. Nicht jeder Mensch denkt wie du mit dem Magen. Hör ihm gar nicht zu, Lou.«

Lou zog einen Shepherd's Pie aus dem Ofen, den sie in mehrere Tücher wickelte, damit der Auflauf warm blieb und die anderen Gerichte nicht aus Versehen miterhitzte, bevor sie ihn in eine große Kiste stellte. Direkt daneben platzierte Sue ein großes Einmachglas mit Hühnernudelsuppe. Harley komplimentierte das Ensemble mit noch ofenwarmen Scones, einem irischen Weißbrot und frischer Orangenmarmelade. Sue schlug

Clotted Cream auf und füllte sie in kleine Gläser. Dann standen sie zu dritt um den Korb und bewunderten ihr Werk.

»Darf *ich* morgen krank sein?«, fragte Harley.

Sue klopfte ihm mitfühlend auf die Schulter. »Ich kann dir eine Suppe kochen, wenn du dich dann besser fühlst«, sagte sie, und Harley grinste anzüglich.

»Okay, bevor es hier gleich auch noch sehr merkwürdig wird, gehe ich lieber«, sagte Lou. Dann schnappte sie sich die Kiste und machte sich auf den Weg zu Al.

Lous erster Impuls, als Al die Tür öffnete, war, einen Schritt zurückzuweichen. Er sah wirklich nicht gut aus. Schweiß stand ihm auf der Stirn, und er hatte sich eine alte Decke um die Schultern geschlungen. Er sah so elend und in sich zusammengesunken aus, dass Lou befürchtete, er könnte sich jede Sekunde zu einem kleinen Ball am Boden zusammenkauern.

»Oh, mein Gott, du solltest auf keinen Fall das Bett verlassen«, sagte Lou. Al hatte sich am Telefon schon nicht gut angehört, aber ein so verschwitztes Häuflein Elend hatte sie trotzdem nicht erwartet. Wie schaffte er es nur, gleichzeitig wahnsinnig blass auszusehen und trotzdem gerötete Wangen zu haben? Sie lief geschäftig in die Küche und stellte die überquellende Kiste auf der Theke ab. Dann kam sie zu ihm zurück und legte behutsam eine Hand auf seine Stirn. Sie verzog den Mund und sah ihn streng an. »Geh wieder ins Bett. Du solltest wirklich nicht hier herumstehen.«

»Aber …«

»Geh. Ich bringe dir gleich eine Suppe.« Sie zeigte auf die Treppe und scheuchte ihn mit einer Handbewegung in die Richtung.

Dann ging sie zurück in die Küche und stellte sich in die Mitte, um das Equipment zu studieren. Saubere, wunderschöne Kupfertöpfe, ziemlich viele Kochbücher – immer ein gutes Zeichen. Ihr Blick fiel auf den elektrischen Wasserkocher und die Teekanne daneben. Sie füllte den Kocher und stellte ihn an. Während sie darauf wartete, dass das Wasser heiß wurde, packte sie die Kiste aus und durchstöberte mit der Routine einer erfahrenen Restaurantköchin, die sich in einer gut ausgestatteten Küche sofort wohlfühlte, Schränke und Schubladen. Als Dampf aus dem Wasserkocher stieg, hatte sie den Shepherd's Pie bereits zum Aufwärmen in den Ofen gestellt und ein Tablett mit Essen hergerichtet. Nachdem sie das kochende Wasser in die Teekanne geschüttet hatte, stieg sie die Treppe zu ihrem Patienten hinauf. Von der obersten Stufe konnte sie sehen, wie sich Al in der Mitte seines sehr gemütlich aussehenden Bettes zusammengerollt hatte. Sein Nachttisch war mit zerknüllten Taschentüchern und verschiedenen Fläschchen mit Erkältungspräparaten übersät. Aus einem Koffer, der aus dem Kleiderschrank herauslugte, quollen zerknitterte Klamotten. Sie würde das später für ihn aufräumen. Lou stellte das Tablett auf dem Bett ab und hockte sich auf die Kante.

Al hustete ein paarmal angestrengt, als bereite es ihm Schmerzen, dann setzte er sich auf. »Das wäre wirklich nicht nötig gewesen.«

»Du hast recht, aber wo wäre bitte der Nutzen, mit einer Köchin ins Bett zu gehen, wenn man hinterher nicht wenigstens auch ein paar Sonderleistungen in Anspruch nehmen könnte.«

Al fuhr bei ihren Worten sichtlich zusammen.

»Was ist los, tut dir was weh?«

Al zuckte die Schultern.

»Kann ich dir irgendwas aus der Apotheke holen?«

»Ich habe schon was genommen, bevor du gekommen bist.« Seine Stimme klang kratzig. Lou legte noch einmal ihre Hand auf seine Stirn. Al schloss die Augen. Er genoss die Berührung.

»Es scheint anzuschlagen. Du fühlst dich schon ein wenig kühler an.« Sie fuhr mit den Fingerspitzen an seiner Schläfe entlang und legte die Hand an seine Wange. Er blickte sie so flehentlich an, als ob seine blauen Augen um eine Antwort auf eine Frage bitten würden, die er nicht gestellt hatte. »Iss erst mal was. Danach wird es dir besser gehen.«

Al sah auf das voll beladene Tablett und räusperte sich. »Das sieht wahnsinnig lecker aus. Ist das Clotted Cream? Und Marmelade?« Er nahm einen Scone und hielt ihn zwischen den Händen. Dann sah er Lou mit überrascht aufgerissenen Augen an. »Der ist ja immer noch warm.« Dann brach er ihn in zwei Hälften, verteilte großzügig Marmelade darauf und garnierte das Ganze mit einem ordentlichen Klecks cremiger Sahne.

Al genoss jeden Bissen. Der Geschmack versetzte ihn in seine Kindheit zurück. Wenn er die Augen schloss, hatte er den Geruch aus dem Haus seiner Großmutter in der Nase. Sonntags, nach der Kirche, hatten sie sie immer mit der ganzen Familie besucht, und zum Tee hatte sie frisch gebackene Scones mit Marmelade serviert. Nach dem Essen hatten Ian und er die Hühner auf dem Hof gejagt oder gegeneinander gekämpft, wenn ihre Eltern gerade nicht hinsahen.

»Die sind unglaublich! Hast du die gebacken?«

»Für die Scones und die Marmelade ist Harley verantwortlich. Außerdem hat er ein irisches Weißbrot gebacken, das unten in der Küche liegt. Sue hat die Clotted Cream geschlagen und mir bei der Suppe und dem Shepherd's Pie geholfen.«

»Es gibt Shepherd's Pie? Wo? Wo ist er?« Al suchte das Tablett ab, als ob sich der Auflauf zwischen Teetasse und Suppe versteckt haben könnte.

Lou musste kichern. »Ich habe ihn in den Ofen gestellt, damit er warm bleibt. Wenn du nach all dem hier noch Hunger hast, hole ich dir einen Teller.«

»Das habe ich alles gar nicht verdient.«

»Jeder verdient es, ein wenig verwöhnt zu werden, wenn er krank ist. Ich bin mir sicher, dass du das Gleiche für mich tun würdest.«

»Natürlich. Ich würde dich mit Käsebergen, Frozen Custard und Kaffee mit viel zu viel Milch und Zucker überhäufen.«

»Und mir stapelweise Achtzigerjahre-Teenie-Filme vorbeibringen?«

»Nur die allerbesten.«

»Siehst du, du würdest mich genauso verwöhnen.« Lou fuhr mit den Fingern durch seine Haare.

Al lehnte sich zurück und genoss die sanfte Berührung.

»Ich überlasse dich jetzt dem Essen. Sag Bescheid, wenn du fertig bist, dann hole ich das Tablett wieder ab«, sagte Lou und verschwand die Treppe hinunter in die Küche.

Al hatte sich zwischen Angst- und Schuldgefühlen hoffnungslos in sie verliebt. Lou hatte ihm seine aus der Luft gegriffene Krankheitsvorstellung abgenommen und beschlossen, ihn mit Fürsorge und einem Essen, das direkt aus dem Paradies zu kommen schien, gesund zu pflegen. Und abgesehen von ihrer liebevollen Verwöhnstrategie nahm sie auch noch in Kauf, sich anzustecken, auch wenn sie es sich in ihrer Situation am allerwenigsten leisten konnte, krank zu werden. Trotzdem räumte sie jetzt seine Wohnung auf und wusch seine dreckige Wäsche. Al konnte hören, wie sie die Spülmaschine ausräumte. Das konnte auf keinen Fall so weitergehen. Er schob das Tablett beiseite, um aufstehen zu können, und trug es dann die Treppe hinunter. Als er in die Küche kam, ertappte er Lou dabei, wie sie völlig konsterniert die Wand anstarrte. Für einen kurzen Moment befürchtete Al, sie hätte eine Art Anfall erlitten, aber dann wurde ihm plötzlich klar, was ihren Blick so fesselte. Er wurde rot.

Lou löste sich aus ihrer Starre und sah Al an. »Du wirst das jetzt wahrscheinlich auf keinen Fall hören wollen, aber das ist so ziemlich das Süßeste, was ich je gesehen habe.«

Al stellte sich neben sie, sodass er die Sammlung mit ihr bewundern konnte. Wenn nun schon eines seiner Geheimnisse ans Licht gekommen war, wollte er den Moment wenigstens mit ihr teilen. »Es hat angefangen, als ich zufällig den Magneten im Museum fand. Und inzwischen ist es eine Erinnerung an unsere gemeinsamen Ausflüge. Jeder davon steht für eines der schönsten Erlebnisse, die ich in Milwaukee hatte. Und jedes davon hat etwas mit dir zu tun.«

Lou drehte sich zu ihm um. Ihre Augen schimmerten feucht. Dann beugte sie sich vor und berührte mit ihren weichen, trockenen Lippen sanft seinen Mund.

»Ich bin krank.« Al versuchte möglichst überzeugend zu klingen.

»Ist mir egal.« Lou trat näher an ihn heran und schlang ihre Arme um seinen Nacken.

Als Reaktion war unmittelbar. Er zog sie so fest an sich, dass Lou fast die Luft wegblieb.

»Du bist krank. Es ist vielleicht keine so gute Idee, wenn du dich anstrengst«, murmelte Lou zwischen zwei Küssen.

»Wenn sich Kranksein so anfühlt, dann möchte ich bitte nie wieder gesund werden.« Er hob sie hoch, schlang ihre Beine um seine Hüften und trug sie die Treppe hinauf.

»Ich glaube, wir haben eine Wunderheilmethode entdeckt«, flüsterte Al.

Sie lagen zwischen den zerknäulten, weichen Laken auf Als gemütlichem Bett und genossen die friedliche Stille nach dem unverhofften Nachmittagssex. Al lag hinter Lou und hatte einen Arm um sie geschlungen.

»Perfektes Timing. Ich brauche sowieso einen neuen Job.«

»Hm, nichts da. Ich teile nicht.« Al rieb seine Nase an ihrem Nacken und atmete tief ein. Dann verteilte er eine Reihe kleiner Küsse von ihrer Schulter bis zu ihrem Ohr und wieder zurück.

Lou kicherte. Sie spürte, wie ihre Unsicherheit und Anspannung der letzten Tage verschwanden. Die Strahlen der Nachmittagssonne fielen durch die getönten Scheiben, und eine warme Brise wehte durch das gekippte Fenster. »Ganz schön egoistisch, findest du nicht?«

»Stimmt. Aber du bist *mein* Wunder.«

Lou genoss das warme Gefühl, das das Kompliment in ihr auslöste. Auch wenn sie nur Spaß machten, bedeutete es ihr mehr als tausend teure Geschenke. »Hey, was hat es eigentlich mit den ganzen Kochbüchern auf sich? Mir war nicht klar, dass du dich so sehr dafür interessierst.«

Al zuckte zusammen. Hatte sie noch mehr gesehen?

Lou drehte sich auf die Seite, um ihm in die Augen sehen zu können. Dann schlang sie ein Bein um seine Taille und streichelte mit der Hand über seine Brust. »Tut mir leid, ich wollte nicht neugierig sein. Ich dachte nur, dass es vielleicht Spaß machen könnte, zusammen zu kochen.«

Als Pupillen zuckten unstet, und seine Stimme stockte, als er sagte: »Ja … gerne.«

»Alles okay mit dir?«

Anstatt zu antworten, schob Al sanft seine Hüfte nach vorne. Lou riss die Augen auf, dann warf sie den Kopf in den Nacken und lachte. Al nutzte die Chance, um eine neuerliche Spur kleiner Küsse ihren Hals hinunter zu legen. »Ich glaube, ich fühle mich schon wieder ein wenig kränker.«

Lou hob seinen Kopf an, indem sie einen Finger unter sein Kinn legte, und küsste ihn. Genau in diesem Moment hätte sie nicht glücklicher sein können, obwohl sie wusste, dass ihr Restaurant den Bach hinunterging.

19

Al sah auf die Uhr, dann schnappte er sich den tragbaren Thermosbecher und verließ sein Apartment. Der kühle Herbstwind zerzauste seine Haare, aber die Sonne hatte noch genug Kraft, um ihm das Gesicht zu wärmen. In den Bäumen zwitscherten die Vögel. Er war sich sicher, dass nicht einmal Schneewittchen jemals einen so grandiosen Tag wie diesen erlebt hatte. Fast erwartete Al, dass ihn weiße Tauben an den Ärmeln hochheben und zur Arbeit tragen würden. Wäre da nicht die beunruhigend graue Wolke aus Schuldgefühlen gewesen, die seinen Horizont zu verdunkeln drohte. Al liebte Lou. Er liebte ihre warmen braunen Augen, die Sommersprossen auf ihrer Nase, ihr süßes Lächeln. Er liebte ihre oft schwieligen, von Narben überzogenen und trotzdem so sanften Hände. Die Hände einer Künstlerin. Lou hatte es geschafft, sein Leben zu etwas Besserem zu machen, trotzdem konnte er keine Sekunde davon wirklich genießen. Wenn er sich vorstellte, dass sie von seiner geheimen Identität erfuhr, liefen ihm vor Entsetzen eisige Schauer über den Rücken. Er zitterte so stark, dass heißer Tee aus dem Becher über sein Handgelenk lief – nicht gerade das, was man eine adäquate Strafe nennen konnte. Bei dem Gedanken daran, was er ihr angetan hatte und noch antun würde, wenn er ihr die Wahrheit sagte, krampfte sich alles in ihm schmerzhaft zusammen. Wenn er nicht bald eine Lösung fand, würde die dunkle Wolke alles zerstören, was Lou so mühsam in ihm zutage gefördert hatte. Er konnte auf keinen Fall zulassen, dass sie noch mehr litt, als sie es bereits getan hatte. Er musste die

Wolke mit allen Mitteln davon abhalten, auch ihr Leben zu überschatten.

»Lou-ou-ou wurde gestern glü-ü-ü-cklich gemacht«, zwitscherte Sue in albernem Singsang, als Lou die Hintertür aufstieß und einen Schwall Herbstluft mit hineintrug.

Nach Monaten Schufterei in der brütenden Hitze der Restaurantküche hob die kühle, frische Brise ihre Laune. Vielleicht lag das aber auch ein klein wenig daran, dass sie heute Morgen in Als Armen aufgewacht war. Der im Übrigen tatsächlich eine wundersame Heilung durchlaufen zu haben schien. Sie zog ihre Kochjacke über und gesellte sich zu Sue an die Arbeitsfläche. »Woher willst du das so genau wissen? Ich bin doch gerade erst reingekommen.«

»Weil du strahlst wie ein weißes T-Shirt unter einer Schwarzlichtlampe. Konntest es wohl gar nicht abwarten, uns dein glückseliges Grinsen unter die Nase zu reiben, was?«

»Ich kann nichts dafür, dass du und Harley es immer noch nicht geschafft habt, zueinanderzufinden. Brauchst du eine Anleitung? Ich könnte dir eine schreiben.«

»Sehr witzig.«

Sie brachen in wildes Gekicher aus. Ein befreiendes Gefühl nach den stressigen und unsicheren letzten Monaten.

Sue stieß ihrer Freundin den Ellbogen in die Seite und sagte: »Jetzt mal im Ernst, ist es gut gelaufen?«

Lous Gesicht wurde weich, dann sah sie Sue an und lächelte verklärt. »Richtig gut.«

»Oh, Gott, ich muss gleich kotzen. Wenn du noch ein klein wenig kitschig-verblödeter gucken würdest, könnte man meinen, wir befänden uns mitten in so einem ekligen Überglückliche-Familie-Werbespot.« Harleys laute Stimme holte Lou aus ihrem verträumten Luftschloss in die Wirklichkeit zurück.

»Oh Mann, Harley, jetzt gönn ihr doch ihre erste Verliebtheit. Es kommt ja schließlich nicht allzu häufig vor, dass Lou so beglückt wird.«

Lou zwinkerte Sue zu.

»Ich freu mich so für dich!« Sue umarmte Lou fest.

Lou zog die Nase kraus und strahlte sie an. »Und, wie laufen die Vorbereitungen für den Abend?«

Sues Grinsen fiel von einer Sekunde auf die andere in sich zusammen wie ein Soufflé, das zu früh aus dem Ofen genommen worden war. Harley kam von der anderen Seite der Küche angerannt, um ihr beizustehen.

»Okay, ihr macht mir Angst. Was ist passiert?«

»Zwei der Hilfskellner haben angerufen, dass sie neue Jobs haben. Alison hat auch gekündigt, und die einzige Reservierung, die wir für heute haben, sind die Meyers.«

»Keine guten Neuigkeiten, aber es ist ja auch Mittwoch. Das war noch nie unser bester Abend. Ich helfe beim Geschirr abräumen, wenn es nötig wird. Wer ist heute als Kellner eingetragen?«

»Billy. Sonst arbeitet keiner mehr hier.«

»Also sind nur noch wir übrig, was?« Lou seufzte. Nicht weil ihre Mitarbeiter gekündigt hatten, sondern weil ihnen nichts anderes übrig geblieben war. Im *Luella's* war einfach nicht mehr genug los. Kellner lebten von Trinkgeldern, am liebsten bar auf die Hand. Keine Gäste, kein Trinkgeld, keine Angestellten. »Sam ist letzte Woche gegangen. Er hat einen Job in dem neuen Steak House gefunden. Da wird er hoffentlich ganz gut verdienen. Und was ist mit euch zwei? Wo habt ihr euch beworben?«

Harley wandte den Blick ab und schien sich plötzlich sehr für die Anti-Rutsch-Matten unter ihren Füßen zu interessieren.

Sue sah ihr dagegen direkt in die Augen. »Du weißt verdammt noch mal sehr genau, dass wir uns nicht umsehen. Wir bleiben mit dir hier, bis du die Türen endgültig schließt. Harley hat schon angeboten, als Kellner einzuspringen, wenn es nötig wird.«

Harleys Kopf schnellte hoch. »Das habe ich nicht!«

Lou musste über den kleinen Scherz lächeln. Sue wusste ganz genau, wie sie Harley in den Wahnsinn treiben konnte. »Eine absolute Horrorvorstellung. Ich denke, so weit sind wir noch lange nicht. Kannst du dir vorstellen, wie die Gäste gucken würden, wenn Harley auf sie zumarschiert käme?«

»Ich marschiere nicht.«

»Nein, natürlich nicht. Du bist ein Ausbund an Grazie und Anmut, eingewickelt in tintendurchtränktes Geschenkpapier.«

Harley sah an sich hinunter. »Ich mag meine Tattoos.«

Sue schenkte ihm ein sanftes Lächeln und schob ihre Hand in seine. »Ich auch.«

Lou hatte noch nie Zeichen körperlicher Zuneigung zwischen den beiden beobachtet. Das wurde auch langsam Zeit! Es fühlte sich richtig an. Der große, kräftige Harley mit seinem Herz aus Gold und der Seele eines Teddybären, und die widerspenstige Sue mit dem Rückgrat aus Titan, die jeden zu zerfleischen drohte, der den ihr nahestehenden Menschen etwas Böses wollte, gehörten einfach zusammen. Aber wie dem auch war, die beiden mussten dringend neue Jobs finden. Lou konnte sich ihre Gehälter – ganz abgesehen von ihrem eigenen – nicht mehr viel länger leisten. Sie hatte bereits fünf Kilo abgenommen, weil sie nur noch einmal am Tag aß und überall hin lief, um Benzingeld zu sparen. Das einzige Erfreuliche daran war, dass sie durchaus ein bisschen Bauchspeck erübrigen konnte. »Im Ernst, ihr beiden, ihr müsst euch wirklich einen anderen Arbeitgeber suchen. Und zwar bald!«

»Willst du uns rauswerfen?«

»Ich würde es nur ungern so weit kommen lassen. Also fangt endlich an zu suchen.«

»Ich kann es einfach nicht, Kumpel. Ich liebe sie«, flüsterte Al hinter vorgehaltener Hand, damit ihre Kollegen nichts von der Unterhaltung mitbekamen.

»Wow, Moment mal!« John streckte eine Hand aus, um Al in seinem Redeschwall zu unterbrechen. »Es ist noch keine sechs Monate her, dass du es gar nicht abwarten konntest, die Stadt endlich wieder zu verlassen. Die Frauen waren dir zu hässlich, die Männer zu dumm, und ich will gar nicht erst damit anfangen, was du über das Essen gesagt hast. Und jetzt bist du plötzlich verliebt und willst für immer hierbleiben?«

»Ja, ja, ich weiß, ich habe mich wie das letzte Arschloch verhalten, wie du es vor Kurzem so treffend formuliert hast. Aber inzwischen bin ich eines Besseren belehrt worden.« Al nahm einen Bleistift in die Hand und ließ ihn ungeduldig zwischen den Fingern auf- und abschnellen.

»Kann ja alles sein, aber du übergehst in deinem tollen Plan den entscheidenden Punkt. Du hast ihr Restaurant dem Untergang geweiht, Mann! Es ist scheißegal, wie sehr du dich verändert hast oder ob sie mehr Sünden vergibt als der Papst. Diese eine wird sie dir nie durchgehen lassen.«

Al gab sich geschlagen. Kraftlos ließ er sich auf seinem Stuhl zurückfallen. »Du hast recht. Das würde sie umbringen. Ich kann es ihr nicht sagen. Verdammt John, ich werde sie verlieren.« Er warf seinem Freund einen flehenden Blick zu, in der Hoffnung, er könnte wie durch ein Wunder die grausamen, arroganten Worte ungeschehen machen, mit denen er Lou so verletzt hatte.

»Vielleicht kannst du es ja vor ihr geheim halten. Wie bei einem CIA-Auftrag.«

»Das ist nicht witzig. Ich mag meinen Job, und ich bin stolz auf meine Artikel. Das kann ich auf keinen Fall vor ihr verheimlichen.« Er tippte mit der Spitze des Bleistifts gegen seine Stirn, als könnte er auf diesem Weg eine unverhofft brillante Lösung aus seinem Gehirn herausklopfen.

»Du könntest für eine andere Zeitung arbeiten.«

»Nein. Ich will diesen Job hier.« Al richtete sich abrupt auf. »Warte mal, vielleicht … Gar keine so schlechte Idee, die du da hast. Ich muss mit Hannah sprechen.« Er sprang auf und sprintete zum Büro seiner Vorgesetzten.

John lehnte sich entspannt zurück. »War mir wie immer ein Vergnügen, behilflich sein zu können.«

Al blieb kurz vor Hannahs Büro stehen, um wieder zu Atem zu kommen und seine Gedanken zu sortieren. Dann spähte er durch die halb offen stehende Tür und sah seine Chefredakteurin, die mit den Füßen auf dem Schreibtisch telefonierte. Mindestens drei Bleistifte steckten kreuz und quer in ihren zu einem nachlässigen Knoten hochgesteckten Haaren. Als sie ihn bemerkte, hob sie einen Finger zum Zeichen, dass sie ihn bemerkt hatte und er kurz warten sollte. Al lehnte sich an den Türrahmen und atmete tief ein, um seine ganze Energie auf das zu konzentrieren, was er mit ihr besprechen wollte. Er war so aufgeregt, dass er nicht aufhören konnte, mit den Händen auf seine Oberschenkel zu klopfen. Der Plan könnte tatsächlich funktionieren. Lou wusste, dass er schrieb und dass er gutes Essen schätzte. Mit ein paar geschickt platzierten Kommentaren und ein oder zwei Artikeln würde er vielleicht doch nicht weiter lügen müssen.

Hannah beendete ihr Telefonat und warf einen Blick auf den zappeligen Mann an ihrer Bürotür. »Was kann ich für Sie tun, Al?«

Al machte ein paar Schritte in den Raum hinein, bis er vor ihrem Schreibtisch stand, wo er seine Hände auf die Platte stützte und sich vorlehnte, um ihr in die Augen sehen zu können. Er wollte sich so klar und deutlich wie möglich ausdrücken, um keine Missverständnisse aufkommen zu lassen. »A. W. Wodyski muss sterben.«

Hannah blinzelte. Aber sie verriet mit keiner Miene, was sie davon hielt. »Dann ist das also Ihre Kündigung?«

»*Was?* Nein! Warum denken Sie das?«

»Ich bin verwirrt. Warum sollten Sie sonst Ihr Pseudonym umbringen wollen? Ohne ihn gibt es keine Kolumne. A. W. Wodyski schreibt die Kritiken. Sie *sind* A. W. Wodyski.«

»Hören Sie mir doch erst mal zu. Wenn A. W. stirbt, brauchen Sie einen neuen Restaurantkritiker. Sie könnten dafür zum Beispiel einen gewissen freien Journalisten namens Al Waters einstellen, der schon ein paarmal für Sie gearbeitet hat. Jung, britisch und mit einem außergewöhnlichen Blick auf die Restaurantszene Milwaukees. Er könnte dem Ressort ein frischeres, internationales Image verpassen, und damit vielleicht auch der ganzen Zeitung.«

Hannah musterte ihn aus zusammengekniffenen Augen, als könnte sie Al auf diese Weise besser durchschauen. »Geht es dabei eventuell um diese Köchin, in die Sie sich verschossen haben?«

»Wäre das ein Problem?«

»Sie können keine zweite Besprechung über ihr Restaurant verfassen. Und Sie verlieren Ihre Anonymität, wenn Sie unter Ihrem richtigen Namen schreiben. Mithilfe des Internets wäre es außerdem sehr einfach herauszufinden, wie sie aussehen. Also, tun Sie es wegen ihr?«

Al lag die Antwort auf der Zunge. Natürlich wollte er vor allem Lou vor dem Schmerz darüber beschützen, dass er A. W.

war, aber es steckte noch mehr dahinter. Er lebte eine Lüge, seit er das erste Mal einen Fuß in diese Stadt gesetzt hatte. Von Anfang an hatte er vorgegeben, Milwaukee zu kennen, dabei hatte er alles an der Stadt gehasst. Inzwischen wusste er es besser, und er wollte niemand andere mehr sein als er selbst: ein Cheese Curd liebender, festivalbegeisterter, lokales Bier trinkender Fan der absolut unglaublichsten und hinreißendsten Köchin Milwaukees. Und das konnte er nicht, solange er sich hinter einem Pseudonym verbarg. »Es ist mehr als das. Ich will mich nicht mehr hinter A. W. Wodyski verstecken.«

Hannah registrierte Als flehenden Blick und seine angespannte Haltung. Er hatte ihr sein Herz geöffnet. »Ich muss darüber nachdenken. So etwas haben wir hier noch nie gemacht. Wenn die Wahrheit rauskommt, könnte das ziemlich unangenehme Folgen haben. Und dabei geht es um mehr als nur die Existenz von A. W. Wodyski.«

»Damit kann ich erst mal leben.« Al drehte sich um, blieb jedoch an der Tür noch einmal stehen und sah sie an. »Vielen Dank, Hannah. Es bedeutet mir sehr viel, dass Sie wenigstens darüber nachdenken wollen.«

20

»Er ist da«, sagte Lou, nachdem sie einen Blick durch das Abholfenster geworfen hatte. »Wenn es heute Abend noch mehr Gäste werden, helfe ich euch.«

Sue nickte und schrubbte weiter den Ofen. Wenn Sie wenig zu tun hatten – was in letzter Zeit fast immer der Fall war –, brachten sie das Küchenequipment für die inzwischen unausweichlich gewordene Auktion auf Hochglanz. Es war nur noch eine Frage der Zeit, bis die Banken den Stecker zogen. Bis dahin konnten sie nur versuchen, alle anstehenden Zahlungen hinauszuschieben.

Lou stieß die Schwingtüren zum schon fast unheimlich stillen Speiseraum auf, um Al zu begrüßen.

Al hatte die Bar angesteuert und inspizierte möglichst unauffällig seine Umgebung. Fast alle Tische in dem schlicht dekorierten Raum waren unbesetzt, ein einziger Kellner bediente die wenigen Gäste. Sein Blick blieb an Lou hängen, die mit einem strahlenden Lächeln auf ihn zukam.

Lou drückte ihm einen flüchtigen Kuss auf die Lippen und trat dann einen Schritt zurück. Bis vor wenigen Minuten noch war sie kein bisschen aufgeregt gewesen, aber seit er das Restaurant betreten hatte, schienen ihre Nerven zu vibrieren. Sie starrte auf den Boden und biss sich nervös auf die Lippe. »Du bist gekommen. Ich dachte, dass du es vielleicht nicht schaffen würdest.«

Al sah sie überrascht an. »So ein Quatsch. Das *Luella's* ist dein Baby, natürlich bin ich gekommen.«

Lou nahm seine Hand und drückte sie. »Danke.«

»Das Vergnügen ist ganz meinerseits. Und abgesehen davon bestehe ich selbstverständlich darauf, eingeladen zu werden.«

»Keine Sorge, du bekommst dein Menü. Aber zuvor musst du noch jemanden kennenlernen. Los, wir machen eine kleine Tour.«

Al sah sich suchend um. Er konnte sich nicht vorstellen, wen ihm Lou noch vorstellen wollte. Sue und Harley kannte er ja bereits.

Lou zog ihn hinter sich her zu Gertrude und Otto, die händchenhaltend an ihrem Stammplatz saßen. Sie sahen wahnsinnig zerbrechlich aus, als ob sie in letzter Zeit an Gewicht verloren hätten. Lou nahm sich vor, ihnen später ein Dessert aufs Haus servieren zu lassen; mit der Hauptspeise waren sie bereits fertig. »Al, ich würde dir gerne meine treuesten Gäste und guten Freunde Gertrude und Otto Meyer vorstellen. Gertrude und Otto, das ist mein … Al.« Lou stockte, da sie nicht wusste, als was genau sie Al vorstellen sollte.

»*Herzchen*, das ist also Ihr junger Freund, nicht wahr? Derjenige, der Sie so strahlen lässt?«

Lou lächelte und wurde rot. Im selben Moment wurde die Eingangstür geöffnet und neue Gäste betraten das Restaurant. »Entschuldigt mich. Ich bin gleich zurück.« Lou beeilte sich, die Neuankömmlinge zu begrüßen. Ein volles Haus heute Abend würde das *Luella's* nicht mehr retten, aber jeder Gast bedeutete ein paar Dollar mehr, die sie nicht mehr verdienen musste, bevor sie ein neues Lokal eröffnen konnte. Als sie sich schon ein paar Schritte vom Tisch entfernt hatte, hörte sie noch, wie Gertrude zu Al sagte: »Setzen Sie sich. Ich kann es nicht leiden, zu Leuten aufsehen zu müssen, wenn ich mich mit ihnen unterhalten will.«

Al setzte sich. Er wollte diese liebenswürdige alte Dame auf keinen Fall enttäuschen. Kaum hatte er Platz genommen, ertönte ein Signalton, der ihm sagte, dass er eine SMS erhalten hatte. »Bitte entschuldigen Sie mich kurz.«

»Ach, ihr jungen Leute mit eurem technischen Schnickschnack. Legt ihr die Dinger irgendwann auch mal beiseite?«, fragte Gertrude.

»Ich glaube, in der Theorie war es mal so gedacht: Wenn man überall erreichbar ist, muss man umso weniger Zeit im Büro verbringen«, antwortete Al, während er das Telefon aus seiner Tasche fischte. Eine Textnachricht von Hannah.

RIP A. W. Brauche so schnell wie möglich den Nachruf.

Al ließ die wenigen Worte sacken. Er hatte es geschafft. Na ja, zumindest fast. Die guten Neuigkeiten verliehen ihm frische Energie. Phase eins des Projektes Verwische-deine-Spuren war abgeschlossen. Dabei versuchte er die pedantische Stimme in seinem Kopf auszublenden, die ihn daran erinnerte, dass er Lou damit noch immer den größten Teil der Wahrheit verschwieg. Er schob den Gedanken für den Moment beiseite und schaltete das Handy aus. »Bitte entschuldigen Sie noch einmal die Unterbrechung. Jetzt bin ich ganz der Ihre«, sagte er an Gertrude und Otto gewandt.

Gertrude machte eine wegwerfende Handbewegung. »Ist denn alles in Ordnung? Ich hoffe, es waren keine schlechten Nachrichten.«

»Oh, nein, ganz im Gegenteil.«

»Wunderbar«, sagte Gertrude, dann schwiegen alle drei und überlegten, welche Richtung die Konversation als Nächstes einschlagen könnte.

»Lou hat mir erzählt, dass Sie sehr häufig hierherkommen?«, durchbrach Al die Stille.

»Oh ja. Sie ist einfach die beste Köchin, und die Kellner sind immer sehr aufmerksam. Wir haben im *Luella's* kein einziges Mal schlecht gegessen, nicht wahr Otto?«

Otto nickte zustimmend.

»Sie hat bisher nur ein paarmal für mich gekocht. Aber das gehörte zu dem Besten, was ich in meinem Leben gegessen habe. Ich kann gut verstehen, dass Sie Stammgäste geworden sind.«

»Es ist wirklich eine Schande, dass sie schließen muss. Ich kann immer noch nicht glauben, dass dieser schreckliche Mensch solche furchtbaren Dinge über sie geschrieben hat. Über unsere Lieblingsköchin. Er ist wirklich ein Dummkopf.«

»Da haben Sie absolut recht.« Al nickte heftig.

Gertrude lehnte sich verschwörerisch zu ihm herüber. »Lou mag Sie wirklich sehr gerne.«

Al beugte sich ebenfalls vor und raunte: »Das will ich hoffen. Sonst sollte sie nämlich besser damit aufhören, mich zu küssen.«

»Willst du damit etwa sagen, dass du es nicht magst?« Lou war hinter ihm aufgetaucht und drückte ihm einen Kuss auf die Wange.

Otto kniff vor Verzückung die Augen zusammen, und Gertrude klatschte begeistert in die Hände. »Ha, sie sind verliebt, Otto. Das erinnert mich daran, als wir uns kennengelernt haben. Wir mussten uns einfach ständig berühren. Zu unserer Zeit war das natürlich noch ein großer Skandal. Was für ein Quatsch, kann ich dazu nur sagen. Wenn zwei Menschen einander lieben, sollten sie es der ganzen Welt zeigen.« Sie beugte sich zu Otto hinüber und hauchte einen zarten Kuss auf seine fahle Wange, dann wischte sie mit der Fingerspitze schnell die pinkfarbene Lippenstiftspur weg.

»Ihr solltet erst die Schmiererei sehen, wenn sie den roten Lippenstift trägt«, sagte Otto.

»Otto! Das müssen die beiden nun wirklich nicht wissen«, schalt ihn seine Frau liebevoll und blinzelte ihm verschwörerisch zu.

»Haben Sie sich in Deutschland kennengelernt?«, fragte Al.

»Hat Lou Ihnen gar nichts davon erzählt?«

»Das können Sie viel besser«, sagte Lou. »Ich würde Ihrer Geschichte bestimmt nicht gerecht werden.«

»Na gut. Also, Sie müssen wissen, dass wir beide schon einmal verheiratet waren. Unsere Eltern sind bereits vor dem Zweiten Weltkrieg ausgewandert, sie waren Gott sei Dank sehr hellsichtig, was die Entwicklungen in Europa anging. Sie sind nach Milwaukee gekommen, weil bereits Freunde und Familienmitglieder hierher gezogen waren. Man war unter sich, die Menschen sprachen die alte Sprache, kochten dasselbe Essen wie zu Hause, und man unterstützte sich gegenseitig in der neuen Welt. Otto und ich sind also beide hier aufgewachsen, haben uns als Kinder aber nie kennengelernt. Es gab sehr viele deutsche Einwanderer, da war man selbstverständlich nicht mit jedem bekannt. Wir haben beide unsere erste High-School-Liebe geheiratet, und nach vielen glücklichen Ehejahren beerdigt. Ich hatte mich bereits mit meinem Witwendasein arrangiert. Zufrieden damit, meine Neffen, Nichten und Freunde um mich zu haben. Und dann, in dem Sommer, als das *German Fest* gerade zum zweiten oder dritten Mal stattfand, stellte ich mich in der Schlange für Spanferkel an.«

Al runzelte irritiert die Stirn.

»Wissen Sie nicht, was das ist?«, fragte Gertrude.

Al schüttelte den Kopf.

»Ein Spanferkel ist ein junges Schwein. Es wird sehr lange über dem Feuer gegart, damit das Fett langsam austreten kann. So wird die Haut schön knusprig und das Fleisch bleibt saftig und zart. In Deutschland wird es oft zu festlichen Anlässen serviert. Kein Gericht, das eine Witwe für sich selbst kochen würde, aber auf dem *German Fest* gab es einen Stand, der Spanferkelfleisch anbot. Und als ich an der Reihe war und mein Portemonnaie zückte, trat der am besten aussehende Mann neben mich, den ich jemals gesehen hatte, und bezahlte für mich. Ich wurde erst ein wenig ärgerlich, weil mir die Geste aufdringlich erschien. Aber dann bestellte er auch für sich selbst eine Portion und sagte zu mir – ach, diese Worte werde ich niemals vergessen. Er sagte: ›Wenn Sie erlauben?‹«

»Das war alles? Nur ›Wenn Sie erlauben‹?«, fragte Al.

»Mein Otto ist kein Mann der großen Worte. Aber wenn ich an seine höfliche Frage von damals denke, spüre ich noch immer den Schauer, der mir daraufhin den Rücken hinunterlief. Ich konnte nur nicken. Dann nahm er unsere Teller und trug sie zu einem freien Tisch in der Nähe, wartete, bis ich mich gesetzt hatte, und dann aßen wir. Nach einem kalten Bier forderte er mich zum Tanz auf. Wir tanzten die ganze Nacht, zu jedem Lied, das gespielt wurde. Ich erinnere mich noch ganz genau an den Blick aus seinen blitzenden Augen unter denselben buschigen Augenbrauen, die er noch heute hat; nur dass sie damals viel dunkler waren. Er tanzte so leichtfüßig, als habe er Federn unter den Zehen, und am Ende des Abends ging es mir genauso.«

Während Gertrude erzählte, sahen sich Lou und Al in die Augen. Die Geschichte erinnerte sie an ihre spontane Tanzeinlage auf dem *Irish Fest*. Lou drückte liebevoll Als Nacken und fuhr mit den Händen durch seine Haare. Ihre Berührungen trafen ihn mitten ins Herz und lösten die Anspannungen von seinem Treffen mit Hannah und den Gedanken über seine Zukunft.

»Es ist wirklich wunderbar, euch so verliebt zu sehen, aber

der junge Mann hat doch inzwischen bestimmt Hunger. Lou, sind Sie hier nicht die Köchin?«, fragte Gertrude lächelnd.

Lou schmunzelte angesichts Gertrudes gespielt strenger Zurechtweisung.

Al ergriff augenblicklich ein Gefühl der Leere, als Lou die Hände von seinen Schultern nahm, aber sein grummelnder Magen gab Gertrude recht.

»Ich denke, damit liegt sie nicht ganz falsch. Schließlich habe ich dir tatsächlich ein Essen versprochen. Worauf hast du Lust?«

»Überrasch mich einfach. Wenn du es kochst, weiß ich sowieso, dass es mir schmecken wird.«

Lou nickte und ging in die Küche.

Gertrude sah ihr nach, dann seufzte sie erleichtert. »Sehr gut, ich dachte schon, sie verschwindet nie.«

Al sah sie überrascht an, das waren nicht gerade die Worte, die er aus dem Mund dieser entzückenden alten Dame erwartete hatte.

»Sie wird sicherlich nicht allzu lange weg sein, aber ich wollte unbedingt die Gelegenheit nutzen, Sie nach Ihren Absichten bezüglich unseres Mädchens zu fragen. Sie haben sicher schon gemerkt, dass sie wie eine Tochter für uns ist. Sie wirken wie ein Gentleman, aber ich würde gerne wissen, was genau Sie planen.«

Al sah Gertrude erschrocken an. Er hätte sogar schwören können, dass Otto, der zustimmend nickte, unter dem Tisch die Knöchel knacken ließ. Al hätte es nur zu gern als Zufall abgetan, aber der durchdringende Blick, mit dem ihn Otto anstarrte, erinnerte ihn viel zu sehr an den des Vater seiner Freundin zu Schulzeiten, als er sie zu ihrem ersten Date abgeholt hatte. Der Mann hatte damals am Esstisch sein Jagdgewehr poliert, während Al darauf gewartet hatte, dass sie endlich loskonnten.

Al richtete sich ein Stück mehr auf und beschloss, Gertrudes und Ottos Sorgen nicht als unbedeutend abzutun. Er sammelte sich, um sicherzugehen, dass seine folgenden Worte die Ernsthaftigkeit der Gefühle transportierten, die er für Lou hatte, dann sagte er: »Als Erstes möchte ich betonen, dass Lou sich sehr glücklich schätzen kann, so viele Menschen um sich zu haben, die sich um sie sorgen. Ich hoffe sehr, dass ihre Freunde diese Zuneigung auch irgendwann für mich empfinden. Als ich nach Milwaukee zog, kannte ich niemanden, bis auf ein paar Kollegen. Ich war nicht gerade begeistert von der Stadt, was aber auch daran lag, dass ich mitten im Winter hier ankam. Die Blizzards und der ständige Frost erschienen mir wie ein schlechtes Omen. Doch dann wurde es ein wenig wärmer. Und ich habe Lou getroffen. Sie hat mir das Herz von Milwaukee gezeigt. Sie steht für alles, was ich inzwischen an dieser Stadt liebe: die Vergangenheit, die Gegenwart und die Zukunft. Ich habe mich verliebt. Milwaukee ist mein Zuhause geworden.«

»Gut.« Otto nickte, seine Glatze reflektierte das Licht.

»Behandele sie gut, Liebchen. Sie ist ein Schatz«, fügte Gertrude hinzu.

»Ich werde alles tun, um sie glücklich zu machen. Sie ist bei mir in guten Händen.«

»Ich hoffe, dass Ihre Absichten im Leben unserer Lou eine Wende zum Besseren nach sich ziehen«, sagte Gertrude und tippte mit dem Finger vielsagend auf ihren Ehering. »Otto und ich haben ein paar Monate, nachdem wir uns kennengelernt hatten, geheiratet. Man weiß es einfach, wenn man seinen Seelenverwandten gefunden hat, nicht wahr?«

Angesichts Gertrudes wenig subtilem Hinweis blinzelte Al leicht irritiert. Bisher hatte er nicht über Heirat nachgedacht. Das erschien ihm alles ein wenig überstürzt, aber er ertappte sich trotzdem dabei, wie er zustimmend nickte. Wenn man es wusste, dann wusste man es einfach.

»Und jetzt still, da kommt sie«, unterbrach Gertrude Als Gedanken.

Lou blieb neben ihrem Tisch stehen. Sie trug vier Teller, zwei mit Vorspeisen, auf den anderen beiden türmte sich jeweils eine riesige Kugel Eis auf einem großzügigen Stück Apfeltorte. Sie stellte die Desserts vor Gertrude und Otto ab. »Mit den besten Grüßen von Harley. Das ist die Eiscreme mit salzigem Karamell, die Sie so gerne mögen.«

»Der Mann verwöhnt uns viel zu sehr. Wir werden noch kugelrund«, sagte Gertrude, hatte aber bereits den ersten Bissen auf der Gabel.

Lou platzierte die anderen beiden Teller vor sich und Al. »Als ich deine Vorspeise zubereitet habe, sah sie so gut aus, dass mir eingefallen ist, dass ich heute noch gar nichts gegessen habe.«

Al sah auf das Sole Meunière hinunter. Er konnte nicht anders, als an das letzte Mal zu denken, als er das Gericht im *Luella's* bestellt hatte. Diesmal war alles anders. Sie war jemand anderes für ihn. Er war jemand anderes für sie. Als er sich ein großes Stück Fisch in den Mund schob, zuckte er kurz zusammen. Dann kaute er. Und atmete erleichtert aus. Es war perfekt. Wie hatte er nur etwas anderes erwarten können? Ein Überbleibsel seiner arroganten Haltung, die inzwischen Gott sei Dank fast vollständig der Vergangenheit angehörte. Al genoss den köstlichen Fisch und wünschte sich inständig, dass er damit auch die Schuldgefühle herunterschlucken könnte, die immer lauter in ihm rebellierten.

21

Al saß an der Bar und nippte an seinem Tee. Es war gerade einmal drei Wochen her, dass er zum ersten Mal einen Fuß ins *Luella's* gesetzt hatte, aber er gehörte inzwischen quasi schon zum Inventar. Lou liebte es, ihn in ihrem Restaurant zu sehen. Eine ganze Reihe Minikürbisse mit verrückten Fratzen schmückte die Theke. Harley hatte sie bemalt, wann immer er Zeit dafür gefunden hatte. Jeden Kürbis zierte ein anderes ausgefallenes Gesicht. Harley hatte Zeit gehabt, viel zu viel Zeit.

Jedes Mal, wenn sie am Ausgabefenster vorbeiging, konnte Lou einen kurzen Blick auf Al erhaschen. Als er angeboten hatte zu helfen, hatte sie das mit der Bemerkung abgelehnt, er würde ihr ohnehin nur im Weg stehen. Jeden Sonntagmorgen kam sie ins *Luella's*, um alles aus den Kühlschränken zu entfernen, das bis zum nächsten Öffnungstag ablaufen würde. Lebensmittel, die ihr Verfallsdatum überschritten hatten, verursachten bei ihr eine Art Zwangsneurose. In vielen Dingen war sie nicht so genau, aber eine faulige Melone oder schleimige Salatköpfe lösten bei Lou sofort einen Würgereflex aus. Normalerweise warf sie deswegen alles weg, was auch nur in die Nähe des Verfallsdatums kam, aber heute hatte sie andere Pläne. Sie wollte alle Lebensmittel, die noch zu gebrauchen und noch nicht in Auflösung begriffen waren, mit nach Hause nehmen. Was für einen Sinn hatte es, ein Restaurant zu besitzen, wenn man nicht wenigstens ab und zu auch selbst in den Genuss der wirklich guten Sachen kam? Heute Abend wollten Al und sie zusammen kochen. Kein Grund also, noch vollkommen genießbares Essen in den Müll zu werfen. Sie entdeckte ein Glas Gänseleberpastete, Entenconfit, frisches Gemüse und Kräuter. Während sie die verschiedenen Zutaten zusammensuchte, formte sich in ihrem Kopf bereits das Menü: Ravioli mit Gänseleberpastete an einer cremigen Kirsch-Salbei-Soße, knusprig gegrillter Ziegenkäse auf grünem Salat mit einer einfachen Vinaigrette, gebratenes Enten Confit mit gerösteten neuen Kartoffeln und noch mehr von der cremigen Kirsch-Salbei-Soße. Zum Dessert ein Schokoladensoufflé mit Kokosnussraspeln. Lou schnappte sich noch ein paar weitere Zutaten vom Regal, um später nicht noch einmal beim Supermarkt halten zu müssen, und steckte dann den Kopf durch das Ausgabefenster. »Al, nimm ein paar Flaschen Wein von der Bar mit. Irgendwas, das zu Gänseleberpastete, Ente und Schokolade passt.«

»Mache ich. Und vergiss die Trüffel nicht.«

Lou war schon wieder in der Küche, konnte aber hören, wie Al vom Barhocker sprang, um sich auf die Suche nach einer guten Flasche zu machen. Sie packte alles in eine kleine Kühltasche und mehrere Tüten und gesellte sich dann zu ihm in den Speiseraum. »Ich mag dich wirklich sehr, aber nicht genug, um meine guten Trüffel an dich zu verschenken.«

»Du reißt mir das Herz raus. Nicht mal ein, zwei kleine Scheiben?« Al presste mit einer dramatischen Geste seine Hand auf die Brust.

»Du bist wirklich absolut schamlos. Okay, wie wäre es damit: Wenn wir schließen und ich noch welche übrig habe, koche ich dir daraus ein ganzes Trüffel-Menü.«

Al nahm Lou die Taschen ab und stelle sie auf den Bartresen, dann zog er sie in seine Arme. »Mehr will ich doch gar nicht.« Er drückte einen hauchzarten Kuss auf ihre Lippen, ein Versprechen auf mehr.

Lou schlang die Arme um seinen Nacken und zog ihn enger an sich, um den Kuss zu vertiefen, aber Al schlüpfte aus ihrer Umarmung und schnappte sich die Kühltasche. »Wir sollten langsam los. Ich habe einen Riesenhunger.«

Lou musterte ihn aus zusammengekniffenen Augen, um herauszufinden, was mit ihm los war. Irgendetwas hatte er vor. Dann nahm sie die restlichen Tüten und folgte ihm nach draußen.

Der Duft nach gebratenen Zwiebeln und Entenfett waberte schwer wie Nebel durch die Küche und roch so verlockend, dass Al am liebsten die Luft gegessen hätte. Sein Magen gab ein hungriges Grollen von sich, aber alles, worauf er sich konzentrieren konnte, war Lou. Auf ihre nackten Schultern, das Kleid, dass sich eng an ihre Hüften schmiegte und darunter locker um ihre bloßen Beine schwang, und den Vanilleduft, den sie mit jeder Bewegung verströmte. Am liebsten hätte er mit den Fingerspitzen eine Spur von ihren Knöcheln die Beine hinauf bis unter den Saum ihres Kleides gezogen. Aber sie hatten noch die ganze Nacht vor sich. Ohne Unterbrechungen, ohne Verpflichtungen. Nur sie beide und jede Menge Vergnügen, für das er höchstpersönlich sorgen würde. Er machte sich eine gedankliche Notiz, der Liste der Gründe, aus denen er sie liebte, noch Gänseleberpasteten-Ravioli hinzuzufügen.

»Hast du noch vor, mir zu helfen, oder willst du lieber den ganzen Abend meine Rückseite bewundern?«

Lou unterbrach Als Tagtraum, in dem strategisch platzierter Baileys und Lous Nacken die Hauptrollen gespielt hatten. Al schüttelte etwas benommen den Kopf. Es half, wenn auch nur ein wenig.

Lou schaltete das Radio ein und widmete sich dann wieder den Essensvorbereitungen.

»… Gewittern zu rechnen. Die Luft scheint vor Elektrizität zu vibrieren, nehmen Sie sich also vor Blitzschlägen in Acht.«

Der Mann hatte ja keine Ahnung. Al genoss es, Lou beim Kochen zuzusehen. Sie führte jede Bewegung mit perfekter Präzision und Grazie aus. Jegliche Anzeichen von Unentschlossenheit oder fehlendem Selbstbewusstsein schienen sich in Luft aufzulösen, sobald sie ein Messer in der Hand hielt – und das war unglaublich sexy. In den fünfzehn Minuten, seit sie kochte, hatte Al den Weinöffner aus einer Schublade gekramt, zwei Gläser gespült und ihnen beiden eingeschenkt. Er hielt sich insgesamt für relativ effizient. Er hätte ihr stundenlang dabei zusehen können, wie sie die Lebensmittel auspackte, Töpfe und Pfannen zusammensuchte, Gemüse und Fleisch schnitt und briet.

Donnergrollen war zu hören, ein erster Vorbote des angekündigten Gewitters. Ein Windstoß fuhr durch das geöffnete Fenster und kühlte die heiße Luft in der Küche ein wenig ab. Wie in einem Kokon schienen die Kräfte der Natur sie hier drinnen vom Rest der Welt draußen zu isolieren. Der lauter werdende Wind und die elektrisch aufgeladene Luft kurz vor dem Sturm verstärkten die Spannung.

Al nahm ein Weinglas, trat hinter Lou und stellte es vor ihr ab. Dann drückte er sich an sie. Lou versteifte sich für eine Sekunde, dann lehnte sie sich entspannt zurück. Er neigte seinen Kopf und sprach so nah an ihrem Ohr, dass seine Lippen die winzigen Härchen dort berührten: »Wo soll ich anfangen?«

Am besten damit, dass du mich um den Verstand küsst, dachte Lou. Aber Al rückte nur das Glas zurecht und trat einen Schritt zurück, als sei er sich des Effekts, den seine Berührungen auf sie hatten, gar nicht bewusst. Lou räusperte sich. »Meinst du, du kommst mit dem Salat klar?«

»Ich soll Salat machen? Du musst mich wirklich für ziemlich nutzlos halten.«

»Dann überzeug mich vom Gegenteil. Wenn du einen guten Job machst, lasse ich dich vielleicht ans Dessert.«

Al suchte die Zutaten zusammen. Eine Schalotte kullerte von der Küchentheke und landete vor Lous Füßen. Als er sich bückte, um sie aufzuheben, berührte er kurz ihren Knöchel und strich mit den Fingerspitzen ihr Bein hinauf.

Die Berührung war so hauchzart, dass Lou sie sich zuerst einzubilden glaubte; und als sie sich umdrehte, um darauf zu reagieren, stand Al schon wieder mit dem Rücken zu ihr und hackte das entlaufene Gemüse in feine Streifen. Lou hielt in ihrer eigenen Arbeit inne und beobachtete ihn. Ihr fiel auf, wie professionell er das Messer hielt und wie sauber er das Gemüse zentimetergenau in gleichmäßige Stücke schnitt. Aus der Perspektive einer Köchin war seine Präzisionsarbeit ebenso bewundernswert wie ein sprachlich geschliffener Satz für einen Schriftsteller. Sie riss sich von seinem Anblick los und widmete sich wieder der Raviolifüllung, doch ihre Haut kribbelte noch immer. Sie sautierte die Gänseleber mit einigen Schalotten in der Pfanne, dann schaltete sie die Hitze herunter und fügte fein gehackte Süßkirschen, Salbei und ein wenig Ziegenkäse hinzu.

Al hatte in der Zwischenzeit die Vinaigrette fertig gerührt und stellte die in Panade gewendeten Ziegenkäsescheiben ins Tiefkühlfach, damit sie später beim Braten nicht schmolzen. Er hatte weit mehr Erfahrung im Kochen, als Lou ahnte. Er ging zum Herd und stellte sich so dicht neben sie, dass sein Hemd über ihre Arme strich. Der Träger ihres Kleides war ihr über die Schulter gerutscht, und Al schob ihn noch weiter hinunter, um mit den Lippen über die nackte Haut zu streichen. Zwischen zwei kleinen Küssen auf ihren Nacken fragte er: »Soll ich mit dem Soufflé anfangen?«

»Mhm …« Lou legte den Kopf schräg, damit er besser an ihren Hals herankam. Sie wollte auf keinen Fall, dass er aufhörte, womit er gerade erst begonnen hatte. Wäre sie eine Katze, hätte sie jetzt zu schnurren begonnen.

Aber Al trat einen Schritt zur Seite und begann, die Zutaten für das Soufflé in eine Pfanne zu füllen.

»Hey, warum …« Lou stöhnte frustriert auf. *Du hast es nicht anders gewollt, das Spiel beherrsche ich auch.* Sie verschaffte sich einen kurzen Überblick und gelangte zu dem Entschluss, dass noch genug Zeit für eine kleine Ablenkung war, ohne dabei das Abendessen anbrennen zu lassen. Die Ravioli waren fertig gefüllt und die Kartoffeln bereits im Backofen. Ente und die Nudeln würde sie erst kurz vor dem Hauptgang fertig zubereiten. Sie schnappte sich ihr Weinglas und schlenderte zu Al hinüber, um ihm bei der Arbeit zuzusehen. Zu dumm nur, dass sie dabei aus Versehen stolperte, sodass sich der Rotwein über seinen Rücken ergoss. »Ups …«

»Kein Problem.« Al lächelte sie an. »Es gibt Schlimmeres als Rotweinflecken.«

Lou sah ihm über die Schulter, als er sein Hemd aufknöpfte, und atmete tief die betörende Mischung aus schwerem Wein und Aftershave ein, das nach Zimt und Pfeffer roch. »Sieht so aus, als seist du bereit, das Eiweiß zu schlagen.« Mit einem unschuldigen Lächeln reichte sie ihm einen Schneebesen und kehrte zum Herd zurück. Für die Soße glasierte sie Zwiebeln im Entenbratfett und löschte die Masse anschließend mit ein wenig Portwein und Brühe ab. Soßen zuzubereiten versetzte sie immer wieder in Erstaunen. Mit ein paar richtigen Handgriffen und Abmessungen ließen sich vollkommen profane Zutaten in flüssiges Gold verwandeln. Während sie die letzten karamelisierten Zwiebeln vom Boden der Pfanne kratzte, kam Al mit einem Löffel flüssiger Schokolade zu ihr.

»Ich habe ein wenig Orangenabrieb daruntergemischt. Sag mir, wie es dir schmeckt. Dann hebe ich das Eiweiß unter die Schokolade.«

Als er den Löffel an ihren Mund führte, hätte Lou schwören können, dass er ihn mit Absicht ein wenig schräg hielt, sodass ein paar Tropfen in ihrem Ausschnitt und auf dem Kleid landeten.

»Verdammt, jetzt bist du auch schmutzig. Warte, ich helfe dir.« Die Temperatur in der Küche schien um ein paar weitere Grad anzusteigen, als er sich vorbeugte, um die noch warme Schokolade von ihrer Haut zu küssen. Dann sah er ihr in die Augen und leckte sich mit der Zunge einen Spritzer von den Lippen. »Ich glaube, jetzt kannst du dich weiter um deine Soße kümmern.«

Lou seufzte, als sie sich umdrehte, um sich wieder ihrer Aufgabe zu widmen. Sie meinte, Al in ihrem Rücken leise kichern zu hören. Sie fühlte sich wie elektrisiert. Ihr ganzer Körper vibrierte vor Spannung, und jede kühle Brise, jeder Blitz vor dem Fenster schien das Gefühl noch zu verstärken. Als sie das letzte Stück Butter in die Soße rührte, rief sie über die Schulter: »Al, kannst du mal kurz herkommen und probieren. Meinst du, die ist so gut?« Sie tunkte einen Finger in die cremige Flüssigkeit und hielt ihn zwischen ihnen in die Höhe. Ohne ihren Blick von seinen Augen zu lösen, strich sie mit der Fingerspitze über seine Unterlippe. Beide hielten die Luft an. Dann beugte sich Lou vor und küsste die Soße von seinem Mund. Sie schmeckte nach einer perfekten Mischung aus cremiger Butter, Zwiebeln und Ente.

Als sich das Gewitter mit zuckenden Blitzen, krachendem Donner und sintflutartigem Regen entlud, waren ihre dreckigen Kleider schon längst auf dem Küchenboden verstreut.

Die Soße war verbrannt.

»Das riecht ja ekelhaft«, kicherte Lou vom Küchenboden aus. Sie lag auf der Seite, ein Bein über Als Hüfte gelegt, und hatte sich auf einen Ellbogen gestützt, um ihm ins Gesicht sehen zu können. Mit der freien Hand spielte sie mit seinen Haaren, währen er mit den Fingerspitzen Muster auf ihren Rücken zeichnete.

»Ich kann einfach nicht fassen, dass eine Köchin die Soße anbrennen lässt. Wie unprofessionell.« Al wiegte in gespieltem Entsetzen seinen Kopf hin und her.

»Hm, ich glaube, ab heute würde ich verbrannte Soße jederzeit meiner Professionalität vorziehen.« Lous Magen knurrte.

»Sieht so aus, als hätten wir uns den Appetit hier unten hart erarbeitet. Wir sollten vielleicht etwas essen, um die Energiereserven für den Rest der Nacht aufzufüllen.«

Lou sprang auf die Beine und warf Al eine Schürze zu, auf der eine Stickerei verkündete: »Käse aus Wisconsin kann es einfach besser«. »Binde dir besser die Schürze um, wir wollen ja nicht, dass du dich noch verbrennst«, sagte sie und schlang sich ebenfalls eine um die Hüfte.

Lachend machten sie sich daran, das Essen fertig zu kochen, und genossen das wohl denkwürdigste Menü ihres Lebens in nichts als ihren Kochschürzen.

Lou wurde vom verführerischen Duft nach frisch gebrühtem Kaffee und warmem Gebäck geweckt. Sie tastete nach Al, aber die andere Seite des Bettes war verwaist. Das Laken fühlte sich kühl an. Dann hörte sie Geräusche aus der Küche, einem Ort, den sie ab jetzt wohl nie mehr mit denselben Augen betrachten würde. Lou drehte sich auf den Rücken und streckte alle viere von sich. Es gab nichts Schöneres, als faul im Bett zu liegen. Sie strich mit der Hand über Als Kissen. Hm, *Als* Kissen. Plötzlich sah die Zukunft gar nicht mehr so düster aus.

Ein lautes Scheppern hallte durch die Wohnung.

Bevor Lou darüber nachdenken konnte, ob sie sich die Mühe machen sollte, ihre wohlig-müden Gliedmaßen aus dem Bett zu schwingen, rief Al bereits: »Bleib liegen! Es ist nichts kaputtgegangen. Ich bin in einer Minute bei dir.«

Umso besser, dachte Lou, ließ sich in die Kissen zurückfallen und genoss den Geruch des Frühstücks, das sie ausnahmsweise einmal nicht selbst zubereiten musste. Sie liebte das Kochen, aber genauso schön war es, wenn sie mal selbst verwöhnt wurde. Die meisten Leute waren in Gegenwart einer professionellen Köchin zu eingeschüchtert, um selbst zu kochen. Lou hatte sich daran gewöhnt, dass es meist sie war, die das Essen für Dinnerpartys mit Freunden vorbereitete. Allerdings hielt sich die Anzahl von Bekanntschaften mit Leuten, die nicht in der Gastronomie arbeiteten, wegen der Abend- und Wochenendschichten ohnehin in Grenzen. Dass Al nun für sie kochte, bedeutete Lou deswegen doppelt so viel. Sie konnte noch gar nicht fassen, dass sie tatsächlich im Bett lag, während ein gut aussehender Mann in der Küche ihr Frühstück zubereitete. Als sie seine Schritte im Flur hörte, setzte sie sich gespannt auf. Al betrat das Schlafzimmer mit einem Tablett, auf dem sich ein Berg Scones türmte. Als er es vorsichtig auf dem Bett absetzte, sah Lou ihn erstaunt an. »Du kannst backen?«

»Jeder anständige Engländer, der etwas auf sich hält, weiß, wie man Scones herstellt.«

Lou verdrehte die Augen.

»Okay, okay, das stimmt nicht ganz. Meine Großmutter hat es mir beigebracht, was mich in dieser Stadt übrigens schon einige Male gerettet hat. Es ist wirklich nicht einfach, hier vernünftige Scones zu finden – von Harleys mal abgesehen.«

Lou schnappte sich eines der noch warmen Gebäckstücke und biss herzhaft hinein. »Die sind wunderbar. Und frischer Kaffee. Ich verdiene dich gar nicht.«

Al wartete einen Augenblick mit seiner Antwort, während er seinen Tee zubereitete, dann murmelte er: »Ich denke nicht, dass das stimmt.«

Zufrieden widmeten sie sich dem Frühstück, bis Al einen Blick auf den Wecker neben dem Bett warf und sagte: »Macht es dir was aus, wenn wir kurz den Fernseher einschalten? Ich habe das Gefühl, überhaupt nichts mehr mitzubekommen.«

»Du bist seit nicht mal zwölf Stunden hier. Willst du damit etwa sagen, dass sich die Zeit mit mir wie Kaugummi zieht?«

Al überlegte fieberhaft, wie er sich am besten herausreden konnte, als Lou laut lachte.

»Keine Sorge, ich mache nur Spaß. Hier ist die Fernbedienung.«

Als Al den Fernseher einschaltete, schnappte sich Lou einen zweiten Scone. Die Morgennachrichten hatten gerade erst begonnen. Der junge Wetteransager versprach für die nächste Woche einen goldenen Indian Summer, danach fielen die Temperaturen voraussichtlich unter fünf Grad. Wenn man die Jahreszeit bedachte, würde es bis kommenden März voraussichtlich auch nicht mehr viel wärmer werden. Wie würde ihr Leben dann aussehen? Würde sie einen Job und genug Geld haben, um die Miete zu bezahlen? Würden sie und Al noch immer gemeinsam faule Morgenstunden im Bett verbringen? Sie warf ihm einen Blick zu. Der Dreitagebart stand ihm wirklich unverschämt gut. Lou überlegte, ob sie den Scone beiseitelegen und stattdessen lieber an Als Nacken knabbern sollte. Er war die beste Ablenkung, die sie sich überhaupt wünschen konnte. Die Stimme des Nachrichtensprechers kämpfte sich einen Weg durch den wolkigen Dunst ihrer Tagträume.

»Der Restaurantkritiker A. W. Wodyski ist an diesem Wochenende an einem Herzinfarkt gestorben. Während der kurzen Zeit, die er in Milwaukee verbrachte, genoss seine Kolumne große Popularität, wurde aber ebenso kontrovers diskutiert.«

Lous Hand mit der Kaffeetasse erstarrte Zentimeter vor ihrem Mund in der Luft. Ihre Gefühle fuhren Achterbahn. Eigentlich wollte sie sich freuen, aber trotz seiner vernichtenden Kritik konnte sie nicht mal mehr genug Energie aufbringen, um wirkliches Interesse für diese Nachricht aufzubringen. Mit Al an ihrer Seite hatte sie sich mühevoll aus dem tiefen Loch gehievt, in das sie gefallen war, und es ging ihr endlich wieder gut. Besser als gut sogar. Sie sah zu Al hinüber, der sie aus dem Augenwinkel beobachtete. »Was?«, fragte Lou.

»Nichts. Du hast für einen Moment nur so unglücklich ausgesehen.«

»Ich musste darüber nachdenken, was ich angesichts der Neuigkeiten fühle.«

Al sah sie verständnislos an.

»Habe ich dir nie davon erzählt? Seine Restaurantkritik hat jede Chance des *Luella's* zerstört, einen soliden Kundenstamm aufzubauen. Seit er diesen vernichtenden Artikel geschrieben hat, sind uns eigentlich nur die treuesten Stammgäste geblieben. Ich wünschte, sie hätten ein Foto von ihm gezeigt. Nicht, dass ich ihn wiedererkennen würde, ich wüsste nur einfach gerne, wie er aussieht. An dem Tag, als er bei uns gegessen hat, hatte ich Devlin mit Megan in seiner Wohnung erwischt. Derselbe Tag, an dem wir uns über den Weg gelaufen sind. Ich war so aufgelöst, dass ich mich an kaum etwas erinnere, außer dass ich sehr viel Geschirr gespült habe. Eigentlich ist es ein Wunder, dass meine Hände nicht immer noch schrumpelig sind.« Sie wackelte mit den Fingern vor seinem Gesicht.

»Lou.« Al wich ihrem Blick aus. »Es gibt da etwas, das du …«

»Es tut mir leid«, unterbrach sie ihn. »Ich sollte nicht über ihn sprechen. Das ist dir gegenüber nicht gerade höflich.«

»Darum geht es nicht. Du …«

Lou unterbrach ihn schon wieder. »Im Ernst. Das alles kommt mir schon ewig her vor. Deswegen habe ich nicht daran gedacht, dass es dich vielleicht stören könnte. Lass uns einfach nicht mehr von ihm sprechen.«

Al seufzte. »Glaub mir, es macht mir wirklich nichts aus. Wir können über alles reden.« Er legte eine Hand an ihre Wange.

Sie neigte den Kopf und schloss die Augen, um seine Berührung zu genießen.

»Ich liebe dich«, sagte er.

Al hatte geflüstert. Aber es war ein Flüstern, das die Kraft eines Frühlingssturms hatte. Reinigend, aufregend und beruhigend. Und das dabei auch die Kraft besaß, alles zu zerstören. Lou fühlte sich gleichzeitig sicher und verletzlich, ganz und zersplittert. Doch als sie die Augen öffnete und ihn ansah, schmolz der letzte Zweifel in ihr dahin. »Ich liebe dich« veränderte alles.

Lou holte tief Luft und flüsterte zurück: »Ich dich auch.«

22

»Wie lang soll ich warten, bis ich ihr alles sage?«, fragte Al. Er klopfte mit den Fingern auf die Bar, während er auf Johns Antwort wartete.

»Ihr was sagst? Ach, du meinst, wann du ihr sagen sollst, dass du den Job des Mannes übernehmen wirst, der ihre Existenz zerstört hat und der du eigentlich selbst warst? Und dass du seinen Tod und den Nachruf inszeniert hast, um sie nicht zu verletzen, weil du sie ja so sehr liebst?«

»So ungefähr, nur dass ich ein paar Details auslassen würde. Was ist denn bei dir so los?« Al stieß John mit dem Ellbogen in die Seite. Wenn Al nicht gerade einen Restaurantbesuch geplant hatte, waren sie in letzter Zeit nach der Arbeit, bis Lou aus dem *Luella's* kam, oft noch für ein paar Drinks in eine Bar gegangen. Und das eine oder andere Mal hatte Al inzwischen auch John zum Essen mitgenommen. Er hatte ein erstaunlich gutes Auge für Details und einen feinen Geschmack bewiesen.

John sah ihn nachdenklich an und kaute auf seiner Unterlippe. Al hatte ihn noch nie so verunsichert erlebt. Normalerweise schien John immer Herr der Lage zu sein und wirkte stets sehr selbstbewusst. »Die Zeitung will mich nach Paris schicken.«

»Das ist ja fantastisch! Warum hast du dann so schlechte Laune?«

»Hannah will, dass ich mich dort mit verschiedenen Modehäusern treffe. Sie wollen jemanden vor Ort haben, der sich mit den Details auskennt, anstatt sich nur auf Pressemeldungen zu verlassen. Hannah meint, dass ich ein gutes Auge habe, und sie will das Ressort in Zukunft prominenter platzieren.«

»Das hört sich toll an. Würdest du mir bitte verraten, warum du dabei so ein Gesicht ziehst?«

»Wenn ich gehe, dann auf keinen Fall so, wie ich jetzt aussehe.« John sah an sich hinunter. »Die würden mich gar nicht erst reinlassen, mal davon abgesehen, dass mich dort niemand ernst nehmen würde.«

»Du bist mit deinem Look ganz schön weit gekommen. Wer weiß, vielleicht musst du dich gar nicht verändern.«

»Ha, ha, ich bin vielleicht der Junge aus Stallis, aber ganz sicher kein Idiot. Das hat bisher nur funktioniert, weil ich alles online kaufe. Und wenn ich doch mal in ein paar Shops in der Stadt gehe, tue ich so, als sei ich der Laufbursche für jemand anderen. Damit konnten die Verkäufer leben, und ich habe bekommen, was ich wollte.«

»Du verleugnest dich selbst?«

John starrte Al mit versteinertem Gesicht an. »Niemand in dieser Branche würde mich respektieren, wenn er wüsste, wie ich aussehe.«

»Dann lass dir einen ordentlichen Haarschnitt verpassen und rasiere den Bart ab. Ist ja nicht so, als wüsstest du nicht, wie man sich vernünftig kleidet.«

»Ich habe einen Bart, seit ich vierzehn bin.«

»Bei dir hat es schon in der High School für einen Vollbart gereicht?«

»Meine Familie neigt zu ziemlich ausgeprägtem Haarwuchs.« John zuckte die Schultern. »Ich habe in der sechsten Klasse mit dem Rasieren angefangen.«

»Oh, okay.« Al sah sich in der Bar um. »Ich glaube, ich habe trotzdem noch nicht ganz begriffen, wo das Problem liegt.«

»Ich erwarte auch gar nicht, dass du es verstehst. Ich hatte nur gehofft, dass du mir zuhören würdest.«

»Ich höre dir zu, Kumpel, ich bin mir nur nicht sicher, ob ich dir irgendeinen brauchbaren Rat geben kann, wenn ich es nicht kapiere.«

»Ich weiß, dass es ein wenig merkwürdig scheint, aber ich fühle mich mit diesem Look einfach wohler. Die Leute gehen mir aus dem Weg. Was in der High School große Vorteile mit sich brachte. Und inzwischen habe ich mich daran gewöhnt. Niemand spricht mich an, keiner starrt mich an.«

»Wie bitte? Der halbe Laden hier sieht dich an.«

»Sie glotzen, weil sie denken, ich bin ein Obdachloser.«

»Als jemand, der normalerweise nicht so aussieht, als würde er unter der Brücke schlafen, kann ich dir da einen heißen Tipp geben: Rasiere dir den Bart ab und zieh saubere Klamotten an, dann gaffen sie auch nicht mehr.«

»Ich bin immer angestarrt worden, deswegen habe ich mir den Bart und die Haare ja erst wachsen lassen. Jetzt gucken sie zwar immer noch, aber wenigstens weiß ich warum.«

Al kapierte es einfach nicht. Was versteckte John unter den ganzen Zotteln? Ein Geburtsmal? Bissnarben von einem tollwütigen Eichhörnchen? Doch leider hatte die höfliche Zurückhaltung, die ihm seine Mutter eingebläut hatte, Früchte getragen, und statt wilde Vermutungen anzustellen, fragte er nur: »Was willst du jetzt machen?«

»Die Haare müssen runter, da geht wohl kein Weg dran vorbei.«

»Wie wäre es, wenn du sie nur ein wenig ordentlicher stutzen lassen würdest? Dann wäre immer noch keine Haut zu sehen, aber dein Gesicht würde vielleicht die eine oder andere Kontur erhalten.«

»Nein, wenn ich es mache, dann richtig.« John seufzte ergeben. »Ich kann nicht glauben, dass wir in einer Bar voller schöner Frauen sitzen und uns über meinen Bart unterhalten.«

»Wirklich erbärmlich. Aber du weißt, dass ich dir zur Seite stehe, wenn du mich brauchst.« Al klopfte John ermutigend auf die Schulter. »Und um den Kreis zu schließen, auf mich wartet zu Hause eine schöne Frau. Allerdings ist meine Frage von vorhin immer noch offen. Irgendwelche Vorschläge?«

»Es geht immer nur um dich, oder?«, sagte John beleidigt, grinste dann aber. »Also, der Nachruf ist jetzt zwei Wochen her. Ich würde ihr in der nächsten Woche oder so sagen, dass du den Job bekommen hast. Das müsste zeitlich ungefähr hinhauen. Eine Woche, die die Zeitung verstreichen lässt, bevor sie den Job ausschreibt, eine Woche, um die Bewerbungen durchzugehen, eine für die Gespräche mit den Kandidaten. Du könntest es wahrscheinlich sogar bis Thanksgiving rausschieben. Wenn Hannah dich wirklich neu einstellen würde, hätte sie es dir vermutlich in der Woche vor den Feiertagen gesagt, damit du dich über das lange Wochenende auf den neuen Job vorbereiten kannst. Und es wäre früh genug, um die Weihnachts-Specials der Restaurants in deiner Kolumne zu besprechen.«

»Thanksgiving … klingt perfekt. Und mal wieder hast du meinen dicken weißen Hintern gerettet, mein Lieber!«

Al warf einen weiteren nervösen Blick auf die Uhr, während er auf Lou wartete. Heute würde er sein erstes Thanksgiving feiern. Lou hatte darauf bestanden, ihr traditionelles Familienessen für sie beide zu kochen. Der Truthahn schwamm seit letzter Nacht fröhlich im gesalzenen Eiswasser. So weit also noch kein großer Unterschied zum Weihnachtsessen zu Hause, bis auf die Tatsache, dass Lou noch keine Würstchen im Schlafrock erwähnt hatte. Abgesehen davon war jeder Feiertag, der sich ums Essen drehte, Als Lieblingsfeiertag. Wäre da nicht die Sache mit seinem »neuen« Job gewesen, von dem er Lou heute Abend erzählen wollte. Er hatte das Ganze seit dem Aufstehen schon mindestens viermal überdacht. Er wollte auf keinen Fall einen perfekten Tag mit Lou ruinieren, aber genauso wenig konnte er einen so wichtigen Teil seines Lebens länger vor ihr geheim halten. Er wollte Lou nicht mehr anlügen oder ausweichend antworten, wenn sie ihn nach seiner Arbeit fragte. Außerdem wollte Hannah die Kolumne ab der nächsten Woche unter seinem richtigen Namen veröffentlichen, und bis dahin musst er Lou davon erzählt haben. Er hatte Angst davor, dass sie seinen neuen Job nicht akzeptieren würde. Immerhin arbeitete er dann für die Zeitung, die ihr Restaurant vernichtet und ihr Leben in ein Trümmerfeld verwandelt hatte. Al atmete tief ein und aus, um sich zu beruhigen.

Lou hatte angekündigt, um acht Uhr morgens bei ihm sein zu wollen, um mit den Essensvorbereitungen zu beginnen. Sie hatte ihm strikte Anweisungen gegeben, Kaffee und Frühstück bereitzustellen und den Vogel vorher in die Sole einzulegen. Al hatte noch einmal Scones gebacken, die er anlässlich der Feiertage jedoch mit Kürbiskuchengewürz verfeinert hatte. Sie hatten einen ganzen Tag für sich. Zum Kochen, Reden und für Sex. Eine bessere Gelegenheit würde sich kaum ergeben.

Endlich klingelte es. Al drückte auf den Summer, besann sich dann aber eines Besseren und sprintete die Stufen hinunter, um ihr persönlich die Tür zu öffnen. Eine gute Idee, wie sich herausstellte. Lou hatte eine Kühlbox dabei, auf der sie zwei Tüten voll mit Lebensmitteln und Kochutensilien gestapelt hatte. Als er die Tür öffnete, strahlte sie ihn an.

»Du bist meine Rettung. Ich hätte sonst keine Ahnung gehabt, wie ich all das Zeug die Treppe hochbekommen soll. Ich nehme die Tüten, wenn du die Kühlbox trägst.« Sie drückte ihm im Vorbeigehen einen Kuss auf die Wange und hielt dann die Tür auf, damit Al die Kühlbox hineintragen konnte.

Zurück in der Küche, packte Lou mit einer Hand die Taschen aus, während sie in der anderen einen bereits zur Hälfte aufgegessenen Scone hielt. »Fröhliches Thanksgiving, mein Hübscher«, sagte sie zwischen zwei Bissen und grinste ihn glücklich an.

»Dir auch. Auch wenn ich zugeben muss, dass es ein wenig merkwürdig für mich ist, den Tag zu feiern, an dem so viele Engländer ihre Heimat verlassen mussten.«

»Aber es ist der perfekte Feiertag für dich. Du bist genau wie die Pilger von England hierhergekommen, um dein Glück zu machen.«

Al umarmte sie von hinten und drückte ihr einen Kuss in den Nacken. »Und ich habe viel mehr als amerikanische Ureinwohner und Kürbisse gefunden.«

Lou drehte sich herum und erwiderte seinen Kuss. Als Al sie näher heranziehen wollte, wich sie jedoch schnell einen Schritt zurück. »Nichts da, mein Lieber. Hier geht es um ernsthafte Kocharbeit. Keine Zeit für Ablenkungen. Wir haben einen Vogel zu stopfen, Brötchenteig anzusetzen und Pies zu backen.«

»Du bist eine wirklich grausame Meisterin deines Fachs.«

Lou zwinkerte ihm zu. »Glaub mir, das wird es dir wert sein. Thanksgiving ist der allerbeste Feiertag. Man könnte meinen, ein Koch hätte ihn erfunden. Es geht nur ums Essen. Alles, was du tun musst, ist essen. Der beste. Feiertag. Von allen!«

»Na gut, wie kann ich helfen?«, fragte Al mit einem übertrieben dramatischen Seufzer.

Lou überging seine Frechheit mit einem süffisanten Lächeln. »Wasch die Sole vom Vogel, trockne ihn ab und reib ihn anschließend hiermit ein.« Lou reichte ihm zwei Stücke Butter.

»Dann kommt Salz und Pfeffer drauf. Und vergiss das Innere nicht.« Sie fing an, Würste und Hackfleisch zu braten, fügte klein gehacktes Wurzelgemüse hinzu und mischte das Ganze mit gewürzten Croutons, die sie aus Brotresten aus dem Restaurant hergestellt hatte.

Jetzt war der richtige Zeitpunkt, sagte sich Al, solange sie kein Messer in der Hand hielt. »Ich habe einen neuen Job. Vollzeit und fest angestellt.«

Lou drehte sich zu ihm um. »Das ist toll! Und wo? Worüber wirst du schreiben?«

»Na ja, du weißt am besten, wie sehr ich essen liebe. Deswegen habe ich mich auf den Job des Restaurantkritikers beworben, der gerade gestorben ist. Und ich habe ihn bekommen. Ich werde ab sofort seine Kolumne weiterschreiben.« Während Al sprach, rieb er immer mehr Butter auf dieselbe Stelle am Hinterteil des Truthahns.

Lou hatte aufgehört, das Fleisch in der Pfanne zu wenden. Ihre Schultern waren nach vorn gesackt, und zwischen ihren Augenbrauen war eine steile Falte erschienen. »Du hast dich für den Kritikerjob beworben? Wie kommst du denn dazu?«

»Weil es etwas ist, das ich schon lange machen wollte. Aber bisher hat sich nie eine Möglichkeit ergeben.« Er hasste es zu lügen. *Nur noch heute, dann hast du es geschafft*, dachte er. *Ab dann nichts mehr als die reine Wahrheit.*

»Du hast gar nichts davon gesagt, dass du dich bewerben willst.« Lous Augen schimmerten feucht, und sie verzog das Gesicht, als hätte sie in eine Zitrone gebissen.

»Ich war mir unsicher, was du davon halten würdest, und wollte keine Diskussion, bevor nicht klar war, ob ich den Job bekomme.«

»Ich verstehe. Warum solltest du mich ins Vertrauen ziehen, wenn sowieso nichts daraus wird …«

»Es tut mir leid, dass ich dir nichts davon erzählt habe. Das war nicht richtig.«

Lou stand wie erstarrt vor ihm.

Als er die Stille nicht länger ertragen konnte, sah er ihr forschend in die Augen. »Lou?«

»Ich muss einen Moment darüber nachdenken.« Sie drehte sich wieder zum Herd und bereitete weiter die Füllung vor. Dann gab sie die Masse in den Truthahn, platzierte ihn in einem großen Bräter, goss Fond hinzu und schob ihn in den Ofen. Sie wusch sich die Hände, stellte die Kochuhr und drehte sich schließlich wieder zu Al um.

Er hatte sie nicht verletzen wollen. Das war der entscheidende Punkt bei seinem Plan gewesen. »Lou …« Al trat einen Schritt auf sie zu, aber sie hielt ihn mit einer entschiedenen Geste auf.

»Ich bin nicht gerade begeistert, dass du der neue Restaurantkritiker wirst. Es gibt noch jede Menge Gefühle, von denen ich nicht weiß, wie ich mit ihnen umgehen soll. Und vor allem habe ich einen Haufen unbeantworteter Fragen. Wie zum Beispiel, warum die Zeitung einen solchen Artikel druckt, dem Koch aber keine Chance gibt, bei einem zweiten Besuch zu überzeugen.« Lou ließ das Kinn auf die Brust sinken. Ihre Schultern sackten nach vorn. »Oh Gott, es tut immer noch so wahnsinnig weh.«

Al zog sie in seine Arme. Er spürte, wie ihr Körper unter jedem Schluchzen bebte. »Es tut mir leid. Es tut mir leid. Es tut mir so wahnsinnig leid«, flüsterte er.

Aber nach ein paar Augenblicken hatte sich Lou einigermaßen gefangen. Sie trat einen Schritt zurück und tupfte sich mit einer Ecke ihrer Schürze die Tränen aus den Augenwinkeln. Sie schniefte noch einmal und sagte dann: »Die Wunden müssen noch heilen. Aber ich würde dich niemals darum bitten, einen Job abzulehnen, den du gerne machen möchtest. Ich weiß zu gut, wie es sich anfühlt, nicht machen zu können, was einem am Herzen liegt. Ich freue mich für dich, dass du einen Job gefunden hast, der dir Spaß macht. Das können nicht viele Leute von sich behaupten. Ich bin ein wenig enttäuscht, dass du mir nicht schon früher davon erzählt hast, aber ich denke, ich verstehe, warum du es nicht getan hast.« Lou trat näher an Al heran, sodass sie nach seiner Hand greifen und ihm in die Augen sehen konnte. »Ich liebe dich, und du hast gesagt, dass du dasselbe für mich empfindest. Du hast es geschafft, mich aus einem wirklich tiefen Loch zu ziehen. Auch wenn ich dabei mein Restaurant verloren habe, bin ich Devlin losgeworden und habe dich gefunden. Ich wünsche mir eine Zukunft mit dir. Bitte, hab niemals Angst, mir von deinem Leben zu erzählen. Wenn du etwas mit mir teilen möchtest, dann teile es mit mir, ich bin damit einverstanden. Vergiss das nie, okay? Ich will, dass du mir alles sagst, auch wenn du glaubst, mich damit wütend zu machen oder in ein Wrack wie jetzt gerade zu verwandeln.« Sie schenkte ihm ein kleines Lächeln.

Al saugte jedes einzelne ihrer Worte auf. Sein neuer Job war ihr egal. Alles, was sie wollte, war ihn besser kennenzulernen. Das war kein Problem. Al lächelte erleichtert. Er hatte sie wirklich nicht verdient. »Von diesem Moment an werde ich nie wieder etwas vor dir verbergen.« Er nahm ihre Hand und drückte einen Kuss darauf. Er konnte hören, wie Lou scharf Luft holte. Genauso wie damals im Pub, als sie sich zum ersten Mal getroffen hatten.

»Nur noch eine Sache«, sagte Lou. »Versprich mir, dass du auf keine Fall jemals so sein wirst wie der letzte Typ.«

»Das kann ich dir hundertprozentig versprechen.« Al genoss das Gefühl, Lou in den Armen zu halten, den zarten Vanilleduft hinter ihrem Ohr und die weichen Haare, die seine Wange streichelten, zu genießen. Ihm wurde mit einem Mal bewusst, wie viel Angst er davor gehabt hatte, sie zu verlieren. Er atmete tief ein.

»Fühlst du dich jetzt besser?«, fragte Lou.

»Sehr viel besser. Und du?«

»Ich auch. Und jetzt zurück an die Arbeit. Wir haben ein Festmahl vorzubereiten.«

»Äh, Lou, wer soll das eigentlich alles essen?«

»Oh, du armer dummer Mann. Es geht an Thanksgiving nicht um das Abendessen, sondern die Reste danach. Truthahn-Cranberry-Sandwiches, Toast mit Truthahnfüllung und Pommes in Bratensoße. Der Feiertag ist super, aber das Allerbeste ist der Tag danach.«

Ja, Thanksgiving würde definitiv sein neuer Lieblingsfeiertag, entschied Al. Heute war ein guter Tag, und morgen würde ein noch viel besserer folgen.

»Ist es nicht wunderschön? Das Resultat eines ganzen Tages Arbeit«, sagte Lou.

»Die wahr gewordene Traumvorstellung eines fetten Mannes vom Paradies.«

Al und Lou saßen sich am Esstisch gegenüber. Zwischen ihnen türmte sich das Thanksgiving-Menü. Lou konnte förmlich spüren, wie sich ihre Arterien angesichts der unzähligen Pfunde Butter, die sie darin verarbeitet hatten, verstopften. Und dann noch die zwei Pies, die gerade in der Küche abkühlten. Aber zum Feiertag durfte auf keinen Fall an Fett gespart werden. Jedes Gramm zu wenig hätte sich für jemanden, der im Staat der Molkereiprodukte aufgewachsen war, wie ein Verrat angefühlt. Immerhin hatte sie darauf verzichtet, auch die zweite Hälfte der Gerichte mit Käse zu verfeinern.

»Willst du den Vogel tranchieren, oder soll ich?«, fragte Lou.

»Ich würde es wahnsinnig gerne machen, wenn du mir vertraust.«

»Metzle drauflos! Am Ende landet sowieso alles an derselben Stelle. Hier, nimm das.« Lou reichte ihm ein Tranchiermesser und eine überdimensionierte Gabel.

Al betrachtete das Werkzeug mit schief gelegtem Kopf. Die Klinge des Messers sah nicht weiter ungewöhnlich aus. Lang und schmal, nicht besonders robust. Die zwei spitzen Zinken der Gabel ragten direkt aus dem Griff. Was ihn hatte innehalten lassen – und außerdem der Grund dafür war, dass Lou das Bratenbesteck so liebte –, waren die Griffe, die in vollkommen willkürlicher Anordnung mit Farbklecksen in allen möglichen Nuancen bemalt waren. Kein einziges Stückchen Holz, das nicht von dem wilden Muster bedeckt gewesen wäre.

Als Al keine Anstalten machte, dem Fleisch zu Leibe zu rücken, erklärte Lou: »Diese Dinger sind im Besitz meiner Familie, seit ich denken kann. Als ich fünf war, hat mein Vater mir erzählt, dass wir sie speziell für die Feiertage verwenden. Und da beschloss ich, dass einfaches Holz für einen so besonderen Anlass nicht gut genug ist. Also schnappte ich mir, als meine Eltern nicht hinsahen, die Besteckbox und versteckte sie in meinem Zimmer. Ich habe Monate damit verbracht, sie anzumalen. Nachdem ich mein Meisterwerk vollendet hatte, habe ich die Box zurück in den Vitrinenschrank neben das gute Geschirr und das Silberbesteck gestellt. Als mein Vater sie zum nächsten Thanksgiving herausholte, um den Truthahn zu tranchieren, wusste er sofort, was passiert war.«

»Wie hat er reagiert?«

»Er fragte meine Mutter, wo sie dieses ganz außergewöhnliche Bratenbesteck erstanden habe, schließlich sei es ganz offensichtlich für ein Königshaus gedacht. Meine Mutter sah ihn irritiert an, aber als sie mein Kunstwerk sah, spielte sie mit.

Und dann taten wir so, als wären wir bei einem royalen Bankett zu Gast. Ich durfte die Prinzessin und Gastgeberin sein. Das war unser schönstes Thanksgiving.«

»Ich bin mir sicher, dass die Queen grün vor Neid würde, wenn sie wüsste, dass du ein so außergewöhnliches Tranchierbesteck besitzt.« Al setzte das Messer an und trennte Flügel und Beine mit einer solchen Sorgfalt und Präzision vom Braten, dass Lou erstaunt die Augenbrauen hob. Anschließend schnitt er das Bruststück heraus und legte es auf ein Schneidebrett, dann drehte er den Truthahn herum, um an die Schenkel heranzukommen.

»Das ist auf keinen Fall dein erster Vogel«, sagte Lou beeindruckt.

»In England essen wir auch Truthahn, wir bereiten ihn nur ein wenig anders zu.«

Während Al den Braten weiter in portionsgerechte Stücke teilte, tat Lou ein wenig von allen anderen Gerichten auf ihre Teller. Als neuer Job beschäftigte sie immer noch. Der Schmerz, den die Erinnerung in ihr hervorgerufen hatte, hatte sie überrascht. Sie hatte geglaubt, ihre Wut über A. W. Wodyskis Artikel inzwischen hinter sich gelassen zu haben. Als sie sich dem Essen widmeten, versuchte Lou den Schmerz zu analysieren, wendete ihn hin und her, um ihn von allen Seiten betrachten zu können. Er hatte gewusst, dass er sie damit verletzen würde. Deswegen hatte er die Zusage abgewartet, bis er ihr davon erzählte. Das konnte sie als gut gemeinte Geste akzeptieren. Aber warum hatte er sich überhaupt erst beworben? Er wusste von der bitterbösen Besprechung ihres Restaurants. Und sie war sich sicher, dass er sie im Internet gelesen hatte. Al wusste, wie falsch dieser selbstgefällige Schreiberling mit seinem Urteil gelegen hatte. Schließlich hatte sie Al an seinem ersten Abend im *Luella's* genau dasselbe Menü gekocht wie damals Wodyski, und er hatte sich mit seinen Lobeshymnen auf den punktgenau gegarten Fisch und die köstliche Soße förmlich überschlagen. Lou dachte an das, was sie Al am Morgen in der Küche gesagt hatte. Sie wollte sichergehen, dass sie jedes Wort genau so gemeint hatte. Wer könnte besser verstehen als sie, wie es war, einen Job zu wollen, den der Partner nicht akzeptierte. Wie oft hatte Devlin sie gebeten, das Restaurant, und damit ihren Traum, aufzugeben? Sie wusste, dass Al essen mindestens genauso liebte wie sie selbst, und zu schreiben war ihm sicherlich ebenso wichtig. Jetzt konnte er beides miteinander verbinden – der perfekte Job. Sie könnte ihm dabei niemals im Weg stehen. Ja, sie hatte jedes Wort so gemeint, wie sie es gesagt hatte. Sie würde ihn unterstützen und sich für ihn freuen. Außerdem würde sicher das eine oder andere gute Essen auf Kosten der Zeitung dabei herausspringen. Das war das Mindeste, was man ihr dort schuldete. »Wie wird das Ganze laufen?«, fragte sie Al, der glücklich in sein Essen versunken war.

Er kaute zu Ende und schluckte, dann antwortete er: »Gut, dass du fragst. Ich könnte meine erste Kritik über das *Luella's* schreiben. Vielleicht würde es helfen. Ich könnte eine zweite Kolumne hinzufügen, in der ich alle Restaurants, die Wodyski kritisiert hat, noch einmal besuche, um sein Urteil überall da zu revidieren, wo er falschgelegen hat.«

Lou lächelte angesichts seines Vorschlags. »Nein, das kannst du nicht machen. Zumindest nicht mit dem *Luella's*. Schließlich bist du ein klitzekleines bisschen befangen, und außerdem ist es dafür ohnehin zu spät. Der Niedergang ist nicht mehr aufzuhalten.«

Al nickte. »Okay, ich werde kein Restaurant besprechen, das dir gehört oder in dem du arbeitest, aber ich werde auf jeden Fall weiter dort essen.«

»Hast du keine Angst, dass die Leute herausfinden, wie du aussiehst?«

»Nicht wirklich. Ehrlich gesagt würde das den Druck sogar ein wenig verringern.«

Lou nickte und kniff nachdenklich die Augen zusammen. »Dann wirst du doch bestimmt die eine oder andere Begleitung zum Abendessen benötigen? Hiermit biete ich höchst offiziell meine Dienste an. Ich werde demnächst mehr als genug Zeit haben.«

Al lächelte. »Du hast meine Gedanken erraten. Ich kann mir niemanden vorstellen, der für den Job qualifizierter wäre als du. Mit dem großen Plus, dass ein Date auf Kosten der Zeitung wirklich nicht schlecht klingt. Hast du schon einen Termin für euren letzten Öffnungstag festgelegt?«

»Harley und Sue haben endlich eingesehen, dass sie sich eine neue Stelle suchen müssen. Ich kenne ein paar Köche, die sie sofort einstellen würden. Ich werde das Restaurant am zweiundzwanzigsten Dezember schließen. Am Tag danach richte ich noch eine kleine Party für die engsten Freunde aus, und anschließend wird alles für die Auktion nach Silvester vorbereitet.« Lou schob sich einen Bissen in den Mund und griff nach ihrem halb leeren Weinglas.

»Es tut mir so leid, Lou.«

»Das muss es nicht. Es ist schließlich nicht deine Schuld. Ich hatte nur gedacht, ich hätte das alles seit Monaten akzeptiert, aber jetzt, da es in nicht einmal vier Wochen so weit ist … Es ist hart.« Der Tisch verschwamm vor ihren Augen, als würde sie durch das dicke Glas eines Aquariums schauen, und sie versuchte die Tränen krampfhaft zurückzuhalten. »Ich will nicht schon wieder weinen. Es ist nur … ich habe so hart dafür gearbeitet und war so nahe dran, den Durchbruch zu schaffen. Ich wünsche mir nichts mehr, als noch einmal von vorne anfangen zu dürfen, um es besser zu machen. Aber alles, worauf ich jetzt noch hoffen kann, ist, dass ich nach der Versteigerung keine Schulden mehr habe. Beim nächsten Mal würde ich einiges anders machen, aber ich weiß nicht, ob ich noch die Kraft dazu habe …«

Al stand auf, kniete sich vor sie und nahm ihre Hände in seine.

Lou konnte ihr Herz nicht daran hindern, einen kleinen Hüpfer zu machen.

»Sag das nicht. Ich helfe dir. Gib deinen Traum nicht auf. Es ist nicht fair, wenn sich meiner erfüllt und deiner nicht.«

Lou holte zitternd Atem und tupfte sich die Tränen ab. »Genug ernste Themen für heute. Heute geht es darum, dankbar zu sein.« Lou sah Al in die Augen. »Und ich kann dir gar nicht genug dafür danken, dass du inzwischen häufiger Jeans als beige Stoffhosen trägst.«

Al lachte. »Und ich bin dankbar, dass du mir quietschenden Käse und Frozen Custard nähergebracht hast.« Al küsste ihre Hand und fuhr sanft mit den Lippen über die Knöchel.

Lou beugte sich vor und drückte ihm einen Kuss auf den Scheitel. Er glaubte noch immer an sie. Und sie würde einen neuen Traum finden.

23

Lou saß an einem Tisch in der Mitte des Speiseraums. Um sie herum war es ruhig und friedlich. Normalerweise mochte sie die vollkommene Stille, kurz bevor das Restaurant öffnete. Wenn die Tische bereits eingedeckt waren, das Brot zum Vorwärmen im Ofen lag, die Hilfsköche draußen neben den Mülltonnen eine Zigarette rauchten, nachdem sie in der Küche vorbereitet hatten, was später für die verschiedenen Gerichte verwendet werden würde. Wenn der ganze Raum nur darauf zu warten schien, endlich loszulegen. Aber heute war alles anders. Der Großteil des Geschirrs war bereits in Kisten verstaut, und die letzten Weinflaschen standen aufgereiht auf der Theke. Sie würde sie später ihren Gästen als Geschenke mit nach Hause geben. Aus den kahlen Wänden ragten vereinzelt Nägel heraus, an denen noch vor kurzer Zeit Bilder gehangen hatten. Die Tische waren ungedeckt. Die Tischdecken waren bereits an die Firma zurückgeschickt worden, von der sie sie ausgeliehen hatte. Die meisten Töpfe und Pfannen standen bereits geschrubbt und auf Hochglanz poliert für die Auktion in der Küche. Die Regalbretter waren abgeräumt, und jede Schublade war geleert. Alles, was sie nicht mehr für das heutige Abendessen brauchte, war in Kartons und Kisten verstaut. Ja, heute war definitiv alles anders.

Vor ihr auf dem Tisch lagen ein aufgeschlagenes Kochbuch und ein Notizbuch. Lou hatte nach ein paar Ideen für das letzte Essen im *Luella's* gesucht. Sie würde heute für die übrig gebliebenen Angestellten und für Otto, Gertrude und Al kochen.

Gestern war der letzte offizielle Betriebstag gewesen. Heute würde sie die restlichen Lebensmittel verwenden, um das Essen für ihre engsten Freunde zu kochen, und danach zusammenpacken. Sue und Harley würden nach Silvester ihre neuen Jobs anfangen. Und sie musste sich dringend um einen für sich selbst kümmern.

Lou nahm den Hörer in die Hand, atmete tief ein und schluckte ihren Stolz hinunter.

Nach ein paar Klingeltönen hörte sie am anderen Ende der Leitung Küchenchef Toms dröhnende Stimme: »Fängst du endlich bei mir an?«

Lou lachte, sie fühlte sich schon ein wenig besser. »Hör auf, meine Gedanken zu lesen. Ja, ich rufe an, um dich um einen Job anzuflehen.«

»Ich bin derjenige, der fleht.«

Lous Augen füllten sich mit Tränen. »Du hast keine Ahnung, was mir das bedeutet, Tom.«

»Du würdest dasselbe für mich tun.«

»Ich schulde dir was.« Ihre Stimme brach, und sie legte schnell auf. Ein weiterer Schritt weg von ihrer Vergangenheit, hin zu einer neuen Zukunft.

Die Glocke an der Eingangstür klingelte und erinnerte Lou daran, dass sie sie später noch einpacken musste. Rasch wischte sie sich die Tränen aus dem Gesicht.

»Hey, Liebling. Ich dachte, du kommst erst später. Deine Eltern sollten doch heute die große Tour bekommen«, sagte sie, als sie sich umdrehte.

Aber anstelle von Als Stimme mit dem weichen britischen Akzent antwortete ihr eine andere bekannte, dafür aber umso kältere Stimme: »Es wird Zeit, dass wir uns unterhalten, Elizabeth.« Der Blick aus Devlins Augen war genauso eisig wie sein Ton.

Lou atmete tief ein und stand auf. »Wir haben nichts zu besprechen. Bitte geh. Du bist kein einziges Mal hier gewesen, als wir noch zusammen waren, und jetzt hast du hier nichts mehr zu suchen.«

Devlin schlenderte gemächlich auf sie zu und musterte dabei die kahlen Wände und gepackten Kisten, als handle es sich bei Lou um einen Gegner, dessen Schwächen er auszuloten versuchte. »Ich bleibe nicht lange.«

»Raus mit dir, bevor …«

»Bevor was? Willst du die Polizei rufen?« Devlin zog verächtlich einen Mundwinkel hoch. »Würdest du wirklich so weit gehen?«

»Okay, dann sag, was du zu sagen hast.« Lou bedeutete ihm mit einer ungeduldigen Handbewegung fortzufahren.

Devlin blieb dicht vor ihr stehen. Als er sie musterte, wurde der Ausdruck in seinen Augen weicher. Sie trug die Haare zu einem nachlässigen Knoten zusammengebunden, ihr Gesicht wirkte müde. Die weiße Kochjacke hing ihr schlaff von den Schultern. »Wir hatten einen guten Plan. Und wir könnten immer noch da weitermachen, wo wir aufgehört haben.« Er strich ihr eine Haarsträhne aus dem Gesicht.

Lou schlug seine Hand beiseite. »Tu das nicht.«

Devlins Blick verhärtete sich augenblicklich wieder. Er starrte sie an wie ein Adler, der seine Beute fest im Visier hat. Seine Lippen waren zu einem dünnen Strich zusammengepresst. »Verstehe. Und, was macht mein Ersatzmann, um Geld zu verdienen?«

»Das geht dich nichts an.«

»Ich denke schon. Ich will dich immer noch zurück, Lou, auch nach allem, was passiert ist. Ich muss wissen, ob er besser für dich sorgen kann als ich.«

Lou wurde langsam wütend. Aber ihr war klar, dass sie ihn

schneller loswerden würde, wenn sie sein Spielchen mitspielte. »Er schreibt.«

»Oh, ja, ein Schreiberling. Klingt mindestens so solide wie ein eigenes Restaurant. Was schreibt er?«

»Er ist freier Journalist. Und er hat gerade bei der Zeitung als Restaurantkritiker angefangen.«

»Gerade erst angefangen? Scheint eine Weile gedauert zu haben, einen festen Job zu finden.«

Lou konnte förmlich spüren, wie Devlin sich seine Argumentationsstrategie Punkt für Punkt zurechtlegte, wie er es vor einer Jury tun würde. »Spar dir die Show. Wir sind hier nicht vor Gericht.«

»Bist du dir sicher? Ich glaube nämlich, dass du dir den einen oder anderen Richter wünschen wirst, nachdem ich dir erzählt habe, was dein Wunderknabe getan hat.«

»Bist du wirklich so armselig, dass du jetzt noch versuchst, auch die letzte gute Sache in meinem Leben kaputt zu machen? Das ist sogar unter *deinem* Niveau, Devlin.«

»Ich denke dabei nur an dich. Ich will, dass du weißt, mit wem du jede Nacht ins Bett steigst.« Devlin nahm einen Bleistift vom Tisch und ließ ihn zwischen zwei Fingern auf- und abschnellen. »Ich muss schon sagen, dass es mich sehr überrascht, wie loyal du gegenüber dem Mann bist, der dein Geschäft zugrunde gerichtet hat.«

Lou sah ihn stirnrunzelnd an. »Wovon redest du?«

»A. W. Wodyski.« Devlin legte den Kopf schief, um ihre Reaktion zu beobachten. »Hast du nie überlegt, wer er in Wirklichkeit ist? Du musst dir doch gedacht haben, dass er nicht unter seinem richtigen Namen schreibt.«

Lou erstarrte.

»Ich habe ein wenig recherchiert, nachdem wir uns auf dem *Irish Fest* über den Weg gelaufen waren. Ich wollte wissen, mit wem meine zukünftige Braut ihre Zeit verbringt.« Devlin machte eine Pause und sah Lou fest in die Augen. »Du bist mir wirklich wichtig, Lou. Irgendwann wirst du realisieren, dass ich weiß, was das Beste für dich ist.«

Er sah aus, als meinte er es ernst. Lou lief ein Schauer den Rücken hinunter. »Du stellst eine Menge Vermutungen über Dinge an, die dich nichts angehen.«

Lou trat instinktiv einen Schritt zurück, als sich Devlin zu ihr vorbeugte. Er atmete tief ein und nickte. »Glaub mir, ich war genauso überrascht, als ich hinter das Geheimnis deines ach so hart arbeitenden jungen Journalisten gekommen bin. Aber wenn man erst einmal darüber nachdenkt, scheint plötzlich alles einen Sinn zu ergeben. Wodyskis Kolumne startete ungefähr zu dem Zeitpunkt, als dein Al in die Stadt kam. Dann stirbt der große Kritiker, und Al ergattert ganz zufällig seinen Job. Was, wenn Wodyski in Wirklichkeit gar nicht gestorben ist? Was, wenn er einfach nur angefangen hat, unter seinem echten Namen zu schreiben?«

Lou wurde schlecht, als sie begriff, was Devlin andeutete. Sie wollte seine Worte von sich abprallen lassen, stattdessen nisteten sie sich hartnäckig in ihrem Kopf ein. »Du … du weißt überhaupt nichts«, flüsterte sie. Dann fand sie ihre Stimme wieder und sagte laut: »Das sind alles nur wild zusammengeschusterte Indizien.«

»Du musst mir nicht sofort glauben. Aber ich kenne die Wahrheit, und irgendwann wirst du sie auch akzeptieren müssen.«

»Du lügst.« Es tat weh, die Tränen zurückzuhalten, aber sie würde auf keinen Fall vor ihm weinen.

»Ich lüge nicht, Lou. Ich verbiege die Wahrheit vielleicht oft ein wenig zu meinen Gunsten oder mache ein paar taktische Auslassungen. Aber ich lüge nie. Das weißt du.« Er machte eine

Pause und musterte ihre geballten Fäuste und den verkrampften Kiefer. »Sobald du bereit bist, der Wahrheit ins Gesicht zu sehen …« Er warf ein dickes rot-weißes Taschenbuch auf den Tisch, drehte sich um und ließ Lou mit ihren Zweifeln zurück.

Sie beugte sich hinunter, um den Titel zu lesen. Ein polnisch-englisches Wörterbuch. Devlin hatte eine seiner sündhaft teuren Notizkarten zwischen die Seiten gesteckt, sie erkannte die in schieferblau gehaltenen Initialen DP, die in der rechten oberen Ecke auf dem dicken schneeweißen Papier prangten. Lou starrte das Buch an, unfähig sich zu bewegen. Sein Inhalt machte ihr Angst. Sie streckte vorsichtig die Finger danach aus. Nein. Sie schüttelte nachdrücklich den Kopf, um sich selbst in ihrer Entscheidung zu bestärken. Nein. Sie kannte Al. Er liebte ihre albernen Scherze, verehrte gutes Essen, respektierte seine Eltern und war Gertrude und Otto gegenüber freundlich. A. W. Wodyski könnte niemals dieselbe Person sein, in die sie sich verliebt hatte. Sie waren unmöglich miteinander vereinbar.

Mit zitternden Händen stapelte Lou die Kochbücher und den beleidigenden Wälzer aufeinander, um sie in die Höhle hinüberzutragen. Gerade sie sollte am besten wissen, dass sie sich von Devlins Worten nicht einwickeln lassen durfte. Sie hatte ein Menü zu kochen, Gäste zu empfangen und einen Mann zu lieben. Morgen würde sie die Reste ihres alten Lebens zusammenpacken, um ein neues zu beginnen. Und Devlin konnte zur Hölle fahren.

Während Al die Verspätungsmeldungen auf dem Monitor in der Ankunftshalle des Flughafens las, spielte er mit dem kleinen rechteckigen Kästchen in seiner Hosentasche. Sein Magen schlug beim Gedanken an seinen Inhalt Purzelbäume. Wie konnte ein so winziges Ding nur so viel Hoffnung und Glück enthalten? Es war genau so, wie Gertrude vor ein paar Monaten gesagt hatte: Wenn man es wusste, dann wusste man es einfach. Morgen würde Lou einen neuen Lebensweg mit ihm beginnen. Morgen würde sie seine Eltern kennenlernen. Allerdings nur, wenn diese jemals landeten. Der erste Blizzard des Jahres sorgte für Verspätungen und Änderungen der Flugrouten, sodass die Piloten teilweise gezwungen waren, auf andere Flughäfen auszuweichen. Das Flugzeug mit seinen Eltern sollte in den nächsten Minuten landen. Ein Rennen um den ersten Platz: Würde der Sturm oder das Flugzeug zuerst eintreffen?

»Mann, wenn du schon mit deinen Eiern spielen musst, dann such dir gefälligst eine ruhige Toilettenkabine, statt dich mitten in der Ankunftshalle auszutoben«, sagte John mit einem Blick auf seine Hose.

»Was?« Al sah an sich herunter und bemerkte, wie verfänglich die Bewegungen in seiner Hosentasche von außen wirkten. »Was erwartest du von mir? Ich habe Lou seit gestern Morgen nicht mehr gesehen.« Er musste grinsen, als er Johns entsetzten Gesichtsausdruck sah. Anscheinend konnte er nicht glauben, dass Al auf den Scherz einstieg, anstatt vor Scham im Boden zu versinken. So nämlich hätte der Al reagiert, der er noch vor zehn Monaten gewesen war. Dieser Al würde auch nicht am Flughafen sitzen, um die Ankunft seiner Eltern zu erwarten. Er trug Jeans und ein graues T-Shirt unter einem karierten Hemd. Er hatte sogar überlegt, die Baseballmütze zu tragen, die ihm Lou beim Brewers-Spiel geschenkt hatte, dann aber gedacht, das könnte für seine Eltern vielleicht doch ein wenig zu viel auf einmal sein. Er fiel nicht mehr auf, wenn sie zusammen in eine Bar gingen. In Milwaukee zog man sich meist nicht besonders schick an, wenn man ausging. Klar, es gab das eine oder andere Restaurant, für das man sich extra umzog, aber die meisten Lokale hatten einen entspannten Dresscode. Und Al wusste diese lockere Atmosphäre inzwischen sehr zu schätzen. Um seine Nerven zu beruhigen, begann er vor den Sitzbänken auf und ab zu laufen.

»Du machst mich nervös. Gibt es irgendetwas Bestimmtes, das ich über deine Eltern wissen sollte, bevor ich sie kennenlerne?«

»Nein, nein, entschuldige. Es ist nur so, dass ich sie seit über einem Jahr nicht gesehen habe. Mir war gar nicht klar, wie sehr ich sie vermisst habe, bis sie die Tickets gekauft haben. Seit ich aus England weg bin – wovon sie damals übrigens nicht sehr begeistert waren –, hat sich so viel verändert. Ich will, dass sie verstehen, wie glücklich ich bin. Ergibt das irgendeinen Sinn?«

»Dann umarm deine Mum lieber schnell und erzähl ihr alles, was sie verpasst hat.«

Als Al die Stimme hinter sich hörte, fuhr er herum und zog seine Mutter in seine Arme.

»Das ist doch mal eine ordentliche Begrüßung. Und jetzt tritt einen Schritt zurück, damit ich dich richtig ansehen kann.« Die zierliche Frau in schwarzer Hose und Jacke mit einem bunten Schal als einzigem Farbklecks um den Hals musterte Al von oben bis unten. »Na ja, ich hatte gedacht, dass du dich ein wenig ordentlicher kleidest. Aber irgendwie steht es dir.«

»Wo ist Dad?«, fragte Al und sah sich um.

»Er hat mir gesagt, dass ich schon mal vorgehen und nach dir suchen soll. Er wusste, dass ich es nicht abwarten kann, meinen Jungen endlich wiederzusehen. Er holt nur schnell das Gepäck. Ah, da kommt er ja.«

Ein kleiner Mann, der aussah wie eine etwas ältere Version von Al, kam mit zwei Rollkoffern im Schlepptau und einer Reisetasche über der Schulter auf sie zu. Er trug eine hellbraune Stoffhose, ein weißes Poloshirt und darüber ein Tweedjackett mit Ellbogenschonern. Bevor Al ihm das Gepäck abnehmen konnte, schloss ihn sein Vater herzlich in die Arme. »Wie schön, dich zu sehen! Und jetzt nimm die hier, ich bin fix und fertig.« Er reichte Al die Tasche und einen Koffer. Dann gingen sie zu Als Mutter, die John neugierig ins Visier genommen hatte.

»Mum, Dad, das ist mein guter Freund John. Er ist einer der besten Journalisten, die ich je getroffen habe. John, meine Eltern, Katherine und James.«

John ergriff Katherines Hand und verneigte sich leicht. »Es ist mir ein Vergnügen, Sie kennenzulernen. Und, wenn ich das hinzufügen darf, Sie tragen einen umwerfenden Schal. Vintage Hermès?«

»Ja. Woher wissen Sie das?« Katherine war angesichts der höflichen Begrüßung so überrascht, dass sie Johns ungewöhnliches Äußeres schon fast wieder vergessen hatte.

»John ist Moderedakteur bei der Zeitung, für die ich arbeite. Wenn du genauer hinsiehst, wirst du bemerken, dass er von Kopf bis Fuß in teuerste Designerkleidung gehüllt ist. Er gibt sich nur sehr viel Mühe so auszusehen, als würde er seine Klamotten aus der Altkleidersammlung beziehen.«

»Ja, ja, wir haben später noch genug Zeit, meine Unzulänglichkeiten zu erörtern. Jetzt sollten wir erst mal zusehen, dass wir zurück in die Stadt kommen, bevor der Schnee die Straßen blockiert«, sagte John.

Sie machten sich auf den Weg zum Parkhaus, wo Johns Auto stand.

Katherine sah sich um und wandte sich dann an ihren Sohn. »Wo ist denn deine Freundin, Al? Ich hatte gehofft, dass wir sie auch kennenlernen.«

»Ich werde sie euch in den nächsten Tagen vorstellen, keine Sorge. Sie musste gestern ihr Restaurant schließen, und heute Abend veranstaltet sie eine kleine Abschiedsparty für ihre engsten Freunde.« Das Letzte, was Lou an diesem schwierigen

Abend brauchte, waren fremde Leute um sie herum. Selbst wenn es sich dabei um seine Eltern handelte. »Deswegen wird sich heute John um euch kümmern. Ich könnte mir vorstellen, dass ihr euch erst einmal ein wenig ausruhen möchtet. Ich habe ein paar Filme für euch ausgeliehen und Essen bestellt. Und ab morgen zeige ich euch die Stadt.«

»Aber du kannst bei diesem Wetter unmöglich ausgehen. Der Pilot hat gesagt, dass der Sturm ziemlich heftig werden soll«, sagte James besorgt.

»Ha, willkommen in Wisconsin. Wir lassen uns vom Wetter nicht aufhalten. Alles, was wir tun, ist langsamer zu fahren und uns wärmer anzuziehen«, sagte John.

»Das stimmt. Außerdem ist das Restaurant von mir aus zu Fuß zu erreichen, und inzwischen bin ich auch mit Schuhen und einer Jacke ausgestattet, die den Temperaturen hier standhalten. Keine Sorge, alles wird gut. Und Lou wird das Essen heute Abend unter keinen Umständen absagen.«

»Ich kann es auf jeden Fall kaum abwarten, sie endlich kennenzulernen. So begeistert, wie du am Telefon von ihr erzählt hast, dauert es ja vielleicht nicht mehr lange, bis ich eine Schwiegertochter habe.«

»Das bleibt zu hoffen«, entgegnete Al lächelnd. Trotz des eisigen Windes, der durch das Parkhaus wehte, konnte er nur an eine warme Küche denken, in der der Mittelpunkt seines Universums gerade ein weiteres Festessen zubereitete. Mit ein bisschen Glück würden sie heute weit mehr zu feiern haben, als sie ursprünglich gedacht hatten.

Kochen hatte Lou schon immer dabei geholfen, einen klaren Kopf zu bekommen. Das Menü zusammenzustellen war der kreative, anstrengende Teil, aber das gleichmäßige Schneiden der Zutaten und Schritt für Schritt einem Rezept zu folgen beruhigte sie. In der Küche war ihr alles so vertraut, dass sie die Gerichte mit verbundenen Augen hätte kochen können. Drei Schritte bis zum Kühlschrank, hinunterbeugen, um die Zitronen herauszuholen, die Teller standen im Geschirrwärmer neben dem Herd – alles war genau so, wie es sein sollte. Nach Devlins überraschendem Besuch halfen ihr die Vorbereitungen, ihre angespannten Nerven und die zitternden Hände zu beruhigen. Während sie schnitt, sautierte und Zutaten mischte, geisterten ihr immer wieder Devlins Worte durch den Kopf. Ihre Gefühle schienen alles infrage stellen zu wollen, während ihr Vertrauen in Al gleichzeitig jeden Zweifel wie von selbst verbot. Sie weigerte sich zu glauben, dass Devlin die Wahrheit gesagt hatte.

Lou konnte die schweren Windböen hören, die über die Straße fegten und Schneeflocken mitbrachten, die sich wie ein dicker Vorhang auf die Fensterscheiben legten und die Sicht auf die Gebäude auf der gegenüberliegenden Straßenseite verdeckten. Sie hatte kurz daran gedacht, das Essen zu verschieben, aber es gab keine Möglichkeit für einen anderen Termin. Stattdessen hatte sie Harley angerufen, um ihn zu bitten, die Meyers abzuholen. Lou wollte nicht, dass sie sich bei diesem Wetter allein auf den Weg machten, aber ihr war auch klar, dass sie das Essen auf keinen Fall verpassen wollen würden. Er hatte ihr versichert, dass er bereits mit ihnen telefoniert hatte und sie später mit seinem Truck abholen würde.

Die Vorbereitungen waren abgeschlossen. Der Rest würde erst kurz vor dem Servieren gekocht. Zeit, sich fertig zu machen. Als Lou in die Höhle hinüberging, fiel ihr Blick auf das polnisch-englische Wörterbuch, das sie auf den Schreibtisch geworfen hatte. Der rot-weiße Einband hob sich leuchtend von den verstreuten weißen Notizblättern ab. Sie griff nach dem Buch und wog es in den Händen, als könnte sie so den Grad an

Wahrheit einschätzen, die es enthielt. Wenn sie einen Blick hineinwarf, könnte sie ein für alle Mal mit der Sache abschließen und feststellen, dass Devlin nur gekommen war, um Zweifel zu säen. Aber wenn sie es aufschlug, wäre das ein Beweis für ihre Zweifel an Al. Es würde bedeuten, dass sie ihm nicht vertraute. Lou warf das Buch mit einer entschlossenen Geste in den Papierkorb. Erledigt! Jetzt würde sie schnell unter die Dusche springen und sich für die Party frisch machen. Lou nahm das Kleid, das an einem Nagel an der Wand hing, und ging ins Badezimmer. Nachdem sie sich die Haare geföhnt, dezentes Make-up aufgelegt hatte und in ihr Kleid geschlüpft war, fühlte sie sich schon ein wenig besser. Obwohl ihre Karriere gerade implodiert war, hatte sie das Gefühl, endlich wieder selbst über sich bestimmen zu können. Sie würde heute mit ihrem alten Leben abschließen und ein neues beginnen. Ein Leben, in dem Devlin keine Rolle mehr spielte.

Lou warf einen Blick auf die Uhr. Ihre Gäste trafen erst in einer halben Stunde ein. Der Berg aus Papieren, Kochbüchern, Taschen und allen möglichen anderen Gegenständen auf ihrem Schreibtisch drohte jede Sekunde einzustürzen; vielleicht war es keine schlechte Idee, wenigstens schon einmal die oberste Schicht abzuarbeiten. Sie schob einen Stapel alter Tageskarten zusammen und warf sie in den Mülleimer. Darunter kam ihre Lieblingshandtasche aus rotem Leder zum Vorschein. Sie hatte schon mehrmals in ihrem Apartment danach gesucht, aber anscheinend hatte sie sie schon vor Monaten in der Höhle liegen lassen. Lou ließ sich auf den Schreibtischstuhl fallen und durchwühlte den Inhalt. Vielleicht fand sich darin ja doch noch ein verirrter Zwanziger. Sie förderte einige alte Quittungen und Eintrittskarten zu verschiedenen Festivals zutage, die sie in den Papierkorb wandern ließ. Als Lou eine weitere Handvoll Papier herauszog, fiel ihr Blick auf einen zerfledderten Zeitungsartikel. Sie strich ihn auf der Tischplatte glatt. A. W. Wodyskis Restaurantkritik über das *The Good Land*. Lou erinnerte sich. Al hatte ihr den Artikel im Sommer gezeigt, als sie gemeinsam auf der *Wisconsin State Fair* gewesen waren. Sie war damals so wütend geworden, dass sie den Artikel so tief wie möglich in ihrer Tasche vergraben hatte – wo sie ihn dann offensichtlich vergessen hatte. Lou fühlte sich plötzlich so, als würde gleich etwas Entscheidendes passieren. Noch bevor sie darüber nachdenken konnte, hatte sie die Besprechung bereits zu lesen begonnen. Zuerst beruhigten sie die Worte des – sie musste es zugeben – sehr gut geschriebenen Artikels, in dem die köstlichen Gerichte des *The Good Land* mit großer Bewunderung beschrieben wurden. Genau dasselbe umwerfende Menü, das sie und Al dort genossen hatten – bis hin zu den Specials, die Küchenchef Tom eigens für sie kreiert hatte. Lou stutzte und starrte auf die Zeilen. Ihr Freund hätte die Gerichte niemals genau so für irgendeinen normalen Gast zubereitet.

Ihr Körper erfasste die Wahrheit schneller als ihr Gehirn. Sie fühlte sich wie betäubt, ihre Gliedmaßen wollten sich nur unter größten Anstrengungen bewegen. Das Stück Papier in ihrer Hand begann zu zucken. Sie nahm den Papierkorb und schleuderte ihn in eine Ecke. Die Tageskarten flogen durch die Luft und flatterten dann langsam zu Boden. Mitten in der Masse aus weißen Blättern lag das Wörterbuch, wie eine offene rote Wunde in schneeweißer Haut. Mühsam, als würde sie sich durch zähes Karamell kämpfen, bückte sich Lou und hob es auf. Sie hatte das Gefühl, als gehörten die Hände, die sich um das Buch schlossen und die Notizkarte herauszogen, jemand anderem. Devlins akkurate Handschrift hob sich scharf von dem blütenweißen Papier ab:

– A = Al
– W = Waters
– Sieh unter Waters im Wörterbuch nach.

Mit zitternden Fingern blätterte Lou durch den englischen Teil des Wörterbuchs, bis sie bei »water« angekommen war. Die polnische Übersetzung daneben lautete »woda, plural = wody«.

Wody. Waters. Wodyski. A. W. Wodyski.

Die Beine gaben unter ihr nach, das Wörterbuch polterte zu Boden. Devlin hatte nicht gelogen, aber sie hatte den untrüglichsten Beweis selbst gefunden – den Artikel über das *The Good Land*. Alles andere ließ sich leicht zusammenreimen. A. W. Wodyski und Al Waters waren dieselbe Person. Wodyski war niemals gestorben. Er schlief jede Nacht mit ihr. Lous Herz zersprang in tausend Stücke.

Al hatte es ihr die ganze Zeit über verheimlicht. Lou zitterte am ganzen Körper. Sie kauerte sich auf den Boden, zog die Knie eng an die Brust und versuchte, das ganze Ausmaß seines Betrugs zu realisieren. Sie rief sich den Tag ins Gedächtnis, als sie ihm mit dem Kokosnusskuchen im Arm zum ersten Mal begegnet war. Der Tag, an dem sich ihre Verlobung in Luft aufgelöst hatte. Der Tag, an dem er die Kritik über ihr Restaurant geschrieben hatte. Als sie sich am Abend, nachdem der Artikel erschienen war, zufällig in der Bar über den Weg gelaufen waren, hatte er vor Freude gestrahlt. Obwohl er ihr Restaurant gerade mit nur ein paar Zeilen in der Luft zerrissen hatte. All die Treffen bei *Northpoint Custard*, im Museum, auf dem *Irish Fest* … in jedem einzelnen Moment war ihm bewusst gewesen, dass ihr Restaurant einen langsamen Tod starb, und er hatte nichts dagegen unternommen. Kein Widerruf, keine Reue, keine Gefühle.

Sie hielt den Zeitungsartikel noch immer mit der Faust umklammert. Warum hatte er ihn ihr zeigen wollen? Um ihr unter die Nase zu reiben, wie wahnsinnig clever er war? Das war nicht sehr wahrscheinlich. Allerdings wäre es so einfacher zu begreifen. Dann könnte sie jetzt wütend sein, und die Wut würde ihr verwundetes Herz beschützen, bis es sich selbst zu heilen lernte. Doch dieses Mal schaffte sie es nicht, sich selbst aus dem Abgrund zu ziehen, um den Zorn zu spüren. Der Schmerz war zu groß, der Betrug zu offensichtlich. Tränen rannen ihr über die Wangen, verschmierten das minimale Make-up und hinterließen traurige Maskara-Spuren.

Lou fielen die Worte ein, die er an Thanksgiving zu ihr gesagt hatte: *Ich helfe dir. Gib deinen Traum nicht auf. Es ist nicht fair, wenn sich meiner erfüllt und deiner nicht.* Hatte er sich tatsächlich schuldig gefühlt, oder war das ein weiterer Trick gewesen, um sie hinters Licht zu führen? Er hatte ihr versprochen, ehrlich zu sein. Das Feuer, das eben noch in ihrer Brust gebrannt hatte, zerfiel zu kalter Asche. Sie machte sich klein wie ein Embryo und ließ sich ganz von dem großen schwarzen Loch verschlucken.

Als Sue die Tür zum Büro öffnete, entdeckte sie Lou auf dem Boden zusammengerollt inmitten eines weißen Teppichs aus Papier. »Oh, mein Gott, Lou, was ist los? Musst du ins Krankenhaus?«

Lou streckte ihr die Hand entgegen, in der sie noch immer den Artikel umklammert hielt, und versuchte dann mühsam, sich aufzurichten.

»Was ist denn passiert? Bist du krank? Deine Gäste sind da.« Sue nahm ihr das zerknitterte Stück Papier aus der Hand.

Sues Bemerkung erinnerte Lou daran, dass es immer noch Menschen gab, denen sie nicht gleichgültig war, die an sie glaubten. Der Gedanke gab ihr genug Kraft, sich wieder aufzusetzen und den Kopf zu schütteln. »Ist Al hier?«, flüsterte sie.

Sue warf ihr einen verwirrten Blick zu. »Nein, er ist der Einzige, der noch nicht da ist.«

Lou sah Sue an. Der Schmerz hatte sich tief in ihr tränenüberströmtes Gesicht eingegraben. »Al ist A. W. Wodyski.« Ihre Stimme brach. Sie konnte es kaum aussprechen, denn wenn sie es laut sagte, würde es wahr werden.

Sue lachte. »Das ist vollkommen absurd. Wie sollte das gehen? Er hat doch gerade erst den Job bei der Zeitung bekommen. Und seine Kritiken sind kein bisschen wie die von Wodyski.«

»Lies das hier.«

Sue überflog den Artikel und sah Lou anschließend noch ein wenig verwirrter an. »Hört sich so an, als hätte er das Essen sehr genossen.«

»Das sind exakt dieselben Gerichte, die ich und Al von Tom serviert bekommen haben. Er hat sich extra für mich etwas ganz Spezielles überlegt. Du weißt, wie sehr er es liebt, andere Köche zu verwöhnen. So ein Menü hätte er auf keinen Fall für irgendeinen normalen Gast zusammengestellt.«

»Ich bin mir sicher, dass es dafür eine Million …«

»Ja, und ich bin sie alle hundertmal durchgegangen. Nur leider ist die simpelste Erklärung meistens auch die richtige. ›Wodyski‹ leitet sich vom polnischen Wort für ›water‹ ab. Die Erklärung liegt in seinem gottverdammten Namen.« Lou kam auf die Beine und streckte Sue mit zitternden Händen das Wörterbuch und die Notizkarte entgegen. Sie holte tief Luft. Wut stieg in ihr auf und half ihr ein wenig, den Schmerz zu verdrängen und weiterzumachen.

»Woher hast du ein englisch-polnisches Wörterbuch? Und was ist das hier?« Sue wedelte mit der Karte vor ihrem Gesicht.

»Von Devlin.«

»Devlin hat dir die Sachen gegeben? Das wäre ja dann wohl die Antwort. Du weiß doch, dass …«

»Ich weiß, aber ich täusche mich nicht. Al *ist* A. W. Wodyski.« Lou schrie beinahe. »Ich habe das alles tausendmal in meinem Kopf hin und her gewälzt, aber es stimmt. Welche Intentionen Devlin auch immer damit verfolgt haben mag, er hat nicht gelogen.«

Es war unübersehbar, dass Sue die Wahrheit akzeptierte. Wenn sie ein Hund gewesen wäre, hätte sie jetzt die Nackenhaare gesträubt. Es war eines der Dinge, für die Lou ihre Freundin so sehr liebte. Wenn sie jemanden beschützte, dann tat sie das mit aller Entschlossenheit und Grausamkeit, die ihr nötig erschienen. Al sollte besser darauf hoffen, dass Lou ihn vor ihr in die Finger bekam.

Nachdem Lou ihre Tränen getrocknet und die schlimmsten Maskara-Spuren beseitigt hatte, verließen sie gemeinsam die Höhle, um die Gäste zu begrüßen.

In der Küche dröhnte ihnen Harleys tiefer Bass aus dem Speisesaal entgegen. »Alle sind da. Wir warten schon sehnsüchtig auf die Ankunft des Ehrengastes.«

Lou warf einen Blick durch die Essensdurchreiche und sah Harley mit Gertrude und Otto an ihrem Lieblingstisch mitten im Raum sitzen. Das alte Ehepaar sah glücklich, aber ein wenig blass und zittrig aus. Die Autofahrt durch den Blizzard hatte sie offensichtlich ziemlich mitgenommen. Die Fenster zur Straße schienen wie mit Styropor zugenagelt, so dick war die Schneeschicht, die sich in der Zwischenzeit darauf gebildet hatte.

Im selben Moment kam Al herein. Seine Haare waren weiß vom Schnee. Er schüttelte sich, warf seine Jacke über einen Stuhl und trocknete sich das Gesicht mit einer Serviette ab, während er Harley und Gertrude begrüßte.

Lou wurde leichenblass. Ihr Atem kam stoßweise und flach.

»Du schaffst das«, flüsterte ihr Sue ins Ohr.

Lou blinzelte ein paarmal, als würde sie versuchen ein Sandkorn aus dem Auge zu bekommen. Dann holte sie tief Luft und biss die Zähne zusammen. Mit dem Artikel in der einen und ihrem Lieblingskochmesser, das sie vom Küchentresen genommen hatte, in der anderen Hand ging sie auf die Schwingtüren zum Speisesaal zu. Sue zog angesichts der scharfen Klinge eine Augenbraue hoch, aber das Metall in ihrer Hand gab Lou Sicherheit und brachte die Dinge ansatzweise ins Lot.

Das Wörterbuch und die Notizkarte fest umklammert, folgte ihr Sue wie ein treuer Knappe seinem Ritter in die Schlacht.

Als sie den Raum betraten, hatte sich Al zu Gertrude und Otto an den Tisch gesetzt. Obwohl sich Lou vor allem auf ihn konzentrierte, registrierte sie, dass Gertrude noch dünner aussah und sich tiefe Sorgenfalten in Ottos Stirn gegraben hatten, die bisher nicht da gewesen waren. Als Al sie sah, wurde er blass und rutschte unruhig auf seinem Stuhl hin und her, aber auf seinem Gesicht lag ein strahlendes Lächeln. Lous Herz zog sich schmerzhaft zusammen. Er wirkte so vertraut und sein Blick so offen und warm, dass ein kleiner Teil von ihr den großen Fehler, den er gemacht hatte, am liebsten vergessen hätte, um mit ihm zusammen sein zu können. Aber sie ging unbeirrt weiter auf ihn zu, und mit jedem Schritt wurde ihre Wut über seinen Betrug, über die Schamlosigkeit, mit der er sie bloßgestellt und verletzt hatte größer. Es war allein seine Schuld, dass sie ihr Restaurant schließen und ihre Träume begraben musste.

Als Al ihren Gesichtsausdruck bemerkte, schmolz sein Lächeln dahin wie die Schneeflocken auf seinen Haaren. Erst langsam, dann immer schneller, je eindeutiger er die Wut erkannte, die in heißen Wellen von ihr ausging. Ihre Lippen waren zu einem schmalen Strich zusammengepresst, auf ihren Wangen hatten sich rote Flecken ausgebreitet.

»Lou?« Al sah sie fragend und ein wenig ängstlich an, als sie vor dem Tisch stehen blieb.

Vier Gesichter wandten sich ihr zu, auf allen der gleiche perplexe Ausdruck. Sue stand hinter ihr, um Lou wie ein treuer Leutnant Rückendeckung zu geben.

Lou knallte ihre Faust so heftig auf den Tisch, dass die Gläser und das Besteck klirrten. Zwischen zusammengebissenen Zähnen zischte sie: »Raus!« Ihr Körper vibrierte vor Zorn und schien das Blut doppelt so schnell durch ihre Venen zu pumpen wie sonst.

»Was ist denn los, Lou?«, fragte Harley und sprang von seinem Stuhl auf.

Al blieb ruhig sitzen, fest entschlossen, alles zu ertragen, was kommen würde.

Lou knallte den Artikel vor ihm auf den Tisch und spießte ihn mit dem Messer auf. Der Griff bebte, als sie ihn losließ. *»Hau! Ab!«* Ihre Hände zitterten, ihr ganzer Körper schien vor Anspannung zu zucken. Tränen brannten in ihren Augen und liefen heiß über ihre Wangen.

Sue legte das Wörterbuch und die Notizkarte neben den Zeitungsartikel.

Und plötzlich verstand Al. Er schloss die Augen und biss die Zähne zusammen, dann nickte er langsam. Als Lou einen weiteren Schritt auf ihn zumachte und sich bedrohlich über ihn beugte, stand er auf und zog sich die noch feuchte Jacke über. Dann griff er in seine Tasche und legte etwas auf den Artikel. Die ganze Zeit über sah Al in Lous versteinerte Miene und hoffte, einen weicheren Zug darin zu entdecken, aber sie wandte nur den Blick ab. Lou würde keine Gnade walten lassen. Als Al seine Hand wegzog, lag ein kleines rotes Lederkästchen mit goldenem Rand neben dem immer noch vibrierenden Messer. Al nickt ein zweites Mal, dann drehte er sich um und ging zur Tür. Bevor er das Restaurant verließ, drehte er sich aber noch einmal um und sagte: »Es tut mir so schrecklich leid, Lou … alles.« Dann ging er in den Sturm hinaus.

Lou blickte hinter ihm her, bis er in den wirbelnden weißen Böen verschwunden war. Gertrude und Otto sahen sie besorgt an, aber Lou konnte nur die kleine Schatulle anstarren, als handele es sich dabei um eine Ratte, die sich in ihre Küche verirrt hatte.

»Was zur Hölle war das denn?«, fragte Harley.

Sue zog ihn am Arm zur Seite, um ihm alles zu erklären.

»Was ist da drin?«, fragte Gertrude mit sanfter Stimme.

Lou sah sie mit leerem Blick an, sie hatte das Gefühl, dass ihr die Stimmbänder den Dienst verweigerten. Vorsichtig, als könnte es jeden Moment beißen, griff Lou nach dem Kästchen. Dann zögerte sie. Sie war sich nicht sicher, ob sie es wirklich öffnen wollte. Wenn sie nicht nachsah, könnte sie sich für immer einreden, dass nur ein paar Ohrringe darin gewesen waren.

Gertrude unterbrach ihre Gedanken. »Sieh nach, Lou. Du weißt, was du darin finden wirst. Er liebt dich.« Es war das erste Mal, dass sie Lou so vertraulich ansprach. In ihrem Blick lag eine Ernsthaftigkeit, die Lou noch nie an ihr gesehen hatte. Sie schob einen Daumen unter den Verschluss und ließ das Kästchen aufschnappen. Als sie die Augen aufriss, beugte sich Gertrude zu ihr herüber, um ebenfalls einen Blick hineinzuwerfen. Der strahlende runde Diamant war auf einen Ring aus Platin gesetzt, dessen Schlichtheit perfekt mit dem wunderschönen Stein harmonierte. Zurückhaltend, romantisch und elegant. Lou ließ sich auf einen Stuhl fallen, stützte den Kopf in die Hände und begann verzweifelt zu schluchzen.

Gertrude strich ihr behutsam über den Rücken und flüsterte beruhigende, aber leider vollkommen wirkungslose Worte. Doch was hätte sie auch sagen können?

Lou hatte gedacht, dass sie sich nach der Trennung von Devlin und dem Untergang ihres Restaurants mit Trennungsschmerz auskannte, aber all das schien ihr wie ein Spaziergang angesichts des glitzernden Ringes vor ihr, der sie mit seinem Versprechen auf eine perfekte Zukunft zu verhöhnen schien. Stattdessen hatte sie sehen müssen, wie ihr neues Leben im Schneesturm verschwand. Während Gertrude sie weiter streichelte, ließ Lou den Kopf auf die Tischplatte sinken und wünschte, sie könnte sich ebenfalls in Nichts auflösen.

24

Die Pfanne flog mit einem spektakulären Knall gegen die Ziegelsteinwand, gefolgt vom Klirren der Magneten, die wie bunte Feuerwerkskörper durch die Luft schossen. Al schleuderte die Whiskyflasche hinterher, die nur wenige Zentimeter neben der abgebröckelten Stelle zerschellte, die die Pfanne hinterlassen hatte. Glasscherben regneten herab und gesellten sich zu den bunten Magneten zu seinen Füßen. Er trampelte darauf herum, aber auch wenn die Zerstörungswut ihm ein wenig Erleichterung verschaffte, konnte sie nichts gegen das Schuldgefühl ausrichten, das sein Gewissen mit eisernem Griff umklammert hielt. Sein schlechtes Karma hatte ihn eingeholt, und jetzt musste er den Preis für seine Arroganz zahlen. Er brauchte mehr Alkohol. Hinter den Weingläsern stand eine halb volle Flasche Wodka. Die würde ausreichen. Während er den Verschluss aufschraubte, lehnte sich Al vorsichtshalber mit dem Rücken gegen die Küchentheke. Er war sich nicht sicher, ob er gleichzeitig gerade stehen und den Kopf in den Nacken legen konnte. Doch noch bevor er die Flasche an die Lippen setzte, zog eine rote Spur, die auf dem dunklen Rosenholzparkett kaum zu erkennen war, seine Aufmerksamkeit auf sich. Sah aus wie Blut. Er ließ den Kopf sinken und betrachtete aufmerksam seine Füße, die von scharlachroten Linien überzogen waren. »Scheiße«, murmelte er und ließ sich mit dem Rücken an der Theke entlang nach unten gleiten, bis er hart mit dem Hintern auf dem Boden aufschlug. Er hangelte nach dem Handtuch, das an der Backofentür hing, und rieb damit über das Blut an seinen Füßen, womit er es allerdings immer mehr verschmierte, anstatt es zu entfernen. Er musste in Glas getreten sein. Vielleicht nicht die schlaueste Idee, hier mit nackten Füßen herumzulaufen. Al nahm einen tiefen Schluck aus der Flasche. Genug, um zu vergessen. Er lehnte den Kopf gegen die Theke und schloss die Augen. Neue Lampen mussten her, die hier waren viel zu hell. Die Welt um ihn verschwamm. Whisky und Wodka schienen endlich ihren Zweck zu erfüllen, aber Lous Gesicht – rot vor Wut und nass von Tränen – hatte sich in seine Netzhaut gebrannt. Niemals würde er ihren Anblick, den unerträglichen Schmerz in ihren Augen vergessen. Er hätte versuchen können, es ihr zu erklären, aber das verdiente er nicht. Er verdiente *sie* nicht.

Al zog die zerknitterte weiße Notizkarte aus seiner Brusttasche, die ihm eine anonyme Quelle vor so vielen Monaten geschickt hatte. Darauf stand der Vorschlag, dem *Luella's* einen Besuch abzustatten und eine Besprechung darüber zu schreiben. Er hatte die Karte in der Hand gehalten, als er Lou zum ersten Mal am Zeitungsstand begegnet war. Die Überraschung hatte ihn wie einen Fausthieb in den Magen getroffen, als Sue eine identische Karte neben das polnische Wörterbuch auf den Tisch gelegt hatte. Sobald er nüchtern war, würde er sich der Frage widmen, von wem sie stammen könnten. Er nahm einen weiteren Zug und starrte auf den leeren Fleck an der Wand, wo die gusseiserne Pfanne gehangen hatte, während er darauf wartete, dass der Alkohol ihn endgültig außer Gefecht setzen würde.

Er hörte Schritte. Ein winzig kleiner Teil von ihm hoffte, dass es Lou war, die kam, um mit ihm zu reden und ihm zu vergeben. Aber anstelle ihres von weichen braunen Haaren umrahmten blassen Gesichts mit den wunderschönen Lippen erschienen seine Eltern in der Küche. Verdammt! Er hatte vollkommen vergessen, dass sie in seinem Arbeitszimmer, das er inzwischen zum Gästezimmer umfunktioniert hatte, ihren Jetlag ausschliefen.

»Alastair, was machst du auf dem Boden, ich dachte, du bist auf einer Party, ist das etwa Blut?« Seine Mutter reihte die Wörter zu einer einzigen langen Frage aneinander, bei der ihre Stimme immer schriller wurde, bis sie sich am Ende fast überschlug. Wenig hilfreich angesichts der momentanen Situation.

Sein Dad bahnte sich einen Weg um seine in hysterischer Auflösung begriffene Frau herum. Wenn es um ihre Kinder ging, konnte sie sich äußerst unbritisch verhalten. Er blieb vor Al stehen und nahm das Ausmaß der Zerstörung in Augenschein. »Er ist stinksauer. Wir sollten ihn sauber machen und ins Bett stecken«, sagte James ungerührt.

»Aber warum blutet er? Warum blutet mein Baby?«

»Beruhige dich, Katherine. Er wird schon wieder. Kannst du bitte eine Schüssel Wasser und Handtücher holen, damit wir seine Füße waschen können?«

Katherine begann augenblicklich die Schränke nach den nötigen Utensilien zu durchwühlen, was sie aber keineswegs daran zu hindern schien, weiter Fragen zu stellen: »Ist er überfallen worden? Sollten wir nicht die Polizei rufen?«

»Er ist besoffen, abgefüllt, vollkommen hinüber. Das hat er ganz allein hinbekommen. Niemand hat ihn angegriffen.«

Al ließ, um ihrer Unterhaltung zu folgen, den Kopf zwischen seinen Eltern hin- und herfliegen. Langsam wurde ihm schwindelig, alles drehte sich.

»Warum sollte er sich betrinken? Das hat er noch nie getan«, sagte Katherine.

Das entsprach nicht ganz der Wahrheit, und sein Dad wusste das. Er hatte sich schon einmal so abgeschossen; als er noch auf die Uni gegangen war. Damals hatte er sich Hals über Kopf in die Tochter irgendeines unwichtigen Adeligen verliebt. Ihr Name war Portia gewesen. Sie waren gemeinsam in Pubs und ins Kino gegangen, hatten seinen Bruder Ian bei Poloturnieren angefeuert und waren zusammen auf allen wichtigen Partys erschienen. Al hatte ihr einen Antrag machen wollen und war sogar mit Ian zum Juwelier gegangen. Er war sich im Klaren darüber gewesen, dass er sich niemals einen Ring würde leisten können, den ein Mädchen wie sie erwartete, aber das spielte keine Rolle, denn sie liebte ihn genauso wie er sie. Er würde ihr ein extravaganteres Stück kaufen, sobald er es sich leisten konnte. Aber dann, auf einer Wochenendparty, die ein Freund von ihnen auf seinem Landanwesen veranstaltete, erwischte er sie dabei, wie sie Ian zu verführen versuchte. Als er sie mit dem Hinweis abwies, dass sie die Freundin seines Bruders sei, antwortete sie, dass sie nur mit Al ausgegangen war, um Ian besser kennenzulernen. Er warf sie sofort raus und entschuldigte sich bei Al, aber das Resultat blieb dasselbe. Eine ganze Woche lang hatte sich Al nach dem Vorfall betrunken, bis Ian ihren Vater alarmierte. Er hatte damals erwartet, dass ihm sein Dad einen Vortrag darüber halten würde, dass Alkohol seine Probleme niemals lösen würde. Stattdessen hatte er mit der weisen Erkenntnis, dass man sich manchmal richtig besaufen musste, damit der Körper mindestens genauso schmerzte wie das Herz, echtes Mitgefühl bewiesen. Erst wenn jede Faser in dir sich vor Schmerzen krümmt, kannst du anfangen, die zerbrochenen Teile einzusammeln und langsam, jeden Tag ein kleines Stückchen mehr, zu heilen, hatte sein Vater noch hinzugefügt.

»Liebling, heute werden wir keine Antworten mehr aus ihm herausbekommen. Die Schnitte stammen sicherlich von den Scherben der zerbrochenen Flasche, die hier überall herumliegen. Warum suchst du nicht nach einem Besen und kehrst sie zusammen?«, sagte James zu seiner Frau. »Ich rufe John an und bitte ihn um Hilfe. Ich glaube, die werden wir gebrauchen können.«

Katherine stürmte aus der Küche, um sich auf die Suche nach einem Kehrblech und einem Besen zu machen.

Al setzte zu einer Erklärung an, aber alles, was er hervorbrachte, war vollkommen unverständliches Nuscheln. Anscheinend hatte er so viel getrunken, dass sein Mund nicht mehr richtig funktionierte. Irgendjemand – Al hätte nicht sagen können, wer – nahm ihm die Flasche aus der Hand. Schwärze bemächtigte sich seines Blicks, bis er nur noch einen schmalen Ausschnitt mit dem Gesicht seines Vaters vor sich sehen konnte, der Worte formte, die er nicht verstand. Dann sank er endlich in die lang ersehnte Ohnmacht.

Genauso, nur auf dem umgekehrten Weg, wie ihn das Bewusstsein verlassen hatte, kämpfte es sich nun wieder an die Oberfläche. Zuerst sah er nur einen kleinen Kreis aus Licht, der das Gesicht seines Vaters einrahmte, dann erschien seine besorgte Mutter und schließlich John, der ihn mit ernster Miene ansah. Moment, es gab doch einen Unterschied. In seinem pelzigen Mund klebte ein Geschmack von billigem Whisky, mit dem man die Toilette geschrubbt hatte, um ihn anschließend in einem benutzten Aschenbecher aufzubewahren. Sein Magen schloss sich der Einschätzung an. Bevor er sich jedoch aus dem Bett fallen lassen und in Richtung Badezimmer robben konnte, erschien wie durch ein Wunder ein Eimer vor seiner Nase und er hörte seinen Vater sagen: »Das wurde auch Zeit. Besser es ist draußen als drinnen.«

Seine Mutter verließ das Zimmer.

Al übergab sich, bis er Sterne sah. Dann ließ er sich erleichtert in die Kissen zurückfallen und machte eine schnelle Bestandsaufnahme seiner Körperteile: der Magen war noch immer nicht in Hochform, aber schon um einiges ruhiger, in seinem Kopf nagte offensichtlich eine Armee spitzzahniger Streifenhörnchen an ihrer Befreiung, die Füße brannten, ansonsten tat eigentlich alles weh. Als John und sein Vater einen besorgten Blick tauschten, dämmerte Al, dass es wahrscheinlich an der Zeit war, eine Erklärung abzugeben. Er räusperte sich. »Ich habe die Lektion gelernt: Versuche niemals, Blut durch Whisky zu ersetzen.« Er wollte seine Lippen zu einem Lächeln verziehen, was jedoch kläglich scheiterte.

»Das ist nicht witzig, Alastair, Deine Mutter und ich …«

»Und ich«, unterbrach ihn John.

»Genau, und John, wir haben uns große Sorgen um dich gemacht. Wir haben dich letzte Nacht sturzbetrunken in der Küche gefunden, wo du mit blutigen Füßen ausgestreckt auf dem Boden lagst.«

Oh ja, erinnerte sich Al, die Scherben. Das erklärte das Brennen. Er hob die Decke an, um einen Blick auf seine Füße zu werfen, die irgendjemand fürsorglich in ein paar Socken gesteckt hatte. Sie fühlten sich geschwollen an.

»Wir haben Verbände drumgewickelt und die Strümpfe darübergezogen, damit nichts verrutscht. In ein oder zwei Tagen werden die Schnitte einigermaßen abgeheilt sein«, sagte James.

»Danke.«

»Das ist alles? Danke?«, sagte John. »Ich glaube, du schuldest uns ein wenig mehr als das.«

Al sah ihn an. »Sie hat es herausgefunden. Ich wollte ihr einen Antrag machen, stattdessen hatte sie es herausgefunden. Ich habe es total vermasselt.« Er spürte wieder Tränen in seinen Augen brennen. Die hätte der Whisky längst getrocknet haben sollen.

»Kein Grund sich so auszudrücken, Alastair. Und was genau hat sie bitte herausgefunden?«

Seine Mutter kam mit einem Tablett mit frisch gebrühtem Tee und Scones die Treppe herauf. Genauso wie Lou damals, als er ihr vorgespielt hatte, krank zu sein. Bei der Erinnerung daran hätte er am liebsten gleich wieder nach der nächsten Flasche gegriffen.

Nachdem sie Al eine Tasse eingeschenkt und ihm in die Hand gedrückt hatte, sagte Katherine energisch: »Und jetzt erzähl uns, was sie – ich vermute, damit ist deine Freundin gemeint – herausgefunden hat.«

Al nippte an dem heißen Tee, um den Mut zu sammeln, seinen Eltern alles zu beichten. Seine Arroganz, das unprofessionelle Verhalten, die Lügen, die Trennung – er erzählte ihnen alles, und sie ließen ihn reden, ohne ihn zu unterbrechen. Letzteres war auch für John eine Neuigkeit.

»Du kannst von Glück reden, dass sie dir das Messer nicht ins Herz gerammt hat. Verdient hättest du es«, sagte Katherine, nachdem Al mit seiner Geschichte fertig war. »Das arme Mädchen. Was sie wegen dir alles durchmachen musste.«

»Hey, ich bin nicht an allem schuld. Mit diesem Arsch zusammen zu sein war ihre eigene Entscheidung.« Al machte eine kurze Pause, um sich zu sammeln. »Und sehr wahrscheinlich hat er mehr mit der ganzen Sache zu tun, als ich bisher angenommen habe.« Al berichtete ihnen von der Notizkarte, die er vor mehreren Monaten mit dem Vorschlag erhalten hatte, das *Luella's* für eine Restaurantkritik zu besuchen; und von der identischen Karte, die Sue ihm gestern zusammen mit dem polnischen Wörterbuch vor die Nase geknallt hatte. Während er erzählte, wurde ihm klar, dass es sich bei den beiden Buchstaben »DP« um Initialen handelte. Initialen, die für »Devlin Pontellier« standen.

Katherine reichte den anderen beiden Männern ebenfalls eine Tasse Tee.

John schnupperte an seinem, dann steckte er den kleinen Finger hinein, um zu probieren. Offenbar zufrieden, hob er den Becher und trank einen Schluck. Dann wandte er sich wieder an Al: »Und du willst sie einfach so gehen lassen?«

Al sah ihn an, als sei er vollkommen verrückt geworden. »Was soll ich denn sonst machen? Ich kann mir nicht einmal selbst vergeben, wie könnte ich sie dann darum bitten?«

»Sie kennt nicht die ganze Geschichte. So wie du es geschildert hast, geht Lou davon aus, dass du die ganze Zeit wusstest, dass das *Luella's* ihr gehört, und eure Beziehung nur ein großer Witz für dich gewesen ist.«

»Du hast recht. Sie sollte die ganze Wahrheit erfahren. Ich kann nicht zulassen, dass sie denkt, dass ich sie ausgenutzt habe«, sagte Al. Ein schwacher Hoffnungsschimmer glomm in seinen Augen. »Glaubst du, dass sie mir zuhören wird?«

»Nicht, solange du hier rumliegst und dich selbst bemitleidest. Rede nicht so viel, tu lieber endlich was!«, mischte sich sein Dad ein und deutete auf einen Stapel frischer Kleidung am Fußende des Bettes.

»Sorg dafür, dass sie dir zuhört. Sie hat einen Anrufbeantworter, sprich was drauf«, fügte John hinzu.

Al nickte abwesend, während ihm tausend Gedanken durch den Kopf schossen, was er Lou alles sagen wollte.

Als seine Mutter und sein Vater die Stufen hinunter und in die Küche gegangen waren, prustete John los. »Im Ernst, dein richtiger Name ist Alastair?«

»Verpiss dich.«

»Dir auch frohe Weihnachten.« Damit drehte er sich um und verschwand ebenfalls die Treppe hinunter.

Zurück blieb Al mit empfindlichem Magen, schmerzenden Füßen und einem winzigen Rest Hoffnung.

25

Sie erinnerte sich nicht mehr daran, wie sie nach Hause gekommen war. Nur dass Sue sie in eine Decke gewickelt und mit einem Becher Tee und dem Versprechen, sie am nächsten Morgen anzurufen, auf der Couch zurückgelassen hatte. Nachdem Al gegangen war, hatte sie nichts mehr gespürt. Die vielen neuen Informationen und die Katastrophen der letzten Wochen und Monate hatten sie in ein menschliches Standbild verwandelt. Die ganze Nacht hatte sie auf dem Sofa gesessen und auf das Callas-Gemälde gestarrt, das auf dem Kaminsims thronte.

Als die Sonne aufging, zog sie ihren Mantel an und machte sich auf den Weg zum nächsten Supermarkt. Auf dem Weg stoppte sie kurz bei einem Geldautomaten. Ihr Kontostand betrug dreiundsechzig Dollar und neununddreißig Cent. Sie hob sechzig Dollar ab. Der Laden war voller Menschen, die abgehetzt die letzten Weihnachtseinkäufe tätigten. Lou ignorierte sie. Wie in Trance bahnte sie sich einen Weg durch die Gänge und arbeitete stoisch ihren Einkaufszettel ab. Nachdem sie bezahlt hatte, blieben ihr noch genau zwei Dollar fünfundvierzig. Sie kaufte ein Rubbellos und warf die übrigen fünfundvierzig Cent in die Sammelbox für die Heilsarmee, die am Ausgang aufgestellt war.

Wieder in ihrer Wohnung, packte sie ihre Einkäufe aus. Das Los war natürlich eine Niete. Sie wollte Roastbeef machen, dazu Kartoffelpüree und Mais – alles zusammen würde sie in eine Auflaufform füllen und in Bratensoße ertränken. Viele Leute schaufelten Eiscreme oder Pie in sich hinein, wenn sie deprimiert waren; Lou zog die warmen Wohlfühlgerichte vor, die sie in der Küche ihrer Großmutter gelernt hatte. Während das Fleisch im Ofen schmorte, zog sie sich einen Pyjama an, streifte ihren alten Bademantel über und schlüpfte in ein Paar dicker Hausschuhe, die die Form von Bärentatzen hatten. Dann ging sie zurück in die Küche, mischte die Zutaten genauso zusammen, wie es ihr Vater früher immer gemacht hatte, und setzte sich mit verschränkten Beinen, die große Auflaufform auf den Knien, auf ihr Bett. Hier zu essen stand ihr unter den gegebenen Umständen mehr als zu, befand sie. Doch mit jedem Bissen schienen sich die Gefühle einen Weg zurück in ihr Bewusstsein zu graben. Ihr Herz schmerzte, die Wut flackerte wieder auf. Sie hatte ihr Restaurant verloren, kein Geld mehr auf dem Konto und … Al. Al. Al hatte sich wie ein fünfzig Tonnen schwerer Stein auf ihre Seele gelegt und ließ sich keinen Zentimeter bewegen. Salzige Tränen tropften auf das Essen.

Das Telefon klingelte, aber sie ließ den Anrufbeantworter anspringen. Als die Maschine das Signal für eine neue Nachricht gab, drückte Lou die Wiedergabetaste. Und obwohl sie bereits ahnte, wer die Nachricht hinterlassen hatte, schien seine Stimme ein weiteres Stück aus ihrem Innern herauszureißen.

»Lou, ich weiß, dass du nicht mit mir reden willst, aber ich muss dir die ganze Wahrheit erzählen, damit du mich aus den richtigen Gründen hasst. Ich habe den Artikel geschrieben. Ich habe dem *Luella's* keine zweite Chance gegeben. Das war das Unprofessionellste, was ich je getan, und der größte Fehler, den ich in meinem ganzen Leben begangen habe. Bevor wir uns kennengelernt haben, war ich ein anderer Mensch. Ich werde nie wieder etwas so sehr bereuen, wie diese Kritik geschrieben zu haben – außer vielleicht, wenn ich dir jetzt nicht die ganze Geschichte erzähle. Ich wollte einen Widerruf schreiben oder zumindest eine zweite Besprechung, aber meine Chefredakteurin war dagegen. Was es natürlich nicht weniger zu meiner Schuld macht. Ich bin mir sicher, dass ich mehr hätte tun können, mehr hätte tun *müssen*. Bis zum Morgen nach dem Grillabend wusste ich nicht, dass du Köchin bist. Ich habe es erst nach unserer ersten gemeinsamen Nacht herausgefunden. Mir war vorher nie in den Sinn gekommen, dass du Lou vom *Luella's* sein könntest. Vor allem nicht, da ich davon ausging, dass die Besitzerin Elizabeth heißt. Aber als ich es herausfand, war es bereits zu spät. Ich hatte mich bereits in dich verliebt. Zuerst habe ich versucht, mich von dir fernzuhalten, indem ich die Geschäftsreise nach Kalifornien erfand und vorgab, krank zu sein, um Zeit zu schinden. Aber ich konnte den Gedanken, dich niemals wiederzusehen, einfach nicht ertragen. Du warst so toll, so unglaublich wunderbar, und ich war so egoistisch, mich wahnsinnig nach dir zu sehnen. Deswegen habe ich mir diesen bescheuerten Plan überlegt, Wodyski sterben und mich als neuen Kritiker bei der Zeitung einstellen zu lassen. Ich habe versucht, dich damit zu beschützen, aber das war natürlich ein ebenso großer Fehler. Das ist die Geschichte, die ganze Wahrheit. Ich habe dich so oft angelogen, und trotzdem bist du immer noch der eine Mensch, der mich besser kennt als jeder andere Mensch auf der Welt. Du kennst den wirklichen Al Waters, den Al, der dich liebt. Es tut mir alles so unendlich leid.«

Lou saß wie versteinert da, während die lange Nachricht langsam in ihr Bewusstsein sickerte. Dann überwältigte sie der Ansturm ihrer Gefühle wie eine plötzliche Bärenattacke von hinten. Sie rollte sich zusammen und vergrub das Gesicht in den Händen. Jeder Verlust, den sie in ihrem Leben erlitten hatte, traf sie wie ein neuer Schlag mit einer riesigen Pranke.

Ihr Restaurant. Ihre Familie. Al. Sie war allein. Nur sie und der Schmerz. Sie war nicht mehr stark genug, um sich zu wehren, hatte nicht einmal mehr die Kraft davonzulaufen. Alles was sie tun konnte, war, einen Hieb nach dem anderen einzustecken. Sie blieb zusammengekrümmt auf dem Boden liegen und betete, dass sie den Angriff überlebte.

Das Klingeln des Telefons riss Lou aus dem Schlaf. Auf dem Display wurde eine örtliche Nummer angezeigt, die sie nicht kannte. Sie räusperte sich, bevor sie abhob, damit es nicht so klang, als wäre sie gerade erst aufgestanden. »Hallo?« Das Räuspern hatte nicht geholfen.

»Miss Johnson?«

»Ja?«

»Mein Name ist Pam, ich rufe aus dem St. Bonifatius Hospiz an. Gertrude und Otto Meyer haben mich gebeten, Sie zu kontaktieren.«

Mit einem Schlag war Lou hellwach. »Was ist passiert?«

»Wir haben heute beide in die Klinik aufgenommen. Sie wollten, dass wir Sie informieren.«

Lou sah sich in ihrem dunklen Schlafzimmer um. Überall lagen Anziehsachen verteilt. Der Berg schmutzigen Geschirrs auf ihrem Nachttisch drohte jede Sekunde umzufallen. Etwas lag in der Luft. »Kann ich sie heute besuchen?«

Pam vom St. Bonifatius Hospiz schwieg für einige Sekunden, bevor sie antwortete: »Ich denke, das wäre eine gute Idee.«

»Ich bin schon unterwegs. Vielen Dank.«

Lou legte auf. Fünf Tage nach *Luella's* letztem Abendmahl und fünf Tage nach ihrer letzten Dusche brachte sie die Sorge um Gertrude und Otto wieder auf die Beine. Das Leben ging weiter, und es gab Menschen, die sie brauchten. Sie schlüpfte in die nächstbesten Klamotten und stürzte aus der Wohnung.

Lou hastete durch die Eingangshalle des Hospizes an einem Stapel Geschenkattrappen vorbei, die unter einem künstlichen Weihnachtsbaum gestapelt waren, auf die Anmeldung zu. Schneeflocken aus Papier hingen von der Decke, und jede Tür zierte ein roter Weihnachtsstrumpf mit dem Namen des Patienten. Unter dem grellen fluoreszierenden Licht aus den Neonröhren wirkte die Dekoration neben den Spendern mit Plastikhandschuhen und Hygienespray, die alle paar Meter an der Wand hingen, seltsam deplatziert und grell. Das Personal hatte sich alle Mühe gegeben, ein wenig festliche Stimmung zu verbreiten, aber Krankheit und Tod ließen sich nur schwer hinter funkelnden Girlanden und Weihnachtsmann-Fensterbildern verstecken.

Die Frau hinter dem Empfang trug einen OP-Kittel mit Rentiermuster und ein Namensschild, auf dem »Pam« stand. Auf ihrem Kopf thronte eine rote Wichtelmütze mit einem Anstecker, dessen Aufschrift verkündete: *Alles, was ich mir zu Weihnachten wünsche, ist ein Narwal.*

»Hallo. Ich glaube, wir haben eben telefoniert«, sagte Lou. »Ich bin hier, um die Meyers zu besuchen.«

Pam sah auf und zog bei Lous Anblick eine Augenbraue hoch.

Lou blickte an sich hinunter. Sie trug eine pinkfarbene Jogginghose und ein T-Shirt mit dem Aufdruck *Zeig mir deine besten Moves*. An ihren Füßen leuchteten die grünen Crocs. Die wirren Haare hatte sie unter einer Strickmütze mit aufgestickten Muffins versteckt.

Pam blinzelte. »Äh ja, das war ich. Sind Sie eine Verwandte?«

»Nein, aber eine enge Freundin.«

Pam nickte. »Zimmer hundertsiebzehn. Die vierte Tür auf der linken Seite.«

Lou rannte den Flur entlang. Als sie das Zimmer erreichte,

kam gerade eine Krankenschwester heraus. Lou zog sich die Mütze vom Kopf und versuchte ihre Haare, so gut es ging, mit den Fingern zu glätten.

Als die Pflegerin sie bemerkte, blieb sie stehen. »Sind Sie wegen Gertrude und Otto hier?«

Lou nickte.

»Dann müssen Sie Lou sein. Ich heiße Val. Ich bin immer nachmittags hier. Sie haben von Ihnen gesprochen.«

»Wie geht es den beiden?«

»Es sind wirklich zwei ganz außergewöhnliche Menschen, aber das muss ich Ihnen ja wahrscheinlich nicht sagen. Leider geht es ihnen nicht sehr gut.«

»Aber ich habe sie erst vor ein paar Tagen gesehen.«

»In ihrem Alter geht das oft sehr schnell. Um es kurz zu machen, Gertrude leidet bereits seit einiger Zeit unter Brustkrebs im vierten Stadium. Sie hat sich gegen eine Behandlung entschieden und wollte stattdessen nur die Schmerzen einigermaßen in Schach halten. Ottos Zustand scheint sich mit ihrem zu verschlechtern. Das ist nicht vollkommen abwegig bei einem Paar, das sich so nahesteht.«

»Und das ist alles, sie werden einfach sterben?« Lous Knie wurden weich.

»Es war ihre Entscheidung. Sie haben ihre Wünsche sehr deutlich gemacht. Deswegen sind sie auch hier und nicht im Krankenhaus. Wir versuchen nur, es ihnen so leicht wie möglich zu machen.«

Lou blinzelte verständnislos. Sie fühlte sich, als habe ein Laster eine Tonne Sand über ihr ausgeleert.

»Kommen Sie klar?«

Lou schüttelte den Kopf und versuchte etwas zu sagen, aber ihre Lippen gehorchten ihr nicht. »Hmpf«, war alles, was sie herausbekam.

Die Krankenschwester öffnete den Mund, schloss ihn und öffnete ihn schließlich wieder: »Sie wissen, dass Sie Kartoffelpüree in den Haaren haben, oder?« Sie deutete auf eine Stelle auf der Höhe von Lous Schulter.

Als Lou sich mit der Hand durch die Haare fuhr, spürte sie die trockenen, krustigen Reste unter den Fingerspitzen. Das erklärte einiges. »Iiih … Lange Geschichte.«

Val lächelte sie an und nickte. »Ich denke, Sie sollten reingehen und mit ihnen reden. Danach werden Sie sich besser fühlen.« Die Krankenschwester drückte ihren Arm, dann ging sie den Flur hinunter.

Während Lou die Kartoffelreste aus ihren Haaren zu fummeln versuchte, wurde sie sich mit einem Schlag der Traurigkeit bewusst, die in der Luft lag. Sie waberte wie ein unsichtbarer Nebel durch den Gang, sickerte durch jeden Spalt. Hinter den geschlossenen Türen hörte sie Menschen flüstern, als ob sie Angst hätten, den Tod mit zu lauten Stimmen auf sich aufmerksam zu machen. In Erwartung desselben Leids und Elends betrat Lou zögerlich das Zimmer der Meyers. Stattdessen lagen Gertrude und Otto, zerbrechlich und blass, einander zugewandt in zwei Betten und lächelten einander an. Ihre Liebe sandte ein beständiges Licht des Friedens aus, und ihre gemeinsamen Erinnerungen waren das Bollwerk, das Hoffnungslosigkeit und Verzweiflung abwehrte. Abgesehen von den leise tropfenden Infusionsschläuchen mit Schmerzmitteln herrschte in Zimmer hundertsiebzehn ein Gefühl der Ruhe und Gelassenheit. Lou musterte Gertrude. Das große Krankenhausbett schien sie beinahe zu verschlucken. Lou verzog das Gesicht, als sie ihre gute Freundin so schwach sah.

»Ach, Liebchen, mach nicht so ein Gesicht«, sagte Gertrude, die sie im Türrahmen stehen sah. »Komm mal her.«

Lou ging zum Bett hinüber und drückte Ottos kalte Hand,

dann setzte sie sich auf einen Stuhl zwischen den beiden Betten, sodass beide sie sehen konnten. Als sie den Arm ausstreckte, um Gertrude zu berühren, bemerkte sie die blau verfärbten Fingerspitzen und die kühle Haut. Sie war dem Tod noch nie so nah gewesen. Ihre Eltern waren damals noch an der Unfallstelle verstorben, sodass ihr nur zwei Särge geblieben waren, um von ihnen Abschied zu nehmen.

»Du ziehst hoffentlich nicht wegen uns ein solches Gesicht. Wir hatten beide ein langes und erfülltes Leben.«

Lou sah zu Otto hinüber, der eingeschlafen war, dann wandte sie sich wieder Gertrude zu. »Tut es weh?«

»Nicht so sehr, dass eine starke Frau wie ich es nicht ertragen könnte.« Lou musste kichern. »Es tut viel mehr weh, einen geliebten Menschen so traurig zu sehen. Wir werden geboren, wir leben, und wenn wir Glück haben, lieben wir, dann sterben wir. So ist das Leben, kein Grund zu trauern. Man sollte nur um die weinen, die nicht richtig gelebt, nicht wirklich geliebt haben. Das sind die Menschen, die dein Mitleid verdienen, nicht wir.«

Lou hielt ihre Hand und wünschte, sie könnte den Moment für immer festhalten, die Erinnerung in sich einschließen. Die trockene, weiche Haut an Gertrudes Hand, den Geruch nach Seife und Tee, die Textur des bequemen Jogginganzugs, der im Kontrast zu ihrer sonst stets so tadellosen Garderobe stand. »Ich weiß nicht, was ich sagen soll.«

Gertrude lächelte angesichts ihrer Offenheit und berührte sanft ihre Wange. »Sag mir, dass du deinem jungen Freund verzeihen wirst.«

Lous Miene versteinerte sich. Allein ihr Respekt vor Gertrude hinderte sie daran zurückzuweichen. »Das kann ich nicht, Gertrude. Er hat mich betrogen, mein Leben zerstört.«

»Aber du liebst ihn, oder?« Lou nickte schwach. »Ich habe seinen Gesichtsausdruck gesehen. Er hat keinen Versuch unternommen, sich zu verteidigen oder herauszureden. So etwas würde ein wirklich schlechter Mensch nicht tun.«

»Der Al, von dem ich geglaubt hatte, ihn zu kennen, hätte niemals so einen schrecklichen Artikel geschrieben.«

Gertrude machte ein paar zittrige Atemzüge und deutete auf ein Glas Wasser.

Lou half ihr, einen Schluck zu trinken. Mitansehen zu müssen, wie ihre liebe Freundin damit kämpfte, die einfachsten und kleinsten Bewegungen auszuführen, erschreckte Lou. Es war, als würde eine weitere Freude aus ihrem Leben verschwinden. Sie holte tief Luft und stellte das Glas zurück auf den Nachttisch.

»Vielleicht ist es ja auch so, dass du dem Al, der den Artikel geschrieben hat, niemals begegnet bist. Vielleicht hast du einen anderen Al kennengelernt. Einen, der dich in- und auswendig kennt und dich liebt. Menschen verändern sich. Und du bist jemand, für den sich die Anstrengung lohnt.«

»Es ist zu früh. Ich kann nicht einmal an ihn denken, ohne so wütend zu werden, dass ich ihm am liebsten jeden Zahn einzeln herausbrechen würde.«

Die Fältchen um Gertrudes Augen und das leichte Zittern ihrer Schultern verrieten das Lachen, das sie in sich trug, für das sie aber nicht mehr genug Kraft besaß, um es herauszulassen. »Du kleine Wilde. Lass dein Herz nur nicht zu hart über ihn urteilen. Er hat dich glücklich gemacht. Das war nicht gespielt. Versuch ihm zu vergeben. Versprich es mir.«

Lou sah in Gertrudes wässrige Augen, ihr blasses Gesicht. Die feinen, dünnen Haare schienen zu verwehen wie der erste Teil von ihr, der sich Richtung Himmel aufmachte. Sie konnte ihr die Bitte unmöglich abschlagen. »Ich verspreche es.«

»Sehr schön. Und jetzt brauche ich meine Ruhe. Wo ist mein lieber Otto?«

Lou stand auf und stellte den Stuhl in eine Zimmerecke, damit sie die Betten näher zusammenschieben konnte. Gertrude schenkte ihr einen dankbaren Blick. Lou beugte sich über sie, um ihr einen Kuss auf die Wange zu drücken, dann tat sie dasselbe bei Otto. »Ich sitze dort drüben, falls ihr irgendetwas braucht.«

Mit geschlossenen Augen verzog Gertrude die Lippen zu einem Lächeln. Sie atmete so ruhig und gleichmäßig, als wäre sie bereits eingeschlafen.

Lou machte es sich auf dem Stuhl bequem, um über ihre liebsten Gäste zu wachen, und dachte über Gertrudes Bitte nach. Obwohl sie ihr Restaurant hatte aufgeben müssen, war Lou glücklich gewesen. Doch jetzt, nach all den Verletzungen, die sie über sich hatte ergehen lassen müssen, fühlte sie sich wund. Sie brauchte dringend eine Ablenkung. Im kleinen Kosmos des Hospizes eingeschlossen zu sein, isolierte sie vom Rest der Welt und verstärkte das Gefühl der Einsamkeit. Je länger sie allein war, desto mehr Sorgen machte sie sich um Gertrude und Otto, ihre zum Stillstand gekommene Karriere und darüber, ob ihr Herz jemals heilen würde. Die gedämpfte Stille wurde nur von den Krankenschwestern unterbrochen, die regelmäßig die Vitalfunktionen prüften und Infusionsbeutel austauschten. Eine von ihnen schlug Lou vor, unter die Dusche zu gehen, und gab ihr ein Handtuch und Seife. Das heiße Wasser löste sie aus ihrer Starre. Nachdem sie das kleine Badezimmer verlassen hatte, bat sie am Empfang um einen Notizblock und einen Stift.

Den ganzen nächsten Tag über saß Lou bei Gertrude, deren Atem immer mühsamer ging, und brachte Ideen zu Papier. Neue Rezepte, Tischdekorationen. Einen Plan. Irgendwann am späten Abend brachte ihr eine Pflegerin eine farblose Hühnersuppe mit ein paar trockenen Crackern. Lou schrieb weiter. Ein neues Restaurant wurde geboren, während Gertrudes Atemzüge immer stockender und abgerissener kamen.

Als die Sonne aufging, kam langsam Leben in das Hospiz, Besucher kamen und gingen, auf dem Gang waren Schritte zu hören. Am frühen Vormittag öffnete Gertrude die Augen und gab Lou mit der Hand ein schwaches Zeichen. Lou beugte sich dicht über sie, um ihr Flüstern verstehen zu können. »Was schreibst du?«

»Den Geschäftsplan für ein neues Restaurant.«

»Gut. Zweite Chancen sind etwas Gutes.«

Lou legte den Kopf schräg und sah sie fragend an.

Gertrude hob die Hand und deutete auf den Notizblock. »Du verdienst eine zweite Chance, deinen Traum zu verwirklichen. Otto war meine zweite Chance in der Liebe.«

»Es wird noch viel Arbeit und Zeit in Anspruch nehmen, aber ich habe einen Plan. Soll ich dir davon erzählen?«

Gertrude nickte, und Lou berichtete ihr von all den Ideen, die nur so aus ihr herauszusprudeln schienen.

»Ein guter Plan.« Gertrude atmete flach und abgehackt. »Liebchen, du musst meinen Rat beherzigen und dein Glück finden.«

»Das werde ich.« Lou streichelte Gertrudes eiskalte Hand, die eine violette Farbe angenommen hatte.

»Wirst du meinem Otto Gesellschaft leisten, bis er so weit ist?«

Lou nickte. »Natürlich.«

Mit geschlossenen Augen nahm Gertrude einen tiefen, rasselnden Atemzug, tätschelte noch einmal Lous Finger und tastete dann nach Ottos Hand.

Lou half ihr und verschränkte sanft die Finger des alten Ehepaares. So wie es sein sollte. Dann ging sie zum Kaffeeautomaten, während sie ihren Atem unter Kontrolle zu halten versuchte. Die Krankenschwestern, denen sie auf dem Flur begegnete, nickten ihr freundlich zu, ließen ihr aber die Privatsphäre, die sie brauchte. Als Lou ins Zimmer zurückkehrte, hielten sich die beiden noch immer an den Händen. Otto holte rasselnd Luft. Als Lou das Laken hochhob, das von Gertrudes Beinen gerutscht war, um sie wieder damit zuzudecken, bemerkte sie, dass Gertrude nicht mehr atmete. Sie betrachtete sie einige Minuten lang, wie eine Mutter ihr neugeborenes Baby, um das Heben und Senken des Brustkorbs zu beobachten. Aber Gertrudes Brustkorb bewegte sich nicht mehr. Eine Träne fiel neben ihr auf das weiße Laken. Lou deckte ihre Freundin zu, sah nach, ob Otto weiter schlief, und ging dann hinaus, um der Schwester Bescheid zu sagen.

Otto war bewusstlos, als Gertrudes Bett aus dem Zimmer geschoben wurde. Die ganze Zeit über hielt Lou seine Hand, die von Minute zu Minute kälter wurde. Sie schob den Stuhl wieder neben das Bett und fuhr mit ihrer Planung fort. Sie musste ihr Gehirn mit etwas beschäftigen, um nicht in der Trauer über die zwei bemerkenswerten Menschen zu versinken, die die Welt gerade verlor.

Otto bewegte sich leicht, dann öffnete er die Augen.

Lou krümmte sich innerlich, jetzt musste sie es ihm sagen. Sie griff nach seiner Hand und blickte ihm in die feucht glänzenden blauen Augen. »Otto, Gertrude ist heute Morgen für immer eingeschlafen.«

Otto lächelte und nickte. Natürlich hatte er es bereits gewusst. Er deutete mit der Andeutung eines Nickens auf die Tür.

»Ich werde dich nicht allein lassen. Das habe ich Gertrude versprochen.«

Er bewegte tonlos die Lippen, bevor ein gebrochenes Flüstern darüber kam: »Wenn man jemanden liebt, mein Schätzchen, ist man niemals allein.«

Lou drückte einen Kuss auf seine Stirn. »Vielen Dank für alles.« Ihre Stimme brach. »Umarm Gertrude von mir, wenn du sie wiedersiehst.« Sie lehnte sich in ihrem Stuhl zurück und nahm wieder die Notizen auf. Dann warf sie einen weiteren Blick auf Ottos friedliches Gesicht und dachte über zweite Chancen nach.

Otto starb am späten Vormittag, während Lou weiter über ihn wachte.

26

Lou verteilte einen Löffel gebräunter Butter in dünnen Linien auf dem Teller, legte eine kandierte Scheibe Zitrone in die Mitte und drapierte darauf ein kleines Stück gebratener Renke aus dem Lake Michigan. Nachdem sie gehackte Petersilie darübergestreut hatte, trat sie einen Schritt zurück und bewunderte das neu kreierte Gericht. Gertrude und Otto hätten es geliebt.

Seit Lou im *The Good Land* angefangen hatte, ließ Tom sie vor ihren offiziellen Schichten experimentieren. Sie genoss es, endlich wieder in einem Restaurant zu arbeiten, das gut lief. Die Hektik zum Abendessen und der Rhythmus in der gut geführten Küche erfüllten sie mit neuer Energie. Obwohl das *Good Land* um einiges größer war als das *Luella's*, hatte Lou sich schon nach ein paar Tagen eingefunden. Und das regelmäßige Einkommen war natürlich auch ein Pluspunkt. Trotzdem waren es nicht ihre Idee, nicht ihre Rezepte, die die hungrigen Gäste glücklich machten. Darum waren ihr die wenigen Stunden, die sie sich auf Toms Küchenspielplatz austoben konnte, die liebsten des Tages.

»Wann ist die Beerdigung?« Tom war neben sie an die Arbeitsfläche getreten.

Lou schenkte ihm ein flüchtiges Lächeln. »Mittwoch.«

Er legte ihr einen Arm um die Schultern und zog sie an sich. Lou schniefte und schob ihm den Teller hin. »Was haben wir heute für eine neue Kreation?« Tom hielt bereits eine Gabel in der Hand.

»Lake Michigan Renkenfilet nach Müllerin Art.«

»Ziemlich winzige Portion …« Er zwinkerte ihr zu.

»Soll ja auch eine Vorspeise sein.« Lou verdrehte die Augen.

»Darf ich?« Tom deutete auf den Fisch.

»Du bist der Boss.«

»Oh ja, das bin ich.« Er schob sich einen Bissen in den Mund und kaute andächtig.

Wenn sie ihren Job richtig gemacht hatte, würde er zuerst den Geschmack der zerlassenen Butter auf der Zunge haben; gefolgt vom herb-säuerlichen Aroma der Zitrone und dem knusprig-zarten Fisch. Die verschiedenen Aromen würden zusammen an das traditionelle Gericht erinnern und im Einzelnen doch etwas völlig Neues beinhalten. Lou hielt die Luft an, als Tom schluckte und dann den Mund zu einem Grinsen verzog.

»Das ist bis jetzt das Beste, Lou.« Er musterte sie, während er einen weiteren Bissen auf die Gabel schob. »Auch wenn ich sehr froh bin, dich in meinem Restaurant zu haben, verschwendest du damit dein Talent an mich.«

»Du könntest ja ein paar meiner neuen Gerichte mit auf die Karte nehmen.«

»Ha, so weit kommt es noch. Das ist meine Küche, ich stelle die Menüs zusammen. Besorg dir dein eigenes Reich.«

Lou nagte an ihrer Unterlippe. »Da du es gerade ansprichst … Ich habe schon darüber nachgedacht.«

»Was du auch wirklich tun solltest.« Tom schob sich einen weiteren Bissen in den Mund.

»Nicht alle von uns sind mit reichen Gästen gesegnet, die einen mit Geld bewerfen.«

»Ja, ja, zugegeben, der Punkt geht an dich.«

»Ich habe einen Geschäftsplan für ein neues Restaurant. Es würde mir viel bedeuten, wenn du einen Blick darauf werfen und mir deine Meinung sagen könntest.«

»Na klar, bring ihn morgen mit.«

Lous Mundwinkel zuckten. »Er liegt schon auf deinem Schreibtisch.«

Tom seufzte dramatisch. »Na gut, ich werde ihn mir anschauen. Und jetzt sieh zu, dass du alle Vorbereitungen triffst, damit wir diese wunderbare Kreation als Vorspeise des Tages anbieten können.«

Lou strahlte ihn an. Tom war wirklich ein guter Freund. Sie begann, die Renkenfilets in portionsgerechte Stücke zu teilen und bereitete einige Probierteller für die Kellner vor. Dann machte sie mit den normalen Vorbereitungen für das Abendessen weiter. Als sie mit allem fertig war, putzte sie ihren Platz und legte letzte Hand an die Utensilien, die sie später zum Kochen benötigen würde. Als sie sich umdrehte, stand Tom mit dem Geschäftsplan in der Hand hinter ihr und blätterte durch die Seiten. »Und?«

Er hob den Kopf und sah sie mit ernstem Blick an.

Lou war an den heiteren, immer lächelnden Tom gewöhnt. Der Tom, der jetzt vor ihr stand, war normalerweise für Lieferanten und Steuerberater reserviert. »So schlimm?«

»Nein. Richtig gut. Um genau zu sein, sogar großartig. Stimmen die Zahlen?«

»Ich denke schon. Hier steht, was ich an Kapital mitbringe, und hier, was das Equipment wert ist.« Lou deutete auf eine Tabelle. »Ich werde mich nach einem günstigeren Lokal umsehen müssen, und die Investitionskosten sollten niedriger ausfallen als beim *Luella's*, aber die Zahlen stimmen. Wenn mir die Bank den Kredit gewährt, den ich brauche, kann ich mit einer sehr kleinen Küche starten. Nur ich, ein Kellner und eine Küchenhilfe. Vier oder fünf Tische. Eine sehr intime Atmosphäre.«

»Was wäre es mit einem Investor?«

Lou starrte einen Moment verträumt ins Leere, dann zuckte sie mit den Schultern. »Das Geld könnte ich natürlich gut gebrauchen, aber ich habe keine Lust, jemanden bei Laune halten zu müssen, nur weil ich ihm etwas schulde. Da mache ich es lieber auf meine eigene Art.«

»Und was wäre, wenn dir der Investor die Kontrolle über seinen Anteil zu hundert Prozent überträgt, weil er so begeistert von deiner Idee ist, dass er einfach nur ein Teil des Ganzen sein möchte?«

Lou dämmerte langsam, was Tom andeutete, und grinste.

»Freu dich nicht zu früh. Es wäre nicht sehr viel, aber ich hatte ein gutes Jahr«, fügte Tom hinzu.

»Das ist mehr als genug. Ich rufe die Bank an.«

Als Lou die Nummer eintippte, sprang sie vor Aufregung auf und ab. Nicht mehr lange, und sie würde wieder ihren eigenen Spielplatz haben, auf dem sie sich austoben konnte.

Dicke, weiche Schneeflocken wirbelten durch die Luft, hüllten Autos und Bäume ein, dämpften jedes Geräusch und senkten sich auf den Dreck der Großstadt wie eine unschuldige weiße Decke. Das irgendwie ätherische Wetter gab denen, die um Gertrude und Otto trauerten, an diesem Tag das Gefühl, den beiden ein Stück näher zu sein, und verlieh dem ernsten Anlass eine fast schon feierlich-hoffnungsvolle Stimmung. Lou wusste nicht, was sie auf der Beerdigung erwartete. Die Meyers hatten zu Lebzeiten alle nötigen Vorkehrungen getroffen und Geld hinterlegt. Sie hatten sogar für das anschließende Buffet mit Spanferkel gesorgt. Fast zwei Wochen war es inzwischen her, dass Lou die wenigen Tage im Hospiz an den Betten ihrer Freunde gewacht hatte. In der Zwischenzeit hatte sie im *The Good Land* gearbeitet, versucht, ihr Leben neu zu ordnen, und die Mitteilung erhalten, dass die Meyers ihr ihr Haus hinterlassen hatten. Und auch wenn das überraschende Erbe nicht ausreichte, um ihr neues Restaurant komplett zu finanzieren, so trug es doch einen entscheidenden Teil dazu bei, dass sie ihrem Traum ein weiteres kleines Stückchen näher kam.

Nachdem Lou den einzigen schwarzen Hosenanzug, den sie besaß, aus den Tiefen ihres Kleiderschranks gekramt und so gut es ging gebügelt hatte, machte sie sich zu Fuß auf den Weg zum nahe gelegenen Beerdigungsinstitut. Sie wollte die beiden von Anfang bis zum Ende begleiten, das schuldete sie ihnen. Harley, Sue und der Großteil ihres früheren Teams würden etwas später dazukommen. Als sie ein paar Minuten vor Beginn der Trauerfeier eintraf, fand sie den Direktor des Beerdigungsunternehmens finster dreinblickend vor dem Eingang. Er erinnerte sie – wie im Übrigen alle Mitarbeiter von Beerdigungsunternehmen – an Lurch aus *The Addams Family*. Was echt nicht fair war, da keiner der Männer so aussah. Aber bei ihrem Anblick musste Lou trotzdem jedes Mal ein fast unkontrollierbares Kichern unterdrücken. Und auch wenn ihre Gedanken absolut unangebracht waren, halfen sie ihr doch über den schweren Moment hinweg, als sie nach vorn zu den Särgen trat.

Mit Dankbarkeit dachte Lou an die Zeit, die sie mit Gertrude und Otto verbringen durfte. Sie hatten ihr nichts als Liebe, Unterstützung und Hoffnung geschenkt; Gefühle, die sie ihnen nun niemals mehr würde zurückzahlen können. Und sie hätten es auch nicht gewollt. Lou würde sie schrecklich vermissen, aber sie war bereit für ihre zweite Chance. Sie drückte kurz Gertrudes, dann Ottos Hand und sagte leise: »Auf Wiedersehen.«

Lou wandte sich ab und las, um sich zu sammeln, die Widmungen an den vielen Kränzen, die um die beiden Särge niedergelegt worden waren. Obwohl ihr klar gewesen war, dass die beiden auch ein Leben außerhalb ihres Restaurants geführt hatten, hatte Lou doch immer ein wenig das Gefühl gehabt, sie ganz für sich zu haben. Die zahllosen Blumengestecke waren der Beweis, dass das Gegenteil der Fall gewesen war. Als sich Lou herumdrehte, sah sie, wie die ersten Trauergäste zögerlich den Raum betraten. Einige Großnichten und -neffen hatten sich in einer Ecke versammelt, und Lou ging zu ihnen, um sie zu begrüßen und ihnen ihr Beileid auszudrücken.

Dann wanderte Lou weiter durch den Raum und entdeckte die auf einem Tisch ausgebreiteten Fotoalben. Gertrude und Otto berührten sich auf jedem Bild. Sie hatten die Finger miteinander verflochten, die Hand auf die Schulter oder das Knie des anderen gelegt oder umarmten sich einfach. Auf dem letzten Foto, das Lou von allen am besten gefiel, hielten sie sich in den Armen und hatten die Wangen aneinandergeschmiegt. Eine Geste, wie man sie von zwei verliebten Teenagern erwarten würde, und doch war das Foto erst wenige Wochen alt. Auf vielen Bildern sah man sie bei einem guten Essen, wie sie Seite an Seite an einem Picknicktisch saßen oder auf einer Decke im Gras lagen.

Der Raum hatte sich inzwischen gefüllt. Lou suchte sich einen Stuhl in einer der hinteren Reihen und hoffte, dass die ehemaligen Mitarbeiter aus dem *Luella's* noch einen Platz finden würden. Als Sue, Harley und viele andere Kellner und Küchenhilfen eintrafen, scharten sie sich schützend um Lou wie eine Armee um ihren verletzten Kommandanten. Trotz des traurigen Anlasses fühlte es sich gut an, endlich wieder ihre Familie um sich zu haben. Sie hatte sie vermisst.

Als der Gottesdienst begann, spürte Lou ein merkwürdiges Kribbeln im Nacken. Sie drehte sich irritiert um und erblickte Al, der im selben Augenblick mit einem sehr haarigen und zerknittert aussehenden Mann an seiner Seite durch die Tür trat.

Al warf einen Blick in ihre Richtung, nickte ihr kurz zu und sah dann schnell wieder den Pfarrer an.

Lou wandte sich ebenfalls wieder nach vorn, nicht ganz sicher, was sie von dem zuletzt eingetroffenen Trauergast halten sollte.

Sieh nicht schon wieder hin, sieh nicht schon wieder hin. Oh, sie drehte sich zu ihm um. Wenn dies nicht der falsche Ort dafür gewesen wäre, wäre er sofort vor ihr auf die Knie gefallen, um sie um Vergebung anzuflehen. Er hatte im Verlag von Gertrudes und Ottos Tod erfahren. Hannah hatte ihn in ihr Büro gerufen und ihn gefragt, ob er die beiden gekannt hatte. Er hatte den Nachruf auf der Grundlage der Informationen geschrieben, die die Verstorbenen mitgeschickt hatten. Sie wollten erwähnt haben, dass sie regelmäßig in dem ganz und gar außergewöhnlichen Restaurant *Luella's* gegessen hatten, das Lou Johnson gehört hatte. Al hatte das alte Ehepaar nur gelegentlich getroffen, trotzdem hatten die beiden einen bleibenden Eindruck bei ihm hinterlassen. Zusammen schienen sie unschlagbar, als könnten ihnen die Unwägbarkeiten des Lebens nichts anhaben, solange sie zusammen waren. Sie waren wie zwei Hälften eines perfekten Ganzen. Wenn Al über Harmonie in einer Partnerschaft nachdachte, konnte er sich kein besseres Beispiel vorstellen.

Al hatte den Raum absichtlich erst betreten, nachdem die Trauerfeier bereits begonnen hatte, und John als Puffer mitgenommen. Er war gekommen, um Gertrude und Otto die letzte Ehre zu erweisen, nicht um Lou zu bedrängen. Sie hatte so wahnsinnig traurig ausgesehen, als sie sich für einen kurzen Moment angesehen hatten. Dunkle Schatten lagen unter ihren Augen, und sie wirkte viel zu dünn. Und dann all diese Menschen, die dem Pfarrer zugewandt waren und seinen Worten über die Seele, Partnerschaft und geteiltes Glück lauschten … Al hasste Beerdigungen. Sie erinnerten ihn daran, wie wenig Zeit ihm blieb, sich selbst im Leben zu beweisen. Nach dem Vorfall im *Luella's* waren seine Eltern zwei weitere Wochen in Milwaukee geblieben. Er hatte mit ihnen über seine Zukunftspläne gesprochen und ihnen die Stadt gezeigt, all die Orte, die er mit Lou erkundet hatte: das Kunstmuseum, das *The Good Land*, die *Sprecher Brauerei* und das Miller-Park-Baseballstadion. Der *Northpoint Custard* war zu seiner großen Enttäuschung über den Winter geschlossen, aber es gab eine weitere Filiale am Flughafen. Um zum Abschied mit seinen Eltern dort zu essen, waren sie extra ein paar Stunden vor ihrer Abflugzeit zum Flughafen gefahren. Al bestellte von allem etwas, ein großes Festmahl für die ganze Familie.

»Das sieht gut aus. Es riecht genauso lecker wie bei dem Fish'n'Chips-Imbiss bei uns zu Hause«, meinte sein Vater.

»Ich weiß, nur dass es hier noch ein klein wenig besser schmeckt. Du musst unbedingt den Barsch probieren, der ist viel besser als Kabeljau.«

Sie aßen eine Weile schweigend, nur unterbrochen von dem einen oder anderen Lob mit vollem Mund auf den frittierten Käse, der uneingeschränkt als genial bezeichnet wurde. Über alle Maßen gemein-genial-fettig, aber eben einfach köstlich.

»Wirst du hierbleiben?«, fragte seine Mutter schließlich.

»Natürlich. Warum sollte ich nicht?«

»Du bist damals nur sehr widerstrebend hierhergekommen, und jetzt, nach all den Missverständnissen …« Katherine wedelte vage mit einer Hand in der Luft. »Wir dachten, dass du vielleicht gerne wieder zurück nach England ziehen würdest.«

»Mum, das waren keine Missverständnisse. Ich habe es schlicht und einfach versaut.«

»Alastair, bitte, deine Sprache …«

»Egal. Ja, ich habe darüber nachgedacht, von hier wegzugehen. Einen Neustart zu wagen, mir als Restaurantkritiker eine andere Identität zuzulegen. Aber mir gefällt der Al, zu dem ich geworden bin, und ich mag diese Stadt. Ich passe hierher. Ich habe neue Leute kennengelernt, und die Restaurantszene ist wahnsinnig interessant. Ich will weiter dabei sein, beobachten, wie sie sich entwickelt. Ich bin nicht gerade stolz auf meinen Start in Milwaukee, aber ich habe mich seither verändert. Wenn ich jetzt gehe, riskiere ich, wieder in alte Muster zurückzufallen. Deswegen werdet ihr mich einfach bald wieder besuchen kommen müssen. Aber das nächste Mal am besten im Sommer.«

Und auch wenn er den wichtigsten Grund nicht laut aussprach, so wusste er doch, dass seine Eltern ihn kannten: In Milwaukee lebte die Frau, die er liebte.

Das Geräusch von Stühlen, die über den Boden kratzten, und leise gemurmelte Gespräche um ihn herum holten Al aus seinen Erinnerungen in die Gegenwart zurück. Die Trauerfeier war beendet, und die Gäste strömten in einen angrenzenden Saal, wo das Spanferkel-Buffet aufgebaut war.

»Kommst du?«, fragte John mit einem Nicken in Richtung des Nebenraums.

»Nein, ich habe keinen Hunger.«

John zuckte mit den Schultern und machte sich auf den Weg zum Buffet, während Al schon wieder zu Lou hinübersah. Sie saß immer noch mit gesenktem Kopf auf ihrem Platz, ein tränennasses zerknülltes Taschentuch in den Fingern, und scheuchte ihre Freunde mit einer Handbewegung in Richtung des Speisesaals. Al wollte gerade einen Schritt auf sie zu machen, als er sah, wie sich Devlin auf dem Stuhl neben ihr niederließ. Al zog sich unauffällig ins Foyer zurück, um die beiden zu beobachten. Besser, er ginge einfach, aber er konnte es nicht.

Lou versteifte sich merklich, nickte aber, als Devlin etwas zu ihr sagte. Dann stand sie auf. Als sich Devlins Lippen wieder bewegten, drehte sie sich um und verschwand in den Waschräumen.

Devlin erhob sich ebenfalls und stolzierte erhobenen Hauptes Richtung Eingang. Als er Al im Foyer stehen sah, hielt er abrupt inne. »Sie … Sie haben alles vermasselt«, sagte er und stach mit dem Finger in Als Brust.

Al bewegte sich keinen Zentimeter von der Stelle. »Sie kapieren es einfach nicht, oder?«, fragte er ruhig und schob Devlins Hand beiseite.

»Was? Dass mich niemand einfach so verlässt? Dass sie zu mir gehört? Ich kann für sie sorgen.«

»Lou kann für sich selbst sorgen.« Al machte eine kleine Pause, dann fuhr er fort: »Ihr seid einige Jahre zusammen gewesen, oder?«

»Ja.«

»Und in dieser ganzen Zeit haben Sie sich nicht einmal die Mühe gemacht, zu versuchen zu verstehen, wer sie in Wahrheit ist. Sie hat eine Gabe, die Sie nie zu schätzen gewusst haben. Lou hat viel zu großes Talent, um es in Ihrer Küche zu verschwenden. Sie ist nicht Ihre Privatköchin, die Sie nach dem Abendessen flachlegen können.«

Für einen Mann, der den Großteil seiner Kindheit als Sohn eines Lehrers auf einer Jungenschule verbracht hatte, hatte Al erstaunlich wenig Erfahrung darin, einem Fausthieb auszuweichen. Als Devlin zu einem Schwinger auf sein Gesicht ansetzte, ließen ihn seine vollkommen untrainierten Reflexe im Stich. Der Treffer hörte sich an wie das Geräusch, wenn man eine Hummerschale knackte. Augenblicklich schoss Blut aus Als

Nase und ein metallischer Geschmack breitete sich in seinem Mund aus. »Das heißt dann wohl, dass ich einen wunden Punkt getroffen habe«, sagte er, während er die Blutung zu stoppen versuchte, indem er sich mit Daumen und Zeigefinger fest in den Nasenrücken kniff. Als Devlin ein zweites Mal ausholte, hob Al eine Hand. »Nur eine Frage noch: Warum haben Sie mir die Notizkarte mit dem Vorschlag geschickt, eine Restaurantkritik über das *Luella's* zu schreiben? Sie wollten, dass ich ihr Restaurant in der Luft zerreiße, oder?«

Devlin ließ den Arm sinken. Die Antwort stand ihm ins Gesicht geschrieben.

»Das habe ich mir gedacht«, sagte Al. »Sie sind so sehr daran gewöhnt, dass die Dinge so laufen, wie Sie wollen, dass Sie nicht mal davor zurückgeschreckt sind, die Träume Ihrer Verlobten zu zerstören.« Als Al aufsah, erblickte er Lou, die mit gerunzelter Stirn in der Tür stand. Er nickte ihr zu, dann drehte er sich um und ging hinaus, während er ein Taschentuch aus der Hose fischte, um sich das Blut aus dem Gesicht zu wischen.

Lou machte Anstalten, ihm zu folgen, aber dann hielt sie inne. Dies war nicht der richtige Moment. Sie brauchte mehr Zeit und Informationen. Die Wunden, die er ihr mit seinen Lügen zugefügt hatten, schmerzten noch immer. Aber mit Devlin konnte sie umgehen. Es hätte sie überraschen müssen, dass er den berühmt-berüchtigten Restaurantkritiker Wodyski dazu gedrängt hatte, eine Kritik über das *Luella's* zu schreiben. Aber das tat es nicht. Sie hätte wohl wenigstens irgendetwas fühlen müssen, aber dafür war Devlin ihr inzwischen einfach viel zu egal. Viel mehr beschäftigte sie der verwundete Journalist, der da eben in den Schnee hinaus verschwunden war.

Immerhin sah es so aus, als ob Devlin seine Hand wehtun würde. Er bewegte sie vorsichtig und knetete seine Finger mit der anderen Hand, um den Schmerz wegzumassieren, der von dem harten Schlag herrührte, mit dem er Al die Nase gebrochen hatte. Als er sich umdrehte, sah er Lou vor sich stehen. »Lou, du musst …«

»Nein.« Lou hielt eine Hand hoch, um seine falschen Entschuldigungen im Keim zu ersticken. »Was fällt dir ein, mir meine Entscheidungsgewalt zu nehmen? Du weißt nichts über mich. Ich habe deine Visionen nie geteilt. All die Jahre hast du immer nur versucht, mich in eine Form zu pressen, von der du dachtest, dass ich in sie hineinpassen müsste. Aber ich werde niemals die Hausfrau spielen, die Dinnerpartys für deine Kollegen ausrichtet und die Kinder aufzieht, von denen ich nicht einmal weiß, ob ich sie überhaupt will. Ich bin nicht wie deine Mutter, die bereit war, einen Job zu machen, den sie hasste, nur um die Rechnungen bezahlen zu können. Hör endlich auf, etwas aus mir machen zu wollen, was ich nicht bin. Ich bin ich. Eine Köchin mit Brandnarben an den Händen, absurd kräftigen Unterarmen und einer Vorliebe für Plastikschuhe in grellen Farben.« Lou hielt inne. »Vielen Dank, dass du zur Beerdigung gekommen bist, aber du hast Gertrude und Otto nicht einmal kennengelernt.«

Lou holte gerade Luft, um eine weitere Kaskade an Beschimpfungen über Devlin auszuschütten, als Harley mit verschränkten Armen und einem Gesichtsausdruck, der nichts Gutes verhieß, neben sie trat. Hinter ihm baute sich bedrohlich der haarige, ungepflegte Typ auf, der mit Al gekommen war, auch wenn seine Haltung nicht halb so einschüchternd wirkte wie die Harleys. Sue vervollständigte das Trio. Sie starrten Devlin so lange an, bis er langsam rückwärts zur Tür ging, sich dann hastig umdrehte und in den Schnee hinausstürmte.

Lou wandte sich gerade den drei Vollstreckern zu, als der unbekannte Typ sagte: »Was für eine Witzfigur. Ich meine, wer haut denn ernsthaft einem diplomatischen Typen wie Al eins in die Fresse?«

Lou streckte ihm die Hand entgegen. »Hey, ich bin Lou.«

Ein Grinsen, das ihm merkwürdige Ähnlichkeit mit einem Mitglied der Muppetshow verlieh, grub sich einen Weg durch seinen Bart. »Ich bin John.« Lou wollte ihn gerade fragen, woher er Gertrude und Otto kannte, als er fortfuhr: »Ich arbeite zusammen mit Al bei der Zeitung.«

Sue lachte. »Er hat uns in der Schlange am Büffet erzählt, dass er für das Moderessort verantwortlich ist.«

Johns gewöhnungsbedürftiger Anblick, gepaart mit der Information, dass er sich offensichtlich mit Stil und Design auskannte, lenkte Lou einen Moment von den Fragen ab, die durch ihren Kopf schwirrten, seit sie die Auseinandersetzung zwischen Al und Devlin mitbekommen hatte. »Wirklich?« Lou musterte ihn von oben bis unten. »Ich habe mir bei so was immer jemanden vorgestellt, der ein wenig mehr wie Tim Gunn aussieht.«

»Darum erzähle ich den meisten Leuten auch nicht, was ich mache. Aber angesichts der Vorkommnisse in den letzten Wochen ist die Wahrheit angebracht. Inzwischen bereue ich meine Entscheidung allerdings schon wieder.« Er strahlte Sue an, die kichern musste. Selbst Harley konnte sich ein Lachen kaum verkneifen.

Nach der Nachricht, die Al auf ihrem Anrufbeantworter hinterlassen hatte, und nach der heutigen Begegnung mit ihm brauste Lous Kopf vor Fragen. John könnte möglicherweise einige davon beantworten. »Wie schön, dass wir uns endlich kennenlernen, John. Wir müssen uns unbedingt unterhalten. Was hältst du denn so von Spanferkel?«

Lou klopfte ungeduldig mit dem Fuß auf den Boden, während sie und Tom darauf warteten, dass die Bankangestellte sie abholte. In ihrem Schoß hielt sie den Geschäftsplan und die Formulare für den Kreditantrag umklammert.

Eine Frau mit glatten braunen Haaren und einem freundlichen Lächeln kam auf sie zu, um sie zu begrüßen. »Guten Tag, Miss Johnson, mein Name ist Lisa. Kommen Sie doch bitte mit in mein Büro.«

Lou und Tom folgten ihr in einen schmalen Raum. Auf den Regalen standen Bilderrahmen mit Kinderfotos, und Stapel aus braunen Umschlägen und Aktenordnern bedeckten jeden Zentimeter des Bodens.

Lisa begann durch einen Ordner zu blättern, der vor ihr auf dem Schreibtisch lag. »Also, dann wollen wir mal sehen, wo wir stehen. Wenn ich das richtig sehe, sind Sie derzeit mit den Ratenzahlungen des Kredits für Ihr altes Restaurant im Rückstand?« Lou nickte. »Ich fürchte, dass das Komitee Druck machen wird, eine Nichterfüllung des bestehenden Kreditvertrages festzustellen, um eine schnellere Rückzahlung des säumigen Geldes zu fordern. Ich gehe davon aus, dass Sie hier sind, um diesen Umstand zu besprechen?«

Lou wurde schlecht. Sie hasste diesen Teil; das Verhandeln, die Angst vor einer Ablehnung.

Tom verpasste ihr unter dem Tisch einen Tritt gegen das Schienbein.

Lou schluckte. »Ja.« Ihre Stimme klang viel zu hoch. »Ich bin hier, um Sie um eine zweite Chance zu bitten. Eine Chance, mit der ich den Kredit behalten kann, keine Auktion veranstalten muss und meine Schulden termingerecht zurückzahlen kann.« Lou spürte, wie ihr der Schweiß in Strömen den Rücken hinunterlief. Wenn sie nicht bald ihre Nerven in den Griff bekam, würde sie auf dem Stuhl noch eine Pfütze hinterlassen.

»Mir gefällt die Idee, aber wie wollen Sie das anstellen?«

Lou legte den Geschäftsplan vor sich auf den Schreibtisch und blätterte bis zu einer Seite, die mit Zahlenkolonnen bedeckt war. »Ich habe vor Kurzem ein Haus geerbt. Ich plane, es zu verkaufen, um mit dem Erlös meine Schulden zu begleichen. Außerdem habe ich einen Investor gefunden.« Lou deutete auf Tom, der die Bankangestellte fröhlich angrinste.

Lisa lächelte zurück und vertiefte sich dann in die Zahlen. »Es sieht so aus, als könnten Sie mit dem Geld den Kredit abbezahlen, aber ich verstehe noch nicht ganz, wie Ihnen das mit dem Restaurant weiterhelfen soll, das Sie gerade schließen mussten.«

»Ich würde den Kredit gerne auf ein neues Restaurant umschreiben lassen. Sie können das alles in meinem Geschäftsplan nachlesen.«

Lisa blätterte durch die Mappe. »Das Letzte, woran die Bank Interesse hat, ist eine Pfändung und sich um den Verkauf der Insolvenzmasse kümmern zu müssen. Ich finde es gut, dass Sie hergekommen sind, um für Ihre Idee zu kämpfen; und Ihr Geschäftsvorhaben scheint mir auf den ersten Blick durchaus realisierbar. Dabei einen der besten Köche der Stadt an Ihrer Seite zu haben, schadet sicherlich auch nicht.« Jetzt war es an Lisa, Tom anzugrinsen. »Ich kann Ihnen zwar kein frisches Geld leihen, aber es liegt natürlich in unserem Interesse, dass Sie Erfolg haben. Wenn die Zahlen stimmen und Ihr Geschäftsplan der Prüfung standhält, werden wir sicherlich einen Weg finden. Wir gehen das Ganze durch und rufen Sie in ein paar Wochen an. Aber ich kann Ihnen heute schon sagen, dass es aus meiner Perspektive sehr gut für Sie aussieht.«

Lou ließ erleichtert die Luft aus den Lungen entweichen.

Lisa sah erst sie und dann Tom an. »Möchten Sie nichts hinzufügen?«

Toms Grinsen wurde noch breiter. »Ich bin nur der stille Teilhaber.«

Nach all der Zurückweisung und den Enttäuschungen der letzten Monate ließ Lou sich von der Welle der Erleichterung mitreißen, die sie in diesem Augenblick umspülte. Ihre Zahlen stimmten. Sie würde den Kredit umschichten können. Sie würde ihre Küche zurückbekommen. Sie würde ihre zweite Chance erhalten.

27

Lou verteilte den Rest des Frostings auf dem Kuchen. Aus irgendeinem Grund schaffte sie es nie, die Glasur so gleichmäßig wie Harley zu verstreichen, aber dafür waren schließlich die gerösteten Kokosraspeln da; darunter würden die kleinen Unebenheiten nicht mehr zu sehen sein. Sie streute die knusprigen Flocken über den Kuchen und schob sich einen Löffel voll in den Mund. Mit klopfendem Herzen verpackte sie das Kunstwerk anschließend in einem stabilen Karton und befestigte die Notizkarte daran. Hoffentlich würde ihr Plan aufgehen. »John, hast du alles? Ich bin fertig«, rief Lou durch den Flur.

»Fast«, schrie John zurück.

Nachdem sie sich eine Tasse Kaffee eingeschenkt hatte, blätterte Lou durch einen Stapel Papiere, der auf der Küchenanrichte lag, und zog Als Besprechung des *The Good Land* daraus hervor. Sie hatte den Artikel bereits vor ein paar Wochen noch einmal gelesen. Der Stil seiner Kritik war überragend. Anstatt nur zu schreiben, dass das Essen gut schmeckte, hatte er sich die Zeit genommen, die Besonderheiten des Menüs und die vielen außergewöhnlichen Aromen darin hervorzuheben. Es war kein Wunder, dass er als Restaurantkritiker so erfolgreich war. Und besonders der Anfang des Artikels machte deutlich, wie sehr sich Al seit ihrem ersten Treffen verändert hatte:

Viel zu oft schon ist Milwaukee zur Zielscheibe des Spotts von nichts ahnenden Außenstehenden geworden. Die Vorurteile sind zahlreich: Man lacht über den nördlichsten Vorort von Chicago, die gefürchtete Stop-over-Stadt. Die Straßen sind mit Käse gepflastert, Flüsse mit Bier gefüllt, und die Rindviecher rennen angeblich kreuz und quer durchs Zentrum. Jeder Wisconsiner weiß, wie man eine Kuh melkt, trägt einen Overall und fährt einen Traktor. Eine Arbeiterstadt mit simplem Geschmack und noch simpleren Freizeitvergnügen.

Und in mancherlei Hinsicht treffen diese Klischees sogar zu. Milwaukee ist all das, aber noch viel mehr. Und wer sich nicht die Mühe macht, der Stadt eine Chance zu geben, der tut ihr nicht nur unrecht, sondern verpasst auch eine Menge. Wie Alice Cooper es schon Wayne und Garth so treffend und geduldig erklärte: meel-ee-wah-kay bedeutet in der Sprache der Algonkin, der Ureinwohner des Staates, »the good land – das gute Land«. Und das ist es.

Er hatte sich inzwischen meilenweit von dem Mann entfernt, der das *Luella's* und andere Restaurants mit ein paar bissigen, rücksichtslosen Kommentaren dem Erdboden gleichgemacht hatte. Nach der Beerdigung hatte sich Lou lange mit John unterhalten und von ihm erfahren, welche Rolle Devlin bei der Restaurantkritik-Geschichte gespielt hatte. Als Freund und Kollege hatte ihr dabei geholfen, die langsam in ihr gewachsene Erkenntnis zu bestätigen: Al, der Mann, der sich Hals über Kopf in sie und ihre Heimat verliebt, der sein schreckliches Verhalten eingestanden hatte und bereute, der sich für sie die Nase hatte brechen lassen, hatte eine zweite Chance verdient.

Als John in die Küche kam, pfiff Lou anerkennend durch die Zähne. »Du siehst toll aus«, sagte sie und strich über seine Haare. »Ruf mich an, wenn du da bist, damit ich weiß, dass du gut angekommen bist. Und denk dran, ich trage Größe achtunddreißig.« Johns neuer Look lenkte sie ein wenig von ihrer

Nervosität ab. Mit seinem ordentlichen Haarschnitt, den funkelnden Augen und den geraden, weißen Zähnen sah er richtig gut aus.

»Was hältst du von dem Outfit?«, fragte er und zupfte etwas unsicher an seinem Hemd.

»Hör endlich auf, alles zu zerknittern. Das machst du immer.«

»Sorry, alte Gewohnheiten.«

»Es gibt absolut keinen Grund, die Sachen so zu malträtieren. Sie stehen dir nämlich hervorragend.«

»Wirklich?« John runzelte skeptisch die Stirn.

»Glaub mir. Ich liebe deinen neuen Look!«

»Ich habe so etwas noch nie von einer Frau zu hören bekommen.«

»Dann wird es langsam Zeit, dass du dich daran gewöhnst, denn ich bin nun mal eine. Wir können aber auch Harley anrufen und ihn nach seiner Meinung fragen. Ich bin mir sicher, dass er sich sehr geehrt fühlen würde und jede Menge toller Styling-Tipps auf Lager hätte.«

»Sehr witzig.« John warf einen Blick auf seine Uhr. »Oh, ich mache mich besser auf den Weg.«

»Okay. Hast du den Karton? Du weißt, was du zu tun hast?«

»Fürchten Sie nichts, Mylady.« John nahm die grasgrüne Box und drückte Lou einen Kuss auf die Wange. Dann verließ er das Apartment.

Sie sollte sich beeilen, dachte Lou, sonst würde sie ebenfalls zu spät kommen.

Die Frühlingssonne, die durch die großen Fenster in die Redaktionsräume fiel, war so hell, dass die Mitarbeiter die Augen zusammenkneifen mussten, um auf den Bildschirmen noch etwas zu erkennen. Aber nach dem langen Winter stand niemandem der Sinn danach, die Jalousien herunterzulassen. Al bemerkte, dass die Kollegen verdächtig häufig Kaffeepausen einlegten, um den ersten warmen Tag des Jahres zu genießen.

»Also, kommst du mich besuchen?«

»Du willst im Ernst, dass ich nach Milwaukee komme? Das letzte Mal schienst du von der Idee weniger begeistert gewesen zu sein«, sagte Ian skeptisch.

Al lächelte. »Die Stadt ist mir ans Herz gewachsen. Sehr sogar.«

»Das ist toll. Ich habe deine Kolumne gelesen. Wenn ich komme, will ich auf jeden Fall die große Tour.«

»Du liest meine Artikel?« Al setzte sich gerade hin, genauso wie früher in der Schule, wenn er eine Frage richtig beantwortet hatte.

»Natürlich tue ich das. Immerhin bekomme ich dann wenigstens ein wenig von dem mit, was du da drüben so treibst. Und da wir gerade davon sprechen, ich finde es gut, dass du die Kritiken inzwischen unter deinem richtigen Namen veröffentlichst.«

»Ich auch.«

»Also, wann soll ich kommen?«

»Wie wäre es mit Mitte August zum *Irish Fest?* Du wirst es lieben.«

»Kann es kaum erwarten. Ich sage dir Bescheid, sobald ich den Flug gebucht habe.«

»Und kein Hotel! Du wohnst natürlich bei mir.«

Ian lachte. »Perfekt.«

»Wir hören uns.«

Al legte das Telefon beiseite und lächelte bei dem Gedanken daran, was er Ian alles in der Stadt zeigen würde. Er warf einen Blick auf den Brewers-Kalender, um herauszufinden, welche Spiele während des Besuchs seines Bruders stattfinden würden. Zufrieden seufzend warf er einen Blick durch den sonnendurchfluteten Raum und drückte eine Taste an dem kleinen elektrischen Wasserkocher, der an seinem Arbeitsplatz stand; für ihn würde es heute keine Pause an der frischen Luft geben. Al wollte endlich die Reportage fertigstellen, für die ihm Lou letzten Sommer bei einem ihrer Nicht-Dates die Idee geliefert hatte. Er arbeitete bereits seit Monaten daran. Der Artikel beschäftigte sich mit dem Einfluss der verschiedenen Ethnien, die sich im Laufe der Jahrhunderte in der Region angesiedelt hatten, auf die lokale Restaurant- und Essenskultur. Einen besonderen Fokus hatte Al dabei auf die landestypischen Festivals gelegt. Eines der Dinge, die ihm an Milwaukee am besten gefielen.

Es war drei Monate her, dass er Lou auf der Beerdigung begegnet war. Sein Blick wanderte zur Pfanne seiner Großmutter, die inzwischen einen festen Platz an seinem Arbeitsplatz erhalten hatte. Jeder freie Zentimeter des gusseisernen Bodens war mit Magneten bedeckt. Jeder Einzelne von ihnen eine besondere Erinnerung, die er mit Lou teilte. Ein Beweis seiner Liebe für sie, aber auch für seine neue Heimat.

Al warf einen Blick auf die Uhr: noch vier Stunden bis Redaktionsschluss. Das sollte zu schaffen sein. Er stand auf, um sich zu strecken, indem er mit den Fingern die Spitzen seiner schwarzen Converse-Chucks berührte. Er trug Jeans, darüber ein einfaches T-Shirt; ein sportliches Sakko hing über dem Stuhlrücken. Die Baseballkappe mit dem Brewers-Logo lag auf seinem Schreibtisch. Er trug sie inzwischen fast immer, wenn er abends in eine Bar oder ein einfaches Restaurant ging, nur in etwas edleren Lokalen verzichtete er darauf. Die beigen Stoffhosen und Poloshirts – er hatte es endlich geschafft, seine Koffer vollständig auszupacken – lagen in den Tiefen seines Kleiderschranks begraben. Als Al sich wieder auf seinen

Schreibtischstuhl fallen ließ, hörte er ein Geräusch hinter sich. John schien sich endlich bequemt zu haben, zur Arbeit zu erscheinen. Es kam selten vor, dass er erst so spät aufkreuzte. »Hey, John«, sagte Al, ohne sich umzudrehen. »Alles klar?«

»Das ist für dich«, antwortete John hinter ihm.

Etwas Grünes wurde auf Als Schreibtisch geschoben. Al registrierte kaum, um was es sich handelte, so sehr faszinierte ihn der Anblick der eleganten schwarz-silbernen Manschettenknöpfe, die unter feinster italienischer Wolle hervorlugten und offensichtlich zu dem Arm gehörten, der das ungewöhnliche Paket vor ihm platziert hatte. Al hatte Schwierigkeiten, die teure Kleidung mit Johns Stimme in Einklang zu bringen. Überrascht drehte er sich auf seinem Stuhl herum. Als er John sah, blieb ihm der Mund offen stehen. Vor ihm stand ein tadellos gekleideter Mann: italienischer Anzug, ein Hemd in zartem Lavendelton mit passendem Einstecktuch, eine Hose mit Bügelfalten und glänzende Halbschuhe aus schwarzem Leder. Sein honigbraunes Haar war zu einer ordentlichen Frisur gestutzt, die den Blick auf einen kantigen, glatt rasierten Kiefer und scharf geschnittene Gesichtszüge freigab. Als erster Instinkt war, den Mann zu fragen, was er mit John gemacht hatte.

»Willst du nicht nachsehen, von wem es ist?«, fragte sein Freund und Kollege und deutete auf die Box auf der Schreibtischplatte.

Als Als Gehirn nach dem ersten Schock langsam wieder seine Arbeit aufnahm, breitete sich auf seinem Gesicht ein Grinsen aus. »Was ist passiert?«, brachte er schließlich heraus.

»Jetzt komm schon, Kumpel, mach keine große Sache draus.«

»Keine große Sache? Aber das *ist* eine große Sache. Du hast ein Gesicht!« Al hatte so laut gesprochen, dass einige Kollegen die Köpfe hoben und zu ihnen herüberstarrten. Vor allem die Blicke der Frauen blieben an John hängen.

John fühlte sich unwohl. »Hey, sprich ein bisschen leiser.«

»Das hast du also die ganze Zeit unter all den Haaren versteckt. Und ich hatte immer geglaubt, dass dir ein Hund mindestens eine Gesichtshälfte abgekaut hat oder ein Leberfleck von der Größe Hongkongs deine Wange verunziert. Aber siehe da, du bist sogar ein richtiger Hingucker.«

John seufzte ergeben, zog sich seinen Stuhl heran und ließ sich drauffallen. »Das ist scheiße. Ich fühle mich total nackt.« Er fuhr sich mit den Händen über die bloßen Wangen. »Mir ist tatsächlich kälter, kannst du dir das vorstellen? Ich muss mehr anziehen als vorher! Wie verrückt ist das denn, bitte?«

»Und warum dann der neue Look?«

»Paris.«

»Ich dachte die Saison ist vorbei.«

»Ich schreibe eine Reportage darüber, wie die Modehäuser heutzutage Haute Couture in Prêt-à-Porter übersetzen. Ich weiß nicht, wie Hannah es geschafft hat, aber ich habe Termine bei Louis Vuitton, Catherine Malandrino, Givenchy und Chanel. Die Besten der Besten.«

»Weil ich die beste Chefredakteurin der Welt bin, was ihr zwei niemals vergessen solltet«, rief Hannah, die plötzlich neben ihnen stand. »Du bist heiß. Wenn sich das Bild von dir, wie du gestern noch ausgesehen hast, nicht so in mein Gehirn gebrannt hätte, würde ich ernsthaft darüber nachdenken, meinen Ehemann für eine Nacht zu verlassen.«

John starrte sie entsetzt an.

Hannah brach in schallendes Gelächter aus. »Keine Angst, mein Hübscher.« Dann wandte sie ihre Aufmerksamkeit Al zu. »Was ist in dem Paket? Das riecht ja wunderbar.«

Al war so auf Johns Transformation fixiert gewesen, dass er

den Duft, der von der Box ausging, gar nicht bemerkt hatte. Er schnupperte. Das konnte nicht sein.

Aber bitte, lieber Gott, lass es so sein!

Al drehte den Karton in den Händen hin und her. Er war grasgrün und mit einer weißen Kordel umwickelt. Auf dem Deckel war ein heller Umschlag befestigt, der sich leicht wölbte. Mit wachsendem Optimismus löste Al ihn von dem Karton und genoss den Geruch, der von ihm ausging. Darin steckte eine Karte aus festem weißen Papier, wie man es für eine Hochzeitseinladung verwenden würde. Darauf gedruckt war die Speisekarte eines neuen Restaurants mit dem Namen *A Simple Twist*. Die abwechslungsreiche Auswahl an außergewöhnlichen Gerichten ließ ihm augenblicklich das Wasser im Mund zusammenlaufen. Nur ein Dessert war an jedem Tag das gleiche: ein umwerfender Kokosnusskuchen. Al lächelte. Als er den Umschlag schüttelte, fiel ein ovaler schwarzer Gegenstand heraus und landete auf seinem Schreibtisch. Als er ihn umdrehte, erkannte Al, dass es sich um einen Magneten handelte. Ein makelloser winziger Kokosnusskuchen auf einem Kristall-Tortenständer vor einem Hintergrund, der dieselbe Farbe wie die Box hatte. Al schob die Magneten am Pfannenboden noch ein wenig enger zusammen, sodass er das neueste Stück seiner Sammlung genau in der Mitte platzieren konnte, wo das Grasgrün vor dem schwarzen Hintergrund leuchtete. Dann machte er sich mit der Umsicht und Ehrerbietung, die normalerweise den hauchdünnen Kristallgläsern seiner Großmutter Eileen vorbehalten war, daran, den Karton zu öffnen. Kaum hatte er vorsichtig die Kordel gelöst und den Deckel angehoben, stieg ihm ein unwiderstehliches exotisches Aroma in die Nase; gefolgt vom Duft frischer Vanille, wie er sie so oft an Lou gerochen hatte. Augenblicklich wurde er von der Sehnsucht überwältigt, sie zu umarmen und seine Nase an ihrem Nacken zu vergraben. Der köstliche Kuchen schien geradezu darum zu betteln, sofort angeschnitten und probiert zu werden. War ihr Geschenk ein Zeichen, dass sie ihm verziehen hatte? Auf der Suche nach einer Notiz, irgendeinem Hinweis, der ihm verraten würde, wie es weitergehen sollte, warf er noch einmal einen Blick in den Umschlag. Nichts. Er drehte die Speisekarte herum, auf der Rückseite standen in Lous krakeliger Schrift eine Adresse und vier Worte: *Bring den Kuchen mit.* Al lächelte nicht mehr, er lachte – laut und erleichtert.

»Was?«, fragten Hannah und John gleichzeitig.

Al schnappte sich seine Jacke, klemmte sich die Kuchenbox unter den Arm und war schon auf dem Weg zum Eingang, als er über die Schulter rief: »Ich nehme mir heute Nachmittag frei.«

Bevor er die Tür erreichen konnte, stellte sich Hannah ihm in den Weg. »Du hast eine Deadline.«

»Und wo willst du überhaupt mit dem Kuchen hin?«, fügte John, der ihm ebenfalls gefolgt war, vorwurfsvoll hinzu.

Al sah seiner Chefin fest in die Augen und sagte: »Es tut mir leid. Ich habe noch nie eine Deadline verpasst. Und ja, ich weiß, diese ist besonders wichtig, aber selbst wenn ich mich jetzt wieder an die Arbeit machen würde, würde ich den Artikel heute garantiert nicht mehr fertig bekommen. Ich muss unbedingt wissen, was das hier zu bedeuten hat.« Al hob den Karton mit dem Kuchen. »Ich werde mit den Konsequenzen leben, wie auch immer sie aussehen mögen. Meinetwegen schreibe ich einen Monat lang jeden Nachruf oder die Unfallmeldungen. Das ist mir vollkommen egal. Aber ich werde jetzt gehen.«

Hannah sah ihn einen Augenblick schweigend an, dann nickte sie und trat einen Schritt beiseite.

Ohne eine weitere Sekunde zu zögern sprintete Al so schnell

es ging, ohne Gefahr zu laufen, die Box fallen zu lassen, weiter Richtung Ausgang. Die auf der Speisekarte notierte Adresse befand sich nur wenige Blocks entfernt von der Zeitungsredaktion. Minuten später stand er – völlig außer Atem und mit klopfendem Herzen – vor dem Gebäude.

Die Schaufenster waren mit dicken grünen Vorhängen verhängt, die nur einen schmalen Spalt in der Mitte frei ließen. Dort stand ein kleiner Tisch, der im selben Grasgrün gestrichen war und auf dem in derselben Farbe stand: *A Simple Twist – Neueröffnung in wenigen Tagen.*

Mit rasendem Herzen und feuchten Händen riss Al am silbernen Knauf der Eingangstür.

Als Lou das Klingeln hörte, hob sie den Blick. Erst heute hatte sie die kleinen Glöckchen aufgehängt, die sie aus dem *Luella's* mitgenommen hatte. Von der offenen Küche hatte sie die Tür gut im Blick. Den Köchen bei der Arbeit zuzusehen würde eines der speziellen Highlights des *A Simple Twist* sein. Als sie Als unsicherem Blick begegnete, musste sie lächeln. Er starrte sie so entgeistert an, als könnte er nicht glauben, dass sie ihn wirklich hierher bestellt hatte.

Er machte ein paar Schritte in den Raum hinein und sagte: »Der Name gefällt mir.«

»Danke.« Als Lous Blick auf den Karton fiel, atmete sie erleichtert aus. »Gott sei Dank. Ich hatte schon befürchtet, dass deine gierigen Kollegen bei der Zeitung den Kuchen vor dir entdecken würden. Oder dass John ihn fallen lässt.« Mit einem Teller, einem Messer und zwei Gabeln in der Hand umrundete sie die Küchentheke und kam auf ihn zu.

»John? Du hast dich mit John getroffen?«

»Ja, klar. Hat er dir nicht den Kuchen gebracht? Das war nämlich seine Aufgabe. Und sieht er nicht unglaublich toll aus? Wer hätte ahnen können, was sich unter diesem haarigen Buschmann verbirgt. Nur dass der arme Kerl leider gar nicht weiß, was er mit der neuen Aufmerksamkeit anfangen soll.« Lou gab sich Mühe, ruhig und gelassen zu klingen. Dabei war sie wahnsinnig aufgeregt. Sie war sich nicht sicher gewesen, ob Al tatsächlich kommen würde, ob er überhaupt noch etwas für sie empfand. Und Letzteres stand auch jetzt noch nicht fest. Er schien noch immer völlig durcheinander. Trotzdem breitete sich bei seinem Anblick ein warmes Gefühl in ihrem Körper aus.

»Wie ist das alles möglich?«, fragte Al, während er sich im Restaurant umsah.

Lous Blick verschleierte sich und ihr Stimme klang brüchig, als sie antwortete: »Komm mit.«

Sie führte ihn zu einem Tisch in der Mitte des Raums, auf dem ein Foto von Gertrude und Otto in einem silbernen Rahmen stand. Sie lachten in die Kamera und sahen Jahrzehnte jünger aus, als sie auf dem Bild tatsächlich waren. Als Lou sah, wie Als Augen beim Anblick des Fotos feucht schimmerten, wusste sie endgültig, dass sie die richtige Entscheidung getroffen hatte, Gertrudes Rat zu befolgen. Sie griff nach dem Rahmen, schob einen kleinen Haken an der Rückseite beiseite und zog ein gefaltetes Stück Papier heraus. »Vor ihrer Beerdigung hat mich Gertrudes und Ottos Anwalt kontaktiert. Sie haben mir ihr Haus hinterlassen. Das Geld hat nicht ganz für ein neues Restaurant gereicht, aber es war genug, um meinem Traum eine zweite Chance zu geben, wie sie es beabsichtigt hatten. Das Erbe war mit zwei Bedingungen verknüpft. Eine davon lautete, dass ich den Tisch in der Mitte für sie reserviere.« Lou betrachtete die lächelnden Gesichter auf dem Foto. Wie sehr sie Gertrudes Optimismus und Ottos Unerschütterlichkeit vermisste.

»Und die zweite?«

»Die zweite Bedingung war, dass ich, wenn ich eine zweite Chance bekomme, jemand anderem auch eine gewähren sollte.« Lou schnitt ein Stück Kuchen ab und legte es auf den Teller.

»Wo kommt der Rest des Geldes her, das du gebraucht hast?«

Lou lächelte. »Ich habe es auf die altmodische Art gemacht. Viel harte Arbeit, Kreativität und ein wenig Hilfe. In meinem Fall heißt das, Küchenchef Tom und die Bank.«

Al nickte. Es überraschte ihn nicht, dass Lou es geschafft hatte.

»Da ist noch eine Sache«, sagte sie und sah ihn ernst an. Sie griff in die Tasche ihrer Schürze und zog das kleine rote Lederkästchen mit dem Ring hervor, das Al am letzten Abend im *Luella's* auf dem Tisch zurückgelassen hatte. »Du hast mir das hier gegeben. Du solltest es zurückbekommen …«

»Ich will es nicht zurück. Ich habe es dir gegeben, weil …«

»Lass mich ausreden. Du sollst es wieder an dich nehmen, bis du dir sicher bist, was du damit machen möchtest.«

Als Gesichtsausdruck wechselte binnen Sekunden von Enttäuschung über Erleichterung zu Verständnis. Er griff nach dem Kästchen, und einen winzigen Moment lang befürchtete Lou, er könnte es einfach in seiner Tasche verschwinden lassen. So hatte sie sich das nicht vorgestellt. Bisher war alles so gut gelaufen.

Doch bevor Lou den Gedanken zu Ende denken konnte, kniete Al vor ihr nieder, ließ das Kästchen aufschnappen und nahm den Ring heraus, den er vor Monaten für sie gekauft hatte. Beinahe ehrfürchtig hob er den Kopf, um sich zu sammeln, dann blickte er Lou in die Augen. Er holte noch einmal tief Luft und sagte dann: »Lou. Meine Gefühle haben sich kein bisschen verändert. Ich hatte so sehr auf diese zweite Chance gehofft und soll ewig in der Hölle schmoren, wenn ich sie nicht nutze. Ich liebe dich. Ich liebe dich für dein unglaublich gütiges Herz, deinen ansteckenden Enthusiasmus und deine aufopferungsvolle Suche nach dem besten frittierten Cheese Curd. Ich liebe dich dafür, dass du ein Rezept in seine Einzelteile zerlegst, die Zutaten neu mischst und daraus etwas wunderbares Neues machst. Ich liebe es, dass ich bei der Erinnerung an unsere erste Begegnung den Duft nach Vanille, Kokosnuss und Speck in der Nase habe. Ich liebe es, dass du in der Küche Crocs trägst und High Heels, wenn wir zusammen ausgehen. Ich möchte am liebsten eine ganze Wand mit Magneten füllen, jeder von ihnen eine Erinnerung, die wir teilen. Ich möchte ab jetzt und die nächsten fünfzig Jahre zu jedem Thanksgiving den Truthahn mit deinem selbst bemalten Tranchierbesteck zerlegen. Ich will mit dir kochen, lachen und schlafen. Und vor allem möchte ich den Rest meines Lebens mit dir verbringen. Elizabeth Luella Johnson, willst du mich heiraten?« Je näher er der alles entscheidenden Frage gekommen war, desto mehr hatte seine Stimme gezittert. Aber jetzt war es raus. Und so weit er sich mit Heiratsanträgen auskannte, hatte er sich gar nicht mal so schlecht geschlagen, fand Al.

Ihre Antwort fiel sehr viel kürzer aus als sein Antrag. »Ja.«

Al schob den Ring auf Lous Finger. Dann stand er auf, zog sie in seine Arme und umschloss mit den Händen sanft ihr Gesicht. Keinem von beiden gelang es, ihr glückliches Grinsen zu unterdrücken. Al studierte ihre Züge, als müsste er sich vergewissern, dass sie sich nicht verändert hatten, seit sie sich das letzte Mal so nahe gewesen waren.

Wann würde er sie endlich küssen? Lou hielt es nicht mehr aus. Anstatt darauf zu warten, dass er ihr gab, was sie sich so sehr wünschte, zog sie ihn dichter an sich heran und küsste ihn so, wie es sich für frisch Verlobte gehörte.

Ein wenig später saßen sie nebeneinander auf Gertrudes und Ottos Tisch und ließen die nackten Füße baumeln. Lous zerknitterte Schürze lag zusammengeknüllt auf dem Boden. Lou schaufelte Kuchen auf die Gabel und hielt sie Al vor den Mund.

Er sah ihr in die Augen und schloss die Lippen um den Kokosnusstraum. Mit vollem Mund sagte er: »Perfekt. Ich habe ein Jahr warten müssen, um ihn endlich zu probieren. Aber das war es definitiv wert.«

»Ist das eine offizielle Besprechung?«

Al wand sich. »Ähm …«

Lou lachte und beugte sich zu ihm hinüber, um ihm einen weiteren Kuss zu geben. Dann sprang sie vom Tisch, knöpfte ihre Kochjacke zu, schlüpfte in die grünen Crocs und hob die Schürze auf. Als sie sie um die Hüften schlang, sah sie zu Al auf, der sich konzentriert ein Stück Kuchen nach dem anderen abschnitt und in seinem Mund verschwinden ließ, als handle es sich dabei um Tequila Shots. »Musst du zurück in die Redaktion?«, fragte Lou, während sie den Ring an ihrem Finger drehte und sich auf die Lippe biss.

Al ließ sich ebenfalls vom Tisch gleiten und sah sich um. In den Ecken waren Kartons gestapelt, die darauf warteten, ausgepackt zu werden; Kochbücher und Notizblöcke bedeckten die Tische, und in der Küche lagen Pfannen und Töpfe bunt durcheinandergewürfelt zwischen frischem Gemüse und Fleisch. Al sah Lou in die schokoladenbraunen Augen. »Ich bleibe so lange hier, wie du mich brauchst. Es gibt keinen Ort, an dem ich lieber wäre. Wie kann ich helfen? Oder stehe ich dir nur im Weg?« Er erwiderte Lous ansteckendes Lächeln, auch wenn er noch nicht genau wusste, woher es kam. Er war einfach nur glücklich darüber, irgendwie dafür verantwortlich zu sein.

»Was würdest du davon halten, meine Trüffel-Gänseleber-Würstchen zu verkosten?« Lou griff nach seiner Hand und zog ihn hinter sich her in die Küche, wo sie ihm eine blütenweiße Schürze um die Hüften schlang.

»Trüffel? Fantastisch!«

Lou zog die Schleife fest und trat dann einen Schritt zurück, um ihren neuen Verlobten, der es kaum erwarten konnte, ihre neuen Gerichte zu probieren, in ihrer neuen Küche zu bewundern. Ein Klecks Frosting hatte sich auf seine Lippe verirrt, und sie küsste es weg.

Gertrude hatte recht behalten. Zweite Chancen waren etwas Gutes, und sie schmeckten nach Kokosnusskuchen.

GROSSMUTTER LUELLAS KOKOSNUSSKUCHEN

Auch wenn Harley darauf besteht, die Zutaten abzuwiegen, werde ich das Rezept so weitergeben, wie ich es von Großmutter Luella beigebracht bekommen habe. Wenn Sie lieber mit genauen Mengenangaben backen möchten, dann finden sich im Internet einige raffinierte Varianten des Rezeptes.

Alle Zutaten sollten Raumtemperatur haben, bevor sie gemischt werden.

5 Eiweiß (bewahren Sie das Eigelb für selbst gemachten Pudding auf – lecker!)

¾ Tasse Kokosnusscreme

¼ Tasse Kokosnussmilch – rühren Sie die Milch gut durch, bevor Sie sie abmessen (den Rest können Sie für ein thailändisches Gericht oder im Kaffee verwenden)

1 großes Ei

1 TL Kokosnussextrakt

2 TL Vanilleextrakt (ich nehme meist mehr. Und gehen Sie sicher, dass es sich um echte Vanille handelt. Ich bevorzuge mexikanische, aber Sie können auch jede andere verwenden)

2 ¼ Tassen Weizenmehl

1 Tasse Zucker

1 EL Backpulver

¾ TL Salz

12 EL ungesalzene weiche Butter, in 12 Stücke geschnitten

Kokosnuss-Frosting (siehe Seite 373)

- Heizen Sie den Backofen auf 165 Grad vor. Bestreichen Sie zwei runde Backformen mit einem Durchmesser von 23 Zentimetern mit geschmolzener Butter und bedecken Sie den Boden mit Pergamentpapier (glauben Sie mir, das macht das Stürzen des Kuchens sehr viel einfacher). Mischen Sie in einer Schüssel Eiweiß, Kokosnusscreme, Kokosnussmilch, das Ei, Kokos- und Vanilleextrakt, bis sich die Zutaten verbunden haben. Stellen Sie die Schüssel beiseite.

- Mischen Sie in einer größeren Schüssel Mehl, Zucker, Backpulver und Salz. Dann rühren Sie mit dem Mixer auf niedriger Stufe in 2-5 Minuten nach und nach die Butterstücke unter, bis die Masse grobe Flocken bildet (circa 2 Minuten, wenn Sie einen Standmixer verwenden, eher 5 Minuten mit einem Handmixer).

- Stellen Sie den Mixer auf eine mittelhohe Stufe und fügen Sie eine Tasse der Eiermasse hinzu. Schlagen Sie circa 45 Sekunden (mit dem Handmixer ein wenig länger) weiter, bis der Teig eine lockere Textur hat. Fügen Sie dann gleichmäßig den Rest der Eiermasse hinzu und rühren Sie den Teig für weitere 30 Sekunden.

- Verteilen Sie den Teig gleichmäßig auf die beiden Backformen und glätten Sie die Oberfläche mit einem Tortenspachtel. Backen Sie die beiden Hälften für 30–35 Minuten. Prüfen Sie, ob der Teig durchgebacken ist, indem Sie mit einem Holzstäbchen in die Mitte stechen. Wenn beim Entfernen des Stäbchens ein paar Krümel mit herauskommen, ist der Kuchen fertig. Jeder Ofen backt unterschiedlich schnell. Damit der Teig nicht verbrennt, sollten Sie zwischendurch auf jeden Fall kurz testen, ob er durchgebacken ist. Nach der

Hälfte der Backzeit sollten die Bleche in der Einschubhöhe getauscht werden.

- Lassen Sie die Backformen für 10 Minuten auf einem Rost abkühlen. Fahren Sie dann mit einem spitzen Messer um den Kuchen herum, damit er sich vom Rand der Form löst. Stürzen Sie ihn anschließend auf ein Backblech und entfernen Sie das Pergamentpapier. Drehen Sie die beiden Kuchenhälften um und lassen Sie sie komplett auskühlen, bevor Sie sie mit dem Frosting bestreichen.

KOKOSNUSS-FROSTING

Es gibt mehrere Möglichkeiten, die Kokosnussraspeln zu rösten: im Ofen, in der Mikrowelle oder auf dem Herd. Ich benutze meist eine beschichtete Pfanne. Darin rühre ich die Kokosnussraspeln alle paar Minuten bei mittlerer Hitze um. Vorsicht, wenn die Raspeln beginnen, braun zu werden. Ab diesem Zeitpunkt können sie leicht verbrennen. Nach dem Rösten lasse ich die Flocken auf einem Stück Küchenrolle abkühlen. Reste benutze ich als Streusel für Eiscreme.

2 EL Kokosnussmilch

1 TL Kokosnussextrakt

1 TL Vanilleextrakt

1 Prise Salz

16 EL weiche ungesalzene Butter

¼ Tasse Kokosnusscreme

3 Tassen Puderzucker

2 Tassen geröstete Kokosnussraspeln

– Erhitzen Sie die Kokosnussmilch, das Vanille- und Kokosnussextrakt und das Salz zusammen, bis sich das Salz aufgelöst hat.

– Schlagen Sie in einer Schüssel die Butter mit der Kokosnusscreme für 20 Sekunden auf mittelhoher Stufe, bis sich beides zu einer cremigen Masse verbunden hat. Schalten Sie den Mixer auf eine niedrigere Stufe und fügen Sie nach und nach (in 2-5 Minuten) den Puderzucker hinzu. Mischen Sie die Kokosnussmilch mit den Extrakten unter. Stellen Sie den Mixer anschließend wieder höher und schlagen Sie die Masse für weitere 4-8 Minuten, bis sie eine lockere Konsistenz hat.

– Platzieren Sie einen Kuchenboden auf einem Tortenständer oder einer Platte. Wenn Sie ihn auf dem Untergrund »befestigen« wollen, können Sie dafür ein wenig Frosting unter den Boden geben. Verstreichen Sie mit dem Tortenspachtel eine Tasse Frosting auf der Oberseite und streuen Sie anschließend einen Teil der gerösteten Kokosnussraspeln darauf. Dadurch wird der Kuchen auch in der Mitte schön knusprig.

– Platzieren Sie die zweite Kuchenhälfte auf der ersten und geben Sie das restliche Frosting auf die Oberseite. Verstreichen Sie die Masse mit dem Tortenspachtel zuerst bis zum Rand und dann weiter an den Seiten entlang. Das funktioniert am besten, wenn Sie die Kuchenplatte dabei drehen, sodass Sie mit dem Spachtel einmal rundherum streichen können. Und machen Sie sich nicht zu viele Gedanken, wenn das Frosting nicht ganz gleichmäßig verteilt ist. Mit den gerösteten Kokosnussraspeln lassen sich Unebenheiten leicht kaschieren.

– Drücken Sie die gerösteten Kokosnussraspeln mit der Hand an die Seiten und streuen Sie den Rest auf die Oberseite.

– Schneiden Sie sich sofort ein Stück ab und verstecken Sie es gut, bevor Ihnen die anderen alles wegessen. Harley und Al, ich lasse euch nicht aus den Augen!

Danksagung

Von den ersten Notizen bis hin zum fertigen Buch dauert es Jahre, und die Arbeit vieler, vieler Menschen ist dafür nötig. Dies ist mein Versuch, ihnen allen zu danken. Bei all denjenigen, die ich vielleicht vergessen habe, möchte ich mich schon jetzt entschuldigen. Es liegt weder daran, dass ihr nicht sehr wertvoll für mich seid, noch dass eure Arbeit keinen Dank verdient, sondern einzig daran, dass ich Fehler mache und außerdem ein wahnsinnig schlechtes Gedächtnis habe. Bei meinem zweiten Buch werde ich mir bessere Notizen machen, versprochen!

Die erste Person aus der Verlagswelt, die deine Geschichte aus dem großen Sumpf herausfischt und der Meinung ist, dass sie es wert ist, von anderen gelesen zu werden, ist etwas ganz Besonderes. Ein riesiges und von Herzen kommendes Dankeschön an Rachel Ekstrom von der Irene Goodman Literary Agency dafür, dass sie *meinen Roman* aus dem Sumpf gefischt, präsentabel gemacht und das Potenzial darin gesehen hat. Du hast keine Mühen gescheut, bis *KOMMT KUCHEN, KOMMT LIEBE* ein Zuhause gefunden hatte.

Und wo wir gerade von Zuhause sprechen: Ein riesiges Dankeschön geht auch an meine brillante Lektorin Kate Dresser, die sich sofort in *KOMMT KUCHEN, KOMMT LIEBE* verliebt hat. Dein Enthusiasmus für den Text war in jeder deiner Anmerkungen zu lesen. Du hast mir geholfen, aus *KOMMT KUCHEN, KOMMT LIEBE* das Beste herauszuholen und meine Geschichte noch viel besser zu machen, als ich es mir jemals hätte vorstellen können. Ich kann mir keine Lektorin mit mehr Eifer und Leidenschaft für mein Buch vorstellen als dich. Ich kann noch immer nicht glauben, dass ich meine Worte in deine kompetenten Hände legen durfte.

Mein großer Dank gilt auch Gallery Books: Danke, dass ihr mein Buch habt Wirklichkeit werden lassen. Louise Burke, Jennifer Bergstrom, Ciara Robinson, Jaime Putorti, Kristin Dwyer, Susan Rella und jeder, den ich vielleicht vergessen habe – ich bin euch zutiefst dankbar, dass ihr an mich und mein Buch geglaubt habt. Euer Einsatz hat mir das Gefühl gegeben, dass mein Buch das einzige ist, an dem ihr arbeitet. Ich kann mich glücklich schätzen, als Autorin Teil der Gallery-Familie sein zu dürfen.

Vielen Dank, Regina Starace, dass du dieses wunderschöne Cover für mich entworfen hast. Ich hätte es mir nicht perfekter wünschen können.

Meinen herzlichsten Dank an Baror International, Inc. für den Verkauf der internationalen Rechte.

Ohne das unglaubliche Feedback von Erin Niumata und Jessica Sinsheimer zu meinem Manuskript und meinen Fragen hätte es mein Buch wohl nie bis zur Veröffentlichung gebracht. Ihr beiden seid die besten Beispiele für die Großzügigkeit und Beherztheit der Verlagswelt.

Vielen Dank, Ann Christensen vom *Milwaukee Magazine*, dass du dir so großzügig Zeit genommen hast, alle meine Fragen zu Restaurantkritiken zu beantworten. Du warst das Vorbild für Als positive Seiten. Alle Abweichungen davon sind allein meiner Fantasie entsprungen.

Allen Köchen, für die ich jemals gearbeitet habe, möchte ich dafür danken, dass ich dort erfahren durfte, was in einer Restaurantküche wirklich passiert. Den Großteil der Flüche habe ich allerdings weggelassen.

Andrew Heacock, du hast eine wunderbare Webseite gebaut. Ich liebe sie!

Ich danke meinen Freunden, die sich immer wieder nach meinen Fortschritten erkundigt haben und ein offenes Ohr für all meine Rückschläge und Erfolge hatten: Val und Bob Wisniewski, Pam Gosenheimer, Courtney Marschalek, Lynnette Gunville, Jill Walworth, Joan Folvag (die übrigens einen umwerfenden Coffeeshop besitzt) und all, die ich vergessen habe.

Mein Rücken verdient definitiv Applaus dafür, dass er Stunde um Stunde in unbequemen Stühlen ausgeharrt hat, bis das Buch fertig war. Ich verspreche, dir in Zukunft mehr Bewegung zu gönnen.

Vielen Dank, Kelly Johnsen, dass du eine meiner ersten Textversionen gelesen hast, und mehr noch für das umwerfende Autorinnenfoto. Ich bin mir sicher, dass es eine ausführliche technische Erklärung dafür gibt, wie du es schaffst, das Schönste in jedem deiner Objekte einzufangen, aber für mich ist und bleibt es Magie!

Großer Dank geht an meine großartige, bilinguale Schwägerin Erin Reichert, die nicht nur mein Buch gelesen, sondern auch mit den deutschen Koseworten ausgeholfen hat. Du bist mein Liebchen!

Danke dir, Tom Reichert, dass du so ein unterstützender und enthusiastischer Schwager bist.

Ich danke allen, die mein Manuskript vor der Veröffentlichung gelesen haben; vor allem denjenigen, die eine besonders frühe Version in den Händen gehalten haben, als ich noch keine Ahnung hatte, was genau ich da eigentlich tue. Eure Zeit war ein unbezahlbares Geschenk für mich. Sue Molin, Brandi Manthas, Maria Cancino, Kate Clausen, Paula Kabara (die auch dafür sorgt, dass meine Haare toll aussehen), Sarah Cannon, Carla Cullen und Sarah Henning, ihr habt mit eurem hilfreichen Feedback eine bessere Autorin aus mir gemacht.

Ich weiß nicht, was ich ohne den ständigen Austausch mit euch getan hätte, Melissa Bielawski und Mark Benson. Ihr habt meinen Verstand mehr als nur einmal gerettet. Jeder Autor sollte Freunde wie euch haben, die sich trauen, offen und ehrlich ihre Meinung zu sagen.

Ann Garvin, mein Schreib-Schutzengel. Du bist die erste Autorin gewesen, die mein Buch gelesen hat; du hast mir anschließend die Hand getätschelt und gesagt, dass ich noch einiges zu lernen habe. Wir sind verwandte Seelen und ich bin wahnsinnig glücklich, dass wir uns in New York gefunden haben.

Ich danke meiner Schwiegermutter Sandy Reichert. Eine Autorin könnte sich keine enthusiastischere Cheerleaderin wünschen!

Dies ist für meine Geschwister Pam Lehman (meine treue Bingo-Partnerin), Steve Guertin, Paul Guertin und Cathi Alonzo. Eine meiner liebsten Kindheitserinnerungen ist die, dass wir alle in einer Ecke der Wochenendhütte sitzen und in unserem jeweiligen Lieblingsbuch schmökern. Ich schätze mich sehr glücklich, Teil einer leseverrückten Familie zu sein und ich liebe die Tatsache, dass kein Familientreffen ohne eine lebhafte Buch-Diskussion zu Ende geht.

Dies ist außerdem für meine Mutter, die Matriarchin unserer bücherliebenden Familie. Auf deinem Nachttisch sind immer ein oder zwei Bücher zu finden. Du hast mir stets gezeigt, dass wir Guertin-Frauen alles schaffen können – und ich habe es geschafft. Ich liebe dich!

Ich danke meinen wunderschönen und geduldigen Kindern Ainsley und Sam. Ich möchte euch inspirieren, euch zeigen, dass ihr mit harter Arbeit und Hartnäckigkeit alles schaffen könnt. Ich war nie stolzer auf mich selbst als in den Momenten, wenn ich gehört habe, wie ihr anderen Leuten erzählt habt, dass eure Mom eine Autorin ist. Und ja, ich kann inzwischen auch Twitter benutzen.

John Reichert, mein Mann, du bist mein bester Freund, mein erster Leser, mein vertrautester Ratgeber. Dieses Abenteuer mit dir teilen zu können ist eine meiner größten Freuden. Erst als ich dir erzählt hatte, dass ich ein Buch schreibe, wurde die Sache für mich real. Plötzlich war es etwas, das ich wirklich tat. Von diesem Moment an wusste ich, dass ich es schaffen kann. Du hast mich von Anfang an unterstützt, indem du mir hilfreiches Feedback gegeben hast, mit den Kindern rausgegangen bist, wenn ich mich konzentrieren musste, und verstanden hast, dass ich in der nächsten Zeit wohl noch ein wenig merkwürdiger werden würde. Ich danke dir, dass du mich genau dafür liebst.